HEYNE

PIERRE GRIMBERT

DER RUF DES DRACHEN

DIE SAGA VON LICHT UND SCHATTEN 2

Roman

Aus dem Französischen von Sonja Finck
und Maximilian Stadler

WILHELM HEYNE VERLAG
MÜNCHEN

Titel der französischen Originalausgabe
LE MAGUISTRE - GONELORE 2

FSC
www.fsc.org
MIX
Papier aus verantwortungsvollen Quellen
FSC® C014496

Verlagsgruppe Random House FSC® N001967
Das für dieses Buch verwendete
FSC®-zertifizierte Papier *Super Snowbright*
liefert Hellefoss AS, Hokksund, Norwegen.

Deutsche Erstausgabe 01/2015
Redaktion: Catherine Beck

Printed in Germany 2015
Umschlaggestaltung: Bürosüd, München
Satz: Buch-Werkstatt GmbH, Bad Aibling
Druck und Bindung: GGP Media GmbH, Pößneck

ISBN 978-3-453-31563-1

1

Dælfine schreckte aus dem Schlaf auf, als hätte sie plötzlich das Atmen vergessen, oder als hätte ihr Herz einen Schlag ausgesetzt. Reflexartig sog sie die frische Luft ein, und augenblicklich meldete sich der Schmerz – besonders das grelle Stechen an der Rückseite ihres Schädels. Sie hob die Hand, um die Stelle vorsichtig abzutasten, doch im selben Moment holte sie blitzartig die Realität ein, und vor Angst und Verzweiflung vergaß das Mädchen die Schmerzen.

Bittere Schluchzer stiegen in ihrer Kehle auf, und sie würgte und musste sich auf die Seite drehen, um den Brechreiz zu unterdrücken. Da schob sich eine Hand in die ihre; die kleinen, zarten Finger gehörten Nobiane, die von Anfang an bei ihr geblieben war. Wie lange hielt dieser Albtraum nun schon an? Höchstens ein paar Stunden, aber ihr kam es vor, als wären es Jahrhunderte. Es war, als läge sie schon seit einer Ewigkeit auf dieser Bank, die sie nicht sehen konnte, in einem Raum, den sie sich nur vorstellen konnte, umringt von Menschen, deren Kommen und Gehen sie nur mit dem Gehör wahrnahm. Eine quälende Ewigkeit, während der sie sich fragte, ob sie irgendwann wieder sehen können würde.

Mindestens zum tausendsten Mal seit den dramatischen Ereignissen der Nacht wischte sie sich die Tränen weg, riss die Augen weit auf und konzentrierte sich angestrengt darauf, etwas in diesem Meer aus Dunkelheit, das sie umgab, zu erkennen. Und sei es nur einen etwas helleren Fleck inmitten dieser undurchdringlichen Finsternis – doch vergeblich. Noch nie hatte sie sich so hilflos gefühlt. Sie konnte sich keine grausamere Folter vorstellen.

»Ist es … immer noch Nacht?«

Ihre Stimme, von der Müdigkeit und dem vielen Schluchzen ganz heiser, kam ihr selbst fremd vor.

Nobiane ließ einige Zeit verstreichen, bevor sie antwortete.

»Nein«, gab sie schließlich zurück. »Der Tag ist bereits angebrochen.«

Dælfine nickte bedächtig, obwohl sie nicht sicher sein konnte, dass es bemerkt wurde. Dann begann sie wieder zu weinen, dieses Mal jedoch im Stillen. Große salzige Tränen rannen ihr die Wangen hinab, während sie die Götter anflehte, mit diesen Perlen des Leids ihre Iris auszuspülen und ihr das Augenlicht wiederzugeben.

Doch leider geschah kein Wunder. Nach einigen Minuten versank das Mädchen wieder tiefer in der Finsternis, und ein abscheuliches Gefühl der Hoffnungslosigkeit ergriff von ihr Besitz. Ein Wort, ein einziges Wort beherrschte ihre Gedanken: blind. Sie war blind! Für den Rest ihres Lebens würde sie eine erbarmungswürdige Invalidin sein. Das war meilenweit von dem entfernt, wie sie sich ihr Leben als Erwachsene vorgestellte hatte.

Erinnerungen tauchten in ihrem Kopf auf, Gesichter, ihre Eltern, ihre Geschwister, geliebte Orte, alles, was sie je schön gefunden hatte. Diese Bilder waren kostbarer als je zuvor, denn künftig würden keine neuen mehr hinzukommen. Das Mädchen klammerte sich an sie wie ein Schiffbrüchiger im Sturm an ein Stück Holz, wohlwissend, dass auch diese Erinnerungen irgendwann verblassen und schließlich in den Untiefen ihres Gedächtnisses verschwinden würden. Sie war dazu verdammt, für immer allein in dieser bleiernen Dunkelheit eingesperrt zu sein. In einem bodenlosen Schlund aus Ungerechtigkeit.

Von Verzweiflung überwältigt, durchlebte sie noch einmal die Szenen des Dramas. Am Abend zuvor hatte sie auf dem Leuchtturm von Zauberranke gegen Chimären gekämpft, die die Schule der Weltwanderer überfallen hatten. Vier ihrer Kameraden hatten an ihrer Seite gefochten, ebenso ihr Lehrer, Radjaniel der Messerschleifer. Aber gegen die Chiroptide, jene riesigen Fledermäuse, die aus dem Schleier herausgeströmt waren, hatten sie keine Chance gehabt. Die Biester waren ihnen zahlenmäßig zehnfach überlegen gewesen. Und so hatte Dælfine all ihren Mut zusammengenommen, um eine Schneise in die Reihen ihrer Feinde zu schlagen und ihren Freunden einen Fluchtweg freizukämpfen. Sie hatte etwas Heldenhaftes erreichen wollen, und beinahe wäre ihr das auch gelungen.

Beinahe.

Kurz vor dem Ziel hatte sie einen stechenden Schmerz am Hinterkopf gespürt. Sie wurde kurz ohnmächtig, und als sie wieder aufwachte, lag sie am Boden, von Bestien umringt, die sich mit aufgerissenen Mäulern auf sie stürzten. Dann hatte sich ihr Blick verschleiert, und sie war erblindet. Die folgenden Minuten waren ein einziger Albtraum gewesen.

Dælfine hatte wie eine Besessene gekämpft, um sich getreten und geschlagen und in wachsender Verzweiflung geschrien, um die Tiere zu verscheuchen, die sie verschlingen wollten. Schließlich war jemand zu ihrer Rettung herbeigeeilt, Hände hatten sie gepackt und in Sicherheit gebracht.

Doch über ihre Blindheit sprach niemand. Zumindest bisher traute es sich keiner.

Kurz nach den Vorfällen hatte man ihr Bettruhe verordnet. »Ruh' dich aus, das wird schon wieder«, hatten ihr alle versichert. Ein paar Stunden später war der Satz verkürzt worden auf: »Ruh' dich aus.« Dieser Rat wurde manchmal noch ergänzt durch den Zusatz: »Zerbrich dir fürs Erste nicht den Kopf über all das.«

Dabei wusste sie nicht einmal, wem die Stimmen gehörten.

Anfangs war Radjaniel da gewesen, doch der Professor war längst zu anderen Notfällen gerufen worden. Auch Gess und Berris waren gekommen und wieder gegangen. Jona war offenbar noch immer oben auf dem Leuchtturm, das hatte sie aus den Gesprächen geschlossen. Lediglich Nobiane war bei ihr geblieben, zweifellos auf Befehl des einen oder anderen Erwachsenen, der den Raum betreten hatte. Die beiden Schülerinnen befanden sich in einer Schreibstube in der Mitte des Turms. Man hatte ihnen gesagt, ein Heilerin werde kommen und ihre Wunden versorgen, aber die beiden Mädchen hatte die ganze Nacht vergeblich auf sie gewartet. Dælfine hatte ohnehin wenig Vertrauen zu deren Fähigkeiten. Ihr Augenlicht war schon zu lange erloschen, und das, obwohl ihre Augen unverletzt zu sein schienen. Im Gegensatz zum Rest ihres Körpers, der von Dutzenden unterschiedlich schweren Wunden übersät war. Das junge Mädchen würde alles dafür geben, noch ein einziges Mal das Tageslicht sehen zu können. Voller Sehnsucht hatte sie dem Sonnenaufgang entgegengefiebert, doch als es hell geworden war, hatte sie immer noch nichts sehen können. Womöglich würde sie nie wieder einen Sonnenaufgang sehen können!

»Gibt es hier ein Fenster? Und auf welcher Seite?«

Nobiane führte den Arm ihrer Freundin nach links. Dælfine setzte sich vorsichtig auf und drehte sich in die angegebene Richtung, doch obwohl ihr Gesicht zweifellos von Sonnenlicht angestrahlt wurde, sah sie nur eine Wand aus Dunkelheit.

»Gibt es einen Fensterladen? Ist er geöffnet?«

»Ja«, antwortete ihre Freundin leise. »Man kann das Meer sehen.«

Dælfine nickte, auch wenn Nobianes Bemerkung etwas ungeschickt war. Sie fand es schade, dass sie nicht wenigstens die Meeresbrise auf der Haut spüren oder die salzige Luft riechen konnte. Sie musste daran denken, dass es immer hieß, Blinde würden den Verlust des Augenlichts mit den anderen Sinnen ausgleichen, vor allem mit einem schärferen Gehör. Was für ein Trugschluss! Jetzt, wo ihre Gedanken nicht mehr von ihrem Blick gelenkt wurden, fühlte sie sich, als wäre sie in eine dicke Schicht Lumpen eingewickelt. All ihre Sinne waren wie gedämpft.

Mechanisch tastete sie nach dem Ledergürtel, der ihre Brust umschloss, und umklammerte das Bandelier mit beiden Händen. Es war für sie eine Boje im Ozean der Dunkelheit. Woran hätte sie sich auch sonst festhalten sollen? Dælfine hatte praktisch alles verloren, was sie besaß, noch bevor sie die Tore von Zauberranke durchschritten hatte. Selbst die Kleider, die sie am Leib trug, hatten Sohia und Radjaniel ihr gegeben. Ohnehin waren sie nach dem Kampf in miserablem Zustand, zerrissen und blutverkrustet. Das Bandelier hingegen schien intakt zu sein. Es bedeutete ihr ungeheuer viel. Seit Jahren hatte sie dem Tag, an dem sie es endlich umlegen durfte, entgegengefiebert, und sie war so stolz gewesen, es zu tragen.

Selbst jetzt, da sie den Weltwanderern die Schuld an ihrem Leid hätte geben können, hielt sie das Wahrzeichen der Bruderschaft in Ehren. Sie tastete nach ihrem Schwert aus Krebsbein, doch es hing nicht mehr an ihrem Gürtel. Vermutlich lag es immer noch irgendwo auf dem Leuchtturm unter den Kadavern der Chimären begraben.

»Es kommt jemand«, sagte sie plötzlich.

Sie war selbst überrascht, dass sie die Schritte auf der Treppe vernommen hatte. War dies ein Zeichen dafür, dass es ihr besser ging? War ihr Leid bald vorbei? Würde sie vielleicht sogar wieder sehen können?

Sie wollte sich keinen falschen Hoffnungen hingeben, aber der Impuls ließ sich nur schwer kontrollieren. Als jemand durch die Tür der Schreibstube trat und sich den beiden Mädchen näherte, flehte Dælfine die Götter stumm um ein Wunder an.

»Ich bin Jora Fionaïs, Oberste Alchimistin«, stellte sich die Unbekannte vor. »Ich konnte leider nicht früher kommen.«

Die Stimme der Frau verriet ihre Müdigkeit. Dælfine hörte, wie etwas auf dem Boden abgestellt wurde, wahrscheinlich ein Koffer oder eine Kiste. Im Inneren klirrten Glasfläschchen. Dann trat die Heilerin an das Bett der Erblindeten und berührte sie an der Schulter, doch trotz der Behutsamkeit zuckte Dælfine zusammen.

»Entschuldige«, sagte die Alchimistin. »Ich wollte dich nicht erschrecken. Es war eine lange Nacht, und ich hatte alle Hände voll zu tun. Ich werde vorsichtig sein. Beug dich ein wenig vor, ich muss die Wunde an deinem Kopf untersuchen. Einverstanden?«

Dælfine nickte und tat, wie ihr geheißen. Abermals schossen ihr Tränen in die Augen. Sie fühlte sich elend und schwach. Sanft tastete die Weltwanderin ihren Hinterkopf ab und sprach beruhigend auf sie ein, und Dælfine fühlte sich fast wieder wie ein kleines Kind.

Alsbald hüllte sich Fionaïs jedoch wieder in Schweigen. Offensichtlich erkannte sie, wofür ihre Dienste benötigt wurden, denn sie ließ von der Kopfwunde ab und sah der Kranken aus kurzer Distanz in die Augen. Dælfine quälte es, dass sie die Heilerin nicht sehen konnte.

Als sie es nicht länger aushielt, streckte sie vorsichtig eine Hand aus. Ihre Fingerspitzen streiften ein mit Auszeichnungen geschmücktes Bandelier und eine glatte Haarsträhne. Plötzlich hielt sie beschämt inne. Konnte man sich wirklich daran gewöhnen, nichts mehr zu sehen?

Aus tiefstem Herzen wünschte sie, dass das nicht nötig sein würde. Die Alchemistin ließ ihr fast eine halbe Stunde lang die bestmögliche Pflege zukommen. Sie reinigte die Kopfwunde, wickelte geschickt einen Verband darum und träufelte ihr eine Flüssigkeit in die Augenwinkel. Allerdings gab die Weltwanderin keinen Kommentar zum Ergebnis ihrer Untersuchung ab, und Dælfine wagte nicht, sie zu fragen, wie sie ihre Heilungschancen einschätzte. Würde sie mit der Diagnose leben können? Je mehr Zeit verging, desto höher war die Wahrscheinlichkeit, dass ihre Augen irreparabel geschädigt waren. Doch als die Heilerin sie bat, ihr zerfetztes Hemd auszuziehen, damit sie die anderen Wunden behandeln könne, konnte sich Dælfine nicht länger zurückhalten.

»Wird ... wird es vorbeigehen? Werde ich wieder sehen können?«

Es kam ihr vor, als ließe sich die Weltwanderin eine Ewigkeit Zeit mit der Antwort. Da Dælfine ihre Miene nicht sehen konnte, stellte sie sich vor, dass ihr Müdigkeit und Mitleid ins Gesicht geschrieben standen.

»Das kann niemand sagen«, erwiderte die Heilerin schließlich.

Die Worte durchbohrten das Mädchen wie scharfe Klingen. Sie fröstelte, obwohl sie das Hemd noch nicht ausgezogen hatte.

»Die Kopfwunde ist nicht besonders tief«, erklärte die Heilerin weiter. »Aber die Schwellung darum herum zeigt, dass du einen gewaltigen Schlag abbekommen haben musst. Es ist eher der Schock, nicht die Verletzung, der diese ... Folgen hatte. Leider kann man ein solches Leiden nicht mit irgendeinem Trunk behandeln. Der menschliche Geist ist zu komplex, zu zerbrechlich. Kein Elixier ist stark oder raffiniert genug, um etwas gegen solche Schäden ausrichten zu können.«

Dælfine nickte düster. Abermals liefen ihr Tränen über das Gesicht. Sie spürte, wie ihr Nobianes Hand über den Rücken strich. Dann kam Fionaïs Hand hinzu, größer und wärmer.

»Ich kann dich nicht belügen«, sagte die Heilerin seufzend. »Das wäre grausamer als die Wahrheit. Aber auch wenn dir Medikamente nicht helfen können, darfst du die Hoffnung auf eine natürliche Heilung nicht aufgeben. Niemand kann sagen, wann oder ob es passieren wird. Wir müssen Geduld haben. Dir wird es bestimmt besser gehen, sobald du nach Hause kommst, zurück in deine vertraute Umgebung.«

Dælfine nickte wieder, doch die Worte trösteten sie nicht. Im Gegenteil – gerade hatte man ihr bestätigt, dass sie Zauberranke würde verlassen müssen. Natürlich war das nur logisch, auf tragische Weise vorhersehbar. Man würde das verwundete Mädchen einfach seinen Eltern übergeben. Am Ende würden diese auf der Straße landen, weil ihre Tochter gescheitert war. Sie würde nie Weltwanderin werden. Nie würde sie den Wucherern, die die Herberge ihrer Eltern pfänden wollten, das Bandelier der Bruderschaft unter die Nase halten können. All ihre Träume wären zerstört, all ihre Opfer umsonst gewesen. Schlimmer noch: Sie würde dazu beitragen, die finanzielle Not ihrer Familie noch zu verschärfen. Ein blindes Kind war eine große Belastung. Ein nutzloser Mund mehr, der gefüttert werden musste.

Das war natürlich ein hartes Urteil, und Dælfine war zweifellos die Einzige, die das Ganze auf diese Weise sah, aber sie konnte nicht anders. Während Jora Fionaïs die Wunden an ihrem Oberkörper, ihren Armen und Beinen behandelte, gab sich Dælfine ihren düstersten Vorstellungen hin.

Wie hätte sie sich in der dunklen Welt, die sie jetzt umgab, auch anders fühlen können? Wie konnte man in einer so aussichtslosen Lage nicht mit dem Gedanken spielen, allem ein Ende zu bereiten? Natürlich wäre das feige, aber das war ihr in diesem Moment egal. Es gab keinen tieferen Abgrund als den, in dem sie sich bereits befand.

Die Heilerin widmete sich eine weitere halbe Stunde den Wunden, die die Chiroptide auf ihrem Körper hinterlassen hatten. Während dieser Zeit wurde kein einziges Wort gewechselt. Das Schweigen wurde erst gebrochen, als die Heilerin Nobiane bat, ihr ihre Wunden zu zeigen. Das rothaarige Mädchen legte sich gehorsam neben ihre Freundin auf die Bank, und beide hingen ihren Gedanken nach.

Dælfine konnte an nichts anderes denken als an die Tragödie der vergangenen Nacht, ihr eigenes Leid und die Ungerechtigkeit der Welt. Mittlerweile bedauerte sie ihre tollkühne Aktion. Sie hätte den Alleingang niemals wagen dürfen, sondern Radjaniel

Bescheid geben und ihn um Hilfe bitten sollen. Wäre sie schneller und geübter im Kampf gewesen, wäre sie kein so leichtes Opfer für die Chiroptiden gewesen.

Unglücklicherweise würde sie diese Bilder wohl nie wieder loswerden. Es waren die letzten, die sich in ihre Netzhaut gebrannt hatten. Der Angriff würde ihr bis ins kleinste Detail im Gedächtnis bleiben. Die gierigen Mäuler der Bestien über ihr … Ihre Umrisse vor dem sternenklaren Himmel … Ihre Erregung angesichts ihrer Beute, die ihnen hilflos ausgeliefert war.

Dælfine musste nicht einmal die Augen schließen, um die Szene abermals zu durchleben. Sie erinnerte sich so genau daran, dass sie die Schreie der Chimären immer noch im Ohr hatte. Bei diesem letzten Gedanken zuckte sie plötzlich zusammen. In der Schreibstube war es ruhig, aber das Mädchen meinte, ein vage bekanntes Geräusch vernommen zu haben. Wie das Fiepen einer Maus oder das einer Ratte. Noch war es schwach, aber es schien sich dem Fenster von außen zu nähern. Als Dælfine das Geräusch erkannte, war sie im ersten Moment wie vom Donner gerührt. Dann versetzte ihr die Panik einen Energieschub.

»Dein Schwert«, rief sie Nobiane zu. »Schnell!«

Ohne auf die Reaktion ihrer Freundin zu warten, tastete sie fiebrig nach der Waffe, fand sie und packte den Griff.

»Was hast du …?« Die Heilerin kam nicht dazu, die Frage zu beenden.

Die Kreatur, die Dælfine gehört hatte, tauchte im Fenster auf, nachdem sie offenbar die Außenmauer hinaufgeklettert war. Der Schrei, den sie ausstieß, war unverkennbar der eines Chiroptiden, was Dælfine mit Hass und Wut erfüllte. Obwohl sie immer noch nichts sehen konnte, sprang sie von der Bank, streckte einen Arm aus, um zu überprüfen, wo sich die Heilerin befand, und schlug mit dem Schwert in die Richtung, in der sie die Bestie vermutete.

Die spitzen Schreie des Chiroptiden, der wütend versuchte,

sich von dem Schwert zu befreien, das ihn durchbohrt hatte, schenkten ihr große Befriedigung. Dælfine hielt dagegen, obwohl ihr die Chimäre mit ihren scharfen Krallen das Handgelenk blutig kratzte. Sie trat einen Schritt vor und schob die Bestie über die Kante, stützte sich dann auf dem Fensterbrett ab, zog das Schwert aus dem Leib ihres Opfers und ließ die sterbende Bestie in die Tiefe stürzen.

Anschließend drehte sie sich zu den anderen um und hoffte, dass sie in die richtige Richtung sprach: »Ich werde Zauberranke nicht verlassen«, rief sie. »Nicht bevor ich eine richtige Weltwanderin bin. Selbst eine Blinde muss doch zu irgendetwas zu gebrauchen sein.«

Weder Nobiane noch Jora Fionaïs antworteten ihr. Ihnen hatte der Vorfall die Sprache verschlagen. Wenn Dælfine sich hätte sehen können – mit ihrem bandagierten Körper, den tränennassen Wangen, dem Bandelier vor der bebenden Brust und dem blutigen Schwert in der Hand – hätte sie sich vor sich selbst gefürchtet.

2

Ich kann nicht mehr, ich bin am Ende«, stöhnte Berris.

Gess biss die Zähne zusammen und blieb stumm. Er war nicht minder erschöpft, zwang sich aber, es zu verbergen. Der Anführer ihrer Patrouille, ein Fünftkreisler, brachte ihnen auch so schon genug Verachtung entgegen. Er hatte sich ihnen nicht einmal vorgestellt und murmelte in regelmäßigen Abständen, dass er ohne die beiden Klötze am Bein viel schneller vorankäme. Und natürlich nutzte der arrogante Kerl die Vorlage, die Berris ihm bot: »Dann hau doch ab, du Wicht«, schimpfte er. »Dann sind wir dich endlich los!«

»Aber wir sollen bei dir bleiben«, entgegnete Berris. »Das hat Radjaniel gesagt!«

»Wozu?«, höhnte der ältere Junge. »Ich mache die ganze Arbeit. Ihr habt noch keinen einzigen Schlag mit euren Krebsschwertern ausgeführt. Sie dienen wohl nur der Dekoration!«

»Du gehst die ganze Zeit vor uns her«, warf Gess ein. »Außerdem, wenn du es unbedingt wissen musst: Wir waren es, die der Schlacht die entscheidende Wendung gegeben haben.«

»Na klar!«

Der angehende Weltwanderer beschleunigte kopfschüttelnd seine Schritte, und die beiden Erstkreisler mussten sich sputen, um nicht den Anschluss zu verlieren.

Gess hatte die Nase voll von dieser »Mission«. Doch er hatte keine Wahl – weigern konnte er sich nicht. Nachdem die Mitglieder des Hohen Rats den Leuchtturm wieder in Betrieb genommen und die schützende Lichtkuppel über Zauberranke wieder aufgeflammt war, hatte man die unverletzten Schüler damit beauftragt, die verbliebenen Chimären, die nun auf dem Schulgelände eingeschlossen waren, aufzuspüren und zu töten. Auch die neuen Rekruten wurden zu der Arbeit herangezogen, unter der Aufsicht und dem Schutz eines älteren Schülers. Was zunächst wie eine gefährliche Mission gewirkt hatte, erwies sich lediglich als zeitraubende, mühsame Plackerei. Sie verbrachten Stunden damit, das Gebüsch zu durchkämmen. Nach dem erbitterten Kampf und der schlaflosen Nacht waren die Jungen am Ende ihrer Kräfte.

»Wir sind sowieso fast fertig mit unserem Gebiet«, schnaubte der Möchtegern-Anführer. »Bald könnt ihr Hosenscheißer euch wieder unter eurem Bett verstecken.«

Berris warf ihm einen finsteren Blick zu, und Gess zeigte dem älteren Jungen den Mittelfinger, natürlich hinter dessen Rücken. Könnten sie ihm doch nur die Wahrheit ins Gesicht sagen! Könnten sie ihm doch nur erzählen, wie sie sich mit ihrem Lehrer in den Leuchtturm eingeschlichen hatten, gegen eine Überzahl Chimären gekämpft und die Schule gerettet hatten! Ohne sie hätte die Katastrophe, die über Zauberranke hereingebrochen war, noch viel schlimmer geendet. Gess fand, dass er im Grunde ein richtiger Held war, und so wollte er auch behandelt werden. Allerdings hatte Radjaniel sie gebeten, niemandem etwas davon zu erzählen. Zumindest nicht, bis alle Rätsel um den Verrat des Leuchtturmwärters Zakarias gelöst waren.

Wenigstens würden sie den Anführer ihrer Patrouille nicht mehr lange ertragen müssen. Man hatte ihnen eine unbesiedelte Gegend der Halbinsel zugeteilt, ein von Gestrüpp bewachsenes Hochmoor, aus dem hier und da ein paar Dornenbüsche herausragten.

Dreimal waren sie in den letzten Stunden auf Chiroptide gestoßen, die sich ins Gebüsch kauerten, und jedes Mal hatte der ältere Junge sie mit seinem Speer durchbohrt. Es war eine grausame Jagd, aber schließlich hatten die Bestien Dutzende Schüler getötet, und man konnte sie nicht einfach auf dem Schulgelände herumstreunen lassen. Sie zurück hinter den Schleier zu treiben, war unmöglich, denn die Chimären konnten die schützende Lichtkuppel, die sich über Zauberranke spannte, nicht verlassen. Doch Gess hatte kein großes Mitleid mit den Kreaturen. Bei der Erinnerung daran, was sie Dælfine angetan hatten, verging ihm jede Lust, Gnade vor Recht walten zu lassen.

»Seht mal dort drüben nach«, befahl ihr Anführer. »Ich kümmere mich um den Hain da hinten.«

Gess zuckte mit den Schultern und schlenderte lustlos zu einem großflächigen Dornengebüsch hinüber, das ihnen zugewiesen worden war. Es bestand keine große Gefahr, hier auf einen Chiroptid zu stoßen. Wollte der Fünftkreisler die neuen Rekruten beschützen? Oder sie als Schwächlinge dastehen lassen, indem er alle Chimären, die sie aufspürten, selbst erlegte? Wahrscheinlich ein wenig von beidem. Für ihren Schutz sorgte er aber vermutlich nur deshalb, weil der Hohe Rat ihn zur Rechenschaft ziehen würde, sollten die Erstkreisler verletzt werden.

Die beiden Jungen machten sich an die Arbeit – schließlich wollten sie nicht auch noch als Feiglinge beschimpft werden. Sie arbeiteten sich von beiden Seiten des Dornengebüschs zur Mitte vor, wobei sie sich mit ausholenden Armbewegungen durch die Ranken kämpften. In den vergangenen Stunden waren sie ein Dutzend Mal auf dieselbe Weise vorgegangen und hatten nichts als Kaninchen und Mäuse aufgescheucht. Dieses Mal schien es genauso zu verlaufen, doch als Gess unter einem Haufen Gestrüpp schwarze Haut hervorschimmern sah, schrie er überrascht auf. Berris, der ein paar Meter von ihm entfernt stand, warf ihm einen fragenden Blick zu und erbleichte, als er die Angst im Gesicht seines Freunds sah. Rasch kämpfte sich Berris zu Gess vor, der immer noch starr vor Entsetzen auf seine Entdeckung hinunterblickte.

»Wir sollten den Großen rufen«, flüsterte Berris. »Vielleicht verstecken sich hier noch mehr von den Bestien.«

Gess nickte, ging aber nicht auf Berris Vorschlag ein. Dazu war er viel zu stolz, auch wenn sie der Alleingang möglicherweise teuer zu stehen kommen würde. Allerdings war sich Gess ziemlich sicher, es nur mit einer einzigen Bestie zu tun zu haben. Zwar konnte er nicht von sich behaupten, nach einer einzigen durchkämpften Nacht ein erfahrener Chimärenjäger zu sein, aber er hatte bereits genug von den Kreaturen gesehen, um seine eigenen Schlüsse zu ziehen.

»Nein, es ist nur eine, und sie ist verwundet«, sagte er beruhigend. »Sie hat sich hier verkrochen, um nicht von den anderen gefressen zu werden. Sie hat uns bemerkt, macht aber keine Anstalten, zu fliehen oder uns anzugreifen.«

Er nahm all seinen Mut zusammen, trat einen Schritt vor und schob die Blätter mit der Schwertspitze auseinander. Jeder Muskel seines Körpers war angespannt und alle seine Sinne hellwach, und er wusste, dass es Berris nicht anders ging. Ihre Müdigkeit war verflogen.

»Sei vorsichtig«, flehte Berris.

»Keine Angst.«

Hinter der Fassade der Gelassenheit spürte Gess, wie sein Puls in die Höhe schnellte, als die Kreatur sichtbar wurde. Es handelte sich tatsächlich um einen Chiroptid. Er war von mittlerer Größe, nur wenig größer als die beiden Schüler. Die Chimäre wies keine sichtbaren Verletzungen auf, lag aber auf der Seite und verdeckte ihre Hinterbeine mit den ledrigen, schwarzen Flügeln. Sie keuchte vernehmlich.

»Es ist ein Weibchen«, sagte Berris unvermittelt.

Seine Worte überraschten Gess in mehrfacher Hinsicht. Zum einen hatte er nicht erwartet, dass sein kräftiger Freund, der nicht gerade für seine Klugheit bekannt war, so etwas wusste. Zum anderen hätte er sich nicht träumen lassen, dass sich die Chimären, die jenseits des Schleiers lebten, wie alle Tierarten, die in Gonelore vorkamen, in zwei Geschlechter aufteilten. Doch Berris hatte recht: Die Chimäre hatte vier Paar schwarzer Brustwarzen, die sich unablässig hoben und senkten. Jetzt gerade standen sie deutlich hervor.

»Sie ist trächtig«, sagte Berris. »Sie steht kurz davor, Junge zu kriegen.«

Gess stand wie angewurzelt da. Er schluckte. Seine Schwertspitze schuf immer noch eine Lücke zwischen den Blättern, durch die sie die Kreatur beobachteten. Eigentlich hätte er ihr damit das Herz durchbohren müssen, doch trotz seines Hasses auf die Viecher war er dazu nicht in der Lage. Nicht in diesem Augenblick, nicht auf diese Art.

Auch Berris rührte sich nicht. Beide beobachteten stumm und reglos eine Szene, die nur sehr wenige Menschen je miterlebt hatten.

Fünf Minuten später schob sich der Anführer ihrer Patrouille durch das Gestrüpp und fragte unwirsch, was sie da eigentlich trieben. Als er die Chimäre erblickte, hob er seinen Speer, um zuzustoßen.

»Warte«, rief Gess.

»Neiiin!«, schrie Berris im selben Moment.

Der dicke Junge sprang vor und stellte sich zwischen die erhobene Waffe und die Chimäre. Seine Flinkheit verblüffte sowohl Gess als auch den Anführer. Der ältere Junge wollte ihn schon beiseite stoßen, hielt dann aber angesichts seines finsteren Gesichtsausdrucks inne. Nach kurzem Schweigen stieß er ein verächtliches Lachen aus.

»Wie du willst«, sagte er. »Das ändert ohnehin nichts.«

Er ließ seine Waffe sinken und stellte sich grinsend neben die beiden Jungen. Offenbar war er bereit, dem Chiroptid einen Aufschub zu gewähren, und die beiden Jungen richteten ihre Aufmerksamkeit wieder auf die Lücke im Gebüsch.

Sie mussten nicht mehr lange warten. Einige Minuten später krampfte sich der Körper der Chimäre zusammen, und gleich darauf brachte sie ihre Jungen zur Welt. Die Schüler konnten die Geburt nicht direkt mitverfolgen, da die Chimäre ihren Unterleib mit den Flügeln verdeckte. Doch nach einer Weile hob der Chiroptid seinen ledrigen Flügel, und sie entdeckten vier winzige, nasse Knäuel, die bereits versuchten, die Dornenranken zu erklimmen und kaum hörbare Schreie ausstießen.

Ihr Anblick machte Gess völlig ratlos. Was nun? Der Befehl, den die Patrouille erhalten hatte, war eindeutig gewesen. Doch er hatte Menschen, die Katzenjungen nach der Geburt töteten, schon immer verachtet. Könnten sie die Kreaturen nicht wenigstens irgendwo außerhalb der Schule aussetzen? Doch vermutlich waren sie auf ihre Mutter angewiesen, um zu überleben, und diese würde sich wohl nicht ohne Weiteres zum Tor von Zauberranke bringen lassen. Allzu lang musste sich Gess jedoch den Kopf über diese Frage nicht zerbrechen. Das Schicksal – oder vielmehr der Chiroptid – nahm ihm die Entscheidung ab. Plötzlich richtete sich die Kreatur auf und stürzte sich auf ihren eigenen Nachwuchs. Das Kleine, das sie mit den Zähnen packte, kam nicht einmal mehr dazu aufzuschreien, bevor sie ihm die Knochen brach und seinen zerschundenen Körper ausspuckte. Das zweite, das sie unter ihrem krallenbewehrten Fuß zerquetschte, stieß einen letzten qualvollen Schrei aus.

Die verbliebenen zwei Jungtiere folgten ihrem Instinkt und ergriffen die Flucht, indem sie zwischen den Dornen hindurchkrochen und sich mit verzweifelten Sprüngen zu retten versuchten.

Gess widerte der Anblick dermaßen an, dass er sich nicht rührte, als der ältere Junge abermals den Speer hob. Auch Berris unternahm diesmal nichts, um ihn aufzuhalten.

»Mistvieh!« Mit diesem Ruf stieß er mit der Waffe zu und tötete die Chimäre mit einem gezielten Treffer. Die Kreatur bäumte sich ein letztes Mal auf und ließ das Junge fallen, das sie bis zuletzt in ihren Klauen gehalten hatte. Die beiden Überlebenden nutzten die Chance und verkrochen sich rasch in einen schützenden Haufen Gestrüpp.

»Das hätten wir!«, rief der ältere Schüler mit einem bösartigen Grinsen. »Jetzt müsst ihr nur noch die beiden Bastarde einfangen und ihnen den Hals umdrehen. Dann ist unsere Mission beendet.«

Nach diesen Worten schlenderte er mit der arroganten Haltung eines Siegers davon, den Speer auf der Schulter. Diesmal gab Gess keine bissige Antwort. Er kam sich selbst ein wenig dumm vor.

»Was nun?«, fragte er. »Stellen wir uns zu beiden Seiten des Gebüschs auf und warten, bis sie herauskommen? Oder suchen wir alle Dornensträucher ab?«

Ihm kam auch der Gedanke, alles in Brand zu setzen, aber das wäre wohl doch etwas übertrieben.

»Warum die Mühe?«, fragte Berris. »Wir könnten es auch einfach darauf beruhen lassen. Das sind doch nur harmlose Jungtiere …«

Gess musterte ihn, um herauszufinden, ob er es ernst meinte. Ihm fiel auf, dass sein Freund verstohlen auf einen Dornenhaufen ganz in der Nähe schielte. Nun entdeckte auch er durch die Blätter hindurch eines der Chiroptidenjungen. Berris versuchte, sich nichts anmerken zu lassen.

»Ich habe eine Abneigung dagegen, Lebewesen zu töten«, gestand er. »Die hier haben doch nichts verbrochen!«

»Du hast eine Abneigung dagegen, Lebewesen zu töten«, wiederholte Gess ungläubig. »Was suchst du dann bei den Weltwanderern?«

Berris antwortete mit einem Achselzucken und einem schiefen Grinsen. Gess hakte nicht weiter nach. Jeder von ihnen hatte seine eigenen Gründe, warum er nach Zauberranke gekommen war. Er selbst wollte sich hier vor seinen ehemaligen Lehrern verstecken, die ihn gezwungen hatten, als Dieb zu arbeiten, und gleichzeitig für seine Missetaten büßen. Es stand ihm also nicht zu, Berris eine Moralpredigt zu halten.

»Aber wir können die Viecher nicht einfach hier zurücklassen«, sagte er. »Sie haben keine Möglichkeit, aus Zauberranke herauszukommen. Früher oder später wird sie jemand bemerken, und dann bekommen wir großen Ärger. Außerdem werden sie wachsen und irgendwann jemanden angreifen.«

Berris schielte auf das kleine Wesen zu seinen Füßen.

»Überlass die beiden mir«, sagte er. »Warte vor dem Gebüsch auf mich, ich kümmere mich um den Rest.«

Nach kurzem Nachdenken nickte Gess und stapfte davon. Er war nicht sicher, ob er die richtige Entscheidung traf, aber er hatte keine Lust, mit Berris zu streiten. Zwar waren sich die beiden Jungen während der langen Reise nach Zauberranke nicht gerade grün gewesen, doch die Ereignisse der letzten Nacht hatten sie zusammengeschweißt. Und wer weiß, vielleicht hatte der so behäbig wirkende Junge ja verborgene Talente. Insgeheim fragten sich alle, warum Vargaï ausgerechnet ihn als Schüler rekrutiert hatte, aber ihr Lehrer hatte sicher gute Gründe, die sich ihnen irgendwann offenbaren würden.

Schnelligkeit gehörte jedenfalls nicht zu Berris' ungeahnten Fähigkeiten. Nach zehn Minuten war er immer noch nicht aus dem Gebüsch aufgetaucht.

Allmählich verlor er die Geduld und rief: »Bist du noch da? Hältst du etwa ein Nickerchen in den Dornen, oder was?«

»Ich komme gleich …«

Doch es dauerte weitere fünf Minuten, während denen er unverständliche Worte flüsterte, raschelnd in den Blättern herumstöberte und leise fluchte, wenn er sich an den Dornen stach. Schließlich kam er mit hochrotem Gesicht und außer Atem zu Gess getrottet.

»Erledigt?«, erkundigte der sich.

»Erledigt«, antwortete Berris. »In unserem Gebiet gibt es keine Chimäre mehr, versprochen!«

Gess nickte zweifelnd. Sein Freund war noch ein wenig rundlicher als sonst. An zwei Stellen beulte sich sein Hemd, und diese Beulen bewegten sich ganz eindeutig. Hin und wieder stießen sie sogar leise Schreie aus.

Gess seufzte, beschloss dann aber, so zu tun, als würde er nichts bemerken. Er hoffte nur, er würde seine Entscheidung nicht schon bald bereuen …

3

Sohia verzog das Gesicht und zerrte abermals an dem Verband, der ihr beinahe mehr Schmerzen bereitete als die Wunde, die er bedeckte. Nach den schrecklichen Ereignissen dieser Nacht hatte die Heilerin nicht für alle Verletzten Zeit gehabt, und so hatten sich die Weltwanderer gegenseitig verbunden. Der Jorensan, der sich um ihr Schlüsselbein gekümmert hatte, hatte die Bandage so festgezurrt, dass sie ihren Arm kaum noch spürte. Sie beschloss, den Verband abzunehmen, obwohl die Verletzung natürlich noch nicht verheilt war. Erleichtert entfernte sie den Stoff, auch wenn sie sich jetzt äußerst vorsichtig bewegen musste, damit die Wunde nicht wieder zu bluten begann. Doch das war nicht allzu schwierig. Seit geschlagenen zwanzig Minuten saß sie nun schon auf der Bank im großen Versammlungssaal von Zauberranke, einem Amphitheater, das sich in der Festung unterhalb des Leuchtturms befand.

Alle Lehrer, die nicht mit einer bestimmten Aufgabe betraut waren, zum Beispiel der Versorgung der Verwundeten oder der Verfolgung der verbliebenen Chimären, hatten sich dort auf Anweisung des Magisters einzufinden. Das Amphitheater füllte sich nach und nach mit Weltwanderern. Alle gingen unterschiedlich mit der Katastrophe um, die über sie hereingebrochen war. So konnte man Wut oder Trauer, trotzige Zuversicht oder Misstrauen, Rachsucht oder Resignation in ihren Gesichtern lesen. Alle waren vor Erschöpfung und vom Schmerz angesichts des Tods von Freunden oder Schülern gezeichnet, und manche auch von körperlichen Verletzungen, die nie wieder ganz verheilen würden.

Es herrschte ein ständiges Kommen und Gehen. Überall wurde hitzig diskutiert oder hemmungslos geweint, und so wurde es allmählich immer lauter im Saal. Sohia wäre viel lieber zu ihren Schülern zurückgekehrt, statt hier nutzlos herumzusitzen. Zum Glück hatten alle überlebt, auch wenn zwei von ihnen wohl ein paar Tage brauchen würden, um wieder auf die Beine zu kommen. Im Augenblick befanden sie sich wie fast alle Schüler in der Obhut von Fünftkreislern, und Sohia würde sich wohl bis nach der Versammlung gedulden müssen.

Als die Mitglieder des Hohen Rats den Saal betraten, seufzte sie erleichtert. Endlich würde die Versammlung beginnen. Als die Würdenträger von Zauberranke an einem Tisch in der Mitte Platz nahmen, trat allmählich Stille ein. Bei Denilius' Erscheinen erhob sich einiges Gemurmel. Der Magister war fast sechs Wochen lang fort gewesen, und viele Weltwanderer hatten ihn in der Nacht noch nicht zu Gesicht bekommen. Jetzt konnten sie sich endlich vergewissern, dass er tatsächlich zurück war.

Kurz darauf entstand neuer Aufruhr, als sich Radjaniel zu den Ratsmitgliedern gesellte. Für die meisten Lehrer war der Messerschleifer nichts als ein alter Säufer, der aus Gewohnheit oder Mitleid in Zauberranke geduldet wurde. Wie hatte er es nur geschafft, Mitglied des Hohen Rats zu werden? Als der Hüter des Zeughauses am Rande des Tisches Platz nahm, verstummte das Getuschel. Dieser Stuhl war den Beratern vorbehalten, und das bedeutete, dass der Trunkenbold als Zeuge geladen war. Man konnte ihn also getrost weiterhin verachten. Sohia beteiligte sich selbstverständlich nicht an dem Getratsche. Sie wusste, dass Radjaniel in der Schlacht eine entscheidende Rolle gespielt hatte. Er hatte sich bis auf die Spitze des Leuchtturms vorgekämpft, und so war es ihm zu verdanken, dass die schützende Lichtkuppel wieder eingeschaltet werden konnte. Und vorher hatte er ihren Schülern das Leben gerettet. Seither achtete sie ihn nicht weniger als Vargaï, ihren ehemaligen Lehrer. Jetzt verstand Sohia endlich, warum der alte Weltwanderer sein Vertrauen Radjaniel geschenkt hatte.

Das konnte man jedoch nicht von allen Mitgliedern des Hohen Rats sagen. Die sechs Würdenträger saßen vor zwölfmal so vielen Weltwanderern und warteten darauf, dass endlich Stille einkehrte. Keiner von ihnen schien in der Nacht verletzt worden zu sein, und wenn doch, verbargen sie ihre Wunden gut. Das war eine erste Nachricht an alle Weltwanderer: Sie dürften sich von den Ereignissen nicht aus der Fassung bringen lassen. Der Hohe Rat war noch da, und die Lehrer konnten sich auf ihn verlassen. Auch wenn der leere Stuhl von Zakarias, dem Verräter und Verursacher der Tragödie, ihnen nur zu deutlich vor Augen hielt, dass nichts mehr so war wie zuvor.

»Jorensans und Joransames«, begrüßte Denilius die Anwesenden. »In diesen schrecklichen Stunden fällt es mir schwer, mich über meine Rückkehr zu freuen. Natürlich bin ich froh, euch alle wiederzusehen, aber mir blutet das Herz, wenn ich sehe, was unserer Schule widerfahren ist. Angesichts der Schwere unserer Verluste kann ich leider kein Glück empfinden.«

Er wandte sich dem ältesten Ratsmitglied zu, dem Obersten Schreiber, der neben ihm saß, und erteilte ihm das Wort.

»Jor Selenimes, wenn Ihr so freundlich wärt …«

Der Alte nickte, und jeder konnte seine Erschöpfung und seinen Kummer sehen. Nach zwei misslungenen Versuchen, sich vor der Versammlung zu erheben, blieb er sitzen und entrollte mühsam ein Pergament.

»Das ist die schwierigste Aufgabe, die ich in Ausführung meines Amts je zu bewältigen hatte«, verkündete er mit zittriger Stimme. »Ich verlese nun die Liste mit allen Opfern, die mir bisher gemeldet wurden.«

Die Reihe der Namen, die er nun vorlas, wollte kein Ende nehmen. Jeder Name verursachte im Publikum die unterschiedlichsten Reaktionen: Ausrufe des Unglaubens, lautes Schluchzen oder ein Fausthieb auf eine Bank. Sohia selbst war mit drei der verstorbenen Weltwanderer zur Schule gegangen, und ihr Tod erschütterte sie sehr. Noch stärker allerdings traf sie die Anzahl der Schüler, die den Chimären zum Opfer gefallen waren; es waren so viele!

Endlich ließ Selenimes das Pergament sinken und vergrub das Gesicht in den Händen. Sohia bewunderte ihn dafür, dass er die düstere Bestandsaufnahme ausgeführt hatte, ohne sich eine einzige Pause zu gönnen. Nach kurzem, spannungsgeladenem Schweigen straffte Denilius die Schultern und verkündete: »Die Liste muss noch durch die achtzehn Namen der Seeleute ergänzt werden, die auf dem Schiff starben, das mich nach Zauberranke zurückgebracht hat. Ich werde diese Unglücklichen nicht vergessen, und das sollte niemand von uns. Aber als Magister trauere ich natürlich vor allem um die Mitglieder unserer Bruderschaft. Aus unseren Reihen gab es dreiundachtzig Opfer. Dreiundachtzig Menschenleben wurden brutal beendet, und siebenundsechzig davon waren Schüler, größtenteils Erst- und Zweitkreisler. Wir haben diese Kinder aus allen Ländern Gonelores zu uns geholt und geschworen, sie zu beschützen. Es waren Unschuldige, die den Beruf des Weltwanderers von uns lernen wollten. Gonelore selbst trauert an diesem Morgen um seine jungen Schützlinge, und unsere Welt ist in größerer Gefahr als je zuvor.«

Alle Versammelten schwiegen betroffen, und Sohia ging durch den Kopf, wie recht der Magister hatte. Jeder von ihnen ahnte, wie schlimm es um sie stand, aber Denilius hatte wieder einmal die passenden Worte gefunden. Wie immer hatte alles, was der Magister tat oder sagte, etwas Pathetisches an sich. Das war nicht einmal seine Absicht, aber mit seinem hohen Wuchs, seinem ernsten Gesicht, dem langen roten Haar, das ihm auf die grüne

Robe wallte, und nicht zuletzt wegen der Streitaxt, die an seiner Hüfte baumelte, flößte er ganz einfach Ehrfurcht ein.

Sohia vergaß manchmal, dass der Magister der ältere Bruder von Vargaï war. Das Einzige, was die beiden gemeinsam hatten, waren ihre Beharrlichkeit und ihre Hingabe an die Bruderschaft.

»In diesen leidvollen Zeiten«, fuhr Denilius fort, »müssen wir uns vor allem der Unglücklichen annehmen, die immer noch zwischen Leben und Tod schweben. Ich bete zu allen Göttern, dass jeder von ihnen den Kampf gegen das Schicksal gewinnt. Doch selbst dann sind die meisten dieser tapferen Seelen für Zauberranke verloren. Mindestens elf unserer Schüler werden ihr Leben lang von ihren Verletzungen gezeichnet bleiben und zu ihren Familien zurückkehren müssen. Und wie viele andere, die das Glück hatten, den Chimären zu entkommen, werden die Schule verlassen und das Bandelier ablegen? Gut fünfzehn Fälle sind mir bereits gemeldet worden. Weitere werden sicherlich folgen. Das Fortbestehen der Bruderschaft steht abermals auf dem Spiel, gerade jetzt, wo die Welt sie am dringendsten braucht. So lautet die traurige Bilanz einer Schlacht, wie sie Gonelore seit dreißig Jahren nicht mehr erlebt hat. Niemand kann sagen, wir seien siegreich daraus hervorgegangen – nicht angesichts all der toten Körper, die nun am Strand aufgebahrt sind.«

Der Magister legte abermals eine Pause ein, und wieder senkte sich schwere Stille über den Saal. Offenbar hatte er die Lehrer nicht versammelt, um ihnen Mut zuzusprechen oder ihnen für ihre Heldentaten zu gratulieren. Doch lange blieb es nicht stumm, dazu waren die Gemüter zu erhitzt.

»Und was nun, Jorensan?«, rief jemand. »Sagt uns endlich, was Ihr von uns erwartet! Ich selbst habe zwei Schüler verloren. Wollt Ihr mich etwa von Neuem auf die Reise schicken, um neue Rekruten zu finden?«

Denilius warf dem Fragenden einen finsteren Blick zu, um ihn für seine Kühnheit zu strafen. Selbst in dieser außergewöhnlichen Lage war es streng verboten, ein Mitglied des Hohen Rats anzusprechen, ohne dazu aufgefordert worden zu sein.

»Ich verstehe Eure Erregung, Jor Borgane, ja ich teile sie sogar. Dennoch ist es in diesen schlimmen Zeiten wichtig, dass jeder von uns die Gesetze und Traditionen der Bruderschaft respektiert. Wir müssen unseren Schülern mit gutem Beispiel vorangehen. Um Eure Frage zu beantworten … Nein, wir werden uns nicht nach neuen Rekruten umsehen. Zumindest nicht mehr in diesem Jahr. Jor Arold, bitte …«

Der Oberste Hüter stand auf, rückte sein Monokel zurecht und räusperte sich. Sohia war der Mann schon immer zuwider gewesen, doch einige Stunden zuvor war sie Zeuge geworden, wie er Denilius in die Arme gefallen war. Unsicher, was das zu bedeuten hatte, beschloss sie, ihm noch eine Chance zu geben.

»Wir werden einige Umverteilungen vornehmen«, erklärte er. »Alle Schüler, die in Zauberranke bleiben wollen und ihre Lehrer verloren haben, werden einem anderen Lehrer zugeteilt. Natürlich darf niemand mehr als fünf Schüler aufnehmen, diese Regel bleibt bestehen. Auch Wachdienste, Arbeiten für die Gemeinschaft und Lehrtätigkeiten werden auf alle verbliebenen Schultern verteilt. Und der Rat ermutigt all jene von Ihnen, die dazu imstande sind, den Unterricht so schnell wie möglich wieder aufzunehmen.«

Mit diesen Worten nahm er wieder Platz, aber ungeachtet dessen schossen mehrere Hände in die Luft. Jeder hatte eine Frage bezüglich der neuen Maßnahmen, jeder hielt sich für einen Sonderfall, und Jor Arold würde alle Hände voll zu tun haben, die Gemüter zu beschwichtigen. Sohia hatte beinahe Mitleid mit dem Monokelträger. Doch sie konnte nicht vergessen, wie despotisch und arrogant er sich aufgeführt hatte, als er einige Wochen lang das Amt des Magisters innegehabt hatte.

»Jor Gregerio, Ihr seid an der Reihe«, verkündete Denilius.

Der Angesprochene, der mit überkreuzten Beinen dagesessen

hatte, erhob sich und strich sich über seinen Oberlippenbart. Wie seine Vorgänger wirkte er nicht überrascht, dass Denilius ihn aufgerufen hatte. Offenbar hatten sich die Ratsmitglieder vorher abgesprochen, um nach den Wirren der letzten Nacht Geschlossenheit zu demonstrieren. Ihre Diskussion war sicherlich ziemlich hitzig gewesen, auch wenn der Magister am Ende traditionell das letzte Wort hatte.

Sohia hatte Schwierigkeiten, Gregerio richtig einzuschätzen. Man sagte ihm große Fähigkeiten auf seinem Gebiet nach, und es hieß, er sei ein exzellenter Lehrer. Sohia hatte bisher noch keine Gelegenheit gehabt, seinem Unterricht beizuwohnen, allerdings gab es da offenbar ein Problem: Er schreckte auch nicht vor brutalen oder gefährlichen Lehrmethoden zurück, und da die meisten seiner Kollegen Angst hatten, ihn sich zum Feind zu machen, blieben seine Exzesse bisher folgenlos.

»Hätte man früher auf mich gehört«, begann er süffisant, »hätten wir heute wohl weniger Tote zu beklagen.«

Er wich bewusst Denilius' Blick aus, was keinem der Anwesenden entging. Zweifellos hatte ihm der Magister verboten, derartige Äußerungen von sich zu geben, aber wie so oft tat Gregerio, was er wollte.

»Seit Jahren erhebe ich die Forderung, dass jeder eine Waffe tragen sollte«, fuhr er fort. »Ob Tag oder Nacht, ob Lehrer oder Schüler. Auch wenn uns die Ranke seit Jahrhunderten Schutz bietet, war eine solche Katastrophe nur eine Frage der Zeit. Und vergesst nicht, dass wir praktisch auf einem Berg von Beschwörungsprismen schlafen! Was in den Wänden und im Boden unter unseren Füßen angesammelt ist, würde ausreichen, um zwei bis drei Länder Gonelores von der Landkarte zu tilgen.«

»Hört doch auf, solchen Unsinn zu reden!«, rief Vrinilia, die Prismenschmiedin, die mehr von Prismen verstand als alle anderen an der Schule.

Sohia respektierte die Fähigkeiten der alten Dame, hasste jedoch ihren Charakter; sie war berechnend, arrogant und herablassend. Sonst hielt sie sich bei solchen Debatten zurück wie eine Königin, die ihren Ministern lauscht, doch jetzt war sie aufgesprungen, um Gregerio zurechtzuweisen – sehr zu dessen Belustigung.

»Sprecht nicht von Dingen, von denen Ihr nichts versteht«, fauchte sie. »Genau diese Art von Gerede ist dafür verantwortlich, dass sich die dümmsten Gerüchte verbreiten, aus denen nie etwas Gutes entsteht! Selbst wenn unsere Prismensammlung so umfangreich wäre, wie Ihr behauptet – was nicht der Fall ist –, wäre sie genauso sicher verwahrt wie unser tatsächlicher Besitz.«

»Jora Vrinilia …«, versuchte der Magister, sie zu beschwichtigen.

»Ich bitte um Verzeihung, Jorensan, aber ich kann mir solchen Unsinn nicht stillschweigend anhören.«

»Also was nun?«, fragte der Oberste Fährtenleser spöttisch. »Existiert der berühmte Schatz von Gonelore oder nicht? Aber davon sprechen wir besser nicht, das Thema ist zu heikel, nicht wahr? Ihr müsst mir vergeben; ich habe nun mal die Angewohnheit, den Finger in die Wunde zu legen.«

»Gregerio!«, versetzte Denilius.

»Reißt Euch zusammen!«, schimpfte Selenimes.

»Ich wollte mich nur dafür entschuldigen, dass ich meine Forderung nach dem Tragen einer Waffe nicht mit mehr Nachdruck erhoben habe«, säuselte Gregerio. »Vergessen wir die Sache mit den Prismen also. Es ist jedoch unumstritten, dass wir von Chimären umgeben sind, die außerhalb von Zauberranke herumschleichen oder auf dem Schulgelände eingesperrt sind. Genau genommen tummeln sich in unserer Umgebung mehr Bestien als in jedem anderen Land Gonelores. Wir aber spazieren ahnungslos mit den Händen in den Taschen zwischen dem Strand und dem Dorf umher. Das darf nicht sein! Diese Nacht hätte weniger dramatische Folgen gehabt, wenn Lehrer wie Schüler über die Wahrscheinlichkeit einer bevorstehenden Schlacht aufgeklärt gewesen wären.«

Er hielt inne und sah den Magister vielsagend an, bevor er fortfuhr: »Von diesem Tag an hat jeder die Pflicht, zu jeder Zeit eine Waffe bei sich zu tragen, auch innerhalb des Schulgeländes. Hiermit beauftrage ich Jor Radjaniel, in der nächsten Zeit einige Hundert Schwerter für unsere Schüler herzustellen. Die getöteten Chimären liefern dafür ausreichend Material. Zusätzlich werden alle Lehrer so bald wie möglich damit beginnen, ihre Schüler im Fechten zu unterweisen. Das wird sicher einige Umstellungen bedeuten, aber bedenkt bitte, wie anders die Schlacht verlaufen wäre, wenn diese Maßnahmen schon vorab getroffen worden wären.«

Seine Worte führten zu einem regelrechten Aufruhr im Saal. Dutzende Weltwanderer baten darum, sprechen zu dürfen, doch weder der Fährtenleser noch Denilius oder ein anderes Ratsmitglied erteilte ihnen das Wort. Sie hatten die Entscheidung offenbar längst getroffen und kannten alle Argumente, die man dagegen hätte vortragen können. Sohia ging die Argumente rasch im Kopf durch: Man könne doch keine elfjährigen Kinder bewaffnen; es werde Unfälle geben; jeder kleine Streit werde zum blutigen Kampf ausarten; man müsse die Schüler erst einmal geistig und körperlich auf diese Herausforderung vorbereiten. Sämtliche Einwände waren berechtigt, doch Sohia wusste auch, dass Selenimes Liste an diesem traurigen Morgen noch um mindestens zehn Namen länger gewesen wäre, wenn Radjaniels Schüler unbewaffnet gewesen wären.

»Jeder darf die neuen Regeln in seinem eigenen Tempo umsetzen«, versicherte der Magister. »Es wird einige Wochen dauern, bis wir uns alle an die Neuerungen gewöhnt haben. Aber wir dürfen dieses Ziel nicht aus den Augen verlieren.«

Die Arme, die emporgeschnellt waren, sanken nun wieder herab, einige schneller, andere langsamer. Die Mehrheit der Weltwanderer schien die Entscheidung des Hohen Rats zu akzeptieren, und wer sich den neuen Gesetzen nicht unterwerfen wollte, dem stand es immer noch frei, Zauberranke zu verlassen und anderswo in Gonelore eine neue Schule zu gründen. Doch dazu kam es nur in den seltensten Fällen.

»Jetzt seid Ihr an der Reihe, Jora Maetilde«, sagte Denilius.

Die Oberste Gelehrte erhob sich und versuchte, ins Publikum zu lächeln, scheiterte aber kläglich: Die Ärmste war einfach zu erschöpft. Sohia zerriss es das Herz. Die ältere Weltwanderin war für sie eine Art Adoptivmutter, auch wenn sie ihr das nie gesagt hatte. Maetilde unterrichtete die jüngsten Schüler im Lesen, Schreiben und Rechnen. Zusätzlich kümmerte sie sich um Zauberrankes Nahrungsmittelversorgung und trug somit große Verantwortung. Auf diese Aufgabe bezog sich auch ihre Ansprache: »Ihr alle wisst, dass auch das Schiff, das gestern Abend ankam, angegriffen wurde. Nur wenige Seeleute haben das Massaker überlebt, indem sie sich in ihren Kabinen und auf dem Zwischendeck versteckt haben. Es sind leider nicht genug, sodass das Schiff vorerst nicht in See stechen kann. Doch durch die Gnade der Götter ist die Fracht, die sie geladen hatten, unbeschädigt geblieben. Unsere Schüler werden also in den nächsten Wochen genug zu essen und ausreichend neue Kleider haben. Bis zur nächsten Lieferung aus Messalyre, die am ersten Herbsttag eintreffen dürfte, können wir mühelos ausharren.«

»Das bedeutet allerdings«, warf Denilius ein, »dass Zauberranke mehr als einen Monat lang von der Außenwelt abgeschnitten sein wird. Unter normalen Umständen wäre das kein Problem, doch jetzt zwingt uns diese Situation, ein paar schnelle Entscheidungen zu treffen. Wir können weder die Verwundeten noch die Schüler, die das Bandelier ablegen und nach Hause zurückkehren wollen, so lange hierbehalten. Wir müssen also alles in unserer Macht Stehende tun, damit die Seeleute die Kinder nach Hause geleiten oder zumindest in einen sicheren Hafen bringen können.«

Er hielt inne und fuhr dann fort: »Wenn die Nacht weniger dramatisch verlaufen und die Zahl der Opfer geringer wäre, hätten wir erwägen können, auch die Toten zu ihren Familien zu überführen. Leider ist dies unmöglich. Ich hoffe also, dass Ihr die Kraft findet, Briefe über die Verdienste eines jeden Schülers oder Kollegen zu schreiben, den wir verloren haben. Jor Selenimes wird die Brief einsammeln und an die Angehörigen versenden.«

Zustimmendes Gemurmel erhob sich. So konnten sie den Opfern zumindest eine letzte Ehre erweisen. Wenn ein Weltwanderer starb, schickte man den Angehörigen traditionell auch sein Bandelier. Doch in diesem Fall, dachte Sohia, wäre die Geste unangebracht, weil die meisten Opfer noch keine Auszeichnungen gesammelt hatten.

»Ich erteile Jora Vrinilia das Wort«, erklärte Denilius. »Sie ist die Letzte, die zu uns sprechen wird.«

Die Prismenschmiedin erhob sich abermals, und wie immer war ihr Gesichtsausdruck stolz und unnahbar. Sie wartete, bis völlige Stille im Saal herrschte, und verkündete dann: »Der Wahnsinn, der Jor Zakarias dazu verleitet hat, sich vom Turm zu stürzen, hat uns der Dienste eines erfahrenen Leuchtturmwärters beraubt. Bis der Posten neu besetzt werden kann, hat mir der Rat die Verantwortung und Aufsicht über das Wahrzeichen unserer Schule übertragen, weil die Wissenschaft der Prismen mein Spezialgebiet ist. Ich danke unserem Magister und jedem Kollegen für dieses Zeichen der Wertschätzung und des Vertrauens, und ich verspreche, mich dessen würdig zu erweisen!«

Sie warf Gregerio einen vernichtenden Blick zu, weil sie wohl fürchtete, er würde den feierlichen Moment mit einer spöttischen Bemerkung ruinieren. Doch er blieb stumm und grinste nur verächtlich.

Wieder hoben einige Weltwanderer die Arme. Dieses Mal willigte Vrinilia ein, einen einzigen Lehrer zu Wort kommen zu lassen. Es war offensichtlich, dass sie ihre Macht genoss, und natürlich wählte sie einen jungen Mann aus, der ihr bereits treu ergeben war.

»Erst einmal möchte ich Euch herzlich zu dieser Ernennung gratulieren, Jorensame! Ich freue mich, den Schutz von Zauberranke in Euren Händen zu wissen. Aber könnt Ihr uns vielleicht etwas mehr über Zakarias' Motive und die Hintergründe der Geschehnisse erzählen? Es kursieren Gerüchte, dass es sich vielmehr um einen vorsätzlichen Verrat handelt und nicht um einen plötzlichen Anfall von Wahnsinn mit tragischen Konsequenzen … Gibt es etwa eine Verschwörung in unseren eigenen Reihen?«

Die ganze Versammlung schien in Erwartung der Antwort den Atem anzuhalten, und Sohia war keine Ausnahme. Der Magister hatte sie höchstpersönlich gebeten, nicht zu offenbaren, was sie über die Geschehnisse der Nacht wusste. Sie fragte sich, wie weit der Rat gehen würde, um das Geheimnis zu wahren.

»Zakarias hatte den Verstand verloren!«, wiederholte Vrinilia. »Sicherlich litt er seit Jahren unter einem Wahn, doch leider stand ihm niemand nah genug, um es zu bemerken. Bedenkt aber auch, dass dieser Mann zwei Drittel seines Lebens damit verbracht hat, auf der Jagd nach Chimären die Meere zu durchkreuzen, und dass er seit seiner Rückkehr die Tage oben auf dem Turm verschlief, um nachts arbeiten zu können … Leider ist niemandem die Veränderung in seinem Verhalten aufgefallen. Seine Geisteskrankheit gipfelte schließlich darin, dass er die Chimären in die Schule einließ. Offenbar wollte er sich nicht nur das Leben nehmen, sondern uns alle mit in den Tod reißen. Seid versichert, dass ich nicht denselben Fehler begehen werde. Niemandem wird es mehr erlaubt sein, dort oben in völliger Einsamkeit auszuharren. Wir werden immer zu zweit sein und uns mit der Wache abwechseln.«

Der junge Lehrer dankte ihr mit einer Verbeugung. Augenblicklich schossen zehn weitere Hände in die Höhe. Vrinilia ignorierte sie und wandte sich an den Messerschleifer, der am Rand des

Tisches saß: »Jor Radjaniel, Ihr seid der Letzte, der mit Zakarias gesprochen hat, bevor er sich das Leben nahm. Wirkte er zurechnungsfähig? Gibt es guten Grund, an seinem Verstand zu zweifeln? Keine Angst – wiederholt einfach, was Ihr dem Rat bereits mitgeteilt habt.«

Radjaniel bedachte Vrinilia mit einem finsteren Blick, den Sohia leicht deuten konnte. Um ihn zu ärgern, ließ ihn Vrinilia wie einen Dummkopf aussehen, der sich nicht traute, in der Öffentlichkeit zu sprechen. Das war eine schwere Beleidigung für jemanden, der bis vor wenigen Jahren die rechte Hand des Magisters gewesen war und den Posten bekleidet hatte, den nun Jor Arold innehatte. Doch Radjaniel ließ sich nicht provozieren: »Der Leuchtturmwärter sprach von Dingen, die er sich eingebildet hat. Als die Chiroptiden seinen Leuchtturm umkreisten, behauptete er, sie befehligen zu können. Als er seinen Irrtum erkannte, stürzte er sich vom Turm. Vielleicht waren seine Schuldgefühle am Ende doch zu groß. Das war alles.«

Mit einem Kopfnicken ermunterte ihn die Prismenschmiedin weiterzusprechen, doch Radjaniel blieb stumm. Immerhin reichten seine Worte, um die restlichen Arme herabsinken zu lassen. Nun, da ein weiteres Gerücht bestätigt worden war, machte sich eine gewisse Beschämung unter den Weltwanderern breit: Es war tatsächlich der notorische Säufer der Schule gewesen, der die Lichtkuppel über Zauberranke wieder eingeschaltet hatte. Radjaniel machte kein großes Aufhebens darum. Sein Bandelier strotzte ohnehin schon vor Auszeichnungen, was viele offenbar vergessen hatten, doch nun sahen sie ihn mit ganz neuen Augen. Und so kam niemand auf die Idee, seine Schilderung der Ereignisse infrage zu stellen …

Der Magister nutzte die betretene Stille und forderte Vrinilia und Radjaniel auf, sich wieder zu setzen.

»Wir werden in der nächsten Zeit noch ausführlich über die Geschehnisse sprechen«, erklärte er, »doch im Augenblick hat ein jeder von uns eine Vielzahl von Aufgaben zu bewältigen. Gibt es, bevor wir auseinandergehen, noch Bemerkungen oder Fragen zu einem Thema, das noch nicht erwähnt wurde?«

Das Publikum wartete gespannt, ob jemand die Gelegenheit ergreifen würde. Als Jor Kartigann in arroganter Manier die Hand hob, verzog Sohia das Gesicht. Sie hatte nichts als Verachtung für den Mann übrig. Ihre und seine Schüler kamen überhaupt nicht miteinander aus, und sie beide vertraten völlig unterschiedliche Ansichten darüber, was einen guten Weltwanderer ausmachte. So kam es jedes Mal, wenn sie miteinander zu tun hatten, zu Reibereien.

»Jor Denilius!«, rief Jor Kartigann jetzt. »Jeder von uns ist natürlich froh, Euch wiederzusehen. Aber dürften wir vielleicht endlich den Grund für die lange Abwesenheit unseres Magisters erfahren?«

Das Ratsoberhaupt lächelte leicht. Seine Miene schien zu sagen: »Treib kein Spiel mit mir, du Einfaltspinsel! Du hast ja keine Ahnung, worauf du dich einlässt.«

Seine tatsächliche Antwort fiel hingegen äußerst knapp aus: »Es war eine rein persönliche Angelegenheit. Ich wollte einige Verwandte treffen, die ich lange nicht gesehen hatte.«

Kartigann hakte nicht weiter nach. Sohia hingegen blieb der Mund offen stehen ... Erst vor wenigen Stunden war der Magister auf Jona zugelaufen und hatte ihn in die Arme geschlossen.

Da kam ihr Vargaï in den Sinn. Ihr väterlicher Freund hatte keine Ahnung von den Geschehnissen, die sich in Zauberranke abspielten.

Vermutlich steckte er im Augenblick selbst in den größten Schwierigkeiten ....

4

Für Vargaï gab es Schlimmeres, als gefangen gehalten zu werden. Er hatte Ähnliches schon zweimal durchgemacht und in weitaus schäbigeren Zellen gesessen als in diesem Holzhaus, das intensiv nach Wald duftete. Man hatte ihn noch nicht einmal verprügelt, und auch mit Folter hatte Tannakis bisher nur gedroht. Und Vargaï hatte seine Zweifel daran, dass er seine Drohung wirklich wahr machen würde. Im Grunde konnte sich der Weltwanderer mit seinem Dasein als Gefangener durchaus abfinden.

Etwas anderes störte ihn viel mehr: Man hatte ihm sein Bandelier und seine Waffen abgenommen, die er sonst nicht einmal zum Schlafen ablegte. Erneut verfluchte er sich selbst dafür, dass er eine Reihe von Fehlentscheidungen getroffen hatte. Er hätte diese Reise nicht unternehmen dürfen. Er hätte nach der Begegnung mit Tannakis Männern nicht weitergehen sollen, sondern auf sein Misstrauen hören sollen. Er hätte auch kein so kostbares Prisma zu einem Verräter der Bruderschaft bringen sollen. Und vor allem hätte er seinen jungen Schüler nicht mitnehmen sollen. Doch für Reue war es jetzt zu spät.

Andererseits hatte niemand ahnen können, dass Tannakis, ein ehemaliger Lehrer von Zauberranke und langjähriger Vertrauter Vargaïs, sich so sehr verändert hatte, dass er sie als Feinde behandelte. Sicher, Tannakis hatte seine eigene Schule eröffnet, die Enklave, und sich selbst zu dessen Magister ernannt … Er hatte sich mit seinen Anhängern tief in den Wald zurückgezogen, um dort unbeobachtet und abgeschnitten vom Rest der Welt zu leben. Aber wer hätte wissen können, dass der Abtrünnige sein Lager in eine gesicherte Festung verwandelt hatte? Dass er sogar eine kleine Armee befehligte? Noch beunruhigender war, dass der Mann von unbändigem Ehrgeiz angetrieben war. Vargaï hatte immer noch nicht herausfinden können, welche Absichten der Mann, der ihn gefangen genommen hatte, eigentlich verfolgte. Immer wieder spielte er im Geiste alle Möglichkeiten durch, eine düstere als die andere. Er würde sich weniger Sorgen machen, wenn er sein Bandelier auf der Brust spüren könnte. Er trug den Ledergurt schon so viele Jahre, dass er fast zu einem Körperteil geworden war. Allein, ihn zu berühren, gab ihm Sicherheit, wie bei einem Kind, das seine Puppe überall mit hinnimmt. Vor allem aber hatte sein Bandelier mehrere Geheimfächer, in denen sich unter anderem ein kleiner, nadelspitzer Dolch und ein einfacher Dietrich befanden. Beide Gegenstände hätte er in seiner Lage gut gebrauchen können.

Doch Tannakis war kein Risiko eingegangen. Immerhin war der Verräter selbst ein erfahrener Weltwanderer; er kannte alle Tricks der alten Garde. So hatte er seinen beiden Gefangenen nicht nur alle Schwerter, Messer und Prismen abgenommen, sondern auch die Bandeliere, die Stiefel und die Gürtel ihrer Hosen. Vargaï hatte sich nicht dagegen gewehrt. Wäre er allein gewesen, hätte er sich seinen Gegnern sicher widersetzt, und mit etwas Glück hätte er wohl auch die Oberhand gewinnen können. Doch die Räuber hatten auch seinen Schüler Vohn gefangen genommen, einen unschuldigen Zwölfjährigen, der ohne Vargaï gar nicht hier gewesen wäre. Um den Unglücklichen nicht zu gefährden, hatte sich der Weltwanderer Tannakis beugen müssen.

Seit gestern hatte er seinen Kerkermeister nicht mehr gesehen. Tannakis hatte ihn zu später Stunde und nach einem für beide Seiten unbefriedigenden Verhör in seine Zelle zurückgeschickt. Tannakis hatte eine Antwort verlangt, die ihm Vargaï nicht geben konnte, weil er sie nicht kannte. Der einzige Einfall, den er gehabt hatte, kam ihm selbst vollkommen abwegig vor. Und sollte er doch einen Funken Wahrheit beinhalten, war der Weltwanderer entschlossen, ihn niemals zu offenbaren.

Seit dem Vortag war niemand an seiner Zellentür erschienen. Der Weltwanderer hatte einen Teil der Nacht mit Nachdenken verbracht, bevor er sich dazu gezwungen hatte, ein wenig zu schlafen. Sollte sich ihm eine Gelegenheit zur Flucht bieten, durfte er auf keinen Fall übernächtigt sein. Doch es fiel ihm schwer, zur Ruhe zu kommen.

Als der Morgen dämmerte und Sonnenlicht durch die Gitterstäbe fiel, wurde Vargaï immer noch von düsteren Gedanken geplagt. Und jedes Mal, wenn er die Hand an die Brust hob, um nach seinem Bandelier zu tasten, stieg erneut Wut in ihm auf.

Man ließ ihn noch eine ganze Weile in seiner Zelle schmoren, mindestens bis zum Mittag, worauf ihn sein knurrender Magen hinwies. Endlich erklangen Schritte auf dem Gang. Der Neuankömmling wechselte ein paar unverständliche Worte mit dem Wachmann, dann wurde der Riegel zurückgeschoben. Die Tür wurde vorsichtig aufgeschoben, so als rechnete der Besucher damit, dass Vargaï ihm an die Kehle sprang. Er gab sich möglichst gelassen, um den anderen in Sicherheit zu wiegen.

Vargaï freute sich, als er Yonnel in seine Zelle treten sah. Sicher hatte der junge Mann bei seiner Festnahme geholfen, aber er war ihm höflicher und weniger feindselig begegnet als der Rest von Tannakis Männern. Als er Yonnels Erregung bemerkte, wusste Vargaï sofort, dass etwas geschehen war. Überrascht hörte er, wie der Wachmann davonging.

»Ich bin hier, um Euch zu helfen, Jor Vargaï«, flüsterte Yonnel. »Wir haben nicht viel Zeit!«

Seine Nervosität war nicht zu übersehen. Der Alte blieb weiterhin misstrauisch. Aus irgendeinem Grund, den er nicht verstand, trug der junge Mann keine Waffe.

»Folgt mir! Ich werde so tun, als eskortierte ich Euch«, erklärte Yonnel. »Es wirkt überzeugender, wenn Ihr gefesselt seid. Reicht mir Eure Hände.«

Seine Worte klangen nicht wie ein Befehl, eher wie die Aufforderung, sich zu beeilen. Einige Augenblicke lang musterte Vargaï seinen unerwarteten Retter prüfend und beschloss dann, dass er nichts zu verlieren hatte. Er ließ sich jedoch nicht fesseln, sondern nahm das Seil, das ihm Yonnel hinhielt, und wickelte es sich mehrmals lose um die Handgelenke. So würde er sich im Notfall rasch befreien können.

»Gehen wir«, sagte Yonnel. »Wenn wir uns ruhig verhalten, dürfte es keine Probleme geben. Das Lager ist fast menschenleer. Die meisten Männer sind auf Patrouille.«

»Wohin bringst du mich? Und warum?«, wollte Vargaï wissen.

»Das erkläre ich Euch, wenn wir draußen sind. Die Wache wird in weniger als einer Minute zurückkehren. Bis dahin müssen wir hier weg sein.«

Mit einer Geste forderte er den Gefangenen auf, auf den Gang zu treten. Dann schloss er die Tür und schob den Riegel wieder vor. Der Trick war riskant, würde aber funktionieren, wenn sich der Wachmann nicht die Mühe machte, nach dem Gefangenen zu sehen.

Yonnel legte den Finger an die Lippen, und die beiden Männer schlichen den Gang entlang. Gleich darauf traten sie in den kühlen Herbstmorgen hinaus. Vargaï ließ den Blick schweifen und prägte sich alle nützlichen Details ein: Die Lage der Gebäude und Ställe sowie die Anzahl und Position der Wachleute. Es waren tatsächlich weniger Männer als am Tag zuvor. Was hatte Tannakis dazu bewogen, seine Verteidigung zu schwächen? Welchen Auftrag hatte er seinen Männern erteilt? Was es auch war, es verhieß nichts Gutes.

Vargaï wartete auf die Gelegenheit, Yonnel einige Fragen zu stellen, doch die neugierigen Blicke der Wachen ließen es noch nicht zu. Zum Glück fragte niemand Yonnel, wohin er den Gefangenen so früh am Morgen brachte, und so durchquerten der junge Mann und sein angeblicher Gefangener das halbe Lager, ohne angehalten zu werden. Nachdem sie ein weiteres Gebäude aus angespitzten Rundhölzern passiert hatten, bog der Jüngling in einen schmalen Durchgang ein und winkte Vargaï, ihm zu folgen. Der ließ sich nicht lange bitten, denn in dem Durchgang waren sie endlich vor den Blicken der Wachen geschützt. Vargaï streifte das Seil ab, während Yonnel ihn zum Ende der Sackgasse zog.

»Hier ist ein Spalt in der Palisade«, erklärte er. »Es ist ein wenig eng, aber Ihr müsstet hindurchpassen. Auf der anderen Seite müsst Ihr nach links am Zaun entlanglaufen. Nach etwa dreißig Metern stoßt ihr auf einen Graben, der zum Wald hinunterführt. Wenn ihr euch tief hineinduckt, könnt ihr verschwinden, ohne dass Euch die Wachen entdecken.«

Schweigend betrachtete der Alte den Spalt in der Palisade. In der Tat würde er vermutlich so gerade eben hindurchpassen. Es kam ihm seltsam vor, dass ein Spalt von dieser Größe bisher niemandem aufgefallen war. Als er die Stelle genauer untersuchte, entdeckte er ein durchgeschnittenes Seil am Boden und Spuren im Sand, die davon zeugten, dass eine der Palisaden verschoben worden war. Jemand hatte einen Spalt in der Befestigungsanlage erschaffen, und es war noch nicht lange her.

»Ich habe mich darum gekümmert, bevor ich Euch holen kam. Sobald Ihr draußen seid, müsste Ihr allein zurechtkommen.«

Doch anstatt sich, wie es der junge Mann zu erwarten schien, sofort durch den Spalt davonzumachen, musterte Vargaï seinen Befreier und fragte: »Warum tust du das, Yonnel? Was hast du davon?«

»Nichts als einen Haufen Schwierigkeiten«, erwiderte er. »Aber ich konnte nicht tatenlos zusehen. Ich hatte nie etwas gegen Euch, Jor Vargaï.«

»Und Tannakis, was genau hat er vor?«

»Verzeihung, Jorensan. Ich weiß nicht viel darüber und bin außerdem zum Schweigen verpflichtet. Ihr solltet Euch jetzt besser beeilen!«

Vargaï rührte sich immer noch nicht. Seltsamerweise wirkte Yonnel viel nervöser als er selbst. Er fühlte sich seltsam unbeteiligt, als ginge ihn das alles nichts an. Irgendwie machte man ihm diese Flucht zu leicht.

»Ich werde nicht davonlaufen«, erklärte er. »Nicht, bevor ich nicht wiedererlangt habe, was in meinen Augen das Kostbarste ist.«

»Das Prisma?«, fragte Yonnel. In seinen Augen leuchtete etwas auf.

Vargaï konnte einen Seufzer nicht unterdrücken. Tannakis hatte also bereits einige seiner Männer eingeweiht, vielleicht sogar alle. Dadurch wurde die Angelegenheit noch komplizierter.

»Nein, nicht das Prisma«, sagte er. »Vohn, meinen Schüler. Auf keinen Fall werde ich ihn hier allein zurückzulassen.«

Die Miene des Jünglings verdüsterte sich schlagartig.

»Da ist nichts zu machen, Jorensan. Der Junge ist im Haus des Magisters eingesperrt. Ihn zu befreien wäre Wahnsinn!«

»Du musst mir nicht helfen«, antwortete Vargaï. »Du hast genug für mich getan. Nur eins noch: Gib mir eine Waffe, falls du eine bei dir hast.«

Yonnel schüttelte verlegen den Kopf.

»Ich kann Euch nicht dabei helfen, meine Kameraden zu töten«, murmelte er. »Das haben sie nicht verdient. Ich weiß, dass man Euch nicht gerade freundlich behandelt hat, aber glaubt mir, das geschah aus gutem Grund. Eines Tages werdet Ihr es vielleicht verstehen.«

Nach kurzem Zögern fuhr er fort: »Statt zu fliehen, könntet Ihr Euch auch auf unsere Seite schlagen. Oder sogar hier bei uns in der Enklave bleiben. Wir alle kämpfen doch für dasselbe

Ziel, auch wenn sich unsere Methoden unterscheiden. Wir wollen nicht mehr in Angst vor den Chimären leben. Und bei diesem Kampf könnte uns Euer Prisma sehr helfen. Ich wüsste zu gern, wo Ihr es gefunden habt …«

Seine Augen schimmerten hoffnungsvoll. Für Vargaï jedoch war die Sache durch seine Worte endgültig entschieden.

»Deshalb bist du also in meine Zelle gekommen?«, rief er anklagend. »Um mich auszuhorchen!«

»Nein, nein«, verteidigte sich der Jüngling. »Ich meine nur, dass der Magister nicht nach Euch suchen lassen würde, wenn Ihr mir Euer Geheimnis preisgebt. Und den Jungen würde er auch freilassen.«

»Was für ein Narr ich bin«, schimpfte der Weltwanderer leise. »Und wie ging der Plan weiter? Was, wenn ich durch den Zaun geschlüpft und davongerannt wäre? Hättest du mich verfolgt? War dein Mitleid nur vorgetäuscht, um mein Vertrauen zu gewinnen?«

Der junge Mann hielt seinem Blick einige Augenblicke lang stand, ohne sich zu rühren. Als er schließlich antwortete, wirkte er aufrichtig. Aber Vargaï kam nicht umhin, ihm fortan zu misstrauen.

»Alles, was ich gesagt habe, ist wahr, Jorensan«, versicherte Yonnel. »Wir müssen keine Feinde sein.«

»Dann hättest du mich nicht schon zweimal in eine Falle locken sollen.«

Am liebsten hätte er seinem Gegenüber die Faust ins Gesicht geschlagen, doch das war sinnlos. Welche Möglichkeiten blieben ihm noch? Auf keinen Fall würde er ohne Vohn fliehen. Yonnel trug keine Waffe, die er ihm abnehmen konnte, und in der Nähe warteten sicherlich weitere von Tannakis' Männern, die ihn für den Fall, dass der Plan scheiterte, in seine Zelle zurückschleifen würden.

Seinem kämpferischen Naturell entsprechend, beschloss Vargaï, dass er geradewegs zu Tannakis gehen würde. Er marschierte den Durchgang entlang, weg von der Palisade, kam aber nicht weit. Plötzlich stellten sich ihm fünf Männer in den Weg, zwei davon Armbrustschützen. In ihrer Mitte stand der Magister der Enklave, der einstige Prismenschmied, der sich jetzt zum Kriegsherrn aufschwang; eine imposante Figur mit einem Doppelbandelier, an dem zwei Schwerter hingen, und einem geflochtenen Zopf, der an einen Skorpionstachel erinnerte.

»Wolltest du irgendwo hin?«, spottete der Hausherr. »Unbewaffnet und ohne Stiefel, wie ein gewöhnlicher Bettler?«

Vargaï ging nicht auf die Provokation ein. Bei Gelegenheit würde er sich dafür rächen. Furchtlos sagte er: »Lass uns frei, solange noch Zeit dazu ist, Tannakis. Mehrere meiner Kollegen in Zauberranke wissen, dass ich Euch aufsuchen wollte. Bald werden sie mein Ausbleiben bemerken und sich auf die Suche nach mir machen. Und dann steckst du in riesigen Schwierigkeiten.«

Tannakis lächelte noch breiter, als hätte Vargaï ihm einen guten Witz erzählt.

»Glaube mir, die haben im Augenblick andere Sorgen!«, höhnte er. »Es werden Monate vergehen, bis sich jemand dort um dein Schicksal kümmert. Und falls doch ein Neugieriger durch Zufall hier auftaucht, werden wir ihn gebührend empfangen.«

Er und seine Männer lachten dreckig. Was wollte der Verräter damit andeuten? Was war in Zauberranke geschehen? Und wie hatte er davon erfahren? Bereits am Tag hatte Tannakis Vargaï mit seinem Wissen überrascht. Es war fast, als säße er noch immer im Hohen Rat der Schule, die er Jahre zuvor verlassen hatte.

»Lass wenigstens meinen Schüler frei. Lass ihn in die nächste Stadt bringen, und ich verrate dir, woher ich das Prisma habe. Ich gebe dir mein Wort. Das ist es doch, was du wissen willst, oder?«

Es war ihm ernst damit. Er hatte Tannakis den Fundort ohnehin längst verraten: eine Drachenhöhle, vier Tagesreisen von

Zauberranke entfernt. Doch Tannakis hatte ihm nicht geglaubt und gedroht, ihn zu foltern, bis er die Wahrheit sagte.

Sein Vorschlag hatte nicht die erhoffte Wirkung. Nach einigem Überlegen sagte Tannakis: »Das hättest du dir ein paar Tage früher überlegen sollen. Dein Schüler weilt nicht mehr unter uns. Er ist letzte Nacht abgehauen, daher dieses Loch in meinem Zaun. Mach dir also keine Hoffnung auf einen Handel mit mir!«

Vargaïs grinste erfreut. Warum sollte Tannakis lügen? Vohn war tatsächlich ausgebrochen! Der Junge war offenbar einfallsreicher, als er vermutet hatte.

Leider verging Vargaï die Freude sofort wieder, als ihm die grausame Realität bewusst wurde. Sein Schüler hatte zwar große Tapferkeit bewiesen, war aber völlig unerfahren und für eine Flucht durch unwegsames Gelände schlecht ausgerüstet. Zudem wimmelte es in der Umgebung nur so von Chimären auf der Suche nach leichter Beute. Allein würde der Junge Zauberranke niemals erreichen.

»Ich nehme an, deine Männer suchen nach ihm?«, fragte er.

»Natürlich«, antwortete Tannakis. »Aber selbst wenn sie ihn lebend zurückbringen, ändert das nichts an der Situation.«

»Lass mich bei der Suche helfen«, schlug Vargaï vor. »Du weißt, dass ich ein guter Fährtenleser bin. Außerdem kenne ich die Gewohnheiten meines Lehrlings. Aber eins musst du wissen: Ich tue das nicht für dich, sondern um Vohn das Leben zu retten!«

Tannakis dachte eine Weile nach. Vermutlich überlegte er, wie hoch das Risiko war, dass ihm Vargaï während der Suche entwischte.

»Wenn ich dein Angebot annehme, wirst du mit uns zusammenarbeiten?«, vergewisserte er sich. »Wehe, du legt mich herein, denn dann werde ich meine Wut an deinem Schüler auslassen!«

»Sobald er in Sicherheit ist, sage ich dir alles, was ich weiß«, versicherte Vargaï.

Trotzdem hoffte er, dass es nie dazu kommen würde. Er wollte sein Geheimnis so lange wie möglich bewahren … Leider würde der Verräter früher oder später dahinterkommen, ob er ihm nun half oder nicht.

Das war reine Logik. Vargaï hatte das kostbare Prisma tatsächlich in einer Drachenhöhle gefunden, und das hatte er Tannakis auch verraten. Doch der Magister der Enklave war nicht von seinem Urteil abgerückt: Das Prisma war auf keinen Fall aus dem Atem eines Drakonids entstanden. Folglich müsse es von einer anderen Chimäre stammen. Von einer Kreatur, die in einem weit entfernten Horizont lebte, zweifellos unweit der Welt der Furien, den ursprünglichen Naturgewalten. Wenn Tannakis es schaffte, die Bestie zu finden und einzufangen, würde ihm das zusätzliche Macht verleihen.

Dabei vergaß der Verräter nur, dass noch ein weiteres Lebewesen in der Höhle gewesen war. Ein kleiner Junge, der das Gedächtnis verloren hatte und den die Weltwanderer auf den Namen Jona getauft hatten. Ein Unglücklicher, den die Weltwanderer nach Zauberranke gebracht hatten, obwohl sie nicht wussten, was sie dort mit ihm anfangen sollten. Schließlich hatten sie ihn unter den anderen Schülern versteckt, während sie darauf warteten, dass seine Erinnerung zurückkehrte und sich das Geheimnis um seine Herkunft lüftete. Sollte Tannakis noch einmal unvoreingenommen über die Sache nachdenken, würde er vermutlich zum selben Schluss kommen wie Vargaï.

War es möglich, dass Jona das Prisma erschaffen hatte? War der Junge ohne Gedächtnis selbst eine Chimäre, mächtiger als alle anderen?

5

Als Jona aufwachte, spürte er, wie sich seine Erinnerungen mit jedem Herzschlag davonstahlen. So erging es ihm in letzter Zeit immer. Alle Traumbilder, alle vergangenen Ereignisse, die er im Schlaf abermals durchlebt hatte, lösten sich auf, wenn die Gegenwart auf ihn einstürzte, eine Gegenwart, die so gar nichts mit seiner Vergangenheit zu tun hatte. Bald schon konnte er die letzten Erinnerungsfetzen nicht mehr von seinen Albträumen unterscheiden. Sobald er die Augen aufschlug, waren sie endgültig verschwunden. Die Schatten und Umrisse, die er in seinen Träumen gesehen hatte, flohen abermals ins Reich des Vergessens.

Er blinzelte und wusste nicht gleich, wo er sich befand. Im nächsten Moment erinnerte er sich an die Ereignisse der vergangenen Nacht: Der Kampf gegen die Chiroptiden in der Arena, wo die Schüler eingeschlossen gewesen waren ... Die rettende Ankunft Radjaniels ... Die Erstürmung des Leuchtturms ... Dælfines heroischer Versuch, die Chiroptiden zu vertreiben, der leider gescheitert war ... Nun ja, nicht ganz. Die Schreie des Mädchens hatten ihn aus seinem hypnotischen Zustand gerissen, und im letzten Moment hatte er den einzigen Namen gerufen, den sein Gedächtnis noch hergegeben hatte: »Wobiax!« Damit hatte er den Drakoniden herbeigerufen, der sie beschützt hatte. Denselben Drakoniden, in dessen Höhle die Weltwanderer Jona gefunden hatten.

Danach hatten sich die Ereignisse überschlagen. Jona war Zeuge des Wortgefechts zwischen Radjaniel und Zakarias geworden, bevor sich der Leuchtturmwärter von den Klippen stürzte. Danach hatten sie festgestellt, dass der Drakonid verschwunden war, wie auch die meisten Chiroptiden, die er angegriffen hatte. Hatten sie ihren Kampf hinter dem Schleier fortgesetzt? Oder hatten sie sich dorthin zurückgezogen, um in Frieden zu sterben? Der Junge hatte nicht viel Zeit gehabt, darüber nachzudenken. Ein halbes Dutzend Würdenträger war auf dem Leuchtturm aufgetaucht, darunter der Magister, der Vorsitzende des Hohen Rats von Zauberranke. Und dieser Mann hatte Jona stürmisch umarmt, weil er meinte, ihn wiederzuerkennen. Er hatte ihm sogar seinen angeblichen Namen verraten: Lehander.

Zwar war seine Erinnerung dadurch nicht zurückgekehrt, doch er hatte neue Hoffnung geschöpft. Er hatte den Magister mit Fragen bestürmt, angefangen bei der wichtigsten: Hatte er irgendwo eine Familie, die auf ihn wartete? Und wenn ja, wo?

Denilius war der Frage leider ausgewichen. Er hatte Jona – oder Lehander – die Treppe hinabgeführt und ihm in einem Arbeitszimmer ein halbes Glas süßen Wein zu trinken gegeben. Er hatte behauptet, das Getränk würde seinem Gedächtnis auf die Sprünge helfen. Kurz darauf war der Junge in einen tiefen Schlaf gesunken, aus dem er erst jetzt erwacht war. Dem einfallenden Licht nach zu urteilen, war es bereits später Vormittag.

Diesen Schreck musste der Junge erst einmal verkraften. Warum hatte man ihn auf einer Bank in diesem Arbeitszimmer zurückgelassen? Wo war Denilius? Und Radjaniel? Wo waren Gess, Dælfine, Nobiane und Berris? Was war ihnen zugestoßen?

Voller Groll setzte er sich auf die Bank und schlüpfte in seine Stiefel, die ihm jemand ausgezogen hatte. Der Wein allein hätte ihn nicht so lange schlafen lassen. Denilius musste ihm zusätzlich ein Schlafmittel verabreicht haben. Aber warum nur? Jona spürte, wie sein Vertrauen zu dem Magister schwand. In Zukunft würde er sich vor ihm in Acht nehmen. Vermutlich war auch der Name Lehander nur erfunden. Aber zu welchem Zweck? In diesem Augenblick sehnte er sich heftig nach Radjaniel, seinem Lehrer, und nach seinen Freunden, mit denen er Seite an Seite gekämpft hatte. Er erhob sich von der Bank, rückte sein Schwert zurecht, das an seinem Bandelier hing, und ging zur einzigen Tür des Zimmers. Doch als er sie öffnen wollte, stellte er fest, dass sie verschlossen war.

Kalter Schweiß brach ihm aus. Ihm fielen mehrere Gründe dafür ein, dass man ihn eingesperrt hatte, aber keiner war besonders aufmunternd. Die harmloseste Erklärung war noch, dass man ihn nach dem Kampf ganz einfach hier vergessen hatte und die Tür aus einem dummen Zufall verriegelt hatte. Die unangenehmste Möglichkeit war, dass man ihn absichtlich hier eingesperrt hatte und ihn gefangen hielt. Hatten Zakarias Verbündete womöglich Zauberranke eingenommen?

Schritte auf der Treppe steigerten seine Panik. Er lief zur gegenüberliegenden Wand und zog sein Schwert, doch die Waffe half nicht gegen seine Angst. Wer auch immer das Arbeitszimmer betreten würde, würde sie vermutlich nicht als besonders bedrohlich empfinden. Und zumindest damit hatte er recht …

Der Riegel wurde zurückgeschoben, und Jona hatte keine Ahnung, was ihn erwartete. Als im nächsten Moment der Magister durch die Tür trat, senkte er sein Schwert nicht.

»Was für eine Begrüßung!«, sagte Denilius. »Man sagte mir bereits, dass du eine schlimme Nacht hinter dir hast, Lehander … Ich erinnere mich, dass du schon als kleiner Junge oft Albträume hattest. Doch damals konnte man dich noch mit einer Umarmung trösten, ohne sich in Lebensgefahr zu begeben!«

Jona blieb misstrauisch. Erst als Denilius gelassen und ohne jede Feindseligkeit auf einem Stuhl Platz nahm, kam er sich ein wenig albern vor. Außerdem, wenn der Mann tatsächlich vorhatte, ihn anzugreifen, würde ihm auch seine vierzig Zentimeter lange Klinge wenig nützen. Schließlich steckte der Junge das Schwert in die Scheide zurück, blieb aber wachsam.

»Warum habt Ihr mir ein Schlafmittel gegeben? Und mich eingesperrt?«, fragte er vorwurfsvoll. »Weiß Radjaniel davon? Das wird ihm nicht gefallen!«

»Oh, er ist über alles im Bilde«, versicherte der Magister. »Ich habe ihm gesagt, dass du in Sicherheit bist, und er hat darauf bestanden, sich selbst davon zu überzeugen. Er war hier, während du geschlafen hast. Das ist noch gar nicht lange her. Leider konnte er nicht bleiben, da er viel zu tun hat. Jedenfalls war er es, der dich in meine Obhut gegeben hat.«

»Aber warum?«, hakte Jona nach.

»Das sagte ich doch bereits: zu deinem eigenen Schutz. Wir wussten nicht, ob uns noch weitere böse Überraschungen erwarteten, und um ehrlich zu sein, wissen wir auch heute Morgen nicht viel mehr. Aber es scheint, als wärst du auf die eine oder andere Weise mit einem Drakonid verbunden. Wir wollten dich außer Gefahr bringen. Hinterher hätte die Bestie dich noch gepackt und wäre mit dir fortgeflogen.«

Der Junge runzelte die Stirn, keineswegs überzeugt von dieser Erklärung.

Schließlich gestand Denilius: »Vielleicht habe ich ein wenig überreagiert. Aber ich hoffe, du kannst mir vergeben. Ich war so glücklich und froh, dich wiederzusehen, dass mein Urteilsvermögen wohl ein wenig gelitten hat. Ich wollte dich auf keinen Fall wieder verlieren. Das war das Schlimmste, was mir hätte passieren können! Ich wusste, dass es schwierig werden würde, die Chimären zu vertreiben und den Leuchtturm wieder in Betrieb zu nehmen, also habe ich dich in Sicherheit gebracht. Das war ohne Frage selbstsüchtig von mir, das gebe ich gern zu. Und auch ein wenig feige.«

Jona schwieg immer noch. Die Erklärung klang plausibel, aber er hatte sich fest vorgenommen, nicht mehr so leichtgläubig zu sein. Außerdem schüchterte ihn der Magister ein. Der Mann strahlte Autorität, Gelassenheit, Erfahrung und Klugheit aus. Es war schwer, ihn sich als Feigling vorzustellen.

»Du erkennst mich also wirklich nicht wieder?«, fragte Denilius. »Du hast nicht die kleinste Erinnerung an mich oder an Zauberranke?«

Jona schüttelte den Kopf, bevor er antwortete: »Zauberranke? Wieso Zauberranke?«

»Weil du schon einmal hier warst«, erklärte der Magister.

Trotz aller guten Vorsätze spürte Jona sein Misstrauen bröckeln. Wie gern hätte er alles geglaubt, was man ihm erzählte, wie sehr sehnte er sich danach, endlich etwas über seine Vergangenheit zu erfahren!

»Das ist schon eine ganze Weile her«, fügte Denilius an. »Du warst damals gerade einmal vier Jahre alt. Aber du hast mehrere Monate auf der Halbinsel verbracht. Schade, dass du dich nicht mehr erinnerst.«

Dem Jungen kam in den Sinn, wie fasziniert er bei seiner Ankunft von dem Leuchtturm gewesen war. Vor dieser blutigen Nacht war er überzeugt gewesen, dass ihm der Turm dabei helfen könnte, seine Erinnerung wiederzuerlangen, dass er der Schlüssel zu seinem Gedächtnis wäre. Und selbst jetzt gab er den Gedanken nicht ganz auf. Zog ihn der Turm vielleicht so sehr an, weil er ihn als kleines Kind schon einmal gesehen hatte? Das war nicht ausgeschlossen, und es war ein Anfang. Vielleicht würde er das Rätsel seiner Herkunft ja doch noch lösen können.

»War ich damals … mit meinen Eltern hier?«

Es kostete ihn all seinen Mut, diese Frage zu stellen. Er hatte Angst, belogen zu werden, und noch mehr Angst hatte er vor einer traurigen Nachricht. Und tatsächlich verhieß der Gesichtsausdruck des Magisters nichts Gutes.

»Leider nicht«, erwiderte Denilius leise. »Deine Eltern starben, kurz bevor du hierhergekommen bist. Das ist auch der Grund, warum du überhaupt nach Zauberranke gebracht wurdest. Es tut mir leid, aber es gibt keine schonendere Möglichkeit, dir das beizubringen.«

Jona nickte. Vielleicht sollte er weinend auf die Knie sinken und um seine toten Eltern trauern, aber er rührte sich nicht. Vermutlich lag es daran, dass er sich schon lange als Waise fühlte – eigentlich seit dem Moment, als die Weltwanderer ihn in der Höhle gefunden hatten. Außerdem erinnerte er sich überhaupt nicht an seine Eltern. Die Trauer würde sich wohl erst einstellen, wenn er das Gedächtnis wiedererlangte. Falls es je dazu kommen sollte …

»Wie hießen meine Eltern?«, fragte er mit zusammengekniffenen Lippen, »und was ist mit ihnen geschehen?«

»Ich kannte sie nicht persönlich«, sagte der Magister, »aber ich weiß, dass deine Mutter Ciryelle hieß. Sonst weiß ich nicht viel über die beiden, außer dass sie östlich von Janelval lebten und von einer Krankheit dahingerafft wurden. Genaueres weiß ich leider nicht.«

Ciryelle … Jona konzentrierte sich einige Augenblicke lang auf den Namen, doch in seiner Erinnerung regte sich nichts. Stattdessen tauchten die Gesichter von Frauen, die ihm seit seinem Gedächtnisverlust begegnet waren, vor seinem geistigen Auge auf: Sohia, Maetilde, Vrinilia … Wenn eine von ihnen seiner Mutter ähnelte, war das reiner Zufall. Und vor allem würde er es nicht einmal merken! Vielleicht würde er sich nie wieder an seine Eltern erinnern, an ihr Lachen, an ihre Umarmungen!

Er wandte sich kurz ab, zwang sich aber, nicht in Trübsinn zu verfallen. Sein Blick wanderte über die Landschaft, die er durch das Fenster sah. Direkt unter ihm lag der alte Kern von Zauberranke, und dahinter erstreckte sich hinter der Kristallbarriere, die die Schule schützte, der Ozean. Also war er schon als kleines Kind über dieses Gelände spaziert, lang bevor Vargaï ihn hergebracht hatte?

»Wer hat mich damals hergeholt?«, fragte er plötzlich. »Wart Ihr das? Hierher, in den Leuchtturm?«

»Nein, ich hatte nichts damit zu tun«, sagte Denilius. »Du warst in einem der Häuser untergebracht, die wir für Gäste bereithalten.«

Als er den verblüfften Gesichtsausdruck des Jungen sah, fügte er hinzu: »Du weißt doch vermutlich, dass ein Fremder in das Haus eines Weltwanderers einziehen darf. Manchmal sind wir monatelange unterwegs, weil wir weite Reisen unternehmen, und wir müssen sicher sein können, bei unserer Rückkehr ein Heim vorzufinden. Diese alte Tradition ist in vielen Ländern Gonelores sogar Gesetz geworden. Allerdings hat jeder von uns gleichzeitig die Pflicht, anderen Weltwanderern Unterkunft zu geben, wenn sie darum bitten. Hier in Zauberranke haben wir deshalb eine Handvoll Häuser, in denen Weltwanderer auf der Durchreise wohnen können. Allerdings werden sie nur sehr selten in Anspruch genommen.«

Jona brauchte eine Weile, bis er verstand. Dann riss er überrascht die Augen auf.

»Ich wurde also von einem Weltwanderer hergebracht?«

»In der Tat. Genauer gesagt, von einer Weltwanderin. Von deiner Großmutter Lygwenn.«

Dem Jungen wurde schwindelig. Nicht, weil ihm der Name etwas sagte, denn auch an diese Großmutter hatte er keine Erinnerung, sondern weil er sich nie erträumt hatte, dass er eng mit der Bruderschaft der Weltwanderer verbunden war. Und er wurde das Gefühl nicht los, dass dies noch nicht die letzte Überraschung an diesem Morgen sein würde.

»Sie ist deine Großmutter mütterlicherseits«, fügte der Magister hinzu. »Sie sprach häufiger von ihrer Tochter als von ihrem Schwiegersohn, weshalb mir sein Name leider entfallen ist. Nach dem Tod deiner Eltern ist sie mit dir herkommen. Die Sache hat sie damals stark mitgenommen, und sie war bei ihrer Ankunft hier ziemlich erschöpft, weil sie unterwegs gegen mehrere Chimären gekämpft hatte. Doch in den Monaten, die sie hier in Zauberranke verbracht hat, erholte sie sich gut. Sie genoss den Frieden und den Schutz, den die Schule bot, sehr. So begegneten wir uns und freundeten uns an … Und auch dich schloss ich in mein Herz, Lehander.«

Jona antwortete nicht. Er versuchte, das Gesicht seiner Großmutter heraufzubeschwören, doch da war einfach nichts. An das, was Denilius ihm erzählte, würde er sich allerdings bis an sein Lebensende erinnern.

»Was ist aus ihr geworden?«, wagte er schließlich zu fragen. »Ist sie … noch am Leben?«

Der Schatten, der über das Gesicht des Magisters huschte, versetzte ihm einen Stich. Er stellte sich bereits auf eine weitere schlechte Nachricht ein und war beinahe erleichtert, als Denilius sagte: »Ich weiß es nicht. Wir sind uns seit damals nicht mehr begegnet. Ehrlich gesagt hatten wir vereinbart, uns an deinem elften Geburtstag in Janelval wiederzusehen. Das war letzten Monat. Aber Lygwenn war nicht da.«

Er zögerte und fuhr dann fort: »Ich habe überall nach ihr gefragt, und man schickte mich zu einem kleinen Haus außerhalb der Stadt. Offenbar handelte es sich um das Haus deiner Eltern, in dem deine Großmutter dich aufgezogen hat. Aber es war nur noch eine Ruine davon übrig, mein Junge. Es sah aus, als ob ein ganzer Schwarm Drakonide darüber hergefallen wäre. Zum Glück fand ich keine Leichen … Doch ich ging nicht davon aus, euch beide je wiederzusehen. Bis heute Nacht. Es ist ein wahres Wunder!«

Jona rang um Fassung. Hatte er all das wirklich erlebt? War er bei einer Weltwanderin aufgewachsen und hatte mit ansehen müssen, wie sein Zuhause von Chimären zerstört wurde? Er brauchte endlich Gewissheit!

»Vielleicht irrt Ihr Euch«, sagte er. »Vielleicht bin ich gar nicht der Junge, von dem Ihr sprecht … Das alles ist Jahre her, und ich sehe vielleicht ganz anders aus als früher! Wie könnt Ihr sicher sein, mich wiederzuerkennen?«

»Ich habe keinen Zweifel«, entgegnete der Magister. »Du bist immer noch so blond wie früher. Dein Haar erinnert an ein reifes Getreidefeld im Sommer. Und du siehst deiner Großmutter ungeheuer ähnlich. Du hast ihre Augen, und dann ist da noch dieses kleine Grübchen am Kinn.«

Denilius streckte die Hand danach aus, aber Jona wich instinktiv einen Schritt zurück. Sofort schämte er sich für sein Misstrauen. Bisher hatte ihm der Magister von Zauberranke nur Freundschaft und Geduld entgegengebracht. Und an der Art, wie er von dieser Lygwenn sprach, konnte man erkennen, dass sie einander recht nahestanden. Vielleicht waren ihre Gefühle sogar noch tiefer.

»Warum habt Ihr Euch so lange aus den Augen verloren?«, fragte er unvermittelt.

Das Gesicht des Magisters verdüsterte sich.

»Ich habe keineswegs so viele Freiheiten, wie man allgemein annimmt, und Lygwenn wollte für einige Zeit auf Abstand zur Bruderschaft gehen, zumindest solange du heranwuchst. Aber wie ich bereits sagte, hatten wir vereinbart, uns an deinem elften Geburtstag wiederzusehen. Um ehrlich zu sein, wollte ich dir vorschlagen, als Schüler nach Zauberranke zu kommen. Und hier sind wir nun. Eine seltsame Fügung des Schicksals, nicht wahr?«

Seine Stimme verriet, dass ihm keineswegs zum Lachen zumute war. Genauso wenig wie Jona, der eine Überraschung nach der nächsten verkraften musste und nicht mehr wusste, was er glauben sollte und was nicht.

»Ihr habt diese lange Reise nur für mich auf Euch genommen?«

»Nicht ganz, ich hatte in der Gegend auch noch etwas anderes zu erledigen. Aber selbst wenn das nicht der Fall gewesen wäre, hätte ich mich auf den Weg zu dir gemacht. Ich und deine Großmutter haben oft darüber gesprochen. Ich hatte nämlich gehofft, dein Lehrer zu werden, und du wärst mein einziger Schüler gewesen.«

Ungläubig starrte der Junge ihn an. Wieso hatte Denilius ein so großes Interesse an ihm? Das war ja schon beinahe beängstigend!

»Aber ich dachte immer, die Mitglieder des Hohen Rats dürften keine eigenen Schüler haben. Sie erteilen doch den Unterricht in den allgemeinen Fächern …«

Denilius lächelte.

»So ist es«, bestätigte er. »Ich hätte meinen Posten als Magister aufgeben müssen. Aber dazu wäre ich bereit gewesen; mich deiner Ausbildung zu widmen, hätte mir vollkommen genügt. Du warst so ein … begabter Junge.«

Er zuckte mit den Achseln und fuhr dann fort: »Offenbar waren die Götter diesem Plan nicht wohlgesinnt. Aber das einzig Wichtige ist, dass du gesund und wohlauf bist, auch wenn dein Gedächtnis dich vorübergehend im Stich gelassen hat. Ich bin sicher, dass deine Erinnerungen bald zurückkehren werden … Und wer weiß? Vielleicht werden wir auch Lygwenn schon bald wieder in Zauberranke willkommen heißen können. Nichts würde mich glücklicher machen.«

Dieses Mal nickte der Junge voller Überzeugung. Wenn tatsächlich jemand Denilius' Worte bestätigen sollte, und wenn dieser jemand dann auch noch seine eigene Großmutter wäre, hätten seine Seelenqualen endlich ein Ende.

Er wollte Denilius tausend Fragen stellen, aber er wusste nicht, wo er beginnen sollte. Wie sah seine Großmutter aus? Hatte sie noch mehr Kinder? Hatte Jona – oder besser gesagt, Lehander – noch Onkel und Tanten, Vettern und Cousinen oder andere Verwandte, die er besuchen konnte? Wer sonst in Zauberranke hatte Lygwenn gekannt? Warum war sie damals mit ihm hergekommen? Hatte man etwas von ihr aufbewahrt, und sei es nur ein Feuerzeug oder einen Schnürsenkel? All dies und ein Haufen weiterer Fragen schwirrten ihm durch den Kopf. Die Frage, die ihm zu seinem eigenen Erstaunen schließlich über die Lippen kam, war im Vergleich zu den anderen eher zweitrangig: »Was war ihr Wahrzeichen? Welches Symbol trug sie auf dem Bandelier?«

Wieder schenkte ihm der Magister ein vielsagendes Lächeln.

»Der Flügel eines Drakoniden«, sagte er schließlich. »Warum, das weiß ich …«

Jona würde nie erfahren, ob er noch mehr sagen wollte oder ob er den Grund tatsächlich nicht kannte, denn drei leise Klopfer an der Tür unterbrachen ihr Gespräch.

Auf Denilius Aufforderung hin öffnete sich die Tür, und ein Drittkreisler trat ins Zimmer.

»Jorensan, ähm, ich meine, Magister«, sagte er verlegen. »Jor Arold schickt mich, um Euch daran zu erinnern, dass er Euch im Versammlungssaal zurückerwartet. Dort herrscht wirklich dicke Luft.« Er beeilte sich hinzuzufügen: »Das waren seine Worte!«

Denilius schien die plumpe Anrede nicht zu stören.

»Sicher, sicher«, sagte er einfach nur.

Dann schickte er den Jungen mit einem Wink fort, doch dieser rührte sich nicht von der Stelle. Er hatte offenbar die strikte Anweisung, nicht ohne den Ratsvorsitzenden zurückzukehren.

Denilius seufzte vernehmlich und sagte zu Jona: »Ich würde dieses Gespräch nur zu gern fortsetzen, Lehander, aber wie du siehst, ruft die Pflicht. Ich verspreche dir, dass wir so bald wie möglich über diese und andere Dinge sprechen werden. In der Zwischenzeit kannst du zurück zu deinen Kameraden gehen. Ich glaube, zwei von ihnen befinden sich zur Behandlung ihrer Verletzungen ein paar Stockwerke tiefer.«

Jona nickte enttäuscht. Das abrupte Ende ihres Gesprächs missfiel ihm. Nun würde er sich eine ganze Weile gedulden müssen, bis ihm neue Einzelheiten über seine Vergangenheit enthüllt würden.

Doch immerhin verriet Denilius ihm noch ein letztes Geheimnis. Er wies mit einer rätselhaften Geste auf das Bandelier des Jungen: »Eine weitere Gemeinsamkeit mit deiner Großmutter … Auch sie trug das Schandmal.«

Jona senkte den Blick auf das Symbol, das Vohn nach einem Streit mit dem Messer in seinen Gurt geritzt hatte … Jona empfand es als ungerecht, derart gezeichnet zu sein, aber die ganze Welt schien vom Gegenteil überzeugt zu sein. Zakarias hatte es folgendermaßen formuliert: »Wenn jemand so weit getrieben wurde, dass er dir dieses Zeichen verpasst, dann hast du es dir wohl verdient!«

Was mochte Lygwenn getan haben, um sich das Schandmal zu verdienen? Es klang doch, als sei die Weltwanderin eine durch und durch ehrbare Frau!

Wenigstens diese Frage wollte er noch stellen, aber als er aufblickte, war der Magister schon verschwunden.

6

Dieses Mal würde er gefressen werden, da war er sicher. In weniger als einer Minute wäre alles vorbei. Es war sowieso schon ein Wunder, dass er so lange durchgehalten hatte …

Vohn umklammerte den Griff seines Schwerts, entschlossen, nicht kampflos zu sterben, und rannte noch ein wenig schneller. Äste peitschten ihm ins Gesicht, und ab und zu wischte er sich mit dem Hemdsärmel die Tränen von den Wangen.

Der Lupinus verfolgte ihn nun schon seit einer halben Stunde. Die Chimäre hatte sich ihm vor einer Weile kurz gezeigt, und seitdem hörte Vohn nur das Tapsen seiner Pfoten auf dem Waldboden, manchmal begleitet vom Knacken eines Zweigs. Anfangs hatte der Junge gebetet, dass es sich nur um eine scheue Scrofarde handelte, doch mittlerweile wusste er, dass die Jagd begonnen hatte. Eine Hetzjagd, bei der Vargaïs Schüler keine Chance hatte.

Zu Beginn hatte er noch versucht, die Chimäre zu vertreiben. Er hatte morsche Äste und Steine ins Gebüsch geworfen und laut geschrien, trotz der Gefahr, Zakarias Männer auf sich aufmerksam zu machen. Doch dadurch hatte er höchstens ein paar Minuten gewonnen. Die Bestie hatte gewiss noch nie eine so seltsame Beute erlebt, was sie nur noch neugieriger machte. So hatte sie sich ihm an die Fersen geheftet, während Vohn anfangs nicht einmal genau wusste, was ihn da verfolgte.

Immer wieder war er stehen geblieben und hatte die Umgebung mit seinem Prisma abgesucht. Seine Entführer hatten sich nicht die Mühe gemacht, es ihm abzunehmen, ebenso wenig wie sein Bandelier und sein Taschenmesser. Vohn dankte den Göttern für die Gelegenheit der letzten Nacht. Durch einen Spalt zwischen zwei Brettern hatte er mit seinem Messer das Seil durchschnitten, das seine Zellentür blockierte. Anschließend war er im Dunkeln an den Hütten vorbei zur Palisade geschlichen. Auch dort hatte er ein Seil durchgesäbelt und eines der Rundhölzer verschoben, bis ein Spalt entstand, durch den er hindurchschlüpfen konnte. Er war sich dabei äußerst heldenhaft vorgekommen. Mittlerweile bereute er jedoch, aus seinem Gefängnis ausgebrochen zu sein. Er konnte nicht entdecken, was genau ihn da verfolgte, selbst durch sein Prisma nicht.

Trotz seiner Panik hatte er einige Schlussfolgerungen gezogen: Da er die Kreatur hören konnte, befand sie sich nicht mehr hinter dem Schleier, und damit war sein Kristall nutzlos. Die Chimäre verbarg sich ganz einfach hinter den Bäumen, und wenn es sich auf seine Beute stürzen wollte, würde sie sich früher oder später zeigen müssen.

Als Vohn die Bestie gesehen hatte, ergriff er Hals über Kopf die Flucht. Und jetzt rannte er um sein Leben!

Er zweifelte nicht länger daran, dass es sich um eine Chimäre handelte. Solche Wölfe gab es nicht in Gonelore; die Kreatur stammte eindeutig aus einem anderen Horizont. Auch wenn der Junge nicht genau wusste, um welche Art Lupinus es sich handelte, nahm er die Beine in die Hand. Im Unterricht hatte er von Schlingern, Waufen und Würgern gehört, und diese Namen verhießen nichts Gutes.

Er hätte ohnehin lebensmüde sein müssen, um nicht vor diesem kalbsgroßen Werwolf davonzulaufen, der pechschwarzes Fell hatte und Zähne, die lang und spitz wie Zimmermannsnägel waren. In seiner Verzweiflung stellte er sich vor, wie ihm die Bestie die Kehle aufriss. Die Chimäre schlich immer näher und blieb nur hin und wieder kurz stehen, um sich an seinem bevorstehenden Mahl zu ergötzen. Vohn wusste, dass der schicksalhafte Moment nicht mehr fern war.

Als der Junge an das Ufer eines Flusses gelangte, entschied der Lupinus offenbar, dass das Spiel lang genug gedauert hatte. Mit ein paar mächtigen Sätzen überholte er seine Beute und stellte sich ihm knurrend und mit gefletschten Zähnen in den Weg.

Vohn erstarrte und stand keuchend da, den Blick von Schweiß und Tränen verschleiert. Er streckte der Bestie sein Schwert entgegen, doch diese Geste kam ihm lächerlich vor. Er würde damit nichts gegen die Zähne und Klauen der Chimäre ausrichten können. Sicher würde sie ihm innerhalb kürzester Zeit die Eingeweide herausreißen. Seine Waffe bestand nur aus gewöhnlichem Stahl, sie würde bestimmt nicht einmal die Haut der Chimäre durchdringen. Da könnte er die Klinge genauso gut gegen sich selbst richten. Er begann diesen Gedanken ernsthaft zu erwägen.

In diesem Moment kam ihm der Schakal in den Sinn, der seinen Platz in Zauberranke gestohlen hatte. Dieser Jammerlappen von Jona, dieser Spross einer Chimäre, dem er am liebsten nie begegnet wäre! Es war eindeutig seine Schuld, dass sich Vohn in dieser Lage befand und wie ein gewöhnliches Schaf gefressen werden würde!

Fieberhaft klammerte er sich an den Gedanken, dass die Stunde seiner Rache bald schlagen würde. Dafür hatte er Sorge getragen, kurz bevor er die Schule verließ …

Er kam nicht mehr dazu, sich darüber zu freuen. Der Lupinus sprang auf sein Opfer zu. Vohn stand einfach nur da, starr vor Schock.

7

Radjaniel blickte immer wieder zum Fenster hinaus, um den Schatten des Leuchtturms zu überprüfen. Seit Jahrhunderten diente der Turm den Bewohnern Zauberrankes als gigantische Sonnenuhr. Niemand wusste, ob dies von den Gründern der Schule so beabsichtigt gewesen war, denn aus dieser Zeit gab es kaum Aufzeichnungen. Auf jeden Fall hatten spätere Generationen auf dem Schulgelände mehrere Orientierungspunkte angebracht, um die Genauigkeit der Uhr zu verbessern. So wusste Radjaniel, dass die elfte Stunde des Tages angebrochen war. Seit er zum letzten Mal nachgesehen hatte, waren demnach nur wenige Minuten verstrichen. Es kam ihm viel länger vor. Der Weltwanderer hatte anderswo noch so viel zu erledigen, und außerdem sehnte er sich danach, seine Schüler wiederzusehen – vor allem Dælfine, die schwer verwundet war.

Neben ihm brachte Jor Arold seine Ungeduld mit einem tiefen Seufzer zum Ausdruck. Es war bereits über eine halbe Stunde her, dass der Magister sie hierher bestellt hatte, in den Schwursaal, der sich in einem der oberen Stockwerke des Leuchtturms befand. Seitdem ließ Denilius auf sich warten. Das Warten wäre erträglicher gewesen, hätten die beiden Männer ein Gespräch angefangen … Aber selbst in dieser Notlage konnten sie ihre Abneigung nicht überwinden und hüllten sich lieber in Schweigen.

Endlich kehrte der Bote zurück, den sie zu Denilius geschickt hatten, gefolgt von der hochgewachsenen Gestalt des Magisters.

Radjaniel wartete, bis der Junge verschwunden war, und fragte dann: »Und? Wie geht es Jona?«

»Gut«, versicherte Denilius. »Er wirkt ziemlich gefasst für einen Jungen, dem so viel Unglück widerfahren ist. Und die Tatsache, dass er einen Drakoniden herbeigerufen hat, ist ihm offenbar nicht zu Kopf gestiegen. Bis auf Weiteres habe ich keine Bedenken, ihn am Unterricht teilhaben zu lassen.«

»Und was habt Ihr dann so lange bei dem Jungen getrieben?«, fragte Arold ungehalten. »Haltet Ihr das nicht für ein wenig übertrieben? Vor allem, da der angebliche Drakonid spurlos verschwunden ist. Wer sagt, dass es sich nicht um einen zu groß geratenen Chiroptiden gehandelt hat? Ich finde, wir sollten uns besser auf die wichtigen Fragen konzentrieren!«

»Das hier ist wichtig«, sagte der Magister mit Nachdruck. »Jona ist in Wahrheit Lehander, der Enkel von Lygwenn.«

Radjaniel blieb der Mund offen stehen. In den Wirren der vergangenen Nacht hatte Denilius zwar behauptet, den Jungen wiederzuerkennen, aber wie konnte er sich derart sicher sein?

Da fiel es ihm plötzlich wie Schuppen von den Augen. Zwar kannte Radjaniel Lygwenn nicht persönlich, da er zu der Zeit, als sie sich in Zauberranke aufgehalten hatte, zu sehr damit beschäftigt gewesen war, seinen Kummer in Alkohol zu ertränken, aber er wusste natürlich, wer sie war. Arold wirkte nicht minder überrascht.

»Jora Lygwenn ist seine Großmutter? Seid Ihr sicher?«

»Jeder Zweifel ist ausgeschlossen«, sagte der Magister. Er berichtete kurz von dem vereinbarten Treffen mit der Weltwanderin, von ihrem zerstörten Haus und von seiner Überraschung, als er wie durch ein Wunder Lehander dort fand, wo er ihn am wenigsten erwartet hätte. Selbst Radjaniel, der sich für ziemlich abgebrüht hielt, fand diesen Zufall erstaunlich. Ihm ging durch den Kopf, dass vieles anders verlaufen wäre, wenn Denilius bei der Rückkehr seines Bruders anwesend gewesen wäre. Er hätte

Jona als seinen Schüler aufgenommen, Vargaï hätte seine fünf Rekruten behalten, und Radjaniel hätte seine Verzweiflung weiterhin mit Schnaps begossen. Kurz freute er sich darüber, dass das Schicksal es anders gewollt hatte.

»Und Ihr hättet das Amt des Magisters aufgegeben?«, fragte Arold. Mehr schien ihn nicht zu interessieren. Denilius nickte knapp, ließ sich aber nicht zu weiteren Erklärungen herab. Offenbar wollte er den Ehrgeiz des Obersten Wächters nicht noch weiter anstacheln.

Radjaniel fuhr aufgebracht dazwischen: »Weiß Jona – oder Lehander – Bescheid? Habt Ihr ihm von Lygwenn erzählt? Und von den anderen?«

»Ich weiß nicht, wie viel ihm seine Großmutter bisher gesagt hat«, antwortete der Magister. »Aber er erinnert sich ja ohnehin an nichts. Deshalb habe ich das Thema selbstverständlich noch nicht angesprochen. Es ist uns all die Jahre gelungen, das Geheimnis zu wahren. Jetzt müssen wir dafür sorgen, dass es auch so bleibt.«

Radjaniel nickte angesichts dieser weisen Worte. In der Tat wussten nur wenige von der Sache, und das war auch besser so. Selbst Gregerio, das jüngste Ratsmitglied, war nicht eingeweiht, zumindest nicht offiziell. Doch innerhalb der Bruderschaft tobten Machtkämpfe, man verbündete sich und stach einander aus, und vielen war jedes Mittel recht, um Einfluss zu gewinnen. Deshalb standen derlei Geheimnisse hoch im Kurs.

»Das spielt überhaupt keine Rolle«, sagte Arold. »Jor Radjaniel wird den Jungen im Auge behalten, das reicht doch. Sollte er doch plötzlich sein Gedächtnis wiedererlangen und anfangen zu reden, können wir immer noch handeln! Und ich würde mich sehr wundern, wenn Lygwenn noch einmal hier auftauchen sollte … Damit ist die Sache für mich erledigt. Ich schlage vor, dass wir uns anderen Dingen zuwenden.«

Radjaniel rechnete damit, dass Denilius widersprach. Der Magister hatte sicher noch eine Menge zur Vergangenheit und Zukunft des Jungen zu sagen. Doch er nickte nur müde und ließ die Sache damit vorerst auf sich beruhen. Auch er hatte seit dem Angriff der Chimären auf die Schule nicht mehr geschlafen.

»Hervorragend!«, rief Arold triumphierend. »Nun, da die Sache mit Eurem Schüler geklärt ist, könnt Ihr gehen, Jor Radjaniel. Das Folgende betrifft Euch nicht.«

»Ganz im Gegenteil«, widersprach Denilius. »Bitte bleibt. Gerade jetzt brauche ich Euch ganz besonders.«

Der Messerschleifer hatte sich bereits erleichtert erhoben und war zur Tür gegangen. Nun kehrte er zu seinen beiden Kollegen zurück. Denilius ließ sich mit einer Erklärung Zeit. Zunächst setzte er sich an einem wuchtigen Schreibtisch aus schwarzem Holz und bat die beiden Lehrer, in zwei davor stehenden Sesseln Platz zu nehmen. Das alles wirkte sehr offiziell, und die förmliche Einrichtung des Saals verstärkte diesen Eindruck noch. Arolds Gesichtsausdruck spiegelte sein Missfallen.

Schließlich begann Denilius zu sprechen: »Mein Besuch bei Lygwenn und Lehander war nicht der einzige Grund meiner Reise. Ich war außerdem den Verrätern auf der Spur, die einen Komplott gegen …«

»Jorensan!«, rief Arold, sprang aus seinem Sessel auf und deutete empört auf Radjaniel.

Der Magister machte eine beschwichtigende Geste und verkündete: »Ich weiß, was ich tue, Arold. Wenn ich mich heute dazu entschlossen habe, Radjaniel in das Geheimnis einzuweihen, dann nur deshalb, weil er vor Jahren Euer Amt innehatte. Um dieser üblen Sache auf den Grund zu gehen, kann ich in der Tat zwei Oberste Hüter gebrauchen.«

»Aber … dieses Amt kann man nicht teilen!«

»Keine Sorge, Ihr behaltet Euren Posten. Ich habe nicht vor, Euch mein Vertrauen zu entziehen, Arold, Eure Unterstützung ist ungeheuer wertvoll. Bitte, nehmt wieder Platz.«

»Aber …«

»Setzt Euch!«

Sein Tonfall ließ selbst Radjaniel zusammenzucken. Arold wirkte entsetzt, sein Gesicht mit dem violetten Monokel war wie versteinert. Gleich darauf hatte er sich wieder gefasst und setzte sich in den Sessel.

»Die Schule ist in großer Gefahr«, erklärte Denilius. »Seit der Gründung von Zauberranke hat kein Hoher Rat derartige Schwierigkeiten bewältigen müssen. Ich muss also zu ungewöhnlichen Mitteln greifen.«

Er hielt inne, um zu sehen, ob Arold noch immer etwas einzuwenden hatte, doch der Oberste Hüter hüllte sich in beleidigtes Schweigen.

»Zum ersten Mal kommt der Feind aus unseren eigenen Reihen«, fuhr der Magister fort. »Und ich rede hier nicht von Chimären, sondern von Männern und Frauen, denen wir jeden Tag begegnen. Sie haben denselben Eid geschworen wie wir, sie tragen das Wappen Zauberrankes auf ihrem Bandelier, aber sie verfolgen insgeheim Ziele, die der Schule schaden. Zakarias war kein Einzelfall. Es gibt weitere Verräter auf der Halbinsel, davon bin ich überzeugt.«

Nach kurzem Zögern räusperte sich Radjaniel und erklärte dann: »Ich sehe das Ganze genauso. Aber Ihr habt darauf bestanden, dass ich in der Versammlung behauptete, Zakarias sei ein Verrückter gewesen, der allein gehandelt habe. Es ist mir nicht leicht gefallen, meine Kollegen anzulügen. Warum habt Ihr mich dazu gezwungen?«

»Um zu vermeiden, dass Panik ausbricht, und um die Ordnung in Zauberranke aufrechtzuerhalten«, antwortete Denilius. »Bei all den bereits schwelenden Querelen würde die Schule im Chaos versinken, wenn sich die Lehrer auch gegenseitig beschuldigen. Besonders jetzt, da wir verpflichtet sind, Waffen zu tragen. Es würde zwangsläufig zu Blutvergießen kommen, und wir haben schon zu viele Verluste erlitten, um dieses Risiko einzugehen. Außerdem wiegen wir unsere Feinde in falscher Sicherheit, indem wir Schweigen bewahren. Je sicherer sie sich fühlen, desto unvorsichtiger werden sie und desto einfacher werden wir sie besiegen können.«

Aus dem Augenwinkel sah Radjaniel Arold nicken, aber er selbst hatte immer noch Bedenken. Das Geheimnis um Lygwenn und die anderen zu wahren, erschien ihm weise, aber die Anwesenheit von gefährlichen Personen in den eigenen Reihen zu verschweigen, war etwas ganz anderes. Zum Glück oblag diese Entscheidung nicht ihm.

»Wir haben es nicht mit gewöhnlichen Schmugglern von Prismen oder Waffen zu tun«, fuhr der Magister fort. »Bedenkt nur, wozu Zakarias in der Lage war, um meine Rückkehr nach Zauberranke zu verhindern … Wenn sie sich bedroht fühlen, werden die Verräter entweder brutal zurückschlagen oder sich das Leben nehmen, um nicht eingesperrt und verhört zu werden. Das ist mir auf meiner Reise klar geworden. Und Zakarias' Leiche ist ein weiterer Beweis dafür.«

Er holte tief Luft und schloss dann: »Jetzt wisst Ihr, warum ich in dieser gefährlichen Lage kein Risiko eingehen möchte. Ihr werdet alle Ereignisse der vergangenen Nacht gemeinsam untersuchen. Ich beauftrage Euch beide damit, Zakarias' Komplizen aufzuspüren. Ihr seid erfahrene Männer; mit Euren Fähigkeiten werdet Ihr die Herausforderung meistern. Sobald wir wissen, mit wem wir es zu tun haben, werden wir überlegen, wie wir die Verschwörer unschädlich machen können.«

»Gemeinsam?«, wiederholte Arold mit säuerlicher Miene. »Ich nehme an, Ihr werdet Eure Entscheidung nicht widerrufen, Denilius. Aber eins muss klar sein: Ich bin der Oberste Hüter von Zauberranke, also leite ich die Untersuchung! Jor Radjaniel wird mir lediglich zur Hand gehen!«

»Einverstanden«, sagte der Magister.

Radjaniel konnte es kaum fassen. Man hielt es offenbar nicht einmal für nötig, ihn zu fragen! Am liebsten hätte er sich in diesem Moment in seinem Schlupfwinkel am anderen Ende der Insel verkrochen. Doch wenn er zu lange dort allein vor sich hinbrütete, versank er unweigerlich in Trübsinn, und so beschloss er, nach vorne zu blicken und sich der Gegenwart zu stellen.

»Ich würde zu gern herausfinden, was Zakarias vorhatte«, sagte er, »aber leider habe ich keine Zeit für eine solche Untersuchung. Ich bin immer noch der Lehrer von fünf Erstkreislern, und diese Verpflichtung ist mir sehr wichtig. Und auch wenn sich meine Schüler im Nachmittagsunterricht bei anderen Lehrern befinden, habe ich im Zeughaus mehr als genug zu tun. Schließlich muss ich nun Waffen für alle Rekruten herstellen …«

»Radjaniel«, sagte Denilius, »ich möchte dich bei dieser Untersuchung unbedingt dabeihaben. Du hast ja keine Ahnung, wie wichtig das ist.«

Sowohl Radjaniel als auch Arold erröteten, und zwar aus demselben Grund. Der Magister war dazu übergegangen, seinen alten Freund, der jahrelang seine rechte Hand gewesen war, wieder zu duzen. Arold platzte vor Neid.

»Ich schlage vor, dass du ein paar Schüler auswählst, die dir im Zeughaus zur Hand gehen«, fuhr Denilius fort. »Deine eigenen fünf Schüler können für die Dauer der Ermittlungen anderen Lehrern zugewiesen werden. Das Ganze dürfte nicht länger als ein paar Tage dauern. Wir werden schon eine Aufgabe für sie finden, auch wenn es nur Erstklässler sind. Es gibt genug zu tun.«

Radjaniel wog das Für und Wider des Vorschlags ab und nickte schließlich. Was blieb ihm auch anderes übrig? Er konnte dem Druck, den der Magister auf ihn ausübte, nur schwer widerstehen, außerdem war er neugierig darauf, was bei der Untersuchung herauskommen würde. Er ließ seine Schüler zwar nur ungern aus den Augen, tröstete sich aber mit dem Gedanken, dass sie in jedem Fall etwas lernen würden, selbst wenn sie an einen rücksichtslosen Lehrer geraten sollten.

»Also gut«, sagte er. »Was weißt du bisher über die Verschwörung?«

Auch er kehrte ganz selbstverständlich zum Du zurück, woraufhin Arold ein säuerliches Gesicht zog. Doch Radjaniel beachtete seinen Kollegen nicht. Ernst und konzentriert lauschte er Denilius' Schilderung, ganz so wie damals, als sie gemeinsam im Hohen Rat gesessen hatten. Weitere Erinnerungen an diese Zeit stahlen sich in seine Gedanken. Die gemeinsamen Abende mit Denilius, seinem Bruder Vargaï und Maetilde … Ihre Freude an den Erfolgen ihrer Schüler … Das Gefühl des Friedens, als es so aussah, als hätten sich die Chimären endgültig aus Gonelore zurückgezogen …

Doch es hatte die ersten Anzeichen für eine Rückkehr der Bestien gegeben, und die Weltwanderer hatten überstürzt damit begonnen, neue Schüler zu rekrutieren. Die Bruderschaft war bedrohlich geschrumpft. Und dann war es zu dem Schicksalsschlag gekommen, der Radjaniel bis ins Mark erschüttert hatte.

Rasch schob er die Erinnerungen beiseite und konzentrierte sich ganz auf die Ausführungen des Magisters. Die verlangten tatsächlich seine volle Aufmerksamkeit, denn Denilius schilderte gerade, wie er einige Monate zuvor bemerkt hatte, dass etwas mit der Korrespondenz, die er mit den Hohen Räten anderer Schulen Gonelores unterhielt, nicht stimmte. Einige Briefe erreichten ihn mit gebrochenem Siegel. Andere schienen geöffnet und mit einem gefälschten Wachssiegel wieder verschlossen worden zu sein. Keiner der Briefe enthielt vertrauliche Nachrichten, weshalb der Magister die Sache abgetan hatte. Doch eines Tages kehrte einer seiner Briefe nach Zauberranke zurück, weil der Empfänger nicht aufzufinden gewesen war. Da sah der Magister, dass sein eigenes Siegel gefälscht worden war. Irgendwer spionierte den Magister von Zauberranke aus!

Sein erster Verdacht fiel auf die Mannschaft des Postschiffs, aber die Matrosen erwiesen sich rasch als unschuldig. Sie wurden vom Rat reichlich dafür entlohnt, dass sie die Verbindung zu anderen Ländern Gonelores aufrechterhielten, und keiner der Männer war verschlagen oder gerissen genug, um einen Nutzen aus der Korrespondenz zu ziehen. Außerdem hätten sie den Brief einfach ins Meer werfen können, wenn sie ihre Spuren verwischen wollten.

Denilius berichtete Arold von der Sache, und zusammen beschlossen sie, die nächste Postlieferung genau zu überwachen. Am besagten Tag, kurz bevor das Schiff in See stach, begaben sie sich heimlich an Bord und überprüften die Ladung. Da bemerkten sie, dass ihre Post noch vor Verlassen der Schule geöffnet worden war. Der Spion kam also aus ihren eigenen Reihen.

Daraufhin hatten sie ihm einen Monat später eine Falle gestellt, leider ohne Ergebnis. Der Verräter schien nicht nur die Post zu überwachen. Bei der Rückkehr des Schiffs mussten sie erkennen, dass ihre Briefe wieder geöffnet worden waren. Der Spion hatte also mindestens einen Komplizen außerhalb der Schule, und die Sache entwickelte sich allmählich zu einem wahren Komplott.

Der Magister und Arold wussten nicht mehr, wem sie in der Schule noch vertrauen konnten. Ihr Misstrauen wuchs, und immer öfter kam es zu Streit, weil sie sich nicht über die Maßnahmen einigen konnten, die es zu ergreifen galt.

Irgendwann beschloss Denilius, seine Reise zu Lygwenn und Lehander dazu zu nutzen, der Sache auf den Grund zu gehen. Damit sein Plan aufgehen konnte, erzählte er niemandem von seiner Absicht. Erst kurz bevor er an Bord ging, weihte er Arold ein. So hoffte der Magister, mindestens einen der Spione, die außerhalb von Zauberranke tätig waren, zu enttarnen.

»Und so war es auch«, erklärte er. »Ich habe die Briefe verfolgen können, bis sie in die Hände eines Mannes fielen, der ganz sicher kein offizieller Bote Gonelores war. Das erkannte ich daran, dass auf seinem Bandelier mehrere Abzeichen prangten, die ich noch nie gesehen hatte. Ich zwinkerte ihm zu und stellte mich als Gesandter unseres gemeinsamen Freunds in Zauberranke vor. Überrascht erwiderte er: ›Zakarias?‹ Ich nickte, und er fuhr fort: ›Tannakis hat mir gar nicht Bescheid gesagt, dass Ihr kommen würdet.‹«

Radjaniel zuckte zusammen. Vargaï, Denilius' eigener Bruder war vor einiger Zeit aufgebrochen, um Tannakis einen Besuch abzustatten!

»Sohia hat mir von Vargaïs Reise berichtet«, verkündete der Magister. »Und ich habe Arold eingeweiht. Das ist ein weiterer schwerer Schlag, und er trifft mich ganz persönlich, aber wir müssen jetzt erst einmal an die Sicherheit der Schüler und Lehrer von Zauberranke denken. Anschließend kümmern wir uns um meinen Bruder und überlegen, was zu tun ist.«

Radjaniel nickte. Er bewunderte Denilius für seine Besonnenheit. Der Magister wirkte beinahe unbeteiligt. Oder wusste er etwas, das er ihnen nicht verriet?

Ihm kam das Prisma in den Sinn, das Vargaï mitgenommen hatte. Er war auf dem Weg zu Tannakis, um es von ihm untersuchen zu lassen. Wusste Denilius vielleicht doch von der Sache? Radjaniel nahm sich vor, ihn bei der nächsten Gelegenheit danach zu fragen, aber das konnte warten. Er wollte auf keinen Fall vor Arold darüber reden.

»Und?«, fragte Arold. »Konntet Ihr noch etwas anderes aus dem Spion herausholen?«

»Leider nicht«, sagte der Magister bedauernd. »Dummerweise hatte ich nicht daran gedacht, mein Bandelier zu verbergen. Vielleicht habe ich auch noch einen anderen Fehler gemacht, zum Beispiel nicht auf eine vereinbarte Parole geantwortet. Jedenfalls kam er mir schnell auf die Schliche. Schon im nächsten Moment hat er einen Dolch gezogen, um mir den Bauch aufzuschlitzen.«

Wieder einmal wunderte sich Radjaniel, mit welcher Abgeklärtheit Denilius von der gefährlichen Szene berichtete. Schließlich hätte der Magister gut und gern sein Leben verlieren können. Doch dann rief sich Radjaniel in Erinnerung, dass der Magister nicht nur ein kluger und erfahrener Weltwanderer war. Er war außerdem ein hervorragender Kämpfer.

»Ich war natürlich auf der Hut«, fuhr Denilius fort. »Und obwohl er mich mit überraschender Brutalität angegriffen hat, konnte ich ausweichen und ihn überwältigen. Dann begann ich, ihn zu verhören, während ich ihn mit seiner eigenen Waffe in Schach hielt. Ich habe ihm die Dolchspitze vor ein Auge gehalten, aber alles, was er mir sagen wollte, war, dass ich die falsche Seite gewählt hätte. Er war überzeugt davon, dass er und seine Verbündeten siegen würden. Ich forderte ihn auf, sich genauer zu erklären, aber er holte tief Luft und stürzte sich in die Klinge. Er war auf der Stelle tot.«

Radjaniel verzog angewidert das Gesicht. Chimären, die es auf Menschen abgesehen hatten, ins Jenseits zu schicken, war eine Sache, aber einen anderen Weltwanderer zu töten, eine ganz andere.

»Die Durchsuchung seiner Leiche hat mir keine Hinweise geliefert. Ich habe keine Ahnung, wer der Mann war. Auch in unserer Umgebung konnte ich nichts Aufschlussreiches entdecken. Ich bin allerdings der Ansicht, dass es sich nur um einen Untergebenen gehandelt hat, einen kleinen Fisch, dessen Aufgabe es war, unsere Briefe abzufangen. Der Mann war in diesem mörderischen Schachspiel wohl nur ein einfacher Bauer.«

Er blickte seine Zuhörer an und fuhr dann fort: »Wir wissen nicht, was unsere Feinde vorhaben. Wir wissen nur, dass sie uns beobachten und zweifellos auf den passenden Moment warten, um zuzuschlagen. Jedenfalls müssen wir davon ausgehen, dass sie selbst vor Mord nicht zurückschrecken, um ihr Ziel zu erreichen. Das macht sie gefährlicher als jede Chimäre, die je aus dem Schleier kam.«

Denilius seufzte. Dann schloss er: »Wir müssen sie unbedingt aufhalten. So etwas wie letzte Nacht darf sich auf keinen Fall wiederholen. Alles hängt von Euren Ermittlungen ab.«

Radjaniel nickte ernst. Als er sich vor zehn Tagen bereit erklärt hatte, wieder als Lehrer zu arbeiten, hatte er sich nicht vorstellen können, noch einmal eine solche Verantwortung zu tragen. Er beneidete die anderen Lehrer und ihre Schüler um ihre Unbeschwertheit. Als er einige Minuten später zusammen mit Arold den Raum verließ, dachte er über die Einzelheiten ihres Auftrags nach. Nachdenklich sagte er zu seinem Kollegen: »Denilius' Schilderung lässt einige Fragen offen. Wir müssen ihn noch einmal zu seiner Reise befragen. Er könnte etwas Wichtiges vergessen haben.«

Arold musterte ihn verächtlich. »Ach, fangt nicht an, mich mit solchem Unsinn zu belästigen! Wir werden das auf meine Weise regeln und keine Zeit mit unnützen Fragen verschwenden.«

Seufzend schüttelte Radjaniel den Kopf. Das fing ja gut an …

8

»Ist alles in Ordnung? Kann ich irgendetwas für dich tun?«

Nobiane kam sich dumm vor, eine solche Frage zu stellen, aber sie wusste nicht, was sie sonst tun sollte. Dælfine, die sich die Decke über den Kopf gezogen hatte, verneinte erstickt. Das rothaarige Mädchen strich ihr noch einmal mitfühlend über die Schulter und stand dann auf.

»Wir sind gleich nebenan«, sagte sie. »Du kannst jederzeit nach mir rufen.«

Ihre Freundin gab einen Laut von sich, den Nobiane nicht zu deuten wusste. Nach kurzem Zögern verließ sie das Zimmer mit einem unguten Gefühl im Magen. Das Schicksal meinte es wirklich nicht gut mit Dælfine. Die Welt war so ungerecht! Wie konnte man noch an die Götter glauben, wenn sie zuließen, dass ein elfjähriges Mädchen das Augenlicht verlor? Wozu brauchte man Tempel, Gebete und Opfergaben, wenn die Chimären so viel Macht hatten? Nobiane war nie besonders gläubig gewesen, und nach den Ereignissen der Nacht war ihr Vertrauen zu den Göttern weiter geschwunden. Sie zweifelte natürlich nicht an ihrer Existenz, schließlich hatten sie den Schleier erschaffen – aber offenbar kümmerten sich die Götter schon lange nicht mehr um die Geschöpfe, die in einer Welt fern ihres Horizonts lebten.

»Und, wie geht es ihr?«, fragte Gess im Flüsterton, als sie den Gemeinschaftsraum betrat.

Hilflos zuckte Nobiane die Achseln. Die beiden hatten Dælfine am Vormittag auf ihren Wunsch hin zurück ins Zeughaus gebracht. Seit dem Morgengrauen hatte keiner von ihnen Radjaniel zu Gesicht bekommen, und die beiden Kinder, die sich um ihre verwundete Kameradin kümmerten, fühlten sich ziemlich allein gelassen.

Draußen erklangen schwere Schritte. Berris kam die Treppe hinunter und gesellte sich zu seinen beiden Freunden. Seit die vier Kinder in das Zeughaus am Strand von Zauberranke zurückgekehrt waren, hatte er auf dem oberen Absatz ausgeharrt. Nobiane fragte sich, was er da oben wohl trieb, auch wenn er natürlich tun und lassen konnte, was er wollte.

Jetzt verkündete Berris: »Jona kommt den Steg entlang, und hinter ihm sind noch ein paar andere Kinder.«

Nobiane wechselte einen raschen Blick mit Gess, und alle drei liefen nach draußen. Das fünfte Mitglied ihrer Gilde war wie üblich in Gedanken versunken; allein und mit gesenktem Blick schlenderte er über den Steg. Zehn Meter hinter ihm näherte sich eine Gruppe von sechs im Gleichschritt marschierenden Schülern. Nobiane kniff die Augen zusammen. Die Schüler sahen nicht so aus, als wären sie ihnen wohlgesinnt. Immer wieder riefen sie Jona Beleidigungen zu, die er reglos über sich ergehen ließ.

»Was sie auch sagen, lasst euch nicht reizen«, sagte Nobiane zu den anderen. »Sie werden es nicht wagen, hier im Zeughaus Unruhe zu stiften.«

»Auch wenn sie wissen, dass Radjaniel nicht da ist?«, fragte Gess.

Das Mädchen antwortete nicht. Sie lächelte Jona an, als er zu ihnen trat, obwohl ihr bei dem Gedanken daran, wie er in dieser vergangenen Nacht den Drakoniden herbeigerufen hatte, ein Schauer über den Rücken lief. Ohne eine Erklärung stellte er sich neben seine Freunde und legte eine Hand auf den Griff seines Schwerts. Die vier Jungen und Nobiane rückten enger zusammen, ganz so, als müssten sie abermals gegen Chimären kämpfen.

Zum Glück handelte es sich diesmal um weniger blutrünstige Besucher: Es waren gewöhnliche Schüler beiderlei Geschlechts, überwiegend Erstkreisler. Nobiane musterte ihre Bandeliere. Eines der Mädchen trug ein Symbol, das sie nicht kannte, eine Krone mit einer Wolfspfote. Die Trägerin hatte braunes, lockiges Haar, und sie trug das Abzeichen auf ihrer Brust, als handele es sich um ein kostbares Juwel. Sie war die Erste, die der Gruppe um Nobiane zurief: »He, ihr Messerschleifer! Ihr wisst sicher, wer ich bin?«

Die vier Kinder sahen sich fragend an. Sie waren überrascht, mit Radjaniels Beinamen angesprochen zu werden, vor allem aber fühlten sie sich geehrt. Wenn das fremde Mädchen sie beleidigen wollte, musste sie sich etwas anderes einfallen lassen …

»Die Putzfrau?«, scherzte Gess.

Ein paar der Neuankömmlinge mussten über die Bemerkung lachen, was die Stimmung der Fremden nicht gerade verbesserte.

»Ich bin Marigalle, die Anführerin aller Erstkreisler!«, rief sie. »Und ich bin hier, um euch zur Arbeit abzuholen. Ihr hattet euch doch nicht etwa eingebildet, den ganzen Tag Däumchen drehen zu können?«

»Aber wir haben die ganze Nacht lang das Gebüsch durchsucht«, sagte Berris im Jammerton.

»Das ist nicht mein Problem! Man hat mich damit beauftragt, alle erbeuteten Krebsbeine zum Zeughaus zu bringen. Ihr werdet uns auf keinen Fall bei der Arbeit zusehen! Also, kommt runter, und zwar flott!«

»Jawohl, Frau Oberfeldwebel«, rief Gess.

Nobiane war nicht zum Scherzen zumute. Die Anführerin erinnerte sie stark an ihre frühere beste Freundin, die sie, ohne mit der Wimper zu zucken, verraten hatte. Doch inzwischen war

Nobiane weit weniger naiv als damals. Sie sah auf den ersten Blick, wie arrogant, ehrgeizig und herrschsüchtig diese Marigalle war, und sie ahnte, dass man ihr mit Aufmüpfigkeit nicht beikommen würde.

»Wir haben eine Verletzte«, entgegnete sie trotzdem. »Wir müssen bei ihr bleiben und uns um sie kümmern.«

»Was für eine lahme Ausrede!«, rief Marigalle. »Wir alle haben Verletzte und Tote zu verzeichnen, aber das ist noch lange kein Grund, sich zu drücken! Sicher, das ist alles sehr tragisch, aber jeder, der nach Zauberranke gekommen ist, wusste, worauf er sich einlässt. Wer hier nichts mehr zu suchen hat, darf die anderen nicht von der Arbeit abhalten!«

Angesichts dieser harschen Worte war Nobiane sprachlos. Hinter ihr fiel krachend die Tür ins Schloss. Dælfine hatte alles mit angehört.

»Beeilt euch!«, drängte Marigalle. »Wenn ihr euch meinen Anweisungen widersetzt, werde ich euch dem Obersten Wächter melden, und dann werdet ihr der Schule verwiesen!«

Am Gelächter der anderen Schüler konnte man hören, dass sie das nur zu gern erleben würden. Von Anfang an war Radjaniels Gruppe den Feindseligkeiten der anderen ausgesetzt gewesen. Irgendein Grund fand sich immer: ihr Lehrer, der den Ruf hatte, ein Säufer zu sein, Jona, der das Schandmal trug, oder Nobiane, die ungerechterweise als Diebin und Lügnerin galt. Einzig Sohias Lehrlinge wussten, wie viel Mut Radjaniels Schüler in der vergangenen Nacht bewiesen hatten. Sonst ahnte niemand, was auf dem Leuchtturm geschehen war und dass die Freunde Zauberranke gerettet hatten. Dummerweise mussten sie dieses Geheimnis für sich behalten.

»Was soll's, gehen wir«, sagte sie leise. »Je eher wir es hinter uns bringen, desto früher können wir wieder hier sein, um auf Radjaniel zu warten. Vorher geben die ohnehin keine Ruhe.«

Gess stieß einen unterdrückten Fluch aus und stampfte wütend auf. Jona sagte nichts; er schien in Gedanken meilenweit weg zu sein und über etwas völlig anderes nachzudenken. Berris wiederum fügte sich wie üblich der Mehrheit. Nobiane nickte der Anführerin knapp zu, erwiderte das boshafte Lächeln der Tyrannin aber nicht.

»Geht nur!«, rief Dælfine von drinnen. »Ich brauche niemanden, der mir die Hand hält!«

Nobiane erkannte am wütenden Ton ihrer Freundin, dass sie ihr im Augenblick ohnehin nicht helfen konnte, aber es war ihr tausendmal lieber, wenn sich Dælfine aufregte, statt sich ihrem Kummer hinzugeben.

Gleich darauf machten sich Nobiane und die drei Jungen mürrisch an die harte Arbeit. Wenigstens mussten sie dafür nicht allzu weit laufen. Die Krustenkrebse waren vom Meer her in Zauberranke eingefallen, und die meisten waren gleich am Strand verendet. Die Wellen hatten viele der Kadaver gegen die Kristallbarriere gespült, von wo aus sie leicht zu bergen waren. Viel mühsamer hingegen war es, sie in Stücke zu hacken.

Leider hatten die Schüler nicht die richtige Ausrüstung für diese Arbeit. Marigalle verteilte Macheten an die Gruppe, aber trotzdem musste sie zehn- bis zwölfmal auf die Gliedmaßen einhacken, um sie vom Körper abzutrennen. Radjaniel hätte dafür nur einen einzigen Hieb benötigt.

Aber die Kinder hatten noch ganz andere Sorgen: Die toten Krustenkrebse verströmten einen widerlichen Gestank, der zahlreiche Seevögel anlockte. Hin und wieder mussten sie auch den Kadaver eines Chiroptiden beiseiteschieben. Zugleich fürchteten sie ständig, auf einen toten Kameraden zu stoßen, der von keinem Lehrer vermisst gemeldet worden war.

Zum Glück kam es nicht dazu. Am Morgen hatten die Weltwanderer als Erstes die Leichen derjenigen geborgen, die in der Schlacht gefallen waren. Erst hatte man sie am Strand aufgereiht und sie dann in einen leeren Schlafsaal gebracht.

Kurz nach Mittag brachten sie eine erste Ladung Krebsbeine ins Zeughaus. Marigalle gestattete niemandem eine Pause, nicht einmal, um ein Stück Brot zu essen. Sie sagte, sie wolle so schnell wie möglich aus diesem stinkenden Loch hinaus an die frische Luft. Weder Nobiane noch ihre Freunde gingen auf die Beleidigung ein. Allerdings zeigte Gess ihrer Sklaventreiberin den Mittelfinger, sobald sie ihm den Rücken zuwandte. Die Kinder waren zu erschöpft, um auch nur ein Wort miteinander zu wechseln. Währenddessen ging Marigalle von einer Gruppe zur anderen, ohne sich selbst die Hände schmutzig zu machen, angeblich, um die Arbeit zu überwachen.

Andere Schüler waren sicher dazu eingeteilt worden, die Spuren der Schlacht im alten Teil von Zauberranke zu entfernen. In den gepflasterten Gassen lagen haufenweise tote Chiroptide herum. Vielleicht würde man ihre Häute oder Klauen dazu verwenden, Waffen und Schutzschilder herzustellen. Oder man sammelte die Kadaver nur ein und warf sie von den Klippen, damit das Meer sie verschlang. Die Bewohner Zauberrankes würden die Bilder der Verwüstung lange Zeit nicht vergessen können.

Nobiane zerbrach sich den Kopf darüber, was mit den Panzern der toten Krebse geschehen würde. Einige Tage zuvor hatte sie Radjaniel geholfen, ein halbes Dutzend davon hinter die Kristallbarriere zu schleppen, aber nun hatten sie es mit einem Vielfachen der ursprünglichen Menge zu tun. Würden sie auch diese Kadaver hinter dem Wall verfaulen lassen, wäre die Luft im Zeughaus bald unerträglich. Schließlich kam sie zu dem Schluss, dass das Meer das Problem für sie lösen würde, vor allem die scharfen Kanten der Kristalle, gegen die die Wellen die leblosen Körper schleuderten. Nach wenigen Tagen würden die Kadaver zerkleinert sein und von den Wellen verschluckt werden. Das erklärte auch die Eile, mit der sie vorgehen mussten. Allerdings wäre es weitaus leichter gewesen, wenn sich wesentlich mehr Schüler am Abtrennen der Gliedmaßen beteiligt hätten.

Als sich der Nachmittag dem Ende zuneigte, hatten sie Hunderte von Gliedmaßen am Strand zusammengetragen und konnten eine erste Bestandsaufnahme vornehmen. Die Beine und Scheren stammten von verschiedenen Sorten Krustenkrebsen. Bei einigen handelte es sich um lange, dünne Glieder, die an Speere erinnerten, andere waren scharfkantig oder mit Widerhaken übersät. Jedenfalls würde dieses Material reichen, um alle Schüler Zauberrankes mit Waffen zu versorgen, auch wenn es eine Heidenarbeit werden würde, die Gliedmaßen zu säubern und zu brauchbaren Klingen zu schleifen.

Alles in allem war Nobiane trotz der Erschöpfung stolz, einen Teil zur Verteidigung der Schule beizutragen. Außerdem hatte die Plackerei sie für ein paar Stunden von ihren düsteren Gedanken abgelenkt. Erst als ihr Blick mechanisch zum Leuchtturm wanderte, fiel ihr ein, dass sie und die anderen an diesem Nachmittag bei Zakarias Unterricht gehabt hätten, wenn der Leuchtturmwärter die Schule nicht den Chimären ausgeliefert hätte.

»Hör auf herumzuträumen!«, befahl Marigalle. »Dort drüben wartet noch jede Menge Arbeit!«

Nobiane seufzte und blickte trotzig in die Richtung, in die das Mädchen wies. Zwei Gliedmaßen, die sich als Speerspitzen eignen würden, ragten aus einem Haufen Krustenkrebse heraus, aber man musste regelrecht eine Wand aus Kadavern erklimmen, um sie zu erreichen.

»Wir haben doch längst genug Material«, entgegnete sie, »und wir müssen die Gliedmaßen noch ins Zeughaus bringen, bevor die Flut einsetzt, sonst ist unsere ganze Arbeit umsonst gewesen.«

»Ich höre wohl nicht recht«, empörte sich Marigalle. »Du hältst dich wohl für klüger als mich? Du magst in deiner Gilde die Anführerin sein, aber hier bestimme ich. Glaubst du vielleicht, immer noch in deinem Palast zu sitzen? Hältst dich etwa für eine Prinzessin?«

Nobiane seufzte schwer. Das Gerücht über ihre adlige Abstammung hatte also bereits die Runde gemacht – zweifellos genauso wie ihr Ruf als Diebin.

»Das hat nichts damit zu tun«, antwortete sie. »Und ich habe niemandem Befehle erteilt. Es schien mir einfach nur eine sinnvolle Bemerkung zu sein.«

»Sinnvoll ist die Arbeit, die du zu erledigen hast!«, keifte Marigalle. »Mach einfach, was ich dir gesagt habe, und halt ansonsten den Mund!« Sie deutete auf die beiden Gebeine auf dem Berg und schien sogar bereit, handgreiflich zu werden, um sich Gehorsam zu verschaffen.

Nobiane zuckte mit den Schultern und machte sich ans Werk. Sie konzentrierte sich auf den Gedanken, dass sie bald alles hinter sich haben und bei ihrer Rückkehr Dælfine und Radjaniel im Zeughaus vorfinden würde. Sie musste nur noch ein wenig durchhalten und die Zähne zusammenbeißen, um nicht die Beherrschung zu verlieren.

Als Gess ihr zu Hilfe eilte, schenkte sie ihm sogar ein Lächeln. Der Junge hielt sich seit dem Vorfall im Unterricht der Obersten Prismenschmiedin immer in ihrer Nähe auf. Wollte er seinen Fehler wiedergutmachen? Oder war seine Zuneigung für sie tiefer, als es den Anschein hatte? Nobiane konnte gar nicht genau sagen, was sie für ihn empfand. Aber als er in der vergangenen Nacht allein in den Katakomben der Arena herumgeschlichen war, hatte sie sich große Sorgen gemacht, und als er dann wieder aufgetaucht und seine Freunde befreit hatte, hätte sie ihn am liebsten wie einen Helden empfangen.

Nun reichte ihr ihr fraglicher Held die Hand, um sie auf den Haufen Krustenkrebse zu ziehen. Nobiane trat auf scharfe Scheren, zersplitterte Zangen und freiliegende Eingeweide, die ganze Vogelschwärme anlockten. Doch sie konnte nichts mehr erschüttern. Das Schwierigste war, nicht abzurutschen oder sich über die Unsinnigkeit ihrer Bemühungen aufzuregen.

Schließlich erreichte sie mit Gess' Unterstützung den Gipfel des makabren Haufens. Wie schon so viele Male an diesem Tag hieb sie auf die Gliedmaßen ein, um sie vom Panzer abzutrennen.

Allerdings schlugen die Beine dieses Mal zurück.

Nobiane war so überrascht, dass sie zurückzuckte und im letzten Moment von Gess aufgefangen wurde. Ihr Reflex hatte ihr das Leben gerettet, denn die halb tote Bestie schlug immer wieder auf genau die Stelle ein, an der sich das Mädchen gerade noch zu schaffen gemacht hatte. Da schob sich plötzlich ein drittes Bein aus dem Leichenhügel.

Die beiden waren sich einig, dass sie nicht herausfinden wollten, was genau sich da gerade aus dem Haufen hervorwühlte. Hastig rutschten sie den Hügel hinab, wobei sie sich die Haut an den kaputten Panzern aufrissen. Von Weitem rief Marigalle aufgebracht: »Was habt ihr getan? Was ist denn los?«

Nobiane spielte mit dem Gedanken, das Mädchen einfach umzurennen. Dælfine hätte an ihrer Stelle keine Sekunde gezögert, ihrer Feindin eins auszuwischen, aber die Panik, die Marigalle plötzlich im Gesicht stand, ließ jeden Gedanken an Rache in den Hintergrund rücken. Als Nobiane wieder festen Boden unter den Füßen hatte, fuhr sie herum. Vor Schreck setzte ihr Herz einen Schlag aus: Ein riesiger Krustenkrebs kam aus dem Leichenberg hervorgekrochen. Er gehörte offensichtlich einer anderen Art an als die Kreaturen, die Radjaniel ein paar Tage zuvor vertrieben hatte: Er hatte lange, mehrgliedrige Beine, einen ovalen Körper und einen orangefarbenen und violetten Panzer. Nobiane musste unwillkürlich an eine gepanzerte Spinne denken. Obwohl die Bestie nicht gerade in bester Verfassung war – ihr Panzer war an mehreren Stellen aufgesprungen, drei ihrer acht Beine fehlten, und eine der Scheren hing nur noch an einem dünnen Faden –, schien sie immer noch sehr wohl in der Lage zu sein, die zehn von ihrem Anblick gelähmten Kinder zu töten.

Einer der Jungen aus Marigalles Gruppe löste sich als Erster aus seiner Erstarrung. Er ließ alles fallen und lief laut schreiend davon. Dies schien für die Kreatur das Signal zu sein, dass die Jagd begonnen hatte. Mit ein paar Schritten war sie von dem Hügel herunter und schnappte sich den Jungen, bevor der überhaupt wusste, wie ihm geschah.

Als ihm die Chimäre mit einem ihrer spitzen Beine die Wade durchbohrte, stieß der Unglückliche einen markerschütternden Schrei aus. Nobiane erwartete, dass die Bestie den Schüler töten würde, doch als sie ihre Beute einfach nur zu Boden drückte, löste sich das Mädchen aus ihrer Schockstarre: »Wir müssen etwas unternehmen«, rief sie. »Wir müssen ihm helfen!«

Marigalle, an die diese Worte vor allem gerichtet waren, schien sie nicht einmal gehört zu haben. Sie war totenblass geworden. Dann drehte sie sich um und rannte kopflos davon. Gess schickte ihr einen lauten Fluch hinterher, während sich Nobiane nach Jona und Berris umsah. Die beiden hatten bereits ihre Schwerter gezogen.

»Jeder ein Bein!«, rief Nobiane. »Auf mein Zeichen!«

Die anderen nickten und bezogen neben ihr Stellung, als hätten sie ihr Leben lang Seite an Seite gefochten. Nobiane wusste nicht, woher sie die Entschlossenheit und den Kampfgeist nahm. Am liebsten hätte sie ihrer Angst nachgegeben und sich in einem Loch verkrochen, doch sie gab sich einen Ruck und stürmte als Erste auf den gigantischen Krustenkrebs zu. Ihr schoss durch den Kopf, wie schade es war, dass Dælfine nicht bei ihnen sein konnte. Glücklicherweise gelang es ihnen mühelos, die Bestie zu umzingeln. Sie schien nicht zu begreifen, warum es ihr nicht gelang, ihre Beute mit der lose herabbaumelnden Schere in zwei Hälften zu zerteilen. Die Freunde nutzten ihre Verwirrung: Nobiane packte ihre Waffe mit beiden Händen und gab ihren Freunden ein Zeichen. Dann schlug sie mit aller Kraft auf ein Bein der Chimäre ein.

Die anderen Schüler, die starr vor Schreck dastanden und sich nicht zu rühren wagten, konnten nicht einmal zwinkern, da war schon alles vorbei. Die jungen Krieger hatten der gepanzerten Wasserspinne die verbliebenen Beine abgehackt, und die Bestie fiel mit einem lauten Klatschen auf den Sand. Im selben Moment ließ sie den Jungen los, dessen Wade sie durchbohrt hatte. Die Kinder blieben auf der Hut, aber die Chimäre lag leblos inmitten ihrer abgetrennten Gliedmaßen.

»Tragt den Verwundeten zur Seite!«, befahl Nobiane. Jona lief bereits auf den wimmernden Jungen zu, und Berris eilte ihm nach und half ihm, den Verletzten durch den Sand zu ziehen. Jetzt blieb nur noch eins zu tun, doch dafür fühlte sich Nobiane noch nicht stark genug. Sie wandte sich zu Gess um, der sie mit einem Blick verstand.

»Ich übernehme das«, sagte er. »Es wird mir ein Vergnügen sein!«

Er sprang auf den Panzer der Bestie und stieß sein Schwert mehrmals in eine Stelle, wo die Schale bereits aufgebrochen war.

»Das wäre erledigt«, sagte er und sprang wieder in den Sand. »Sie ist tot. Wir sollten sie wieder oben auf den Haufen legen. Ihr da, kommt her und helft mir.«

Er wies mit der Schwertspitze auf die anderen vier Schüler, die immer noch reglos dastanden. Sie brauchten eine Weile, bis sie erkannten, dass er einen Scherz machte. Schließlich lösten sie sich aus ihrer Starre und applaudierten den Helden.

»Na ja … Nicht übel«, befand Marigalle, die zu ihnen zurückgekommen war, als wäre nichts geschehen.

Nobiane warf ihr einen hasserfüllten Blick zu.

»Ich wollte Hilfe holen«, sagte Marigalle scheinheilig, »aber ihr musstet ja unbedingt ein unnötiges Risiko eingehen … Ihr habt Glück, dass es so glimpflich ausgegangen ist.«

Nobiane biss sich auf die Lippen, aber Gess nahm ihr die Antwort ab: »Gern geschehen, und vielen Dank auch für deine Hilfe! Wer hat heute Morgen was von Faulpelzen und Nichtsnutzen gefaselt? Ah, jetzt weiß ich es wieder! Das war die Schisserin, die beim ersten Furz des Chiroptiden das Weite gesucht hat.«

»Ich wollte Hilfe holen«, beharrte Marigalle. »Ihr hingegen habt euch unnötig in Gefahr gebracht, was völlig hirnrissig war, und das Leben mehrerer Schüler aufs Spiel gesetzt. Und jetzt haben wir einen Verwundeten. Das werde ich melden.«

»Verdammtes Miststück von einer …«

Die Beleidigungen, die Gess nun ausstieß, dauerten ganze zehn Sekunden, aber Marigalle wirkte vor allem amüsiert. Daraufhin verstummte der Junge abrupt und ging fluchend davon.

Nobiane blieb allein mit ihr zurück. Eins musste sie dringend klarstellen: »Wird das jetzt jeden Tag so gehen? Egal, was wir tun?«

»Jeden Tag«, bestätigte das Mädchen mit einem boshaften Grinsen. »Du kapierst es einfach nicht, oder? Wir wollen euch hier nicht haben!«

»Na gut«, sagte Nobiane seufzend. »Du lässt mir keine Wahl …«

Mit klopfendem Herzen trat sie zwei Schritte auf die Anführerin zu, ging auf die Zehenspitzen und flüsterte ihr ins Ohr: »Du wirst jetzt zwei deiner Kumpane dazu auffordern, den Verwundeten zur Heilerin zu bringen. Du selbst bleibst hier und bringst mit uns die Krebsbeine ins Zeughaus, bevor die Flut sie davonschwemmt. Und weißt du was? Du wirst die stinkendsten und schwersten davon tragen. Du wirst alle tragen, die wir nicht tragen wollen. Denn wenn du das nicht tust, werde ich erst mit dem Obersten Hüter sprechen und dann mit dem Magister. Ich werde berichten, wie du vor einer Chimäre davongelaufen bist und deinen Eid gebrochen hast. Und wenn du meinst, dass sie mir nicht glauben werden, dann täuschst du dich gewaltig. Es gibt mindestens zehn Zeugen für den Vorfall. Alle Lügen, die du in Umlauf bringen wirst, können nichts an der Wahrheit ändern.«

Als sie fertig war, wich Nobiane rasch ein Stück zurück. Doch Marigalle schien sie nicht angreifen zu wollen. Ihr höhnisches

Grinsen war verschwunden, da sie merkte, dass das rothaarige Mädchen es ernst meinte.

»Aber …«

»Nichts aber«, schnitt ihr Nobiane das Wort ab. »Dieses Mal erteile ich dir einen Befehl. Du gehorchst, oder du kannst schon mal deine Sachen packen. So einfach ist das.«

Marigalle lief hochrot an und verzog das Gesicht zu einer hasserfüllten Grimasse. Dann ging sie vor Wut bebend an die Arbeit.

Nobiane wusste genau, dass sie sich eine Feindin gemacht hatte, und zwar eine gefährliche Feindin. Dieser kleine Sieg würde ihr zweifellos noch einigen Ärger einbringen.

Aber es war ein so erhebendes Gefühl!

9

»Das soll etwas bringen? Im Dreck herumzukriechen?« Tannakis' Stimme triefte vor Spott und Ungeduld. Seit sie die Verfolgung des Jungen aufgenommen hatten, hatte er nichts als Hohn für Vargaïs Methoden übrig.

Vargaï antwortete nicht gleich. Er blieb auf allen vieren, ein Ohr auf dem Boden, und untersuchte die Umgebung. Dann richtete er sich auf und klopfte sich die Erde von den Knien.

»Einige Spuren lassen sich nur aus dieser Perspektive erkennen«, erklärte er. »Das lernt man schon im zweiten Kreis.«

Die fünf Männer, die sie begleiteten, schwiegen betreten, aber der Magister hatte nicht vor, sich verspotten zu lassen: »Vor mir brauchst du dich nicht aufzuspielen! Du bist kein besserer Weltwanderer. Aber natürlich hat so ein heimatloser Geselle wie du einige Erfahrung im Fährtenlesen. Wozu verschwenden wir unsere Zeit mit diesen Fußabdrücken? Wir haben mindestens zehn andere Beweise dafür gefunden, dass dein Lehrling hier entlanggekommen ist.«

Vargaï hatte schon auf den Lippen, dass er diese zehn Beweise entdeckt hatte, schwieg aber, um Tannakis nicht unnötig zu provozieren. Stattdessen sagte er: »Die abgebrochenen Zweige sind ein Hinweis auf die Größe des Wesens, das hier entlanggelaufen ist, und an den niedergetrampelten Farnen erkennt man, dass es noch nicht lange her ist. Alle Spuren deuten darauf hin, dass es sich um einen Menschen handelt.«

Er bückte sich noch einmal und maß mit den Armen den Abstand zwischen zwei kaum sichtbaren Fußabdrücken: »Sie liegen sehr weit auseinander. Vor allem für einen Jungen, der noch nicht ausgewachsen ist. Vohn muss gerannt sein.«

Tannakis verzog ironisch das Gesicht.

»Wie seltsam! Und das, wo er doch auf der Flucht ist …«

»Aber wir sind schon recht weit von der Enklave entfernt«, entgegnete Vargaï, »und vermutlich hat der Junge in der Nacht nicht geschlafen, um erst einmal möglichst weit zu kommen. Als er hier durchkam, muss er erschöpft gewesen sein. Da wäre er nicht ohne Grund gerannt.«

Als Nächstes untersuchte er die Büsche in der Umgebung. Zwei Söldner folgten ihm mit gezückten Armbrüsten, als drohte Vargaï jeden Moment zu verschwinden, obwohl das lächerlich war. Tannakis hatte ihm zwar für die Verfolgungsjagd seine Stiefel zurückgegeben, aber er war immer noch unbewaffnet und ohne sein Bandelier. Als er dann die anderen Abdrücke entdeckte, fühlte er sich noch verwundbarer.

»Ein Lupinus«, murmelte er. »Ein Lupinus verfolgt Vohn.«

Tannakis wollte sich selbst davon überzeugen und trat zu ihm. Stumm starrte er auf die riesigen Pfotenabdrücke, die viel zu groß für einen normalen Wolf waren.

»Der Junge ist verloren«, bemerkte einer der Söldner.

»Ich hoffe doch nicht!«, antwortete Vargaï.

Er hätte hinzufügen können: »Sonst werdet ihr alle es bitter bereuen«, aber sein Ton reichte aus, um es den anderen klarzumachen, und Vargaï hatte keine Zeit für weitere Wortgeplänkel mit seinen Begleitern. Jede Sekunde zählte – falls es nicht schon zu spät war. Er lief los, und Tannakis und seine Männer waren gezwungen, ihm nachzusetzen.

Vargaï folgte der Spur der Chimäre, die leichter zu erkennen war als die von Vohn, da der massige Körper der Wolfskreatur tiefe Abdrücke hinterlassen hatte. Ab und zu hielt er an, untersuchte einen Busch oder betrachtete einen Abdruck, um in Gedanken zu rekonstruieren, was hier geschehen war. Nun machte er sich nicht mehr die Mühe, den anderen von seinen Schlussfolgerungen zu berichten. Er hatte nur noch eins im Sinn: Er musste Vohn finden. Der arme Junge war völlig unverschuldet in diese Situation geraten. Sollte Vargaï seinen Tod auf dem Gewissen haben, würde er sich das nie verzeihen. Bei diesem Gedanken kam ihm sein Freund Radjaniel in den Sinn, der seit mehr als sieben Jahren unter diesem Schmerz litt.

Jetzt, da er wusste, dass sie es mit einer gefährlichen Bestie zu tun hatten, vermisste Vargaï sein Bandelier umso heftiger. Er trug keine Waffe und hatte kein Prisma, mit dem er die Umgebung hätte absuchen können. Tannakis und seine Männer übernahmen diese Aufgabe und schwenkten ihre kostbaren Kristalle in alle Richtungen, aber Vargaï sah gleich, dass sie keine Ahnung hatten, was sie da taten. Sie waren offensichtlich nur ungenügend ausgebildet, und ihr Lehrer verbrachte augenscheinlich mehr Zeit in seiner Prismenwerkstatt als im freien Gelände. Würden sie es überhaupt merken, wenn ihnen Gefahr drohte?

Vargaï dachte nicht weiter über seine eigene Sicherheit nach und nahm die Fährte wieder auf. Einige der Abdrücke wiesen darauf hin, dass die Bestie mit dem Jungen gespielt hatte: Sie hatte sich ihm bis auf wenige Fingerbreit genähert und ihn dann wieder entwischen lassen. Ob aus Vorsicht, Neugier oder Bösartigkeit spielte keine Rolle. Vargaï hoffte nur, den Jungen zu finden, bevor dieses Spiel zu seinem Ende kam.

Nach zehn Minuten erreichte er das Ufer eines Flusses, gefolgt von Tannakis und seinen Männern. Hier fand er etliche Spuren, und er studierte sie mit gerunzelter Stirn. Schließlich wandte er sich an seine Eskorte: »Hier ist er stehen geblieben. Dann hat ihm der Lupinus den Weg zum Fluss versperrt. Es gab einen kurzen Kampf, bei dem aber kein Blut floss. Vohn konnte den Angriff abwehren, oder er hatte großes Glück. Jedenfalls hat die

Bestie es nicht geschafft, ihn zu töten. Dann ist Vohn auf diese Bäume dort zugelaufen und ins Wasser gesprungen.«

Tannakis besah sich den Ort, und nach einer Weile schüttelte er zweifelnd den Kopf.

»Das denkst du dir nur aus«, beschied er. »Du kannst unmöglich genau wissen, was hier geschehen …«

Als Vargaï ein Grasbüschel am Ufer beiseiteschob, verstummte er. Im Schlamm war deutlich der Abdruck eines Stiefels zu erkennen. Von dieser Stelle musste der Junge ins Wasser gesprungen sein. Als sich Vargaï aufrichtete, bemerkte er, dass Tannakis ihn mit anderen Augen ansah. Doch das spielte jetzt keine Rolle mehr.

»Und was nun?«, fragte Tannakis. »Wie lange ist das her? Ist dein Schüler noch am Leben, oder nicht?«

Vargaï ignorierte die Fragen, da er zu sehr mit seinen Beobachtungen beschäftigt war. Er musterte den Fluss, berücksichtigte seine Fließgeschwindigkeit und schätzte seine Breite und ungefähre Tiefe. Dann ging er auf der Suche nach Spuren der Bestie flussabwärts am Ufer entlang. Er fand einige Abdrücke und zeigte sie den anderen wortlos. Die Männer wichen den Spuren aus, als handle es sich um giftige Schlangen. Selbst Tannakis verzichtete nun darauf, Vargaï bei seinen Untersuchungen zu stören, und überließ dem Mann, der streng genommen immer noch ihr Gefangener war, die Führung.

Mehrere Minuten lang folgten sie dem gewundenen Flussverlauf, bis Vargaï auf Spuren stieß, die ihn neue Hoffnung schöpfen ließen. Zwischen zwei Flussarmen, die beide etwa zehn Meter breit waren, befand sich eine kleine Insel. Vielmehr handelte es sich um mehrere hintereinander liegende Erdhügel mitten in der Strömung. Der größte war durch zwei riesige Holzstämme mit beiden Ufern verbunden. Diese primitive Brücke war vermutlich von Reisenden errichtet worden, die den Fluss überqueren mussten.

»Ihr habt doch sicher ein Fernglas, oder?«, fragte Vargaï. »Schaut euch mal die zweite Insel an, die mit dem Gebüsch.«

Die Männer sahen einander fragend an. Tannakis wurde ungeduldig, aber schließlich zog einer von ihnen ein solches Gerät aus der Tasche. Kurz darauf rief er: »Ich sehe ihn! Zumindest glaube ich, dass er es ist! Ja, das ist er ganz sicher!«

Vargaï seufzte erleichtert.

»Ist er am Leben? Bewegt er sich? Ist er verwundet?«

»Ich weiß nicht«, murmelte der Mann. »Er liegt da und bewegt sich nicht. Vielleicht schläft er.«

»Ist sein Gesicht in Richtung Brücke gewandt?«, wollte Vargaï wissen.

Der Söldner nickte. Er leistete keinen Widerstand, als Vargaï ihm das Fernglas aus den Händen riss, um sich die Szene selbst anzusehen. Im nächsten Moment rief er aufgeregt: »Schaut durch eure Prismen! Vohn starrt auf die Brücke. Der Lupinus muss ihm die Rückkehr zum Ufer versperren.«

»Da ist er!«, rief einer der Männer aus. »Ich habe ihn!«

Vargaï starrte in die Richtung, in die der Söldner zeigte, aber solange die Bestie hinter dem Schleier war, blieb sie seinem Blick verborgen. Er ärgerte sich über seine Hilflosigkeit. Jeden Augenblick konnte die Chimäre aus dem Schleier hervorbrechen und sich auf die Männer stürzen. Vargaï war drauf und dran, sich eine Waffe zu schnappen, auch wenn man ihm dafür sicher einen Armbrustbolzen in die Brust schießen würde. Gerade wollte er zur Tat schreiten, als einer von Tannakis' Männern rief: »Ich sehe ihn nicht mehr! Er kam auf uns zu, aber jetzt ist er verschwunden.«

Tannakis und die fünf Söldner zogen ihre Waffen, und so konnte Vargaï seinen Plan nicht mehr in die Tat umsetzen. Es herrschte höchste Anspannung, während die Männer das Gelände durch ihre Kristalle absuchten. Vargaï konzentrierte sich auf seine Umgebung. Jahrzehntelange Erfahrung hatte seine Sinne geschärft, und er kannte die Täuschungsmanöver der Chimären genau.

»Hinter uns!«, rief er plötzlich. »Er wird zwischen den Bäumen da hervorbrechen. Passt auf!«

Kaum hatte er das gesagt, sprang der Lupinus auch schon aus dem Schleier, und zwar am Waldrand, genau wie Vargaï es prophezeit hatte. Zum Glück hatten die Söldner auf seine Warnung gehört. Als sich die Kreatur mit ausgefahrenen Krallen auf sie stürzte, rasten fünf vergiftete Armbrustbolzen auf sie zu. Einer der Männer traf sie mitten ins Auge. Als sie vor ihren Füßen zu Boden ging, entwich ihr der letzte Atemzug.

Selbst für Mitglieder der Bruderschaft war dies ein seltener Anblick, und für die Söldner war es offensichtlich das erste Mal. Vargaï hatte dergleichen schon über fünfzig Mal gesehen, aber der Anblick faszinierte ihn jedes Mal aufs Neue.

»Wir sind also nicht umsonst gekommen«, murmelte Tannakis.

Seine Augen glänzten gierig, als vor den gefletschten Zähnen der Bestie ein seltsamer Wirbel entstand, dort, wo sie ihren letzten Atem ausgehaucht hatte. Kurz schien es, als würde die Luft vor Hitze flimmern, und im nächsten Moment ballte sie sich mit leisem Klirren zusammen, als wäre sie plötzlich eisiger Kälte ausgesetzt. Gleich darauf lag ein durchschimmernder Stein mit unebenen, schillernden Kanten am Boden. Sie waren Zeugen der Entstehung eines rohen Prismas geworden.

Tannakis hob den Kristall hastig auf und musterte ihn mit dem geübten Auge eines Meisterschmieds. Dann breitete sich ein Grinsen auf seinem Gesicht aus.

»Vargaï, du bringst mir wahrhaftig Glück! Ich werde dich wohl noch eine Weile bei mir behalten müssen, alter Freund!«

Vargaï verbiss sich eine patzige Antwort und sagte nur: »Lasst uns meinen Schüler holen. Er braucht vielleicht Hilfe.«

10

Dælfine zuckte zusammen, als sie die Tür zum Schlafsaal knarren hörte. Den ganzen Tag über hatte sie auf diesen Moment gewartet, aber mittlerweile war sie so müde, dass die Angst größer war als die Hoffnung. Als sich Radjaniels schwere Schritte ihrem Zimmer näherten und es dreimal leise an der Tür klopfte, war sie versucht, sich schlafend zu stellen. Doch das hätte alles nur noch schlimmer gemacht, und außerdem verdiente er eine solche Behandlung nicht. Also bat sie ihren Lehrer mit einer Stimme herein, die ihr selbst fremd vorkam.

Er blieb auf der Schwelle stehen und unterdrückte einen Seufzer. Dann stellte er seine Laterne auf dem Boden ab, ging über die knarzenden Dielen und setzte sich auf ihr Bett.

Als er sanft ihre Hand berührte, fuhr Dælfine zusammen. Daran würde sie sich wohl nie gewöhnen. Die Dunkelheit, die sie umfing, machte sie immer noch nervös.

»Es tut mir leid«, sagte Radjaniel. »Ich wollte schon viel früher kommen, aber das ging leider nicht. Ich habe den ganzen Tag lang Lehrer und Schüler zu den Ereignissen der letzten Nacht befragt. Das konnte nicht warten. Wir durften ihnen keine Zeit geben, sich Lügen auszudenken. Leider ist nichts dabei herausgekommen. Keiner von ihnen scheint mit Zakarias unter einer Decke zu stecken.«

Dælfine nickte. Sie war überrascht, dass Radjaniel ihr freimütig von seinen Ermittlungen erzählte. Nach einem weiteren Seufzer des Weltwanderers ging ihr auf, warum er es tat. Radjaniel brachte schlechte Neuigkeiten, und er wollte den Moment herauszögern.

»Ich muss mich bei dir entschuldigen«, fuhr er fort. »Dazu hätte es nicht kommen dürfen ... Wenn ich euch nicht mit zum Leuchtturm genommen hätte ...«

Dælfine ahnte, worauf dieses Gespräch hinauslaufen würde, und das wollte sie auf keinen Fall.

»Sagt das nicht. Ihr könnt nichts dafür«, widersprach sie vehement. »Schuld sind Zakarias und die Chimären, nicht Ihr!«

»Es ist trotzdem passiert. Es ist nicht mehr zu ändern ... Wir müssen ...«

»Nicht! Sagt es nicht, ich flehe Euch an!«

»Es tut mir leid«, wiederholte Radjaniel. »Wir müssen dich nach Hause schicken. Hier können wir uns nicht gut genug um dich kümmern. Zauberranke ist ein viel zu gefährlicher Ort.«

Das Mädchen hatte plötzlich den Eindruck, als wäre die Zeit stehen geblieben. Bis zuletzt hatte sie gehofft, diesem Schicksal entgehen zu können. Sie hatte ein Wunder herbeigesehnt, eine überraschende Wendung der Ereignisse, aber das alles war nichts als Träumerei gewesen. Die Entscheidung war gefallen.

»Das Schiff legt übermorgen ab«, erklärte der Weltwanderer. »Zehn Fünftkreisler haben sich bereit erklärt, die Mannschaft zu verstärken. Sie werden alle Verwundeten zurück nach Hause begleiten. Bald wirst du deine Eltern wiedersehen, Dælfine.«

Die letzte Bemerkung sollte das Mädchen zweifellos aufmuntern, erzielte jedoch genau die entgegengesetzte Wirkung. Ja, sie würde wieder bei ihrer Familie sein, aber sie würde die Gesichter ihrer Eltern und Geschwister nie wieder sehen können. Außerdem würde sie ohne Bandelier zurückkehren, und deshalb würde die ganze Familie schon bald obdachlos sein. Die Kredithaie würden sie aus dem eigenen Haus treiben, und sie konnte nichts mehr dagegen tun.

Dælfine hätte weinend und jammernd zusammenbrechen

können. Vielleicht ließe sich Radjaniel dadurch doch noch einmal zum Einlenken bewegen? Aber Dælfine hatte schon zu viel geweint. Es war, als hätte sie ihren Tränenvorrat für die nächsten drei bis vier Jahre aufgebraucht. Seltsamerweise war sie jetzt, da ihr Abschied feststand und ihre schlimmsten Befürchtungen eingetreten waren, viel ruhiger. Das Mädchen beschloss, alles daranzusetzen, ihre Abreise noch einmal abzuwenden, auch wenn die Chancen schlecht standen. Sie würde kämpfen wie ein verwundetes Tier, das in seiner Höhle in die Enge getrieben worden war und nichts mehr zu verlieren hatte.

»Verlangen die Gesetze von Zauberranke, dass ich gehe?«, fragte sie.

Radjaniel holte tief Luft. Das Mädchen stellte sich vor, wie er den Kopf senkte oder sich beschämt am Hals kratzte.

»Eigentlich nicht«, antwortete er schließlich. »Es geschieht zu deinem eigenen Wohl …«

»Und wenn ich eine Woche, nachdem ich heimkehre, gesund würde? Könnte ich dann zurückkommen?«

Radjaniel atmete abermals scharf ein. Offenbar setzten ihm die Fragen zu.

»Das wäre natürlich wunderbar. Trotzdem müsstest du bis zur Rekrutierung im nächsten Jahr warten. Die Reise dauert zu lang, du würdest zu viel Unterricht verpassen.«

Dælfine nickte. Genau das hatte sie befürchtet.

»Ich werde wieder gesund«, sagte sie fest. »Das weiß ich. Ich bin nicht dazu geschaffen, so zu bleiben.«

»Dafür ist niemand geschaffen, Dælfine. Niemand verdient so etwas, aber …«

»Ich werde auf jeden Fall wieder gesund«, beharrte sie. »Aber ich will keinen anderen Lehrer. Ich will keine neue Gilde. Ich will bei Euch bleiben, bei Nobiane und den anderen!«

In der darauffolgenden Stille schoss ihr durch den Kopf, dass ihre Worte vielleicht etwas zu forsch geklungen hatten. Sie wollte nicht aufmüpfig erscheinen, aber es ging schließlich um ihre Zukunft.

»Du willst eine ganze Menge, mein Mädchen«, entgegnete Radjaniel. »Und ich würde dir deinen Willen nur zu gern lassen … aber …«

»Aber, aber, immer gibt es ein Aber«, rief sie. »Ich kann weiterhin am Ausdauertraining teilnehmen und nachmittags den Unterricht besuchen. Ich muss nur warten, bis mein Augenlicht zurückkehrt. Danach wird alles wieder gut!«

»So einfach ist leider das nicht.«

»Und warum nicht?«, fragte sie mit gebrochener Stimme. »Ich werde mein Bestes geben und mich bemühen, niemandem zur Last zu fallen. Ich muss mich nur ein paar Tage an meinen Zustand gewöhnen. Oder wollt Ihr mich nicht mehr als Schülerin haben? Wollt Ihr, dass ich das Zeughaus verlasse, Jorensan?«

Es war ihr nicht einmal in den Sinn gekommen, diese Frage gleich zu Anfang zu stellen. Wenn er selbst der Meinung war, sie müsse gehen, würde sie sich seinem Urteil fügen. Ängstlich wartete sie auf seine Antwort.

»Nun ja«, sagte der Weltwanderer zögerlich. »Ich würde dich gern hierbehalten, Dælfine. Um ehrlich zu sein, bricht mir deine Abreise das Herz. Denk bitte nicht, ich würde dich loswerden wollen. Der Hohe Rat schickt die Verwundeten nur zu ihrer eigenen Sicherheit nach Hause, das musst du doch einsehen.«

»Aber wie würdet Ihr entscheiden?«, hakte das Mädchen nach. »Wenn es allein nach Euch ginge? Würdet Ihr mich fortschicken?«

Es folgte eine angespannte Stille. Zu gern hätte sie den Gesichtsausdruck ihres Lehrers gesehen, aber wenn dies möglich gewesen wäre, hätten sie dieses Gespräch nicht führen müssen.

»Ich würde niemals einen meiner Schüler im Stich lassen«, erklärte Radjaniel. »Das habe ich mir geschworen. Aber wie du selbst sagst, obliegt mir diese Entscheidung nicht allein. Und hier geht es ja auch nicht darum, dich im Stich zu lassen, das ist dir doch hoffentlich klar.«

Er stand vom Bett auf und machte ein paar Schritte, verließ das Zimmer jedoch nicht. Dælfine fragte sich, was das zu bedeuten hatte. War das Gespräch damit beendet? War ihr Schicksal ein für alle Mal besiegelt? Ratlos schwieg sie und ließ ihrem Meister Zeit, mit seinem Gewissen zu kämpfen. Er lief mehrere Minuten lang auf und ab und stieß immer wieder Seufzer aus, bevor er sich zu einer Entscheidung durchrang.

»Ich werde alles daransetzen, dass du noch einen Monat bleiben kannst – bis zum nächsten Schiff«, sagte er schließlich. »Aber dazu muss ich die Zustimmung des Hohen Rats einholen. Selbst bei Denilius bin ich mir nicht sicher, wie er entscheiden wird. Noch nie hat Zauberranke körperlich versehrte Schüler aufgenommen. Das hätte ja auch keinen Sinn. Es hieße, sie in den sicheren Tod zu schicken. Vermutlich wird das die Antwort sein, die man mir gibt. Wenn Arold und die anderen mir diesen Gefallen verwehren, wirst du abreisen müssen, Dælfine. Ganz gleich, wie ich dazu stehe.«

Das Mädchen nickte und lächelte dankbar. Es war nur ein Hoffnungsschimmer, aber dieses Schicksal war immer noch tausend Mal besser als die sofortige Abreise.

Doch Radjaniel war noch nicht fertig: »Ich werde behaupten, deine Aussage zu den Geschehnissen der vergangenen Nacht sei entscheidend für meine Ermittlungen, und ich müsse dich noch eine Weile hierbehalten, um dich notfalls befragen zu können. Aber selbst wenn dieser Plan aufgeht, wirst du nicht einfach hier im Zeughaus bleiben können. Du musst wie alle anderen am Unterricht teilnehmen und dir zugewiesene Arbeiten erledigen. Ohne Ausnahme! Glaubst du wirklich, dass du das schaffst?«

»Ja!«, rief Dælfine, ohne zu zögern, und strahlte bis über beide Ohren.

»Erwarte nicht, dass Lehrer oder andere Schüler Mitleid mit dir haben«, sagte Radjaniel warnend. »Die meisten werden dir nur Verachtung entgegenbringen. Sie werden denken, du würdest bevorzugt. Man wird behaupten, du seist dir der Gefahr nicht bewusst und setztest dein Leben aufs Spiel. Es wird heißen, diejenigen, die dir zu bleiben erlauben, verdienten es nicht, ein Bandelier zu tragen. Solche Dinge wird man mir ins Gesicht sagen, Dælfine.«

Die Begeisterung des Mädchens bekam einen ordentlichen Dämpfer. Sie war bereit, alle unerfreulichen Konsequenzen selbst zu tragen, aber niemand anders sollte unter ihrer Entscheidung leiden müssen.

»Aber mach dir darüber keine Gedanken«, sagte Radjaniel. »Ich kann mich ganz gut selbst verteidigen. Ich möchte nur, dass du verstehst, dass man dir nichts schenken wird. Dass wir für dich eine Ausnahme machen, wird nicht gerade zu deiner Beliebtheit beitragen. Selbst deine Freunde könnten sich daran stören.«

Wie als Antwort erklang draußen hinter dem geschlossenen Fensterladen ein dumpfes Geräusch, das völlig unbedeutend gewesen wäre, wenn es nicht von einem unterdrückten Fluch und aufgeregtem Getuschel begleitet worden wäre.

»Jetzt, wo ihr entdeckt worden seid, könnt ihr genauso gut reinkommen«, rief Radjaniel.

Dælfine wurde klar, dass ihre Kameraden alles mit angehört hatten. Plötzlich kam sie sich schäbig vor, weil sie sich seit dem Morgen geweigert hatte, mit ihnen zu reden. Hastig strich sie ihr zerzaustes Haar glatt. Wie mochte sie wohl aussehen?

Verlegene Schritte erklangen im Gemeinschaftsraum, und gleich darauf kamen Nobiane, Gess, Jona und Berris ins Zimmer. Alle vier waren da, das spürte sie, auch wenn sie sie nicht sehen konnte. Keiner von ihnen traute sich, etwas zu sagen.

»Und? Was haltet ihr von der Sache?«, fragte Radjaniel. »Seid ihr bereit, die Eifersucht und den Neid der anderen Schüler und Lehrer zu ertragen? Werdet ihr eurer Freundin beistehen?«

Als hätten die vier die Antwort einstudiert, riefen sie im Chor: »Ja!«

Da stellte Dælfine fest, dass sie doch noch ein paar Tränen übrig hatte.

Den Rest des Abends sprachen sie nicht mehr von der Sache. Alle zeigten sich von ihrer besten Seite, vermieden jedes heikle Thema und taten so, als wäre nichts Dramatisches geschehen. So saß Dælfine schließlich mit ihren Freunden und ihrem Lehrer am Tisch und aß zu Abend, wie jeden Tag seit ihrer Ankunft in Zauberranke. Sie wunderte sich über sich selbst: Als Gess von ihrem Tag am Strand und der Begegnung mit Marigalle berichtete, lachte sie laut über seine Scherze. Sie fand es schade, das sie nicht bei dem Kampf gegen den Krustenkrebs dabei gewesen war.

Später am Abend, als die anderen zu Bett gegangen waren, kehrten ihre Ängste jedoch zurück. Immerhin war nicht sicher, ob sie in Zauberranke bleiben konnte, und auch, ob sie jemals wieder sehen können würde, war vollkommen ungewiss. Welches Schicksal hatten die Götter für sie vorgesehen? Das einer blinden Bettlerin, die mit ihrer Familie auf der Straße lebte? Oder das einer verdienten Weltwanderin, die zahlreiche Auszeichnungen am Bandelier trug und gemeinsam mit ihren Kameraden gegen die Chimären kämpfte?

Eine geschlagene Stunde lang wälzte sie sich unter ihrer Decke hin und her. Nobiane und die anderen waren nach der schweren Arbeit auf der Stelle in tiefen Schlaf gesunken. Dælfine hingegen hatte den ganzen Tag apathisch im Bett verbracht und war jetzt kein bisschen müde. Schließlich traf sie eine Entscheidung: Sie würde nicht die ganze Nacht damit verbringen, sich unnütze Sorgen über die Zukunft zu machen! Sie hatte schon viel zu lange unter dieser Decke gelegen! Da sie versprochen hatte, sich zusammenzureißen und niemandem zur Last zu fallen, konnte sie auch gleich damit anfangen.

Vorsichtig kroch sie ans Fußende ihres Betts und tastete nach ihrem Bandelier. Mit unsicheren Schritten schlich sie sich aus dem Zimmer und öffnete die Tür nach draußen. Die kühle Meeresluft tat ihr ungeheuer gut. Zugleich hatte die Weite rings um das Zeughaus etwas Beängstigendes an sich. Wenige Meter unter ihr schlugen die Wellen unermüdlich gegen die scharfkantige Kristallbarriere, und dahinter lauerten unzählige Krustenkrebse auf ihre Chance, in Zauberranke einzufallen. Bei diesem Gedanken hätte Dælfine beinahe kehrtgemacht und sich wieder im Bett verkrochen.

Doch sie blieb standhaft. Wenigstens kannte sie die Umgebung wie ihre Westentasche. Sie tastete sich an der Wand des Zeughauses entlang Richtung Treppe. Zum Glück war der Weg seit einiger Zeit nicht mehr mit leeren Flaschen übersät. Dælfine stieg hoch in den ersten Stock und stand bald vor einer Tür, durch die sie schon unzählige Male gegangen war.

An den Geräuschen, die durch das Holz drangen, erkannte sie, dass Radjaniel bei der Arbeit war. Sie klopfte an und betrat die Werkstatt, ohne auf eine Reaktion zu warten. Sofort umhüllte die Atmosphäre des Orts sie wie ein beschützender Kokon. Als sie das Kratzen des Schleifsteins hörte und den vertrauten Geruch einsog, ging es Dælfine gleich viel besser.

»Kann ich Ihnen helfen?«, fragte sie.

»Gern.«

Mehr sagte ihr Lehrer nicht. Stattdessen führte er sie zu einem Stuhl und legte mehrere Werkzeuge vor sie auf die Werkbank. Schließlich brachte er ihr ein halbes Dutzend Krebsbeine, die von Geweberesten gesäubert werden mussten.

»Wenn du sie abgeschabt hast, zeige ich dir, wie man die Spitzen schärft.«

Dælfine machte sich unverzüglich an die Arbeit. Ihr gefiel der Gedanke, die Nacht hier oben in der Werkstatt zu verbringen. Das war viel besser, als im Bett Trübsal zu blasen, und ihr ging durch den Kopf, dass diese Arbeit neben dem Schicksal als Bettlerin und dem als mutige Kämpferin ein dritter Weg war.

11

Die schützende Lichtkuppel spannte sich wie immer über das Schulgelände, doch Arold fürchtete die ganze Zeit, sie könne wie am Tag zuvor urplötzlich erlöschen. Gewiss teilten viele Lehrer und Schüler seine Angst. In dieser Nacht würde niemand besonders fest schlafen. Die Bewohner Zauberrankes würden immer wieder die Augen aufschlagen und zum Fenster gehen, nur um sich zu vergewissern, dass der rötliche Schimmer noch da war. Von nun an würde jeder auf der Hut sein, man würde sich gegenseitig belauern und Dinge infrage stellen, die man immer für gegeben gehalten hatte.

Und das war auch gut so, dachte Arold.

Als am anderen Ende des Salons eine Tür aufgerissen wurde, schreckte er aus seinen Gedanken auf. Er hatte nicht gehört, dass Vrinilia zurückgekehrt war. Verwunderlich war das nicht, denn der Palast der Prismenschmiedin war ungeheuer weitläufig. Ihr Haus war sogar größer als sein eigenes, auch wenn er sich das nur ungern eingestand. Er beschloss, dem unfähigen Wachmann, der vor der Tür stand, bei der nächsten Gelegenheit ein paar Takte zu sagen, weil er ihm die Ankunft der Hausherrin nicht gemeldet hatte, bis ihm einfiel, dass seine Untätigkeit natürlich gerade darauf zurückzuführen war, dass Vrinilia die Hausherrin war.

»Bin ich mü-de!«, stöhnte die alte Dame.

Sie gesellte sich zu ihm auf die große Terrasse, von der aus man den alten Kern von Zauberranke überblickte. Hier pflegte sie ihre

Abende zu verbringen, wenn es das Wetter zuließ. Vrinilia warf ihren bestickten Mantel auf einen Ledersessel und ging geradewegs zu dem Tisch hinüber, auf dem ein Silbertablett mit mehreren Gläsern und Kristallkaraffen stand. Sie schenkte sich von einem honigfarbenen Wein ein, nahm einen großen Schluck und ließ sich dann auf einem gepolsterten Sofas nieder.

»Glaube ja nicht, dass ich mich jeden Abend auf den Leuchtturm hinaufquälen werde«, stöhnte sie. »Sobald wir die Wachmannschaften eingeteilt haben, wird sich die neue Leuchtturmwärterin damit begnügen, von hier unten hinaufzuschauen, ob alles in Ordnung ist!«

»Ja, ja, so haben wir es vereinbart«, sagte Arold. »Ein paar der älteren Schüler, denen wir vertrauen können, übernehmen abwechselnd die Nachtwache. Auf jeden Fall wird niemand mehr dort oben allein gelassen.«

Vrinilia setzte eine säuerliche Miene auf. Ihr Blick verhieß nichts Gutes. Käme es wie so oft zu einer Auseinandersetzung, würden sie wieder einmal die Nacht schmollend in ihren jeweiligen Palästen verbringen. Es sei denn, es gelang ihm, den Streit im Keim zu ersticken.

»Natürlich bist du eine Ausnahme«, sagte er beschwichtigend. »Aber niemand von uns hat das mit Zakarias vorausgesehen, und wir wissen immer noch nicht, wen Denilius als neuen Leuchtturmwärter vorschlagen wird. Deshalb müssen wir die Wachmannschaften so bald wie möglich einsetzen.«

»Das weiß ich doch alles«, schnaufte Vrinilia. »Vergiss nicht, dass das meine Idee war.«

Sie führte das Glas zum Mund und nahm einen weiteren kräftigen Schluck.

Arold beschloss abzuwarten, bis ihr Ärger von selbst verflog. Nach all den Jahren brachte ihn die seltsame Logik dieser Frau immer noch aus der Fassung, auch wenn das Ganze zu einer Art Spiel zwischen ihnen geworden war.

»Mir scheint, du bist mit etwas ganz anderem beschäftigt«, bemerkte Vrinilia schließlich.

Arold nickte, während er selbst sein Glas auffüllte. Sein Tag war auch nicht leicht gewesen.

»Und?«, fragte die Prismenschmiedin. »Gibt es seit heute Morgen etwas Neues?«

»Nein. Aber ich hatte auch keine Gelegenheit, noch mal mit Denilius zu reden. Er war zu beschäftigt.«

»Und wissen wir, womit?«

Arold seufzte. Der Ton seiner Gastgeberin gefiel ihm nicht, aber er war zu müde, um ihr eine Szene zu machen. Sie hingegen schien immer noch Kraft für ein kleines Wortgefecht zu haben. Ausweichend antwortete er: »Er musste die Aufräumarbeiten koordinieren, die Abfahrt des Schiffs vorbereiten, die Trauerzeremonie für die Opfer organisieren und die Wiederaufnahme des Unterrichts veranlassen … Glaub mir, er hatte keine ruhige Minute. Aber ich konnte ihm natürlich nicht die ganze Zeit über die Schulter schauen. Ich hatte diesen Säufer von Radjaniel im Schlepptau!«

Um seinen Ärger zu unterstreichen, leerte er sein Glas mit einem Zug und schenkte sich gleich wieder nach. Als er aufblickte, sah er das ironische Grinsen seiner Kollegin.

»Der Trunkenbold ist mir den ganzen Tag nicht von der Seite gewichen«, schimpfte er. »Immer hatte er noch eine letzte Frage an die Zeugen, nachdem ich die Befragung für beendet erklärt hatte. Das macht er doch mit Absicht!«

»Aber abgesehen davon? Hat er irgendetwas bemerkt?«

Arold nahm einen weiteren Schluck und sagte dann: »Ich weiß es nicht. Möglich, dass ihm der Alkohol noch nicht völlig den Verstand vernebelt hat. Wer kann schon wissen, was er wirklich denkt. Vorhin fragte er mich, ob mir an Denilius' Aussage irgendetwas seltsam vorgekommen ist. Vielleicht wollte er mich auf die Probe stellen?«

Vrinilia runzelte die Stirn, spitzte die Lippen und dachte nach.

»Versuch, ihn nicht zu sehr gegen dich aufzubringen«, sagte sie schließlich. »Vielleicht spielt er tatsächlich ein doppeltes Spiel und will dich nur ausspionieren. Als er dein Amt bekleidet hat, traf er kluge Entscheidungen. Er ist kein Dummkopf. Wir müssen vorsichtig sein, bis wir mehr herausfinden.«

Arold schnaubte, wenig begeistert von der Aussicht, mit seinem Rivalen Nettigkeiten austauschen zu müssen. Aber die Prismenschmiedin war noch nicht fertig.

»Sei nett zu ihm, auch wenn es dir schwerfällt. Wenn er etwas ahnt, macht das auch keinen Unterschied. Wenn er sich allerdings als naiv erweist, könnte uns das helfen.«

Arold wollte lautstark protestieren: Auf keinen Fall würde er vor dem Messerschleifer katzbuckeln! Aber Vrinilia kannte ihn gut. Sie wusste, wie man ihn zum Schweigen brachte, bevor er losschimpfen konnte. Sie brauchte nur zweimal neben sich auf das Sofa zu klopfen, so wie sie es bei einem Hund getan hätte.

Arold hasste diese Geste. Trotzdem leerte er sein Glas in einem Zug und folgte ihrer Einladung.

12

Als Jona an diesem Morgen das Bandelier umlegte, hatte er das seltsame Gefühl, ein neues Leben zu beginnen. Im Grunde war es sogar schon sein drittes! Einmal waren da die Jahre vor seinem Gedächtnisverlust, die leider unwiederbringlich verloren schienen. Dann gab es die letzten Wochen, die Zeit, seit er in Vargaïs Wagen aufgewacht war. Und nun, nach dem gestrigen Gespräch mit Denilius, kam wieder etwas Neues.

An diesem Morgen war der Himmel wolkenverhangen. Es war kühler geworden, der Herbst nahte, und es sah nach Regen aus. Trotz des düsteren Wetters verspürte der Junge eine Zuversicht, die ihn selbst überraschte.

Vielleicht lag es daran, dass er sich endlich ein wenig hatte ausruhen können. Am Abend zuvor war er sofort eingeschlafen, und er war erst wieder aufgewacht, als der Morgen dämmerte. Zum ersten Mal seit seiner Begegnung mit den Weltwanderern hatten ihn keine Albträume geplagt. Waren das immer noch die Nachwirkungen des Weins, den der Magister ihm verabreicht hatte? Das war eher unwahrscheinlich. Jona war einfach hundemüde gewesen. Jetzt ging es ihm viel besser.

Das Gespräch mit Denilius hatte viel damit zu tun, dass er etwas zur Ruhe gekommen war. Zwar hatte sich Jona fest vorgenommen, nicht alles zu glauben, was der Magister ihm erzählte, aber es war einfach zu verlockend. Schließlich war er demnach schon einmal in Zauberranke gewesen. Das konnte nur der Wahrheit entsprechen, denn der Leuchtturm war ihm von Anfang an bekannt vorgekommen. Außerdem hatte der Magister vorgehabt, ihn als seinen Schüler in Zauberranke aufzunehmen. Warum sollte er daran zweifeln? Denilius hatte nichts davon, eine solche Lüge zu erfinden. Also stimmte vermutlich auch der Rest der Geschichte, einschließlich des Namens, den ihm der Ratsvorsitzende gegeben hatte: Lehander.

Das war das Einzige, was ihm immer noch seltsam vorkam. Er konnte sich nicht vorstellen, dass dies sein richtiger Name war – er löste einfach kein Gefühl in ihm aus. Im Gegenteil: Jona fand, dass er nicht zu ihm passte, fast so, als hätte man ihm einen Mädchennamen gegeben, oder einen Tiernamen, oder den eines Gegenstands – wie Gabel oder Stiefel. Wie könnte ein Mensch Stiefel heißen? Genauso erging es ihm mit Lehander. Sollte er Denilius' seine Geschichte also wirklich abnehmen?

Andererseits hatte er sich vielleicht einfach schon zu sehr an den Namen »Jona« gewöhnt, um sich jetzt anders zu nennen. Seinen Kameraden hatte er noch nichts davon erzählt. Nicht, dass er ein Geheimnis daraus machen wollte, aber es war alles noch zu frisch … Außerdem war er immer noch nicht sicher, welchen Teil der Geschichte er glauben sollte und welchen nicht. Als er an diesem Morgen mit seinen Freunden frühstückte, war er für sie deshalb weiterhin Jona, der Junge, der sein Gedächtnis verloren hatte und der mehr oder weniger unfreiwillig Schüler von Zauberranke geworden war. Auch das hatte sich seit dem Vortag verändert: Jetzt wollte der Junge unbedingt Weltwanderer werden, denn es war die einzige Verbindung zu seiner Vergangenheit. Vielleicht war es ja schon immer sein Schicksal gewesen, in die Fußstapfen seiner Großmutter zu treten? Dieser Gedanke beruhigte ihn. Und wenn er diesen Weg verfolgte, würde er vielleicht endlich ein paar Antworten bekommen. Sicher gab es in der Bruderschaft oder sogar in Zauberranke Leute, die Lygwenn gekannt hatten. Oder ihre Tochter und ihren Schwiegersohn. Wer weiß, womöglich sogar ihn selbst. Vielleicht war der Magister nicht der Einzige, der sich an Lygwenn erinnerte. Vielleicht konnte ihm jemand anders von seiner Familie erzählen und von seinem Leben, bevor … bevor … bevor …

»Jona? Alles in Ordnung?«

Er fuhr zu Radjaniel herum und stellte fest, dass alle Blicke auf ihn gerichtet waren. Er machte eine entschuldigende Geste, biss in sein Brot und trank von dem Tee, der in der Zwischenzeit kalt geworden war. Offenbar war er wieder in diesen hypnotischen Zustand abgeglitten, der ihn manchmal befiel. Deshalb machten seine Kameraden so verschreckte Gesichter. Bisher waren seine Zustände immer Vorboten einer Katastrophe gewesen. Mehrmals waren sie direkt danach von Chimären angegriffen worden. Aber das war natürlich nur ein dummer Zufall gewesen. Trotzdem brauchten seine Freunde eine gute Minute, um sich wieder zu entspannen.

Ihr Lehrer nutzte das Schweigen für eine Ankündigung: »Das Ausdauertraining heute Morgen wird für einige Zeit das letzte sein. Denilius hat mich mit einer besonderen Mission beauftragt, die mich einige Tage beschäftigen wird. Wir nehmen den Unterricht wieder auf, wenn ich damit fertig bin.«

»Das heißt in den nächsten Tagen: ausschlafen!«, jubelte Gess.

»Ganz bestimmt nicht, du Faulpelz. Kein Lehrer von Zauberranke duldet, dass seine Schüler Däumchen drehen, und nach allem, was geschehen ist, mangelt es nicht an Arbeit. Ihr werdet unterschiedlichen Werkstätten zugeteilt werden – welcher, darauf habe ich keinen Einfluss. Bis auf Weiteres werdet ihr dort eure Vormittage verbringen.«

Er wandte sich an Dælfine: »Meinen Schleiferlehrling behalte ich einstweilen im Zeughaus. Das heißt, wenn der Hohe Rat zustimmt, wovon ich aber ausgehe. Das ist kein persönlicher Gefallen, junge Dame. Du hast da oben wirklich gute Arbeit geleistet. Und du wirst alle Hände voll zu tun haben!«

Das braunhaarige Mädchen lächelte breit. Sie hatte sich am Morgen ein grünes Tuch vor die Augen gebunden, aber Jona fiel es trotzdem schwer, sie direkt anzusehen. Ebenso wie der Name Lehander ihn daran hinderte, Denilius Geschichte ganz und gar Glauben zu schenken, setzte das traurige Schicksal des Mädchens seiner neuen Zuversicht einen Dämpfer auf. Er fühlte sich schuldig an ihrer Verletzung. Wäre er während des Kampfs früher aus seiner Starre erwacht und hätte er den Drakonid, der ihm zu folgen schien, schneller herbeigerufen, wäre das Mädchen vielleicht unversehrt geblieben.

Noch schlimmer war, dass Jona ohnehin schon in ihrer Schuld stand. Sie war in der Höhle dabei gewesen, als er gefunden wurde, und hatte sich aufopfernd um ihn gekümmert, ohne sich um Vohns und Berris' dumme Kommentare zu scheren. Und er hatte nichts für sie tun können.

Das stimmte natürlich nicht ganz. Hätte Jona nicht angefangen, den einzigen Namen zu rufen, an den er sich erinnern konnte, »Wobiax! Wobiax!«, hätte keiner an diesem Tisch den Angriff der Chiroptiden überlebt und Zauberranke hätte weitaus mehr Opfer zu beklagen.

Aber dieser Gedanke tröstete ihn nur wenig, denn jedes Mal, wenn er zu Dælfine hinüberblickte und sah, wie sehr sie sich bemühte, aufrecht und würdevoll dazusitzen, zerriss es ihm das Herz. So sehr, dass er nur Belanglosigkeiten murmeln konnte, die nichts mit dem zu tun hatten, was er ihr eigentlich sagen wollte.

Dælfine hatte an diesem Morgen am Ausdauertraining teilgenommen. Sie war am Strand entlanggelaufen, das Seil hinaufgeklettert und hatte Liegestütze gemacht. Dass sie keine Schwierigkeiten mit den Übungen hatte, stärkte ihre Hoffnung, doch noch eines Tages das Bandelier einer Schülerin gegen das eines Weltwanderers tauschen zu können. Jeder wusste, dass sie die Stärkste von ihnen fünf war: Sie hatte das entsprechende Temperament und war ihnen auch an Reaktionsschnelligkeit und Muskelkraft weit überlegen. Aber irgendwann würde der Augenblick kommen, an dem ihre Verletzung ein unüberwindliches Hindernis darstellte und sie gezwungen war, aufzugeben. Jona hasste diesen Gedanken, doch leider konnte er nichts daran ändern. Um nicht den letzten Rest seines wiedergefundenen Muts zu verlieren, dachte er lieber an etwas anderes. Egal an was, solange es verhinderte, dass er erneut in Hoffnungslosigkeit versank.

Und so landete er schließlich bei dem Drakoniden. Warum interessierte sich diese Kreatur überhaupt so sehr für ihn? Wollte sie ihn beschützen oder ihn töten?

Er neigte eher zur ersten Vermutung – schließlich hatte er in der Not instinktiv die Chimäre zu Hilfe gerufen –, aber womöglich irrte er sich auch gewaltig. Und die Bestie hatte sich vielleicht nur deshalb nicht auf ihn gestürzt, weil sie bisher keine Gelegenheit dazu gehabt hatte. Vielleicht wollte sie ihre Beute nicht mit anderen teilen und stattdessen warten, bis keine anderen Chimären in der Nähe waren. Es mochte für den Drakoniden eine Frage der Ehre sein, sich denjenigen zu schnappen, der ihm in der Höhle entwischt war.

Andererseits erklärte dies nicht, warum er »Wobiax« gerufen hatte. Hatte er dieses Wort erfunden? Hatte er der Kreatur diesen Namen gegeben? Und wenn nicht er, wer dann? Seine Eltern? Seine Großmutter? Jemand anderes? Jemand, der mit dem Drakoniden derart vertraut war, dass er ihm einen Namen gegeben hatte … Jemand, der daran gewöhnt war, den Umriss der Chimäre zwischen den Wolken zu entdecken.

Das warf ein ganz anderes Licht auf die Geschehnisse. In diesem Fall war der Drakonid keine grausame Bestie, sondern eine Art friedlicher Gefährte, wie die Wale, die manchmal im Meer auftauchten, um die Fischer zu begrüßen. Ein vertrauter Schatten am Himmel. Eine Kreatur, die allmählich zutraulich wird. Ein wildes Wesen, wie eine frei lebende Katze, die einen immer wieder besuchte. Bis sie … Bis sie dann …

»Jona! JONA!«, rief Radjaniel.

Der Junge zuckte zusammen. Dieses Mal schien er sich sehr tief in seinen Träumen verloren zu haben. Sein Lehrmeister hielt ihn an den Schultern, als hätte er ihn durchgeschüttelt. Nobiane war vor Angst erbleicht und presste sich die Hände auf die Wangen. Gess und Berris wirkten ebenfalls erschrocken. Und Dælfine, die stocksteif mit ihrer smaragdgrünen Bandage um den Kopf dasaß, schien sich mehr Sorgen um ihn, als um ihr eigenes Schicksal zu machen.

»Ich rufe dich seit zwei Minuten!«, sagte Radjaniel. »Ist alles in Ordnung? Warst du ohnmächtig?«

»Nein. Ich muss eingeschlafen sein«, log er.

Er hatte tatsächlich das Gefühl, aus einem langen Traum aufzuwachen. Einem sehr langen Traum, in dem er die ersten elf Jahre seines Lebens durchlebt hatte. Doch wie immer konnte er sich an nichts anderes erinnern, als an dunkle Schemen, die sich rasch verflüchtigten.

»Eingeschlafen?«, wiederholte der Weltwanderer. »Du sahst eher aus, als wärst du im Sitzen ohnmächtig geworden. Bist du sicher, dass du den Übungen gewachsen bist?«

»Ja! Ganz sicher!«, versprach der Junge. »Ich war nur eingenickt!«

Er bemühte sich, wach zu wirken, auch wenn ihm immer noch ein wenig der Kopf schwirrte. Woher kamen diese Trancezustände? Hatte er sich wirklich von dem Aufenthalt in der eisigen Höhle des Drakoniden erholt?

Er erschauderte, als ihm einfiel, dass das Haus seiner Großmutter von einer Chimäre derselben Art zerstört worden war.

Er hatte keine Ahnung, wo sich der Drakonid in diesem Moment aufhielt. Vermutlich kreiste er irgendwo über Zauberranke und wartete auf den richtigen Moment, um das zu beenden, was er begonnen hatte.

»Also gut«, sagte Radjaniel. »Wenn du dich stark genug fühlst, gehen wir raus und machen weiter. Aber sag mir Bescheid, wenn du merkst, dass du wieder ›einnickst‹. Ich soll euch beibringen, wie man überlebt, nicht, wie man stirbt.«

Jona nickte und stand auf, um seinen guten Willen zu beweisen. Die anderen folgten seinem Beispiel, und gemeinsam traten sie vor die Tür.

Dort erwartete sie ein abstoßender Anblick. Vierundzwanzig Stunden nach der Invasion der Chimären war noch immer ein Krustenkrebs am Leben. Die Kreatur war mehr tot als lebendig, ihr Panzer glich der zersplitterten Schale eines gekochten Eis, und ihr fehlten mehrere Beine. Trotzdem hatte sich die Bestie bis zum Zeughaus geschleppt, um seine verbliebene Schere in Richtung der Menschen zu recken. Es war, als folge sie einem stärkeren Trieb als dem, zu überleben.

Jona tat, als bemerke er die zweifelnden Blicke seiner Kameraden nicht. Er wusste genau, was sie dachten: Schon wieder hatte sein Trancezustand eine Chimäre angelockt.

13

Die beiden Männer, die Vargaï eskortierten, wirkten äußerst angespannt. Sie hielten einen Sicherheitsabstand zu ihrem Gefangenen und überwachten die kleinste seiner Bewegungen, als könnte er ihnen jeden Moment an die Gurgel springen oder wie ein Vogel davonfliegen. Die Söldner sahen ihn seit dem Vortag offenbar mit anderen Augen. Seit sie festgestellt hatten, wozu er fähig war, nahmen sie sich erst recht vor ihm in Acht.

Unter anderen Umständen hätte sich Vargaï geschmeichelt gefühlt oder sich über die Angsthasen lustig gemacht. Doch er hatte soeben eine weitere Nacht in Tannakis' Gefangenschaft verbracht, und das ganze Theater fing an, ihm gehörig auf die Nerven zu gehen. Noch schlimmer war die Aussicht, dass es tage-, wochen- oder gar monatelang so weitergehen könnte! Freiheitsliebend, wie er war, fand er diesen Gedanken unvorstellbar. Als die Söldner ihn vor wenigen Minuten abgeholt hatten, um ihn zum Magister der Enklave zu bringen, hatte er sich nicht zweimal bitten lassen. Diese Kindereien hatten lange genug gedauert. Er musste das Ganze beenden, und zwar schnell!

Bald ging ihm auf, dass sein zorniger Blick die Söldner mindestens ebenso einschüchterte wie die Kostprobe seiner Fähigkeiten, die er am Vortag gegeben hatte. Daher bemühte er sich um ein ausdrucksloses Gesicht, und sei es nur, um seine Eskorte überlisten zu können, falls sich eine Gelegenheit dazu bot. Als er die Werkstatt des Schmieds betrat, konnte er sich kaum noch zügeln.

»Ah, Vargaï, da bist du ja«, begrüßte ihn Tannakis. »Wir können gleich essen.«

Mit einem Wink schickte er die beiden Wachmänner fort und setzte sich an einen Tisch, der festlich gedeckt war. Dann lud er Vargaï ein, neben ihm Platz zu nehmen.

Dieser rührte sich nicht und fragte ohne Umschweife: »Wo ist Vohn?«

»Es geht ihm gut«, versicherte der Magister. »Man hat sich um ihn gekümmert, als wäre er einer von uns, so wie ich es dir versprochen habe.«

»Wo ist er?«, wiederholte Vargaï.

»Dazu kommen wir später. Ich werde dir nichts sagen, solange du nicht eine Kleinigkeit gegessen hast!«, scherzte der Prismenschmied.

Lächelnd zeigte er auf den Stuhl, der ihm gegenüberstand, und er schien keinen Widerspruch zu dulden. Trotzdem ließ sich Vargaï Zeit. Er ließ den Blick über die Holzwände schweifen, weil er hoffte, seinen Säbel und sein Bandelier zu entdecken, aber offenbar hatte Tannakis die Waffen vorsichtshalber versteckt, zweifellos in einem anderen Gebäude. Allerdings entdeckte er zahllose Prismen und Spezialwerkzeuge, die auf Regalen, Arbeitsflächen und in verschiedenen Glasschränken lagen. Das Prisma, das Vargaï in der Höhle des Drakoniden gefunden hatte, thronte bereits auf einem Ehrenplatz. Noch war das Stück in seinem Rohzustand: Der Magister der Enklave hatte es noch nicht bearbeitet. Das Prisma, das sie eingesammelt hatten, nachdem sie den Lupinus getötet hatten, lag hingegen schon auf einer kleinen Schmiedebank, und soweit Vargaï es beurteilen konnte, war es fast fertig geschliffen.

»Die Suppe wird kalt«, drängte Tannakis. »Und selbst warm ist sie nicht sonderlich genießbar … Keiner meiner Männer kann wirklich kochen.«

Schließlich setzte sich Vargaï zu ihm an den Tisch. Er hatte ohnehin genug gesehen. Der Verräter servierte ihm eine richtige Mahlzeit bestehend aus Suppe, mehreren Wurstsorten, Brot aus gemahlenen Bucheckern und sogar einem nicht allzu verschimmelten Käse. Ein wahres Festmahl im Vergleich zu der Schüssel kalter Pilze, die man ihm am Abend zuvor in seine Zelle geschoben und die er nicht angerührt hatte. Trotzdem wartete er, bis sein Gastgeber von jedem Gericht gekostet hatte, bevor er selbst zugriff.

»Wein?«, fragte Tannakis.

Vargaï schüttelte den Kopf und fragte sich, was dieser Zirkus sollte. Doch der Magister machte keine Anstalten, sich zu erklären. Er lehnte sich auf seinem Stuhl zur Seite und holte eine bereits geöffnete Flasche Wein aus einem kleinen Schrank. Offenbar speiste er häufiger in seiner Werkstatt. Vielleicht schlief er sogar hier. Als Tannakis noch Oberster Prismenschmied von Zauberranke gewesen war, hatte er in dem Ruf gestanden, ein Arbeitstier zu sein, und daran schien sich nichts geändert zu haben. Außer, dass aus dem Arbeitstier wohl ein Raubtier geworden war.

Vargaï beschloss, dem Abtrünnigen auf den Zahn zu fühlen: »Wie ich sehe, hast du nicht mehr vor, mich zu foltern, indem du mir ein Prisma unter die Fingernägel schiebst. Oder kommt das nach dem Dessert?«

»Um ehrlich zu sein, hatte ich eher vor, dir Prismensplitter in die Augen zu streuen«, erwiderte Tannakis gleichmütig. »Vor einigen Jahren bekam ich selbst aus Versehen einen Splitter ins Auge, und ich kann dir sagen, dass das schmerzhafter ist, als wenn man sich an offenem Feuer verbrennt. Ich habe Monate gebraucht, um mich davon zu erholen.«

Er hielt kurz inne, verspeiste ein Stück Schinken und leerte sein Glas Wein zur Hälfte. Dann sagte er seelenruhig: »Ich mache dir einen Vorschlag: Verschieben wir dieses Vorhaben fürs Erste. Ich nehme an, dass du ohnehin nicht besonders erpicht darauf bist. Ich bin selbst nach reiflicher Überlegung zu dem Schluss gekommen, dass es keine gute Idee ist. Es gibt bessere Wege, Nutzen aus dir zu ziehen.«

»Was meinst du damit?«

»Das erkläre ich dir gleich. Bist du sicher, dass du keinen Wein willst? Das ist eines der wenigen Dinge, die wir nicht in der Enklave herstellen. Leider, muss ich sagen, denn er schmeckt hervorragend.«

»Ich will keinen Wein, keine Bonbons und keine schönen Worte!«, entgegnete Vargaï ungeduldig. »Was hast du mit mir vor? Und wo ist Vohn? Ich habe dir versprochen, mit euch zusammenzuarbeiten, aber nur, wenn du mir meinen Schüler zurückgibst!«

»Na klar«, höhnte der Verräter. »Damit ihr euch aus dem Staub macht, sobald ich euch den Rücken kehre! Offenbar lässt dir die Sache keine Ruhe, also sage ich es dir besser gleich: Dein Schüler ist nicht mehr hier. Ich habe ihn heute früh in ein anderes Lager bringen lassen.«

Vargaï konnte seine Überraschung nicht verbergen. Das hatte er wahrlich nicht erwartet. Ein anderes Lager? Das veränderte einiges …

»Ich kann mir denken, was dir jetzt durch den Kopf geht«, sagte Tannakis in warnendem Ton. »Vergiss es. Selbst wenn dir die Flucht gelingen würde, könntest du die Fährte meiner Männer nicht so leicht verfolgen wie die des Lupinus. Und es wäre ein Wunder, wenn du das Lager ohne irgendeinen Hinweis finden würdest, das kann ich dir versichern!«

Vargaï schwieg eine Weile und überlegte fieberhaft, ob der Verräter ihn anlog, vor allem in einem wichtigen Punkt.

»Wer sagt mir, dass du den armen Jungen nicht einfach umgebracht hast?«

»Nachdem ich mir so große Mühe gegeben habe, ihn lebendig hierher zurückzubringen? Von wegen! Außerdem werde ich mich doch nicht der einzigen Sache berauben, die dich bei uns hält?«

»Nur kannst du mir diese ›Sache‹ nun nicht mehr zeigen. Ich kann mir sehr gut vorstellen, wie deine Söldner Vohn zu Tode prügeln, um ihn für seinen Ausreißversuch zu bestrafen. Solange in dieser Hinsicht Zweifel bestehen, kannst du von mir kein Entgegenkommen erwarten.«

Der Prismenschmied schob sich ein weiteres Stück Räucherspeck in den Mund und kaute nervös. Dann sagte er: »Ich möchte nicht, dass wir so miteinander umgehen. Ab jetzt kannst du mir vertrauen. Ich gebe dir mein Wort, dass es deinem Schüler gut geht.«

»Du lebst in einer Traumwelt, Tannakis. Vor fünf Minuten hast du noch davon gesprochen, mir die Augen auszustechen. Wie soll ich dir da glauben?«

»Du hast keine Wahl, mein Freund. Dir bleibt einfach nichts anderes übrig. Aber das wird das Letzte sein, wozu ich dich zwinge, versprochen.«

»Du kannst mir das Blaue vom Himmel versprechen, und es würde nichts ändern. Wir befinden uns in einer Sackgasse. Vielleicht musst du doch noch deine Folterinstrumente hervorholen.«

Vargaï hatte freilich nicht die geringste Lust, gequält zu werden, aber er wusste nicht, was er sonst sagen sollte, um den Verräter aus der Reserve zu locken. Vielleicht würde ihm Tannakis ja in einem Wutanfall die Wahrheit entgegenschreien oder sich auf ihn stürzen, was Vargaï möglicherweise die Chance gäbe, eines seiner Schwerter zu packen.

Doch der Prismenschmied stieß nur einen entnervten Seufzer aus und sagte: »So weit möchte ich es wirklich nicht kommen lassen. Und um dir zu beweisen, dass ich gewillt bin, einen neuen Umgang mit dir zu pflegen, versichere ich dir, dass ich keine Fragen mehr zu dem Prisma stellen werde, das du mitgebracht hast. Keine einzige Frage mehr, nichts. Ich begnüge mich mit der Hoffnung, dass du mir die Wahrheit eines Tages freiwillig verrätst.«

Vargaï musste zugeben, dass er überrascht war. Er suchte nach dem Haken an der Sache, fand aber nichts. Tannakis' plötzliches Einlenken bereitete ihm Kopfzerbrechen.

»Warum solltest du das tun? Bestimmt nicht der guten alten Zeiten wegen …«

»Nein. Eher im Hinblick auf die kommenden Jahre. Ich muss gestehen, dass mich dein Können beeindruckt hat, mein Freund. Es hat mich an unsere gemeinsame Zeit in Zauberranke erinnert. Mir ist eingefallen, dass du – so wie ich auch – stets ein wenig abseits der verstaubten Traditionen der Bruderschaft gestanden hast. Deshalb möchte ich dir anbieten, dich mir und meinen Leuten anzuschließen.«

Vargaï blieb die Spucke weg. Nach außen hin blieb er jedoch ungerührt.

»Dir und deinen Leuten?«, fragte er. »Und wer ist das? Die Schüler, die du hier in der Enklave ausgebildet hast?«

»Unter anderem«, sagte Tannakis. »Aber nicht nur. In den nächsten Wochen werde ich dir Näheres dazu sagen. Wenn alles so läuft, wie ich es hoffe.«

Er hielt inne und genoss Vargaïs ungeteilte Aufmerksamkeit.

»Ich schlage dir vor, die kommenden drei Monate in unserer Mitte zu verbringen, Vargaï. Nicht als Gefangener, sondern als Ehrengast. Ich gebe dir sogar deine Waffen und dein Bandelier zurück, wenn du mir versprichst, dass du sie nicht dazu benutzen wirst, mir den Schädel einzuschlagen. Ist das nicht ein großer Vertrauensbeweis? Im Gegenzug bitte ich dich, uns bei unserer täglichen Arbeit zu unterstützen. Am Ende dieser Frist werde ich deinen Schüler freilassen, das schwöre ich bei den Göttern. Aber ich bin überzeugt, dass du dann gar nicht mehr fortwillst.«

In Gedanken führte Vargaï seinen Satz fort: »Und falls doch, greifen wir eben doch auf die gute alte Methode mit den Prismensplittern in den Augen zurück, um dir Auskünfte zu entlocken.«

»Und wenn ich mich weigere?«, fragte er.

»Ach komm, so dumm bist du nicht. Du hängst viel zu sehr an deinem Schüler, als dass du fliehen und ihn im Stich lassen würdest.«

Vargaï verwünschte sich, weil er so leicht zu durchschauen war. Tannakis ahnte nicht, wie sehr er ins Schwarze getroffen hatte: Niemals würde Vargaï ohne Vohn diese Wildnis verlassen. Der arme Junge hatte schon genug gelitten.

»Du lässt mir keine Wahl«, sagte er bitter.

»Stimmt«, gab der Verräter zu. »Aber ich bin überzeugt, dass du mir in ein paar Wochen dankbar sein wirst. Wir werden in Erinnerung an diesem Moment anstoßen und darüber lachen.«

»Das bezweifle ich. Manche Dinge kann auch die Zeit nicht aus der Welt räumen.«

Er warf dem Prismenschmied einen finsteren Blick zu, verzichtete aber auf weiteren Widerspruch. Die Zeit dafür würde noch kommen.

»Ich werde also eine Weile dein ›Gast‹ sein«, sagte Vargaï. »Und bei welcher ›Arbeit‹ soll ich euch unterstützen?«

Wie als Antwort klopfte es dreimal an die Tür. Ein Söldner betrat die Werkstatt und flüsterte seinem Magister etwas ins Ohr.

»Wunderbar!«, rief dieser. »Das trifft sich ja gut! Komm mit nach draußen, Vargaï. Das Spektakel dürfte dir gefallen.«

Die Begeisterung des Verräters bereitete Vargaï große Sorge. Vor seinem geistigen Auge sah er schon einen an den Füßen aufgehängten Vohn oder andere furchtbare Szenen. Mit wachsender Unruhe folgte er den beiden Männern durch die Gänge der hölzernen Festung und trat hinter ihnen ins Freie.

Das versprochene Spektakel hatte noch nicht begonnen. Allerdings schienen sich sämtliche Bewohner der Enklave versammelt zu haben, und viele junge Männer standen auf dem Wehrgang und beobachteten das Gelände jenseits der Palisade. Tannakis bezog vor dem riesigen Tor Stellung, während seine Männer die beiden Flügel aufschoben. Er wartete schweigend und warf Vargaï hin und wieder ein amüsiertes Grinsen zu.

Als der Spalt breit genug war, um etwas sehen zu können, machte Vargaï in der Ferne einen schweren Wagen aus, der von vier Ochsen gezogen wurde. Ein gutes Dutzend Männer marschierte nebenher. Noch war nicht zu sehen, was der Wagen geladen hatte, doch als das Gespann näher kam, glaubte Vargaï zu erkennen, worum es sich handelte. Als der Wagen dann in das Lager einfuhr und sein Verdacht zur Gewissheit wurde, lief dem Weltwanderer ein Schauer über den Rücken.

»Ihr habt … eine Chimäre gefangen!«, rief er entsetzt.

Tannakis missverstand seinen Tonfall und nickte stolz. Doch Vargaï empfand alles andere als Bewunderung. Vielmehr war er bestürzt über den Leichtsinn der Söldner. Die Bestie, die sie brachten, war ein Fussard, eine Unterart der Carapaxe. Die Chimäre war größer als die Ochsen, die sie transportierten. Ihr stämmiger, muskulöser Körper war von unzähligen Hornplatten bedeckt. Fussarde waren behäbige, aber ungeheuer starke Kreaturen, und mit dem Sporn an ihrem Kinn könnte die Chimäre mühelos die Palisade des Lagers durchbrechen. Die Ketten, die die Bestie fesselten, wirkten sehr dünn, wenn man bedachte, über welch zerstörerische Kraft die Kreatur verfügte.

»Das ist schon der zweite dieses Jahr!«, prahlte Tannakis. »Ich liebe es, wenn meine Jungs einen solchen Fang nach Hause bringen. Und ich zähle auf dich, dass sich das in Zukunft öfter wiederholt! Du wirst an der Jagd teilnehmen und ihnen deine Fährtenlesertricks beibringen!«

Vargaï konnte kaum fassen, was sich da vor seinen Augen abspielte. Sein Blick wanderte von dem gefesselten Carapax über die Söldner, die sich gegenseitig auf die Schultern klopften, zu dem Magister dieser Schule von Verrückten. Sie spielten mit dem Feuer und lieferten sich Kräften aus, die sie nicht beherrschen konnten!

»Was habt ihr mit ihm vor?«

Tannakis blinzelte ihm verschwörerisch zu und sagte neckend: »Es ist noch zu früh, um dich in diese Dinge einzuweihen, mein Freund. Bleib bei uns, bring mir ein paar schöne Fänge, und bald wirst du alles wissen!«

Vargaï fluchte stumm. Der Verräter hatte ihm soeben einen weiteren Grund geliefert, in der Enklave zu bleiben, denn er musste unbedingt herausfinden, was hier vor sich ging.

14

Das Gittertor öffnete sich mit einem düsteren Knarren, das Radjaniel wohlvertraut war, obwohl er seit über acht Jahren nicht mehr hier unten gewesen war. Er trat vor Arold hindurch, und der Oberste Hüter schloss das schwere Tor hinter ihnen ab. Dann befestigte Arold den Schlüsselbund wieder an seinem Bandelier, und sie gingen weiter durch den eiskalten Gang.

Es war bereits das dritte Gittertor, das sie passierten, und wenn sich Radjaniel nicht irrte, blieb ihnen noch ein viertes. Vor Jahren war es nämlich seine Aufgabe gewesen, die Zugänge zu den unterirdischen Gängen von Zauberranke zu überwachen, die sich unter dem alten Teil der Schule befanden. Hier unten gab es ein wahres Labyrinth aus Kellerräumen und Katakomben, und manche der Gänge führten weit auf die Halbinsel heraus.

Selbst von den Lehrern wussten nur wenige, dass es diese unterirdische Anlage tatsächlich gab. Die meisten glaubten, es handle sich nur um eine Legende, wie es so viele über Zauberranke gab. Von den Weltwanderern, die in das Geheimnis eingeweiht waren, durften wiederum nur sehr wenige die vergessenen Gewölbe der Bruderschaft betreten, und das auch nur unter der Aufsicht des Obersten Hüters, der die Schlüssel verwahrte. Damit war die weitläufige unterirdische Anlage der am besten bewachte Bereich der Schule, und das war auch der Grund dafür, dass man Zakarias' Leiche hergebracht hatte.

»Wir sind da«, verkündete Arold in diesem Moment.

Er schloss ein letztes Tor auf. Radjaniels Erinnerung hatte ihn also nicht getrogen. In den Katakomben gab es unzählige Gänge und Höhlen, aber nicht alle waren so gut erhalten wie dieser Teil der Anlage. Der kleine unterirdische Saal, vor dem sie nun standen, war schon seit Jahrhunderten im Gebrauch. Viele Generationen von Obersten Hütern hatten ihn für verschiedene Zwecke verwendet.

»Ich habe die Leiche selbst hergebracht«, sagte Arold. »Jor Huguebald hat mir dabei geholfen. Im Prinzip hatte niemand die Zeit, die Leiche vor dem Abtransport anzufassen.«

Radjaniel nickte. Er konnte es kaum erwarten, Zakarias' Leiche zu untersuchen, auch wenn ihm bei dem Gedanken daran ein wenig unwohl war. Eines musste er Arold zugestehen: Er hatte in der verhängnisvollen Nacht äußerst geistesgegenwärtig gehandelt und die Leiche abtransportiert, bevor die Komplizen des Piraten irgendwelche Spuren verwischen konnten. Und auf Jor Huguebald war Verlass – er war der Bruderschaft treu ergeben und würde das Versteck nicht verraten. Er war Selenimes' Sohn, und alle gingen davon aus, dass er eines Tages das Amt des Obersten Schreibers von seinem Vater übernehmen würde.

»Nach Euch!«, sagte Arold.

Radjaniel trat mit seiner Laterne in das dunkle Gewölbe. Kurz kam ihm der Gedanke, dass Arold ihn vielleicht in eine Falle locken wollte, doch als der Oberste Hüter ihm folgte, entspannte er sich – soweit das bei der schaurigen Untersuchung, die ihnen bevorstand, möglich war. Er hob seine Laterne und beleuchtete den Leichnam.

Der Tote lag immer noch auf der Bahre, auf der man ihn transportiert hatte. Mehrere Details erregten Radjaniels Aufmerksamkeit.

»Warum habt Ihr ihm nicht die Augen geschlossen?«, fragte er verwundert.

»Wir haben es ja versucht«, antwortete Arold. »Mehrmals sogar. Sie gehen immer wieder auf. Aber ich bitte Euch, versucht es!«

Radjaniel verzog das Gesicht. Der starre Blick des Verräters war nur schwer zu ertragen, aber jetzt war es sicher zu spät, um ihm die Lider zuzudrücken, denn die Leichenstarre musste längst eingesetzt haben. Er versuchte, sich auf etwas anderes zu konzentrieren, während sein Begleiter erklärte: »Die Leiche ist relativ sauber, da Zakarias keine offenen Brüche erlitten hat. Das Blut auf dem Schlüsselbein ist ihm aus Nase und Mund gelaufen, vermutlich nach dem Aufprall. Am ganzen Körper finden sich zahlreiche Hämatome, vor allem an der linken Hüfte. Die linke Schulter ist ausgekugelt. Beide Beine und der linke Arm sind gebrochen, genau wie das Becken, die Wirbelsäule und mindestens die Hälfte der Rippen. Seltsamerweise ist der Schädel unverletzt; er muss gegen die Schulter geprallt sein. Der Tod ist auf der Stelle eingetreten, als die inneren Organe beim Aufprall gerissen sind.«

Beim Zuhören hatte Radjaniel plötzlich einen bitteren Geschmack im Mund, und ihm drohte übel zu werden. Er fragte sich, wie Arold es schaffte, seine Ausführungen so gleichmütig vorzutragen. Aber vielleicht sollte er sich ein Beispiel an seinem Nachfolger nehmen? Er musste sich auf die innere Stärke besinnen, die er als Oberster Hüter gehabt hatte, sonst würde er nicht viel zu diesen Ermittlungen beitragen können. Schließlich war das nicht der erste Tote, den er in seinem Leben sah, und manche waren sehr viel übler zugerichtet gewesen als der Pirat.

»Habt Ihr euch schon seine Tätowierungen angesehen?«

»Nur flüchtig«, sagte Arold. »Nach der Schlacht musste ich sofort zu Denilius, und gestern habe ich keine Zeit gefunden, hier runter zu gehen.«

Die beiden Männer beugten sich über das Motiv auf der Brust des Toten, das trotz zahlreicher Blutergüsse noch gut zu erkennen war. Obwohl Radjaniel es bereits gesehen hatte, starrte er gebannt darauf, da er noch nie von etwas Ähnlichem gehört hatte.

Ein tätowiertes Bandelier zierte Zakarias' Brust von der Schulter bis zur Hüfte.

Nach kurzem Nachdenken sagte Arold: »Wenn dieser Verrückte seine Treue zur Bruderschaft ausdrücken wollte, hätte es einfachere Wege gegeben. Zum Beispiel, Zauberranke nicht den Chimären auszuliefern!«

»Sicher. Ich glaube auch kaum, dass das der Zweck der Tätowierung war. Zumindest nicht der neueren Motive, die offenbar erst in den letzten Jahren hinzugekommen sind.«

Er wies auf eine Reihe von Symbolen, um zu erklären, was er meinte.

»Diese Abzeichen sind am ältesten. Mit der Zeit ist ihre Farbe verblasst. Sie stellen Dinge dar, die wir kennen: Auszeichnungen für Heldentaten oder für einen Sieg gegen eine mächtige Chimäre, Zeichen der Zugehörigkeit zu seinem Lehrer, zu seiner Gilde, zu seinem ersten Schiff. Man müsste die Symbole mit seinem echten Bandelier vergleichen, aber ich wette, dass wir dort dieselben Abzeichen finden werden, und zwar an denselben Stellen.«

»Das Bandelier finden wir hoffentlich, wenn wir sein Haus durchsuchen«, sagte Arold. »Wir haben die Tür versiegelt und lassen sie rund um die Uhr bewachen, es kann uns also niemand zuvorkommen.«

»Sehr gut. Wenn wir das Bandelier finden, werden wir ja sehen, ob sich auch diese zweite Reihe von Symbolen darauf befindet. Aber das würde mich sehr wundern. Diese Zeichen sind mir völlig fremd. Habt Ihr sie schon einmal irgendwo gesehen?«

Wie so oft musterte der Monokelträger ihn mehrere Sekunden lang, bevor er antwortete. Es schien, als überlegte er, welche Lüge er seinem Gegenüber auftischen sollte. Oder als verstehe er die Frage als Vorwurf und müsse sich verteidigen. Jedenfalls fand Radjaniel seinen bohrenden Blick unheimlich, besonders hier unten in dem düsteren Gewölbe, im Schein ihrer Laternen und in Gegenwart eines Leichnams.

»Ich kenne die Symbole auch nicht«, sagte Arold schließlich. »Aber vielleicht haben sie gar keine tiefere Bedeutung.«

»Vielleicht nicht. Allerdings kann ich mir nicht vorstellen, dass sich Zakarias irgendwelche sinnlosen Bildchen auf die Brust tätowieren lässt, noch dazu über mehrere Jahre hinweg. Er hat sich bewusst dafür entschieden, also haben die Zeichen auch eine Bedeutung.«

»Aber welche? Hat er vielleicht seine eigenen Symbole erfunden?«

»Möglich … Oder aber …«

Radjaniel überlegte kurz, bevor er weitersprach: »Vielleicht haben er und seine Komplizen sich die Symbole ausgedacht. Einer dieser Komplizen könnte Tannakis sein, denn wir wissen, dass Zakarias mit ihm in Verbindung stand. Das ist natürlich nur eine Vermutung, und es wird schwierig sein, ihr auf den Grund zu gehen. Wir sollten herausfinden, ob diese Symbole noch anderswo vorkommen. Wenn das der Fall sein sollte, wissen wir zweierlei: Dass es tatsächlich eine Verschwörung gegen Zauberranke oder sogar gegen die gesamte Bruderschaft gibt, und dass die Verräter bereits seit mehreren Jahren ihre Ränke schmieden.«

Abermals warf Arold ihm einen seiner unergründlichen Blicke zu. Dann verzog er das Gesicht und rief: »Und wie wollt Ihr dabei vorgehen? Wollt Ihr alle Bewohner der Schule dazu zwingen, ihren Oberkörper zu entblößen, bis Ihr jemanden findet, der so dumm war, sich die verräterischen Zeichen auf den eigenen Körper tätowieren zu lassen?«

»Das wäre eine Möglichkeit. Aber natürlich nur als letzter Ausweg.«

»Sofern ich überhaupt meine Erlaubnis dazu gebe!«, knurrte Arold. »Ich bin der Einzige, der so etwas anordnen kann.«

»Gewiss. Noch steht das ohnehin nicht zur Debatte. Im Augenblick reicht es, wenn wir Denilius noch einmal befragen. Er soll uns das Bandelier des Mannes zeigen, den er auf seiner Reise getötet hat.«

Arold konnte seine Überraschung nicht verbergen. Eine kleine Falte bildete sich auf seiner Stirn.

»Der Magister hat nicht gesagt, dass er das Bandelier des Mannes hergebracht hat«, entgegnete er.

»Das ist wahr. Aber könnt Ihr Euch wirklich vorstellen, dass er es nicht getan hat? Nachdem er den Ozean überquert hat, um die Verräter der Bruderschaft zu enttarnen? Ich glaube kaum, dass er mit leeren Händen zurückgekehrt ist.«

Der Oberste Hüter senkte den Kopf und murmelte ein paar unverständliche Worte. Dann nickte er widerwillig. Mehr Höflichkeit war von ihm nicht zu erwarten.

»Bringen wir es zu Ende«, sagte Arold ungehalten. »Ich zeichne die Symbole ab, während Ihr seine Kleider durchsucht.«

Radjaniel wusste sehr wohl, dass es sich dabei um eine kleinliche Revanche handelte, aber er widersprach nicht. Zudem war er rasch fertig. Der Oberkörper des Toten war nackt, und seine Pluderhose wies keine Taschen auf. Auch in den Stiefeln war nichts zu entdecken, und nachdem Radjaniel die Hose abgetastet hatte, entschied er, dass es unnötig war, die Unterhose des Piraten zu untersuchen.

Er wollte gerade zur Tür gehen, um dort auf Arold zu warten, als er sich an ein Detail erinnerte, das seine Aufmerksamkeit erregt hatte. Mehr aus Pflichtbewusstsein als aus tatsächlicher Hoffnung auf eine Entdeckung umrundete er die Bahre und sah sich den linken Arm des Leuchtturmwärters an.

Seine Faust war noch immer geballt, als wollte er zuschlagen – oder als wollte er verhindern, dass man ihm einen kostbaren Schatz wegnahm. Radjaniel schaffte es kaum, die Finger des Toten aufzubiegen, doch seine Mühe wurde belohnt: Zakarias hielt immer noch die Pfeife in der Hand, in die er oben auf dem Turm geblasen hatte!

Mit klopfendem Herzen betrachtete Radjaniel den Gegenstand im Schein seiner Laterne. Arold, der neugierig geworden war, trat neben ihn. Bei der Pfeife handelte es sich in der Tat um ein Prisma, ganz ähnlich wie jene, mit denen die Weltwanderer Chimären in anderen Horizonten ausspähten. Doch dieses Prima war zu einer ungewöhnlichen Form geschliffen: Es sah aus wie eine Pfeife, mit der man Tiere anlockte. Oben auf dem Leuchtturm hatte Zakarias hineingeblasen, und als nichts geschah, hatte sich der Verräter in die Tiefe gestürzt.

»Zeigt mal her«, forderte Arold.

Der Messerschleifer wich einen Schritt zurück. Am liebsten hätte er dem Obersten Hüter die Bitte verweigert, aber ihm fiel kein triftiger Grund ein. Als er Arold die Pfeife übergab, ging Radjaniel durch den Kopf, dass er sie wohl zum letzten Mal gesehen hatte. Er war ursprünglich davon ausgegangen, dass Zakarias' Pfeife beim seinem Sturz von den Klippen verloren gegangen oder zerbrochen war. Jetzt hatte er sie zwar gefunden, war sie aber gleich wieder los.

»Ich werde Jora Vrinilia bitten, die Pfeife zu untersuchen«, verkündete Arold. »Ich berichte Euch dann von dem Ergebnis.«

Arolds Tonfall klang, als hätte er hinzugefügt: »Wenn es mir beliebt.« Radjaniel machte sich keine großen Hoffnungen. Ein solches Artefakt würde einem Weltwanderer, der sein Geheimnis ergründete, viel Macht einbringen. Es ging ihm nicht darum, dass sein Name in die Chronik der Bruderschaft einging. Ihn störte allein, dass ihm ein Gegenstand durch die Lappen ging, der für die Ermittlungen von unschätzbarem Wert war.

Verärgert trat er auf den Gang hinaus und wartete dort auf den Obersten Hüter. Arold zeichnete die restlichen Symbole ab und gesellte sich dann zu ihm. Er verschloss die Gittertür, und gemeinsam machten sie sich auf den Rückweg.

Mürrisch ließ sich Radjaniel ein paar Meter hinter Arold zurückfallen. Natürlich war das ein kindisches Verhalten, aber er wollte allein sein und nachdenken. Das war immer noch besser, als sich auf die nächstbeste Flasche zu stürzen. Erinnerungen stiegen in ihm auf, und er sah sich selbst zehn Jahre zuvor durch diese Gänge gehen. Damals war er noch der Oberste Hüter gewesen, doch leider hatte das alles ein tragisches Ende genommen, und so dachte er nur ungern an diese Zeit zurück.

Derart in Gedanken versunken, reagierte er nicht sofort auf die leisen Geräusche hinter ihm im Gang. Erst dachte er, er würde sich das Ganze nur einbilden. Als sich das Klicken und Klacken aber wiederholte, blieb er stehen und spitzte die Ohren. Was mochte dieses Geräusch verursachen? Sand, der von der Decke rieselte? Kleine Steine, die von den Wänden fielen? Oder etwas ganz anderes?

Jetzt blieb es hinter ihm, aber Radjaniel starrte noch eine Weile in die Dunkelheit jenseits seiner Laterne. Ihm ging durch den Kopf, dass er sich nie die Mühe gemacht hatte, alle unterirdischen Gänge bis zum Ende abzulaufen, als er noch Herr über die Schlüssel gewesen war. Soweit er wusste, hatte das kein Weltwanderer seiner Generation je getan. Im Licht der jüngsten Ereignisse und der Gefahr, die Zauberranke bedrohte, musste er das unbedingt bald nachholen. Aber er hatte nicht vor, dieses Thema vor Arold anzuschneiden. Zumindest nicht in nächster Zeit.

»Kommt Ihr?«, rief der Oberste Wächter. »Sonst sperre ich Euch hier unten ein!«

Radjaniel horchte noch kurz in die Dunkelheit hinein und ging dann achselzuckend weiter.

In seinem Rücken übernahm die Nacht wieder die Herrschaft über die vergessenen Gewölbe von Zauberranke.

15

Gess hatte sich mit Bleifüßen zu Vrinilias Unterricht geschleppt. Einerseits, weil er nach dem Ausdauertraining vom Morgen zutiefst erschöpft war – Radjaniel hatte sie heute besonders hart rangenommen, weil die Übungen in den nächsten Tagen ausfallen würden –, andererseits, weil er die hochnäsige alte Dame nicht ausstehen konnte. Seine Freunde im Übrigen auch nicht.

In der Schmiede wurden sie von Deoris, Tiarija und Sohias anderen Schülern, mit denen sie in der Arena gegen die Chiroptiden gekämpft hatten, freudig begrüßt. Gleich darauf stießen allerdings Jor Kartiganns Schützlinge zu ihnen, diese Rüpel, die Jona über den Rand des Leuchtturms gehängt hatten. Offenbar waren sie ebenfalls heil aus der Schlacht zurückgekehrt. Ihre drei Gilden würden weiterhin gemeinsam jeden Nachmittag am Unterricht der Mitglieder des Hohen Rats teilnehmen, und heute stand eine Lektion bei der Obersten Prismenschmiedin auf dem Stundenplan.

Wie schon in der Vorwoche triezte die Lehrerin mit dem juwelenbesetzten Bandelier ihre Schüler schon, bevor die ihre Werkstatt überhaupt betreten durften. Die Aufstellung war ihr nie gerade genug, die Kinder mussten mucksmäuschenstill sein, und selbst als alle stumm in Reih und Glied standen, hatte sie immer noch etwas an der Haltung einzelner Schüler auszusetzen. Als sie vor Dælfine stand, verdrehte sie nur die Augen und nickte herablassend. Das war eine abstoßende Art, das blinde Mädchen zu behandeln, aber immerhin hatte sie Dælfine nicht aus der Klasse verbannt, wie ihre Kameraden befürchtet hatten.

»Gut. Folgt mir in geordneten Reihen. Und dass mir keiner den Mund aufmacht«, befahl die Schmiedin. »Wer sich nicht an die Regeln hält, fliegt aus meiner Klasse, wenn nicht gar aus Zauberranke. Ich hoffe, ich habe mich verständlich ausgedrückt.«

Also marschierte Gess wie ein kleiner Soldat im Gleichschritt hinter der Lehrerin her – oder wie ein Kalb, das zur Schlachtbank geführt wird. Dieser Vergleich erschien ihm sehr viel passender. Als er an die drei endlosen Stunden dachte, die er absitzen musste, bevor er sich wieder frei bewegen und sprechen konnte, wie ihm der Schnabel gewachsen war, seufzte er tief.

Umso überraschter war er, als Jora Vrinilia an der Tür zu ihrer Werkstatt vorbeiging. Sie stieg eine schmale Treppe hinab, die unter die Erde führte, und seine Neugier war geweckt.

Die Lehrerin hatte den Ausflug offenbar geplant, denn die Treppe war in regelmäßigen Abständen von Laternen beleuchtet. Auch in dem Kellergewölbe, in das sie nun gelangten, hingen Laternen. Aufgeregt sah sich der Junge um.

Das Gewölbe war noch exzentrischer gestaltet als die darüberliegende Werkstatt. Von überall blickten den Schülern die unheimlichen Fratzen von Chimären entgegen: von Wandmosaiken und Fackelhaltern, von Deckengemälden und steinernen Statuen. Hier unten gab es auch zahlreiche Bücherregale, Vitrinen und Werkbänke. Doch das Auffälligste war der große Käfig mitten im Raum.

Die eisernen Gitterstäbe in Form einer Halbkugel waren fest in den Boden eingelassen. Aus irgendeinem Grund erinnerte er Gess an die Lichtkuppel von Zauberranke. Der Käfig schien leer zu sein, auch wenn das aus der Entfernung schwierig zu sagen war. Als Vrinilia ihre Schüler anwies, auf Holzbänken rings um die Kuppel Platz zu nehmen, stellte Gess fest, dass der riesige

Kerker unter ihren Füßen tatsächlich leer war. Doch irgendwie ahnte er, dass das nicht lange so bleiben würde.

Während sich die Schüler tuschelnd auf den Bänken niederließen, nutzte Nobiane die Gunst der Stunde, um Dælfine, die wieder ihre grüne Binde vor den Augen trug, kurz die Umgebung zu beschreiben. Doch als die Prismenschmiedin ihr einen finsteren Blick zuwarf, verstummte sie abrupt.

»Bevor wir anfangen«, sagte Vrinilia, »möchte ich euch daran erinnern, dass morgen früh bei abnehmender Flut das Verpflegungsschiff ablegen wird. All jene, die hier nichts mehr zu suchen haben, möchte ich bitten, noch heute Abend an Bord zu gehen. Ich gestatte euch sogar, meinen Unterricht schon jetzt zu verlassen. Dann bleibt euch auch noch genug Zeit, eure Bandeliere zurückzugeben.«

Ein paar Schüler drehten sich mehr oder weniger auffällig zu Dælfine um, doch sie saß nur aufrecht und würdevoll da und rührte sich nicht, ganz so, als würden die Worte sie nichts angehen. Sie reagierte nicht einmal, als Kartiganns Schüler ihr Beleidigungen zuzischten.

»Nun gut«, sagte die Weltwanderin. »Möge jeder tun, was er oder sie für richtig hält. Aber dass sich niemand später bei mir beklagt!«

Sie wartete noch einen Augenblick ab und hakte das Thema dann mit einem verärgerten Nicken ab.

»Kommen wir wieder zu dem, was uns hierherführt. Die Prismen. Mir ist zu Ohren gekommen, dass einige von euch nach der Schlacht welche gefunden haben. Bei wem war das der Fall?«

Zwei der kleinen Rüpel rissen den Arm hoch. Sie kramten in ihren Taschen und hielten ihre Schätze in die Luft. Gess wurde blass vor Neid. Was für eine Ungerechtigkeit! Er und seine Kameraden hatten mehr als jeder andere Erstkreisler dazu beigetragen, dass die Weltwanderer die Schlacht gegen die Chimären gewonnen hatten. Aus diesem Grund hatten sie keine Zeit gehabt, durch die Gegend zu spazieren und die Umgebung der toten Kreaturen nach Kristallen abzusuchen. Er wettete, dass die beiden Glückspilze zufällig in der Nähe der Arena auf die Prismen gestoßen waren, während die »Messerschleifer« am Strand geschuftet hatten. Dort hatte das Meer natürlich längst alle Kristalle fortgespült.

»Glückwunsch«, sagte Vrinilia. »Laut den Gesetzen der Bruderschaft seid ihr fortan die rechtmäßigen Besitzer dieser Steine, und ihr könnt sie in meiner Werkstatt schleifen lassen. Ihr werdet euch allerdings etwas gedulden müssen, denn die Chimären habe mehrere meiner Mitarbeiter getötet, und es warten bereits zahlreiche Stücke auf eine Bearbeitung.«

Nun hätten sie eine Schweigeminute zu Ehren der getöteten Handwerker einlegen können, doch die Prismenschmiedin fuhr ungerührt fort: »Dies ist eine gute Gelegenheit, um die Lektion der vergangenen Woche zu veranschaulichen. Da ich mir bewusst bin, dass in eurem Alter die Geschwätzigkeit um ein Vielfaches höher ist als die Konzentrationsfähigkeit, werde ich den Stoff noch einmal kurz zusammenfassen. Ab heute gehe ich dann aber davon aus, dass ihr Bescheid wisst. Sollte mir jemand eine dumme Frage zu dem Thema stellen, werte ich dies als Provokation!«

Sie ließ einen mahnenden Blick über die Schüler schweifen: »Wie ich letzte Woche schon sagte, gibt es drei Sorten von Prismen. Alle drei hängen mit den Chimären zusammen. In der Schmiedekunst ist es sehr wichtig, den Unterschied zu kennen, denn die Sorte entscheidet darüber, wie wir ein Prisma nutzen und auf welche Weise wir es schleifen. Die Rohkristalle haben verschiedene Namen, die ich euch noch nicht genannt habe. Hier kommen sie.«

Sie zählte die Kategorien affektiert an den Fingern ab: »Erstens: Die Atemprismen. Sie kommen am häufigsten vor, allerdings dürft ihr nicht glauben, dass man darüber stolpert wie über Pilze im Wald. Diese Prismen entstehen bisweilen, wenn eine Chimäre den Schleier durchstößt, um in unseren Horizont zu gelangen. Die Luft, die sich in den Lungen der Kreatur befindet, kristallisiert beim Kontakt mit der Atmosphäre von Gonelore. Diese Prismen sind am einfachsten zu bearbeiten, aber sie verfügen auch über die geringsten Fähigkeiten.«

Während sich die Rüpel fragten, ob ihre Funde wohl in diese Kategorie fielen, fuhr Vrinilia fort: »Zweitens: Die Hauchprismen. Sie sind sehr selten und bilden sich, wenn eine Chimäre stirbt und ihren letzten Atemzug aushaucht. Es handelt sich um sehr kostbare Stücke, und man muss besonders behutsam sein, wenn man sie schleift. Diese Arbeit darf nur ein ausgebildeter Prismenschmied durchführen, und das aus gutem Grund: Die Kristalle enthalten einen kleinen Teil von der Seele des toten Wesens. Von seiner Essenz, seinem Geist – nennt es, wie ihr wollt. Stellt euch einen Spiegel vor, der auf ewig dasselbe Bild zeigt. Die Hauchprismen sind sozusagen die Schatztruhe, in der dieses Bild für die Ewigkeit aufgehoben wird.«

Als sie die verwirrten Blicke ihrer Schüler sah, fügte sie hinzu: »Zermartert euch nicht euer kleines Hirn. Das werdet ihr verstehen, wenn ihr älter seid. Fürs Erste reicht es, wenn ihr wisst, dass es diese Prismen gibt. Kommen wir zur dritten und letzten Sorte: den Körperprismen. Darunter fällt alles, was in keine der anderen beiden Kategorien passt. Meist handelt es sich um Prismen, die anstelle von Organen in den Leibern von Chimären gefunden werden. Das kommt allerdings äußerst selten vor. Manche befinden sich auch an der Körperoberfläche. So sind beispielsweise mindestens zwei Arten von Reptiliden bekannt, die ein drittes Auge aus Kristall haben.«

Gess stellte sich diese furchterregende Kreatur vor. Er war nicht besonders scharf darauf, so einem Vieh über den Weg zu laufen.

»Im Rohzustand kommen die Prismen dieser dritten Sorte in vielen Formen und Größen vor, und sie haben eine ganze Reihe von interessanten Fähigkeiten. Doch es ist äußerst unwahrscheinlich, dass ihr je so ein Stück in den Händen halten werdet.

Chimären mit dieser anatomischen Besonderheit dringen nur sehr selten nach Gonelore vor, und dann muss man sie natürlich auch noch erlegen, bevor sie in ihren Horizont zurückkehren – was selbst den erfahrensten Fährtenlesern kaum gelingt. Aber ich wollte sie auf jeden Fall erwähnen, damit die Liste vollständig ist.«

Sie winkte die beiden Glückspilze zu sich.

»Kommt her und bringt mir eure Funde, aber ohne zu rennen. Ich werde euch sagen, welcher Sorte sie angehören.«

Die beiden Schüler erhoben sich von ihrer Bank, gingen mit stolzgeschwellter Brust nach vorn und gebärdeten sich dabei, als würde man ihnen einen Orden verleihen. Sie hatten mit Sohias und Radjaniels Schülern wahrlich nichts gemeinsam. Alle fünf Schüler von Jor Kartigann waren arrogante Aufschneider, die ganz offensichtlich nicht wegen ihres hellen Verstands rekrutiert worden waren.

Während die Schmiedin den ersten Rohkristall mit einer Lupe untersuchte, schnitten die beiden Schwachköpfe Grimassen in Richtung der anderen Schüler. Noch schlimmer wurde es, als Vrinilia verkündete: »Das ist ohne jeden Zweifel ein Hauchprisma.«

Die Rüpel führten einen albernen Freudentanz auf, praktisch vor der Nase der Weltwanderin, die jedoch zu sehr in die Untersuchung des zweiten Prismas vertieft war, um das Theater zu bemerken. Als ihre Lehrerin auch hier zum selben Urteil gelangte, wurde Gess von einem heftigen Gefühl der Ungerechtigkeit gepackt. Die Schätze hätten den Schülern zukommen sollen, die sie wirklich verdient hatten! Dabei dachte er gar nicht unbedingt an sich selbst, sondern an Nobiane, Jona oder die anderen, die in der Arena so tapfer gegen die Chiroptiden gekämpft hatten.

»Natürlich ist dieses Ergebnis nicht überraschend«, verkündete die Prismenschmiedin. »Die Chimären, die Zauberranke angegriffen haben, haben den Schleier vermutlich irgendwo über dem Meer durchbrochen, lange bevor sie die Schule erreichten.

Daher ist es recht unwahrscheinlich, dass sich auf dem Schulgelände Atemprismen finden lassen. Jetzt müssen wir nur noch feststellen, zu welcher Art von Chiroptiden die Kreaturen gehörten, die uns diese Kristalle hinterlassen haben.«

Sie musterte die beiden Schüler, die mit ausgestreckter Hand vor ihr standen, weil sie ihre Prismen wiederhaben wollten, mit finsterer Miene. Nach einer Weile begriffen die beiden endlich, dass Vrinilia nicht vorhatte, ihnen die Kristalle zu überlassen, und trollten sich kleinlaut auf ihre Bank. Gess jubelte innerlich. Das geschah ihnen nur recht.

»Euch wird nun eine besondere Ehre zuteil«, sagte die Lehrerin von oben herab. »Normalerweise dürfen Schüler erst ab dem dritten Kreis hier hinunter. Aber da euch das Glück so hold war, nutze ich die Gelegenheit, um euch etwas vorzuführen, das euch tief beeindrucken wird.«

Sie trat zu einer Werkbank und nahm eine Zange, deren Kopf wie ein Falkenschnabel geformt war. Mit diesem Werkzeug knipste sie ein Stück von einem der Rohkristalle ab. Der Besitzer des Prismas schnappte nach Luft, wagte aber nicht zu protestieren.

Vrinilia hielt den Splitter mit ihren langen Fingern in die Luft: »Nach unzähligen Experimenten sind die Weltwanderer im Verlauf der Jahrhunderte zu der Erkenntnis gelangt, dass ein Prisma seine Eigenschaften bis zu einem Gewicht von zwei Unzen beibehält. Darunter ist es nur ein wertloser Stein. Die beiden Stücke, die ihr gefunden habt, könnten daher jeweils in sieben oder acht Teile geschnitten werden, so wie dieses hier … Oder man könnte sie so lassen, wie sie sind, um Linsen daraus herzustellen. Bevor wir das entscheiden, müssen wir das Potenzial der Steine prüfen.«

Sie ging wieder zu der Werkbank, öffnete eine Schublade und holte einen glatten, eiförmigen Kristall von der Größe eines Pfirsichs heraus. In der Schublade lag noch ein Dutzend weiterer solcher Artefakte.

»Diese Prismen haben keinen großen Wert«, erklärte Vrinilia.

»Sie sind zu schwach, um den Schleier aufzulösen. Wenn man sie allerdings mit mächtigeren Materialien kombiniert, entwickeln sie sehr interessante Eigenschaften …«

Sie trat vor ihre Schüler und hielt das durchscheinende Prisma in die Höhe: Nun konnten sie sehen, dass es hohl war. Eine Öffnung auf der Oberseite war mit einem Pfropfen aus Kristall verschlossen. Mit einer theatralischen Geste legte Vrinilia den Prismensplitter hinein und verschloss den Behälter wieder.

»Stellt euch jetzt rings um den Käfig auf, und zwar leise! Und tut mir einen Gefallen: Haltet eure Finger bei euch, wir haben schon genug Schüler verloren.«

Die Kinder blickten sich furchtsam an. Selbst Kartiganns Rüpel blieben zur Abwechslung stumm und forderten das Schicksal nicht heraus. Als sich die fünfzehn Schüler halbwegs lautlos um die Kuppel versammelt hatten, sahen sie verblüfft, wie Vrinilia ihre Hand durch die Gitterstäbe schob.

»Bereit?«, fragte sie.

Ohne eine Antwort abzuwarten, ließ sie den eiförmigen Kristall fallen. Er zerbarst fünf Meter weiter unten auf dem Steinboden in tausend Stücke, die so grell leuchteten, dass sich die Zuschauer abwenden mussten.

Anders als die Prismenschmiedin zu glauben schien, hatte Gess so etwas durchaus schon einmal gesehen, und das galt auch für alle anderen anwesenden Schüler. Erst zwei Tage zuvor waren sie Zeugen geworden, wie Gregerio, der Oberste Fährtenleser Zauberrankes, eine riesige Felina aus dem Nichts herbeigezaubert hatte. Gess fragte sich, warum er bei dem hohlen Prisma nicht gleich an die Glaskugel gedacht hatte, die Gregerio verwendet hatte.

Daher war er auch nicht überrascht, als er wieder in den Kerker blickte und dort einen Chiroptiden sah. Die Kreatur wirkte völlig verängstigt. Und tatsächlich, im nächsten Moment begann sie, in heller Panik durch ihr Gefängnis zu rasen. Sie prallte erst gegen die eine, dann gegen die andere Wand, schwirrte steil nach oben, schlug gegen das Gitter und fiel zu Boden. Jedes Mal verletzte sie sich mehr, wie ein irrer Vogel, der immer wieder gegen eine Fensterscheibe fliegt.

Die Schüler reagierten sehr unterschiedlich auf dieses Schauspiel. Kartiganns Rüpel kicherten gehässig, während Nobiane und Berris totenbleich geworden waren, weil sie es kaum ertragen konnten, die Kreatur derart leiden zu sehen. Dælfine, die nur erahnen konnte, was sich in dem Kerker abspielte, umklammerte angespannt ihr Bandelier. Gess hätte am liebsten irgendwie eingegriffen. Wie lange würde dieses grausame Spektakel noch dauern?

Die Chimäre setzte dem Ganzen selbst ein Ende. Sie flog so heftig gegen eine Wand, dass sie sich das Genick brach. Dann löste sie sich in einer weiteren grellen Explosion auf, und zurück blieb nur ein kleiner Haufen Prismenteilchen.

Die Schmiedin sagte ungerührt: »Eindeutig zu instabil. Aber das war ja zu erwarten …«

Übergangslos knipste sie ein Stück von dem zweiten Prisma ab, schob es in das hohle Kristallei und warf es in den Käfig.

Diese Chimäre hielt nur wenige Augenblicke durch. Gleich bei ihrem ersten Flugversuch krachte sie gegen die Wand und löste sich in einer Explosion aus Prismensplittern auf.

»Also ist heute nicht euer Glückstag«, urteilte Vrinilia. »Aber immerhin könnt ihr euch eine erste Linse schleifen lassen …«

Die Begeisterung der beiden Besitzer der Prismen kühlte sich merklich ab. Gess fragte sich, wie das Experiment sonst hätte ausgehen können und welchen Schluss Vrinilia daraus gezogen hätte. Was, wenn sich die beiden Chimären nicht selbst umgebracht hätten? Wären sie irgendwann verschwunden, wenn die Kraft des Prismas nachließ? Hätte man sie töten müssen? Oder hätte man sie in dem Käfig gelassen, um sie weiter zu studieren, bis sie verhungerten?

Er hatte keine Gelegenheit, der Lehrerin seine Fragen zu stellen. Die Darbietung war zu Ende, und Vrinilia schickte die Schüler zurück auf ihre Plätze. Als Gess an dem Gitter vorbeikam, fiel sein Blick auf eine Eisentür in einer unteren Ecke des Kerkers. Er fragte sich, wozu sie dienen mochte. Doch die Prismenschmiedin hatte offenbar nicht vor, ihnen weitere Erklärungen zu liefern. Sie befahl den Schülern, still zu sein. Sie sollten nur im Kopf behalten, dass diese Chiroptiden zur Unterart der Trysteriker gehörten, und damit war Schluss.

Nach dieser Aufregung war der nun folgende Unterricht umso langweiliger. Gess hatte große Mühe, sich für die endlose Aufzählung verschiedener Formen, in die man ein Prisma schleifen konnte, zu begeistern: Katzenauge, Nagelkopf, Trapez, Kalbsnase und was noch alles … Auf jeden Fall empfand Vrinilia offenbar echte Leidenschaft für ihre Kunst, denn sie brachte es fertig, über zwei Stunden lang ohne Unterbrechung über dieses Thema zu reden.

Als Vrinilia den Unterricht endlich beendete, gähnte Gess verstohlen. Er fühlte sich, als wäre eine Büffelherde über sein Gehirn hinweggetrampelt. Doch noch musste er sich etwas gedulden. Die Schmiedin musste sie erst zum Ausgang zurückeskortieren, bevor er sich wie eine Katze strecken und ein paar Scherze über diesen qualvoll langweiligen Nachmittag loswerden konnte. Er seufzte leise, als Vrinilia ihren Schülern noch ein paar letzte Anweisungen mit auf den Weg gab: »Ihr habt bestimmt gehört, dass es einige neue Aufgaben zu verteilen gibt. Zauberranke ist die meiste Zeit des Jahres von der Außenwelt abgeschnitten, und so müssen wir alle anfallenden Arbeiten selbst erledigen. Leider zwingen uns die großen Verluste in unseren Reihen, einige Erst- und Zweitkreisler einzubeziehen. Das betrifft auch ein paar von euch. Man hat mich damit beauftragt, euch zu sagen, wo ihr eingesetzt werdet.«

Sie musterte die Schüler auf ihren Bänken streng, was eigentlich unnötig war, da alle gebannt schwiegen.

»Dælfine, Jor Radjaniel möchte, dass du im Zeughaus als seine Gehilfin arbeitest. Meiner Meinung nach setzt er damit seinen Ruf als Oberster Messerschleifer aufs Spiel, aber er hat diesen Wunsch nun mal geäußert. Sollte der Hohe Rat beschließen, ihn zu entlassen und einen Nachfolger zu ernennen, ist das allein seine Schuld. Und genau das wird geschehen, wenn er nicht rechtzeitig die Waffen liefert, die wir brauchen.«

Dælfine nickte stolz, aber die Schmiedin fuhr bereits fort: »Berris, du wirst Jora Maetilde zur Hand gehen.«

Der rundliche Junge machte große Augen.

Vrinilia beachtete ihn nicht und machte weiter: »Jona, du wirst bei Jor Selenimes, dem Ratsältesten, im Archiv arbeiten. Der Magister persönlich hat diese Bitte ausgesprochen, also versuche bitte, ihn nicht zu enttäuschen.«

An ihrem Gesichtsausdruck konnte man sehen, dass sie alles andere als begeistert war. Aber warum? Gess hatte keine Zeit, länger über die Frage nachzudenken, da sich die Schmiedin schon an Nobiane wandte: »Mademoiselle de la Vallaurière … Ich erwarte dich morgen früh vor der Tür meiner Werkstatt und bis auf Weiteres auch an allen weiteren Tagen. Und vergiss nicht, die guten Manieren mitzubringen, die du eigentlich beherrschen solltest! Ich verlange von meinen Gehilfen, dass sie sich tadellos benehmen.«

Das rothaarige Mädchen erblasste. Sie tat Gess jetzt schon leid. Zweifellos standen ihr in den Krallen dieses Drachen harte Zeiten bevor.

»Und zu guter Letzt …«

Gess fuhr zusammen, als er merkte, dass die Prismenschmiedin ihn ansah. Wie hätte es auch anders sein können? Nur Radjaniels Schüler wurden für Arbeiten eingeteilt, während die anderen unbehelligt blieben. Gess kniff die Lippen zusammen und fragte sich, was ihm wohl blühte.

»Du wirst Jor Gregerio zugeteilt. Und du wirst alles tun, was er von dir verlangt.«

16

Gleich nach seiner Rückkehr ins Zeughaus stieg Berris die Treppe zum ersten Stock hoch, wo ihn seine Schützlinge mit sehnsüchtigen Schreien empfingen. Er freute sich sehr, dass sich die beiden jungen Chiroptiden so gut an ihn gewöhnt hatten, aber leider wurden ihre Rufe von Tag zu Tag lauter. Das Problem war viel früher aufgetreten, als er gedacht hatte, und er musste dringend eine Lösung finden.

Nur war das Finden von Lösungen nicht gerade seine Stärke.

»Ganz ruhig, meine Kleinen, ich komme ja schon«, flüsterte er.

Er ging zum Wandschrank und öffnete ihn behutsam, damit die Tür möglichst wenig quietschte. Überrascht stellte er fest, dass einer der Kleinen in einem Fach über seinem Geschwisterchen saß. Konnten sie schon so gut klettern? Am Abend zuvor hatten sie sich noch kaum fortbewegen können.

»Was machst du denn da?«

Berris hob die winzige Kreatur vorsichtig hoch und ließ sie auch nicht los, als sie ihn mit ihren winzigen Zähnchen in die Hand biss. Selbst als sie ihm mit ihren Krallen den Arm aufkratzte, zuckte er nicht zusammen.

»Du hast wohl Hunger, hm? Jetzt schon? Ich war doch gar nicht lange weg!«

Er setzte den kleinen Akrobaten zu seinem Geschwisterchen in das Nest, das er ihnen aus einem alten Pullover, dem Futter aus dem Sitz eines kaputten Stuhls und einigen Federn, die er am

Strand gefunden hatte, gebastelt hatte. Sofort krochen die beiden jungen Chimären wieder laut piepsend auf ihn zu.

»Schon gut, schon gut! Ich hab euch was mitgebracht …«

Er kramte in seinen Taschen und holte die Beeren hervor, die er unterwegs gepflückt hatte. Die meisten waren ziemlich zerdrückt, aber einige waren noch ganz. Er wählte die zwei schönsten aus und hielt sie den Chimären vor die hungrigen Mäuler … Allerdings waren die Kleinen nicht besonders angetan.

»Aber die sind doch lecker!«, flüsterte Berris. »Auf einem Kuchen schmecken sie noch besser, das gebe ich zu, aber ich wette, mit Gebäck könnt ihr auch nicht viel anfangen, was?«

Die Chiroptiden antworteten mit lautem Piepen.

»Na schön! Ich weiß ja, was ihr wollt. Aber es ist das letzte Mal, verstanden? Beim nächsten Mal fresst ihr das, was ich euch gebe!«

Er ging zu einer wurmstichigen Kiste hinüber, ohne die kleinen Biester aus den Augen zu lassen. Die beiden lehnten sich weit aus ihrem Fach heraus und drohten jeden Moment abzustürzen. Als Berris den Deckel der Holzkiste anhob, hätte er ihn am liebsten gleich wieder zugeschlagen. Das Krustenkrebsfleisch, das er darin aufbewahrte, stank bestialisch. Er musste es schleunigst entsorgen! Noch ein Problem, für das er eine Lösung finden musste …

Während er dastand und sich den Kopf zerbrach, erklangen auf einmal Schritte auf der Treppe. Panisch richtete er sich auf, lief zum Schrank, änderte seine Meinung, machte kehrt, um die Kiste zu schließen, rannte wieder zurück zu den jungen Chimären – zu spät. Der unangekündigte Besucher stand bereits in der Tür.

Zum Glück war es nur Gess.

»Pass doch auf!«, schimpfte der. »Man hört deine Viecher schon auf der Treppe. Bald werden sich die anderen fragen, was du hier oben treibst.«

Berris nickte, aber er wusste keine Lösung, als den Chiroptiden das zu geben, was sie laut piepsend forderten. Leider funktionierte nicht einmal das. Die beiden winzigen Chimären zankten sich lauthals um die ekelhaften Fleischbrocken, die er ihnen hinhielt.

Gess verzog angewidert das Gesicht und murmelte: »Die sind aber ganz schön gewachsen …«

Berris kam nicht dazu, ihm zu antworten. Abermals erklangen Schritte auf den Stufen, und er zuckte so heftig zusammen, dass er den glitschigen Klumpen, den er immer noch in der Hand hielt, fallen ließ. Bevor er sich bücken und ihn aufheben konnte, standen Nobiane und Jona bereits im Raum und starrten mit aufgerissenen Augen auf den offenen Schrank. Im nächsten Moment tastete sich auch Dælfine durch die Tür.

»Das war also dieses Geräusch!«, sagte Nobiane.

Berris brachte keinen Ton hervor. Da ihm keine intelligente Ausrede einfiel, schwieg er lieber. Ihm ging durch den Kopf, dass Nobiane die Anführerin ihrer Gilde war, und er musste zugeben, dass sie ihn einschüchterte.

Da er nichts sagte, ergriff Gess das Wort und berichtete den anderen, unter welchen Umständen Berris die Chimären gefunden und sich ihrer angenommen hatte. Er bemühte sich, die Angelegenheit als eine Art Witz darzustellen, aber seine drei Kameraden sahen das anders. Dælfine kannte keine Gnade: »Wir können diese Viecher nicht am Leben lassen! Noch sind sie jung, aber irgendwann werden sie zu ausgewachsenen Bestien. Wie stellst du dir das denn vor? Glaubst du, sie werden dir folgen wie zahme Hunde?«

»Äh …«

»Wir müssen auf jeden Fall Radjaniel Bescheid sagen«, erklärte Nobiane. »Sonst könnte ihm das eine Menge Ärger einbringen. Und uns auch! Außerdem hat auch seine Nachsicht Grenzen! Wenn er herausfindet, dass wir in seinem Haus Chimären verstecken, ist der Teufel los!«

»Hm … Und wenn er es nicht erfährt?«

»Aber er muss es erfahren, Berris! Wir können im Zeughaus keine Chimären halten! Bald werden sie so groß sein, dass wir uns nicht mehr hier hochtrauen können!«

Berris nickte betreten. Sein Leben war wirklich einfacher gewesen, als Vohn noch da gewesen war. Jetzt musste er ständig nachdenken, aufpassen und durfte nie einfach Spaß haben. Er warf Jona einen finsteren Blick zu. Sie hatten das Kriegsbeil zwar mittlerweile begraben, aber trotzdem war der Junge, der sein Gedächtnis verloren hatte, an dem ganzen Übel schuld!

Jona hatte bisher noch nichts gesagt. Wie so oft schien er mit den Gedanken woanders zu sein. Als er plötzlich vortrat und eine der Chimären zu streicheln begann, starrten ihn alle verblüfft an. Er schien selbst nicht ganz zu begreifen, was ihn dazu getrieben hatte.

»Als Vargaï dich rekrutiert hat, hast du doch auf einem Bauernhof gearbeitet, oder?«, fragte er Berris schließlich.

»Ja, zusammen mit meiner Mutter«, bestätigte der rundliche Junge.

Er dachte nicht gern daran zurück, denn der Gedanke an die Trennung machte ihn unglücklich, aber manchmal schwelgte er auch in Erinnerungen, um das Leben dort nicht zu vergessen. Dass das ziemlich widersprüchlich war, wusste er selbst, aber so war es nun mal.

»Und du wolltest Weltwanderer werden?«

»Hm … Nicht so richtig. Oder besser gesagt, ich hatte nie darüber nachgedacht. Vargaï hat uns davon erzählt. Er meinte, dass ich der Bruderschaft wirklich helfen und sogar ein Held werden könnte … solche Sachen eben.«

Bei diesen Worten wagte er es kaum, seinen Kameraden in die Augen zu sehen. Berris konnte sich sehr gut vorstellen, dass sie überrascht waren, an ihm zweifelten oder sich gar über ihn lustig machten. Er selbst erkannte sich in diesem Porträt kaum wieder.

»Aber meine Mutter wollte nicht, dass ich mit Vargaï mitgehe«, erzähle er weiter. »Sie hatte Angst, dass ich von einer Chimäre gefressen werde oder so. Vargaï hat ihr gesagt, dass so etwas nicht passieren würde. Er meinte, dass nicht jeder Weltwanderer dieselben Fähigkeiten hat, und dass Leute wie ich viele Auszeichnungen bekommen könnten, ohne jemals zu kämpfen. Und da wollte ich es mal ausprobieren.«

»Er hat dich ganz schön reingelegt«, spottete Gess. »Wie oft wurden wir jetzt schon angegriffen?«

»Vargaï konnte die Katastrophe, die sich ereignet hat, nicht vorhersehen!«, wandte Nobiane ein.

»Ich verstehe das nicht«, sagte Dælfine. »Warum hat er dir das alles erzählt? Welche Art von Weltwanderer sollst du denn werden?«

Jona antwortete, bevor Berris etwas sagen konnte: »Einer, der Chimären zähmt. Einer, der versucht, Frieden mit den Bestien zu schließen, statt sie mit Waffen zu bekämpfen.«

Berris schenkte ihm ein strahlendes Lächeln. Er hätte es nicht besser sagen können.

»Ich hatte damals schon ein paar merkwürdige Tiere mit nach Hause auf unseren Bauernhof gebracht: zwei riesige Wildschweine und einen Hund, der ständig fressen wollte. Vargaï meinte, es wären Scrofaden und ein Grauschwanz-Lupinus. Er konnte es gar nicht fassen, als er sah, wie sie mir überallhin nachliefen. Das heißt, überallhin stimmt nicht ganz. Manchmal verschwanden sie tagelang und tauchten dann wieder auf dem Hof auf, als wären sie nie weg gewesen, und jetzt weiß ich auch warum: Sie haben nur einen Abstecher hinter den Schleier gemacht!«

Bei dieser Erkenntnis lachte er auf, aber den anderen schien nicht zum Lachen zumute zu sein. Seine Freunde waren völlig perplex. Nur Jona nicht. Er streichelte wieder eine der beiden jungen Chimären.

»Warum hast du uns nie davon erzählt?«, fragte Nobiane.

»Ihr habt mich ja nicht gefragt. Ich hab es nur Vohn erzählt. Aber ich glaube, Radjaniel weiß auch davon.«

»Und was ist mit dir, Jona? Wie kamst du auf die Idee, dass man Chimären zähmen kann? Einfach so?«, fragte Gess neugierig.

Der Angesprochene zuckte die Achseln.

»Ich glaube ..., ich habe schon mal jemandem dabei zugesehen. Ich weiß es nicht genau. Und als wir Berris mit diesen Viechern erwischt haben, na ja, da erschien es mir einfach logisch.«

Seine Kameraden nickten, obwohl seine Antwort alles andere als klar war. Berris ging durch den Kopf, dass Jona eigentlich oft unverständliche Dinge sagte. Aber dieses Mal hatte er ihm geholfen.

»Das löst aber nicht das Problem«, sagte Nobiane. »Du weißt nichts über diese Kreaturen. Vielleicht kann man sie nicht zähmen, vielleicht bleiben sie gefährlich. Wir müssen Radjaniel Bescheid sagen. Und es ist besser, wenn du das übernimmst.«

»Ja, gut ...«

Berris seufzte tief. Dieses ganze Tamtam nur wegen zwei kleinen unschuldigen Tierchen. Er wandte seinen Kameraden den Rücken zu, um ihnen zu verstehen zu geben, dass er nicht weiter über die Sache reden wollte. Wie erhofft ließen ihn die anderen mit seinen Schützlingen allein. Endlich konnte er sie in Ruhe füttern, ohne sich Sorgen über das laute Piepen zu machen. Sein Geheimnis war keines mehr.

Im nächsten Moment schnappte einer der kleinen Chiroptiden nicht nach dem stinkenden Fleisch, das Berris ihm hinhielt, sondern biss ihn in den Zeigefinger. Berris schrie auf. Die Zähnchen dieser kleinen Gauner waren wirklich spitz! Er wollte die hungrige Kreatur abschütteln, als er merkte, wie sie sich auf einmal beruhigte. Er ließ sie noch ein bisschen an seinem Finger herumknabbern und wehrte sich auch nicht, als sich die zweite junge Chimäre an seine andere Hand hängte. Selbst als sie anfingen, sein Blut zu saugen, ließ er sie gewähren. Er spürte ohnehin kaum etwas – sie waren ja noch so klein.

Je mehr er darüber nachdachte, desto mehr fand er, dass seine Freunde übertrieben. Was sollten diese katzengroßen Kreaturen schon anrichten?

Das Gespräch mit Radjaniel konnte wirklich noch ein wenig warten.

17

Die Söldner hatten sich nicht die Mühe gemacht, die Kreatur von der Ladefläche des Wagens zu hieven. Die Chimäre lag schon den ganzen Tag auf der Seite, fixiert von mehreren Ketten, die mittlerweile Druckstellen auf ihrem Panzer hinterlassen hatten. Vargaï zog daraus den Schluss, dass Tannakis' Männer sie an einen anderen Ort bringen wollten. Vermutlich würden sie sie am nächsten Tag in das andere Lager bringen, in dem auch Vohn festgehalten wurde.

Beim Gedanken an den Jungen seufzte Vargaï zum x-ten Mal an diesem Tag. Hätten sie doch nur kurz miteinander reden können, bevor sie getrennt worden waren. Oder könnte er ihm einen Brief schreiben … Dann könnte er ihm versprechen, dass er ihn nicht im Stich lassen würde, und sich erkundigen, wie es ihm ging. Denn obwohl der Magister der Enklave ihm versicherte, in guter Absicht zu handeln, traute Vargaï dem Ganzen nicht. Er betete zu den Göttern, dass der Junge tatsächlich heil und gesund war.

Immerhin hatte Tannakis sein Versprechen gehalten und ihm seinen Säbel und sein Bandelier zurückgegeben. Der Verräter hatte nur seine Beschwörungsprismen behalten, »vorsichtshalber«, wie er sagte. Vargaï hatte nicht protestiert. So etwas hatte er im Grunde erwartet. Viel wichtiger war, dass er sich wieder halbwegs frei bewegen konnte.

Innerhalb der Festung durfte er gehen, wohin er wollte, nur

verlassen durfte er sie natürlich nicht. Die Posten auf dem Wachgang ließen ihn keine Sekunde aus den Augen, aber das machte Vargaï nichts aus. Er wusste, dass die Wachsamkeit der Posten mit jedem Tag abnehmen würde. Irgendwann würde der Augenblick kommen, in dem eine Flucht denkbar wurde. Aber noch brauchte er sich darüber nicht den Kopf zu zerbrechen.

An diesem ersten Tag achteten die Söldner auf jede seiner Bewegungen. Jedes Mal, wenn er sich einem von ihnen näherte, sah er, wie nervös sie waren, und keiner von ihnen versuchte, mit ihm ins Gespräch zu kommen. Die einen machten sich unter irgendeinem Vorwand aus dem Staub, andere ließen ihn einfach wortlos stehen. Sicher hatten sie bestimmte Anweisungen erhalten. Vargaï hatte es längst aufgegeben, ihnen Informationen aus der Nase ziehen zu wollen. Er konzentrierte sich auf die Erkundung des Lagers und prägte sich die Lage der Hütten, Gebäude und Wachtürme genau ein.

Seine Rundgänge führten ihn immer wieder zu der angeketteten Chimäre zurück. Das lag einerseits daran, dass der Wagen mit der Kreatur mitten im Lager stand, andererseits aber auch an der Tatsache, dass sie ihn faszinierte. Seit etwa vier Jahrzehnten trug er sein Bandelier nun schon, und in dieser Zeit war er Dutzenden von Fussarden begegnet. Gegen etwa die Hälfte hatte er seinen Säbel erheben müssen, und zwei hatte er sogar getötet. Doch noch nie war es ihm vergönnt gewesen, ein lebendes Exemplar so lange und eingehend zu beobachten. Was er in den Augen der Bestie las, wühlte ihn zutiefst auf.

Bei Sonnenuntergang wurde es noch schlimmer. Die anbrechende Nacht schien die Bestie melancholisch zu machen, so als erinnere sie die Dunkelheit an ihren eigenen Horizont. Als hätte sie Heimweh.

Ohne groß nachzudenken, sprang Vargaï mit einem Satz auf den Wagen. Sofort ertönten aufgeregte Stimmen auf dem Wachgang. Hinter sich vernahm er hastige Schritte, aber er kümmerte sich nicht darum. Sein Blick schweifte über die Ketten, die Winde, mit der das Tier hochgezogen worden war, und den riesigen Nagel, den jemand durch das Ohr der Kreatur geschlagen hatte. Ein Nagel, der sich bei näherer Betrachtung als Prisma herausstellte.

Der Alte kniete sich hin und strich der Chimäre sanft über die Flanke. Die Bestie versuchte sich aufzubäumen, aber die Ketten hielten stand.

»Du hast doch nicht vor, Dummheiten zu machen, oder?«

Tannakis' Stimme erklang in seinem Rücken.

Vargaï war nicht überrascht, dass der Verräter mit gezücktem Schwert angelaufen gekommen war, nachdem seine Männer Alarm geschlagen hatten. Vargaï erhob sich langsam, um zu zeigen, dass er keine Bedrohung darstellte.

»Ich bin doch nicht verrückt«, sagte er. »Wer die Bestie befreit, bezahlt dafür mit seinem Leben.«

»Schön! Dann steig jetzt da runter, mein Freund. Das wäre nicht schlecht für unser aller Nerven.«

Vargaï ignorierte die Aufforderung und zeigte auf das festgenagelte Ohr der Chimäre.

»Soll dieses Prisma den Fussard daran hindern, sich hinter den Schleier zurückzuziehen?«

»Dir kann man auch nichts vormachen. Komm jetzt!«

»Und was, wenn er sich mit einem kräftigen Kopfrucken losreißt? Sein Ohr ist ja schon völlig eingerissen! Ist dir klar, dass er nur kurz in seinen Horizont springen muss, um sich dort von den Ketten zu befreien? Dann kann er zurückkehren und in deinem Lager ein Blutbad anrichten.«

Tannakis runzelte die Stirn und drehte sich wütend zu seinen Männern um. Nachdem er sich leise mit ihnen verständigt hatte, sagte er: »Wir werden noch ein paar zusätzliche Nägel anbringen, wenn dich das beruhigt. Sobald du von dem Wagen runtergestiegen bist.«

Vargaï seufzte. Ihm gefiel ganz und gar nicht, dass die Chimäre durch weitere Bolzen verletzt werden würde, aber er hatte auf das Problem hinweisen müssen. Sonst konnte jederzeit eine Tragödie geschehen, und das auch später noch, wenn sich der Wagen in dem Außenposten befand, wo Vohn gefangen gehalten wurde. Da Vargaï nicht wusste, was er sonst noch tun konnte, stieg er von dem Wagen herunter.

»Schlagt den Nagel in den Hautlappen am Unterschenkel«, riet er. »Das ist für den Fussard weniger schmerzhaft und viel wirkungsvoller als die Stelle am Ohr.«

»Habt ihr gehört?«, fragte Tannakis an seine Männer gewandt.

»Dann gebt ihm zu trinken und leert mehrere Eimer Wasser über seinen Körper. Er hat den ganzen Tag in der Sonne gelegen, ohne sich bewegen zu können. Wenn ihr ihn nicht regelmäßig kühlt, wird er sterben. Ich wette, auf diese Weise habt ihr schon viele Exemplare verloren.«

Der Verräter wechselte einen raschen Blick mit seinen Männern. Ihr Schweigen war Antwort genug.

Vargaï war entsetzt. »Ist das euer Ziel? Ihr fangt Chimären, um sie dann elendig verrecken zu lassen?«

»Unsinn«, entgegnete Tannakis. »Ich wollte, es wäre so einfach, wie du dir das vorstellst. Aber wenn es dich beruhigt: Nein, wir lassen die Tiere nicht verrecken. Schließlich fangen wir sie extra lebend!«

Vargaï schwieg und dachte nach. Der Verräter wirkte aufrichtig. Offenbar hatten sie tatsächlich nicht vor, die Chimäre zu töten. Das war eine gute Nachricht, aber wenn die Söldner sie nicht jagten, um die Hornplatten, Krallen und andere Trophäen zu verkaufen, wozu dann? Zähmen konnten sie die Kreatur nicht, schließlich war der Fussard schon ausgewachsen. Außerdem handelte es sich um eine wilde und nicht um eine heraufbeschworene Chimäre.

»Wenn du willst, dass ich dir helfe«, sagte Vargaï, »muss ich mehr wissen. Welche Arten von Chimären jagst du? Alles, was euch vors Prisma kommt? Oder nur Carapaxe? Und wie viele davon brauchst du?«

Tannakis' Lippen verzogen sich zu einem grimmigen Lächeln.

»Meine Männer werden dich nach und nach in diese Dinge einweihen. Aber du kannst dir sicher denken, dass wir bei dem Aufwand, den wir betreiben, keine Daribbos oder Federfüße jagen. Und was die Anzahl angeht ... Mach dir darüber mal keine Gedanken. In drei Monaten kannst du unseren Bedarf ohnehin nicht decken, selbst wenn du uns jeden Tag einen Fussard anschleppst!«

Er biss sich auf die Zunge, weil er damit schon zu viel verraten hatte. Vargaï riss überrascht die Augen auf und stellte sich hundert neue Fragen. Was wollten die Söldner mit so vielen Chimären? Wo hielten sie die Tiere gefangen? Selbst an besonderen Orten wie Zauberranke oder Nachtranke wäre es schwierig, ein Rudel von einhundert Carapaxen in Schach zu halten. Eine solche Horde würde eine mörderische Kraft entfalten ...

»Ich weiß, dass du es kaum abwarten kannst, mehr zu erfahren«, fuhr Tannakis fort. »Lass uns eine Vereinbarung treffen: Beim ersten Fang, den du uns bringst, werde ich dir etwas Großartiges zeigen. Du wirst Beifall klatschen wie ein kleiner Junge, glaub mir.«

»Das Einzige, was mich dazu bringen würde, dir Beifall zu spenden«, knurrte Vargaï, »wäre, dass du mir meinen Schüler zurückgibst.«

Trotz allem war seine Neugier geweckt. Mit einem Mal konnte er es kaum erwarten, an der Chimärenjagd teilzunehmen.

18

Das Schiff hatte wie geplant im Morgengrauen abgelegt. Bis zum letzten Augenblick befürchtete Dælfine, man würde sie aus dem Zeughaus holen, zum Hafen führen und ihr das Bandelier abnehmen, um sie den Seefahrern und Hilfsmatrosen zu übergeben, deren Gesichter sie nicht einmal sehen konnte. Doch dazu war es nicht gekommen. Das Wunder, das Radjaniel ihr versprochen hatte, war tatsächlich eingetreten. Das blinde Mädchen hatte einen vierwöchigen Aufschub erhalten. Erst dann würde sie der Schule verwiesen werden, und sie hoffte sehr, in diesen vier Wochen zu genesen.

Der Lehrer hatte ihr die gute Nachricht am Abend zuvor überbracht, als er von seinen Ermittlungen zurückgekehrt war. Radjaniel war selbst erstaunt gewesen, dass Arold der Sache ohne Weiteres zugestimmt hatte. Er hatte nicht einmal eine Anfrage an den Hohen Rat richten müssen. Aber wer würde sich schon beklagen, wenn der Oberste Hüter ausnahmsweise einmal entgegenkommend war? Arold war sicher der Meinung, dass Radjaniel nun in seiner Schuld stand, aber damit würden sie sich zu gegebener Zeit befassen. Bis dahin würde Dælfine alles daransetzen, dass ihr Lehrer seine Entscheidung nicht bereute.

Vor allem würde sie mit Feuereifer an die Arbeit gehen. Unzählige Krustenkrebsbeine mussten gesäubert und abgeschabt werden, damit Radjaniel daraus Schwerter für die Schüler fertigen konnte. Damit würde sie Dutzende von Stunden beschäftigt sein, doch das bereitete ihr keine Sorgen. Wären es doppelt so viele gewesen, hätte es sie nur noch stolzer gemacht. Dælfine liebte Herausforderungen!

Ihr war klar, dass sie den Tag allein verbringen würde. Radjaniel war zu Arold gegangen, um die Ermittlungen fortzuführen, und auch Nobiane, Jona, Gess und Berris waren bereits außer Haus. Eigentlich hätten die Schüler sich nach dem Mittagessen beim Obersten Hüter zum Unterricht einfinden sollen, doch der hatte über den Messerschleifer mitteilen lassen, dass er zu beschäftigt war. Daher würden die Schüler bis zum Abend mit ihren neuen Aufgaben beschäftigt sein.

Radjaniel hatte Dælfine nur ungern allein gelassen, aber es gab keine andere Lösung. Schließlich hatte ihn das Mädchen davon überzeugt, dass alles gut gehen werde, dass sie sich mühelos zurechtfinden und auf sich aufpassen werde. Niemals würde sie ihrem Lehrer eingestehen, dass ihr leicht mulmig zumute war, als sie hörte, wie die Schritte ihrer Kameraden auf dem Steg verklangen. Oder dass sie kurz in Panik geraten war, als beim Erklimmen der Treppe eine Möve vor ihren Füßen gelandet war. Sie hatte den Vogel mit einem Fußtritt davongejagt und sich kurz an die Mauer gelehnt, bis sich ihr Atem wieder beruhigte. Dann verfluchte sie ihre Schreckhaftigkeit.

Das Ganze war nun schon über eine Stunde her, und seither war sie nicht gestört worden. Sie arbeitete friedlich an ihrer Werkbank, ruhig und konzentriert. Hin und wieder trank sie von dem Tee, den sie sich gemacht hatte. Der war zwar schon längst kalt, schmeckte aber trotzdem. Sie hätte es ohnehin nicht gewagt, das Feuer im Ofen zu schüren und einen Scheit nachzulegen, um neues Wasser heiß zu machen. Deshalb hatte sie beschlossen, dass das lauwarme Getränk das beste der Welt war. Auf keinen Fall würde sie wieder in Trübsinn versinken.

Als sie ihre dritte Tasse geleert hatte, hörte Dælfine Berris' kleine Chimären aufgeregt piepsen. Dabei waren die jungen Chiroptiden noch immer in dem massiven Schrank eingesperrt, der sich hinter dicken Steinmauern befand. Dælfine wusste nicht einmal, ob Radjaniel bereits von der Existenz der Kreaturen wusste. Falls es ihm noch niemand gesagt hatte, würde er es über kurz oder lang selbst herausfinden, und dann würden die Schüler für ihr Versteckspiel büßen! Aber keiner von ihnen wollte Berris verpfeifen. Sie mussten es ihm selbst überlassen, mit ihrem Lehrer zu reden.

Als das Piepsen nach mehreren Minuten nicht verstummte, verlor Dælfine die Geduld. Die Schreie riefen schlimme Erinnerungen in ihr wach, auch wenn sie nur gedämpft durch das Mauerwerk drangen. Auf keinen Fall wollte sie daran denken, dass Chiroptiden ihr das Augenlicht geraubt hatten! Wenn die Schreie den ganzen Tag so weitergingen, würde sich Dælfine noch vom Dach des Zeughauses stürzen.

Verärgert sprang sie auf und beschloss, ein für alle Mal für Ruhe zu sorgen. Sie würde dem Schrank ein paar Stöße mit dem Besenstiel verpassen – das dürfte die kleinen Chimären zum Schweigen bringen! Sie packte den Besen und trat aus der Schleiferwerkstatt hinaus auf den Treppenabsatz. Als sie an Radjaniels Wohnung vorbeikam, hörte sie im Inneren Dielen knarren. Noch jemand war im Zeughaus!

Eine ganze Weile wagte Dælfine nicht, sich zu rühren. Erst hoffte sie, dass sie sich das Geräusch nur eingebildet hatte, doch dann vernahm sie Schritte und Bewegungen hinter der Tür. Irgendjemand öffnete die Schubladen und Schränke des Weltwanderers – jemand, der hier ganz sicher nichts zu suchen hatte!

Vor Angst konnte sie kaum atmen, und ihre Beine wollten ihr nicht mehr gehorchen. Könnte sie immer noch sehen, wäre sie wie eine Furie in die Wohnung gestürmt und hätte den Eindringling gestellt, aber in ihrem momentanen Zustand war sie vollkommen hilflos. Der Fremde könnte sie einfach beiseitestoßen oder sie mit irgendeinem Gegenstand bewerfen. Sie hätte keine Chance, ihm auszuweichen.

Die Binde vor ihren Augen wurde nass von ihren Tränen, dabei hatte sie sich doch geschworen, nicht mehr in Selbstmitleid zu versinken. Sie durfte sich nicht länger feige an die Mauer drücken, während ihr Lehrer ausgeraubt wurde! Die Entscheidung war sicher verrückt und konnte schlimme Konsequenzen haben, wie schon bei dem Kampf gegen die Chimären oben auf dem Leuchtturm, aber Dælfine konnte ihr Temperament nicht länger zügeln. Sie tastete sich zur Tür vor und trat auf die Schwelle.

»Wer ist da? Sagt mir, wer Ihr seid!«

Ihre Stimme klang nicht so fest, wie sie es sich gewünscht hätte, aber nun waren die Würfel gefallen. Sie konnte nichts tun, als abzuwarten.

Die plötzlich eintretende Stille verhieß nichts Gutes, eine heftige Reaktion wäre ihr lieber gewesen. Sie hatte damit gerechnet, dass der Eindringling sie anrempelte und Hals über Kopf floh, aber nicht damit, dass er reglos dastand und stumm blieb. Was würde er jetzt tun?

»Wollt Ihr nicht antworten?«, fragte sie. »Das macht nichts, Jor Radjaniel wird jeden Augenblick zurück sein, und dann könnt Ihr ihm all die schönen Dinge zeigen, die Ihr stehlen wolltet. An Eurer Stelle würde ich sie sofort zurücklegen!«

Schweigen. Einen Moment lang fragte sich Dælfine, ob sie nicht vielleicht ins Leere sprach, aber der Eindringling konnte sich ja nicht einfach wie eine Chimäre in Luft aufgelöst haben. Und wenn doch, hätte ihn die Zauberranke daran gehindert.

»Ich zähle bis drei«, drohte Dælfine.

Sie hatte keine Ahnung, was sie danach tun würde. Viele Möglichkeiten hatte sie nicht, aber sie ertrug das bange Warten einfach nicht mehr. Ihre Drohung zeigte jedoch Wirkung. Kaum hatte sie »eins« gesagt, löste sich der Einbrecher aus seiner Erstarrung und rannte los, wobei er achtlos Stühle umstieß.

Als Dælfine begriff, dass er auf das Fenster zuhielt, warf sie alle Vorsicht über Bord. Sie rannte ebenfalls los, ohne noch einen Gedanken an mögliche Hindernisse zu verschwenden. Sie orientierte sich einfach aus der Erinnerung, schließlich kannte sie den Raum gut. Sie schaffte es, dem Flüchtigen mit dem Besenstiel einen harten Schlag gegen den Rücken zu verpassen, bevor er das Fenster erreichte. Dann traf sie ihn noch ein zweites Mal, bevor er durch die Öffnung nach draußen sprang und über den Steg in Richtung Strand davonrannte.

Keuchend und zitternd lauschte Dælfine den sich entfernenden Schritten, bis sie ganz verklungen waren. Doch selbst dann saß ihr immer noch die Angst im Nacken. Würde sie sich überhaupt jemals wieder sicher fühlen?

Sie konnte weder Radjaniel benachrichtigen noch nachsehen, was man ihm gestohlen hatte. Nicht einmal aufräumen konnte sie. Ihr blieb nichts, als in die Werkstatt zurückzukehren. Sicherheitshalber klemmte sie eine Eisenstange von innen unter die Türklinke.

Den Rest des Tages verbrachte sie damit, ein Schwert zu schleifen. Diese Waffe war nicht für die Erstkreisler anderer Gilden bestimmt – die konnten warten. Nein: Dælfine fertigte ein Schwert für sich selbst an, als Ersatz für die Waffe, die sie oben auf dem Leuchtturm verloren hatte und die nicht mehr gefunden worden war.

Denn wer hatte es dringender nötig, sich zu verteidigen, als sie?

19

Nobiane zögerte lange, bevor sie die Glocke an der Tür zur Schmiedewerkstatt läutete. Nur eine kurze Nacht war vergangen, seit sie bei Jora Vrinilia im Unterricht gesessen hatte, und das Mädchen hatte sich noch nicht recht an den Gedanken gewöhnt, für diese Person arbeiten zu müssen. Es war ihr nach wie vor ein Rätsel, warum ausgerechnet sie zu ihrer Gehilfin ernannt worden war. Die Prismenschmiedin von Zauberranke, die keinen Hehl aus ihrer Verachtung für die kleine Rothaarige machte, würde ihr das Leben gewiss zur Hölle machen. In ihren Augen war Nobiane der hochnäsige, verlogene und diebische Spross einer Adelsfamilie … Obwohl das Bild nichts mit der Wirklichkeit zu tun hatte, haftete dieser Ruf Nobiane hartnäckig an.

Mit einem tiefen Seufzer zog sie an der Kette, die das Glöckchen zum Bimmeln brachte. Sie war nicht einmal sicher, ob sie das Richtige tat. Vielleicht würde die Schmiedin sie gleich heftig zusammenstauchen, weil Nobiane sie gestört hatte. Oder sie würde fragen, warum sie nicht geklopft hatte. Oder warum sie nicht einfach eingetreten war.

Die lange Stille, die auf das Bimmeln folgte, verhieß nichts Gutes. Nobiane erwog, es als Vorwand zu nehmen, um wieder ins Zeughaus zurückzukehren, aber sie wusste, dass sie das Ganze dadurch nur verschlimmern würde. Also wartete sie und fragte sich, wie sie sich verhalten sollte, wenn …

Plötzlich stand Vrinilia hinter ihr, und Nobiane zuckte heftig zusammen.

»Mademoiselle de la Vallaurière!«, rief die Schmiedin. »Was seid ihr denn so schreckhaft?«

Nobiane fuhr mit klopfendem Herz herum. Die Prismenschmiedin war wirklich immer für eine Überraschung gut! Heute sah sie ganz anders aus als sonst. Vrinilia hatte ihre reich bestickten Gewänder gegen einen schwarzen Ledermantel eingetauscht, und ihr juwelenbesetztes Bandelier gegen einen schlichten, robusten Gürtel. In der Hand hielt sie eine längliche Waffe, die an eine Sense erinnerte. Kurz glaubte Nobiane, dem Tod persönlich gegenüberzustehen.

»Wo sind denn deine Manieren?«, herrschte Vrinilia sie an.

Rasch grüßte Nobiane ihre Lehrerin mit einer leichten Verbeugung. Besänftigt warf die Schmiedin einen Blick über die Schulter.

»Wir warten noch auf drei deiner Kameradinnen«, verkündete sie, »dann brechen wir auf.«

Nobiane nickte. Unzählige Fragen gingen ihr durch den Kopf, aber sie wagte es nicht, den Mund aufzumachen. Sie hoffte inständig, dass besagte drei Kameradinnen Schülerinnen von Sohia waren, auch wenn das eher unwahrscheinlich war. Als Nobiane dann aber sah, wer da die Straße entlangkam, dachte sie, dass sich alles gegen sie verschworen hatte. Es war Marigalle, diese arrogante Gans, die Anführerin aller Erstkreisler, begleitet von zwei Mädchen, mit denen sie offenbar gut befreundet war.

Das Trio wirkte nicht überrascht, Nobiane hier anzutreffen. Sie verneigten sich vor Vrinilia und warfen Nobiane böse Blicke zu. Offenbar sann Marigalle auf Rache. Vielleicht war das Ganze ja kein Zufall? Steckte die Prismenschmiedin etwa mit den Mädchen unter einer Decke? Rasch tastete Nobiane nach dem Schwert an ihrem Gürtel. Gegen Vrinilias Sense und die Dolche der drei Gänse würde sie damit zwar keine große Chance haben, aber es beruhigte sie, den Griff ihrer Waffe zu spüren.

»Dann mal los!«, sagte Vrinilia. »Ich hoffe, die Suche wird ergiebig sein.«

Sie marschierte in Richtung Leuchtturm los, und schon bald liefen ihr die drei Gänse voraus. Sie schienen den Weg zu kennen. Nobiane fühlte sich ausgeschlossen und beneidete nun fast Dælfine, die allein im Zeughaus zurückgeblieben war. Sogleich bereute sie den Gedanken, denn sie wusste genau, dass das blinde Mädchen nur zu gern mit ihr getauscht hätte.

Vrinilia und ihre drei Günstlinge wollten nicht zu der Festung unter dem Leuchtturm, wie Nobiane vermutet hatte. Auf halbem Weg bogen sie nach rechts ab und liefen einen Weg hinab, der geradewegs auf die Steilküste zuführte. Nobiane bekam ein mulmiges Gefühl. Wollten die vier sie in die Tiefe stoßen? Ständig tuschelten die drei Mädchen miteinander und drehten sich immer wieder zu ihr um. Bei den Blicken, die sie Nobiane zuwarfen, lief ihr ein Schauer über den Rücken.

Der Pfad führte aber glücklicherweise nicht an den Klippen entlang, sondern mündete vor einer in den Stein gehauenen Treppe. Vrinilia und ihre Gehilfinnen begannen mit dem Abstieg, und so standen sie dreißig Minuten nach ihrem Aufbruch von der Werkstatt auf einem unberührten Strand. Dort überreichte die Schmiedin jedem der vier Mädchen eine kleine Tasche aus festem Stoff.

»Ihr drei wisst bereits, was zu tun ist«, sagte sie. »Erklärt es Mademoiselle de la Vallaurière.«

Hätte sie »unserer verzärtelten Prinzessin« gesagt, hätte es nicht anders geklungen. Nobiane suchte verzweifelt nach einem Ausweg, aber die Weltwanderin überließ sie bereits den Krallen der drei Hyänen, die sich um sie scharten. Sobald Vrinilia weit genug weg war, beugte sich Marigalle vor und flüsterte ihr ins Ohr: »Sieh zu, wie du allein zurechtkommst, du kleines Miststück! Wo du doch so schlau bist.«

Dann zog sie gackernd mit ihrer Hofschar von dannen. Nobiane stieß einen erleichterten Seufzer aus. Alles halb so wild – bislang wenigstens. Vermutlich wäre es ohne Vrinilia in der Nähe viel schlimmer gekommen.

Trotzdem hatte sie ein Problem. Wenn sie der Prismenschmiedin erzählte, was geschehen war, würde das nichts bringen. Das Trio würde einfach behaupten, Nobiane wolle sich auf die faule Haut legen, und Vrinilia würde ihnen sicher recht geben. Wenn sich Nobiane allerdings nicht an dieser rätselhaften Suche beteiligte, würde sie sich großen Ärger einhandeln.

Weil ihr nichts Besseres einfiel, versuchte sie, die anderen Mädchen auszuspionieren. Doch die drei hielten sich absichtlich von ihr fern. Sie wanderten zwischen der Steilküste und dem Meer hin und her, ohne dass Nobiane erkennen konnte, was sie taten. Rechts davon entfernte sich Vrinilia mit steten Schritten. Hin und wieder blieb sie stehen und stocherte mit dem Griff ihrer Waffe im Sand herum, dann bückte sie sich plötzlich und hob etwas auf! Nobiane stieß einen leisen Fluch aus. Wenn sie näher dran gewesen wäre, hätte sie sehen können, was es war. Wonach sollte sie hier am Strand bloß suchen?

Vermutlich war die Schmiedin nicht auf Muscheln, Seesterne oder bunte Kieselsteine aus. Wenn eine so hohe Würdenträgerin von Zauberranke ihre Zeit damit verbrachte, den Strand abzusuchen, mussten hier Prismen zu finden sein!

Das klang logisch. Nobiane ließ den Blick über die Landschaft schweifen, die ganz anders beschaffen war, als die Umgebung des Zeughauses. Hier gab es keinen flachen, breiten Strand. Vielmehr befanden sie sich in einer Bucht, die von hohen Klippen umgeben war. Bei Flut musste sich das Meer an den Felsen brechen, und wenn sich das Wasser zurückzog, blieben die Schätze, die das Meer angespült hatte, in einem überschaubaren Bereich zurück, den man Zentimeter für Zentimeter absuchen konnte. Vrinilia hatte ihnen ja gestern erzählt, dass die Atemprismen, die entstanden waren, als die Chiroptiden über dem Meer den

Schleier durchbrochen hatten, im Wasser gelandet sein mussten. Vielleicht waren einige davon hier angespült worden!

Überzeugt, die richtige Lösung gefunden zu haben, ging sie ans Werk. Sie lief auf alle glänzenden Dinge zu, die sie im feuchten Sand entdeckte. Nach einer halben Stunde hielt sie enttäuscht inne. Bisher hatte sie nichts als die Überreste von Krustenkrebsen gefunden. Vielleicht sollte sie ihr Glück in einem anderen Abschnitt versuchen? Aber sie wollte weder in die Nähe der drei Mädchen geraten und sich von ihnen hänseln lassen, noch Vrinilia folgen, die gewiss nur wieder an ihr herummäkeln würde.

Missmutig überlegte Nobiane, ob sie durchs Wasser waten solle, in der Hoffnung, dort auf einen Kristall zu treten. Doch die Chancen auf einen Erfolg waren zu gering, also gab sie den Gedanken wieder auf. Es musste einen besseren Weg geben!

Nach einer weiteren halben Stunde, in der sie nichts als Krebsschalen und perlmuttfarbene Muscheln aus dem Sand gegraben hatte, blieb sie abermals stehen und ließ den Blick schweifen. Und da hatte sie plötzlich eine zündende Idee – die Klippen! In den Spalten und Nischen könnten Prismen feststecken.

Das Mädchen lief zum Fuß der Felswand und bemühte sich, nicht daran zu denken, welche Gefahren hier lauern konnten. Doch nach nur fünf Minuten musste sie einsehen, dass ihre Vorgehensweise nicht besonders erfolgsversprechend war. Es dauerte viel zu lange, in jedes Loch und in jede Ritze zu sehen. Noch dazu konnte sie die Klippe nur bis auf Augenhöhe absuchen, denn nur das Tageslicht drang bis in jeden Winkel des Felsens vor.

Dieser Gedanke brachte sie auf eine Idee. Sie trat ein paar Schritte zurück und zog das blank polierte Stück Metall aus ihrer Tasche, das sie als Spiegel benutzte. Sie hielt es hoch und drehte es so, dass das Sonnenlicht auf die Felswand geworfen wurde. Da die Felsen zum großen Teil im Schatten lagen, war das tanzende Licht sehr gut zu sehen. Langsam und konzentriert ließ Nobiane es über den unteren Teil der Klippe wandern. Als das Licht plötzlich aufblitzte, setzte ihr Herz einen Schlag aus.

Das Mädchen rannte zu der Stelle, schob vorsichtig eine Hand in den Spalt und zog ihr Fundstück heraus. Es handelte sich tatsächlich um ein Prisma! Zwar war es klein, schartig und trüb, aber es war eindeutig ein Prisma im Rohzustand!

Angestachelt von diesem Erfolg machte sie weiter. Diesmal ließ sie den Lichtstrahl etwas weiter oben über die Klippe wandern und weitete den Bereich, den sie absuchte, immer weiter aus. Ihre Mühe wurde belohnt: Nach zwanzig Minuten stieß sie auf ein weiteres, sehr viel schöneres Exemplar. Und ein paar Meter weiter fand sie sogar noch ein drittes.

Nobiane strahlte. Sie sah sich schon eine Tasche voller kostbarer Kristalle in die Werkstatt der Prismenschmiedin bringen, und der Gedanke, auf diese Weise zum Kampf gegen die Chimären beizutragen, machte sie stolz. So unangenehm war diese Arbeit eigentlich gar nicht. Eifrig setzte sie ihre Suche mithilfe des kleinen Spiegels fort, und etwa eine halbe Stunde später funkelte es zum vierten Mal zwischen den Felsen.

Das reflektierte Licht war jedoch sehr viel matter als zuvor. Es war oberhalb eines runden Felsens am Fuß der Klippe aufgeblitzt. Als sie näher kam, wurde ihr klar, dass die Stelle in Wirklichkeit *hinter* dem Felsen lag, und es handelte sich auch nicht um ein Prisma, sondern um einen Gegenstand aus Metall.

Gleich darauf stand sie vor einem Gitter, das den Zugang zu einer finsteren Höhle versperrte. Bei genauerer Betrachtung fand sie heraus, dass es sich sogar um ein Tor handelte. Das schmale, verrostete Gitter war mit einem uralten Schloss versehen, das noch aus der Gründungszeit der Schule zu stammen schien. Warum hatte man sich die Mühe gemacht, an diesem Ort ein Tor anzubringen? Lag hinter der Höhle vielleicht noch ein Gang? Wollte man verhindern, dass jemand hier hineinging oder herauskam? Diese Fragen waren so spannend, dass Nobiane mehrere Minuten lang dastand und sich Geschichten über diese verwunschene Höhle ausdachte.

»Was hast du hier herumzuschnüffeln?«

Nobiane zuckte zusammen. Sie hatte Vrinilia nicht kommen hören.

Die Schmiedin packte sie an der Schulter und zog sie vom Höhleneingang weg. Marigalle und ihre beiden Freundinnen hatten sich ganz in der Nähe eingefunden.

»Du hast da nichts zu suchen!«, tobte die Prismenschmiedin. »Als hätte es nicht schon genug Tote gegeben. Genau in solchen Löchern verstecken sich liebend gern Krustenkrebse. Im Namen der Götter, sogar ich habe eine Waffe dabei – war dir das denn keine Warnung?«

Sie tippte sich mit dem Finger gegen die Stirn, als wäre Nobiane nicht ganz klar im Kopf. Dann fiel ihr Blick auf die Tasche des Mädchens, und sie verlor endgültig die Fassung.

»Ist das alles, was du gefunden hast?«, stieß sie hervor.

Sie riss Nobiane die Stofftasche aus den Händen – und machte große Augen, als sie den Inhalt bemerkte.

»Was ist denn das?«, rief sie.

Ihre Reaktion verschlug Nobiane die Sprache.

»Prismen?«, fragte Vrinilia. »Du hast hier am Strand drei Prismen gefunden?«

Nobiane fiel aus allen Wolken. Das war also gar nicht ihre Aufgabe gewesen? Sie drehte sich zu Marigalle und deren Freundinnen um, die ihr spöttisch ihre prall gefüllten Taschen zeigten.

»Und was ist mit den Tritonkeln, die du suchen solltest?«, fuhr die Schmiedin fort. »Offenbar hattest du unverschämtes Glück mit diesen Prismen, hast darüber aber deine eigentliche Aufgabe vernachlässigt. Wie selbstsüchtig von dir! Ich werde dir schon noch beibringen, dich an meine Anweisungen zu halten! Ich konfisziere die Prismen und werde sie an Schüler weitergeben, die sie mehr verdient haben.«

Nobiane nickte mit gesenktem Kopf. Was hätte sie auch sonst tun sollen? Auf eine Ungerechtigkeit mehr oder weniger kam es jetzt auch nicht mehr an …

»Meine Güte«, schimpfte Vrinilia weiter. »Was hast du dir nur dabei gedacht? Du musst doch geahnt haben, dass die Sache so enden würde! Ich hätte dich für klüger gehalten.«

Das Kichern der drei Gänse ließ Vrinilia herumfahren. Sie brachte sie mit einem strengen Blick zum Schweigen. Ihr entging nicht, wie finster Nobiane ihre drei angeblichen Kameradinnen musterte. Vrinilia schien kurz nachzudenken.

»Und wie hast du das angestellt? Ich nehme mal an, du bist nicht einfach über die Prismen gestolpert!«

Nobiane erklärte ausführlich, wie sie vorgegangen war, denn eine Lüge hätte ihre Lage nur verschlimmert. Vrinilia hörte ihr zu, ohne sie zu unterbrechen. Dabei ließ sie Marigalle und ihre Freundinnen nicht aus den Augen.

»Wir werden das später noch klären«, sagte sie dann. »Jetzt gehen wir zur Werkstatt zurück.«

Als sie kurz darauf die Treppe zwischen den Klippen hochgingen, erfuhr Nobiane, dass Tritonkeln nichts anderes waren als eine bestimmte Muschelsorte. Vrinilia erklärte, dass sie das zerstoßene Perlmutt zum Polieren von Prismen brauche, und dass sie selbst zwei- bis dreimal im Monat auf Muschelsuche gehe, habe einen einfachen Grund: So bekomme sie ein wenig Bewegung. Die Wahrheit hatte also mit der Suche nach kostbaren Kristallen wenig gemein – ganz anders, als Nobiane es sich erträumt hatte.

Nach diesem Vorfall wagte sie nicht mehr, sich auf ihre Intuition zu verlassen, und das galt auch für die Entdeckung des Eisentors. Bestimmt war auch in diesem Fall die Fantasie mit ihr durchgegangen.

Doch eine leise Stimme in ihrem Kopf sagte ihr, dass Vrinilia die Öffnung im Felsen geheim halten wollte – und dass das der eigentliche Grund für ihren Zorn gewesen war.

20

Radjaniel hatte es schon immer viel Überwindung gekostet, den Obersten Fährtenleser zu besuchen. Dabei lag der klosterähnliche Bau, in dem er wohnte, abseits der anderen Gebäude der Halbinsel, und die Abgeschiedenheit hätte ihm eigentlich gefallen können. Doch immer wenn er gezwungen gewesen war, sich dorthin zu begeben, hatte er sich dort sehr unwohl gefühlt. Ein schweres Eisentor versperrte den Zugang zu dem Hof, der von hohen, glatten Mauern umgeben war, auf denen vier Wachtürme thronten. Radjaniel fühlte sich innerhalb der Mauern ein wenig wie in einem Gefängnis; er vermisste die Weite des Ozeans und das Plätschern der Wellen gegen das Fundament des Zeughauses.

Der Empfang, den der Herr des Hauses seinen Gästen bereitete, verstärkte sein Unwohlsein noch. Gregerio ließ die beiden Besucher von einem Gehilfen zu dem großen Eisengitter führen, das sich über eine ganze Seite des Innenhofs erstreckte. Er selbst blieb auf der anderen Seite des Hindernisses, zusammen mit dem Baritonbär, den er zu zähmen versuchte. Die Chimäre trottete die meiste Zeit an den Wänden ihres Gefängnisses entlang, aber ab und zu näherte sie sich knurrend den Menschen. Dann vertrieb der Oberste Fährtenleser sie mit ein paar Peitschenhieben. Er schien genau zu wissen, was er tat, und sein Ruf auf diesem Gebiet war hervorragend. Trotzdem zog sich Radjaniel der Magen zusammen, als der Dompteur der Bestie, die ihm mit einem einzigen Tatzenschlag den Kopf abreißen könnte, den Rücken zuwandte.

»Jor Gregerio«, begrüßte Arold seinen Amtsbruder. »Wir befragen derzeit alle Lehrer und Schüler zu den dramatischen Vorfällen jener verhängnisvollen Nacht. Wir halten die Verdienste jedes Einzelnen fest, damit sie für ihre heroischen Taten geehrt werden können und ein entsprechendes Abzeichen auf ihrem Bandelier erhalten.«

Der Oberste Fährtenleser lachte ihm ins Gesicht. Darauf waren die beiden Ermittler nicht gefasst.

»Erzählt Ihr das den anderen, um ihnen Auskünfte aus der Nase zu ziehen?«, fragte er. »Und die nehmen Euch das ab?«

Die Vorstellung schien ihn sehr zu amüsieren. Radjaniel konnte ihm da keinen Vorwurf machen. Sie nutzten diesen Vorwand in der Tat für ihre Befragungen, damit Zakarias' mögliche Komplizen keinen Verdacht schöpften. Aber offenbar ließ sich nicht jeder täuschen.

»Und jetzt bin ich dran?«, fuhr der Fährtenleser fort. »Was wollt Ihr denn wissen? Ob ich mit dem wahnsinnigen Piraten befreundet war? Dafür hättet Ihr nicht extra herkommen müssen. Jeder weiß, dass wir einander nicht ausstehen konnten. Jeder Dummkopf konnte das sehen!«

Arold reagierte verärgert: »Das könnte ja nur gespielt sein, damit niemand Euch auf die Schliche kommt. Jeder Dummkopf weiß auch, dass Ihr Euch gern aufspielt. Kommt mir also nicht in diesem Ton, sonst gehe ich davon aus, dass Ihr mich anlügt!«

Gregerio lachte höhnisch. Die Worte des Obersten Wächters beeindruckten ihn offenbar überhaupt nicht. Radjaniel seufzte. Das würde nicht leicht werden. Arold war zwar sehr eifrig, aber er hatte nicht das richtige Fingerspitzengefühl für Zeugenbefragungen. Wieder einmal würde Radjaniel die Sache übernehmen müssen, was ihm im Nachhinein eine Rüge von Arold einbringen würde, weil er sich nicht zurückgehalten hatte, wie sich das für einen Gehilfen gehörte.

»Ihr habt natürlich recht«, sagte der Messerschleifer zu Gregerio, »wir sind nicht wegen Orden und Auszeichnungen hier. Bisher wurden nicht einmal die Toten geehrt, da werden die Lebenden noch eine Weile warten müssen, bis sie sich neue Abzeichen an ihre Bandeliere heften können. Aber wir müssen so schnell wie möglich eine Reihe von offenen Fragen klären, und dabei könnt Ihr uns sicher helfen.«

Jetzt schaute der Oberste Fährtenleser schon ein wenig ernster drein. Radjaniel sprach rasch weiter, bevor Gregerio wieder einen Anlass fand, sich über sie lustig zu machen.

»Da Ihr unser Spiel durchschaut habt, können wir auch gleich die Karten auf den Tisch legen. Wir wissen, dass Zakarias mindestens einen Komplizen in Zauberranke hatte. Ein Lehrer, ein junger Kollege von nicht einmal dreißig Jahren, wurde am Fuß des Leuchtturms von hinten erstochen. Vermutlich wollte er die Lichtkuppel wieder einschalten, und irgendjemand hat ihn daran gehindert.«

»Ich weiß«, erklärte Gregerio. »Ich habe die Leiche gesehen, bevor sie abtransportiert wurde. Aber vielleicht hat dieser Mord gar nichts mit den Geschehnissen zu tun. Es könnte alles Mögliche sein, zum Beispiel ein Eifersuchtsdrama mit tragischem Ausgang.«

»Das wäre ein zu großer Zufall. Außerdem wurde der Unglückliche mit einer breiten Klinge ermordet.« Radjaniel wies auf die beiden Messer am Bandelier des Fährtenlesers. Instinktiv legte der die Hände auf die Griffe.

»Und bislang konnte uns niemand sagen, wo Ihr wart, nachdem Ihr meine Schüler in der Arena zurückgelassen habt«, fuhr Radjaniel fort.

Im nächsten Moment fand Gregerio zu seiner spöttischen Art zurück.

»Ich bitte Euch, Jor Radjaniel«, sagte er. »Mir ist klar, dass Ihr mir wegen dieses Vorfalls böse seid. Natürlich meint Ihr diese Anschuldigungen nicht ernst. Würdet Ihr mich ernsthaft verdächtigen, hättet Ihr mir nicht eingangs etwas von Auszeichnungen und Bandelieren erzählt. Und Ihr hättet zwanzig bewaffnete Männer im Schlepptau.«

»Ganz genau!«, sagte Arold.

Mit zorniger Miene wandte er sich an seinen Gehilfen: »Manche Leute sollten lernen, nicht alles laut auszusprechen, was ihnen durch den Kopf schießt!«

»Alles halb so wild«, befand Gregerio. »Irgendwann musste das Thema ja mal auf den Tisch kommen. Radjaniel, glaubt mir, wenn ich den Angriff der Chimären vorhergesehen hätte, wäre es mir nicht im Traum eingefallen, die Kinder schutzlos zurückzulassen. Aber wer konnte mit einer solchen Katastrophe rechnen? Außerdem habe ich einen Boten zu Euch geschickt, der Euch Bescheid geben sollte. Falls Ihr jedoch auf einer Entschuldigung besteht, bin ich bereit, sie hiermit zu leisten.«

»Entschuldigung angenommen«, beschied Arold. »Verlieren wir nicht noch mehr Zeit mit dieser Geschichte und kommen wir zu den wichtigen Dingen.«

»Aber meine Schüler wurden in der Arena eingesperrt«, beharrte der Messerschleifer.

»Das war sicher nur ein dummer Streich, den ihnen Jor Kartiganns Schüler gespielt haben«, entgegnete Gregerio. »Außerdem konnten sie sich ja befreien.«

»Mag sein«, murmelte Radjaniel. »Aber Ihr habt uns noch immer nicht gesagt, *warum* Ihr die Kinder im Stich gelassen habt.«

In diesem Augenblick beschloss der Baritonbär, seinem Namen alle Ehre zu machen. Er erhob sich auf die Hinterbeine und stieß ein tiefes, lang gezogenes Grollen aus, das fast wie ein Gesang klang. Jetzt überragte er seinen Dompteur um mindestens anderthalb Meter. Gregerio scheuchte die Chimäre mit seiner Peitsche zurück. Trotzdem war sie ihm noch beängstigend nah.

»Was soll ich Euch sagen?«, fragte Gregerio. »Mein Unterricht war beendet, und mir war zu Ohren gekommen, dass der Magister zurückgekehrt sei. Voller Vorfreude lief ich zurück nach Hause, um mich für das Willkommensfest umzuziehen. Als der Leuchtturm erlosch und die ersten Chimären angriffen, stand ich mit zweihundert anderen Lehrern und Schülern am Strand. Ich kämpfte an ihrer Seite. Ich habe das Schlachtfeld keinen Augenblick verlassen. Dafür gibt es unzählige Zeugen.«

Arold nickte, und auch Radjaniel zweifelte nicht am Wahrheitsgehalt seiner Aussage. Er hatte bereits von den Heldentaten des Fährtenlesers gehört. Gregerio hatte gekämpft wie ein Berserker und mehreren Schülern und Lehrern das Leben gerettet. Er hatte den Strand erst verlassen, als es darum gegangen war, Denilius und Sohia beim Erstürmen des Leuchtturms zu helfen, und als er schließlich oben angekommen war, hatte sich der Verräter bereits in die Tiefe gestürzt.

»Ich weiß nicht, welche Antworten Ihr Euch von mir erhofft habt«, sagte der Fährtenleser, »aber Ihr werdet sie nicht bekommen.«

»Eins noch«, warf Arold ein. »Wie Zakarias seid Ihr viel gereist, bevor Ihr Euch in Zauberranke niedergelassen habt. Habt Ihr schon einmal eines dieser Symbole gesehen?«

Er hielt ihm die Zeichnung mit den rätselhaften Tätowierungen hin, die auf der Brust des Leuchtturmwärters prangten. Gregerio streckte eine Hand durch das Gitter und nahm das Papier entgegen. Er musterte es aufmerksam, bevor er es dem Obersten Wächter zurückgab.

»Die Symbole sagen mir nichts. Ihr solltet sie Jor Selenimes zeigen. Vielleicht gibt sein Archiv etwas dazu her.«

»Bisher hat er nichts gefunden«, sagte Arold. »Leider können wir nicht das Risiko eingehen, sie allen Bewohnern von Zauberranke zu zeigen. Wie dem auch sei, wir suchen noch andere Spuren, denen wir nachgehen können.«

Der Bär stieß abermals ein lautes Knurren aus und setzte sogar zu einem Angriff an, sodass der Oberste Fährtenleser ihm mit ein paar raschen Schritten ausweichen musste. Dann gesellte er sich wieder zu seinen beiden Kollegen ans Käfiggitter. Der Dompteur schien Gefallen daran zu finden, dem Tod immer wieder von der Schippe zu springen. Doch in diesem Moment bereitete etwas ganz anderes Radjaniel Kopfzerbrechen.

»Ihr habt nicht gefragt, woher sie stammen«, bemerkte er.

»Was denn?«

»Die Symbole. Ihr habt weder gefragt, wo wir sie gefunden haben, noch, warum sie wichtig sind.«

»Na und?«, erwiderte Gregerio. »Ich bin längst nicht so neugierig, wie Ihr glaubt. Deshalb bin ich noch lange kein Verbrecher.«

»Vielleicht nicht.«

Die beiden Männer starrten sich an. Der Blickwechsel dauerte nur einen Wimpernschlag, aber beiden war klar, dass ein gefährliches Spiel begonnen hatte.

»Gut«, erklärte Arold. »Da Ihr offenbar mit dem Baritonbär beschäftigt seid, werden wir Eure restliche Aussage später aufnehmen. Bis dahin könnt Ihr überlegen, ob Euch während der Schlacht am Strand irgendetwas Verdächtiges aufgefallen ist.«

»Außer schreienden, kopflos fliehenden Schülern und Lehrern?«, spottete der Fährtenleser. »Wäre mir etwas Wichtiges aufgefallen, hätte ich nicht gewartet, bis Ihr an mein Tor klopft, um Euch davon zu berichten, Jorensan. Aber da Ihr kein Dummkopf seid, war Euch das natürlich schon klar, nicht wahr?«

Der Hieb saß. Arold lief dunkelrot an.

»Spielt nur den eitlen Gockel, solange Ihr noch könnt. Eines Tages werden Eure Fähigkeiten und die Erinnerung an Jor Ormandzo nicht mehr ausreichen, um Euren Hang zur Provokation vergessen zu machen. Dann wird der Hohe Rat einen neuen

Fährtenleser ernennen, und glaubt mir, ich werde laut applaudieren!«

Arold wandte sich ab, und sein Gehilfe musste ihm wohl oder übel folgen.

Doch der Oberste Wächter hatte noch einen letzten Pfeil im Köcher: »Wenn Euer Onkel Euch sehen könnte, würde er sich vor Scham im Grab herumdrehen!«

Das war ein Schlag unter die Gürtellinie. Aber er reichte nicht, um den tiefen Hass zu erklären, den Radjaniel in Gregerios Augen sah.

»Lass meinen Onkel in Frieden, du altes Ekel. Sonst folgst du ihm bald ins Grab.«

Der Fährtenleser hatte gewartet, bis die beiden Besucher außer Hörweite waren. Dann sagte er lauter: »Du kannst jetzt rauskommen. Sie sind weg.«

Der Junge zögerte kurz, trat dann aber aus seinem Versteck. Während des Gesprächs der drei Weltwanderer war er von seinem Ausflug zurückgekehrt, und als der Bär zwischendurch für Ablenkung gesorgt hatte, war er näher herangeschlichen und hatte sich hinter einem Mauervorsprung versteckt. Seine betrübte Miene verhieß nichts Gutes.

»Hast du, worum ich dich gebeten habe?«, fragte Gregerio.

Der Junge schüttelte beklommen den Kopf.

Enttäuschung wallte in dem Obersten Fährtenleser auf, der von dem Gespräch ohnehin schon gereizt war. Er stapfte geradewegs auf den Bär zu, der zu knurren begann, und ließ die Peitsche zweimal schnalzen. Dann kehrte er ans Gitter zurück und zwang sich, die Ruhe zu bewahren.

»Egal«, sagte er. »Dann probieren wir es woanders.«

»Ihr schickt mich noch einmal los?«, fragte der Junge entsetzt. »Aber … Ich dachte …«

»Du dachtest, du tust mir einen kleinen Gefallen, und damit

hat es sich«, ergänzte Gregerio. »Bist du wirklich so naiv? Es ist erst dann vorbei, wenn ich es sage.«

Er hielt inne, musterte die kleine Gestalt jenseits des Gitters und fügte hinzu: »Und warum hältst du dir den Rücken? Bist du verletzt?«

Der Junge antwortete nicht gleich. Das Eingeständnis schien ihm einige Überwindung zu kosten.

»Ich habe … einen Stockschlag abgekriegt.«

Auf dem Gesicht des Obersten Fährtenlesers bereitete sich ein spöttisches Grinsen aus.

»Einen Stockschlag, tatsächlich? Etwa von der kleinen Blinden? Ohne Witz? Himmel, da hab ich mir ja einen sehr begabten kleinen Einbrecher angelacht! Pass beim nächsten Mal auf, dass du nicht gegen eine Tür läufst oder auf der Treppe stolperst.«

Mit diesen Worten drehte er sich um und wandte sich wieder seinem Bären zu.

Daher sah er nicht, dass sich Gess wütend die Tränen von den Wangen wischte.

21

Jona war nicht sehr erfreut darüber gewesen, beim Ratsältesten Dienst tun zu müssen. Er hatte sich vorgestellt, dass er den ganzen Tag in dem staubigen Archiv herumsitzen würde, während ihm der halb senile Weltwanderer wirre Anweisungen erteilte. Nach ein paar Stunden musste er feststellen, dass seine Befürchtungen ziemlich genau der Wirklichkeit entsprachen. Ihm war furchtbar langweilig, und jede Minute kam ihm wie eine Stunde vor.

Jor Selenimes war weder unfreundlich noch besonders streng oder launisch. Er schien nur kaum zu merken, dass Jona da war. Meistens stand der Junge nur nutzlos in der Gegend herum. Hin und wieder murmelte Selenimes: »Hol mir mal den Papierstapel von diesem Regal.« Oder: »Pass auf, dass du nicht von der Leiter fällst. Nimm nur ein Buch auf einmal.« Oder: »Du kannst diese Manuskripte jetzt wieder wegräumen.« In der Zwischenzeit nahm der Oberste Schreiber jedes Buch genau unter die Lupe, reparierte manchmal den Einband und blätterte dann eine Weile darin herum.

Im Laufe des Tages begriff Jona, wonach der Alte suchte: Er versuchte, die Symbole zu finden, die auf dem Bandelier prangten, das auf seinem Schreibtisch lag. Jona hatte sie noch nie gesehen, aber sein eigener Gürtel wies ja auch gerade einmal zwei Abzeichen auf: das Symbol von Zauberranke und das von Radjaniel. Vielleicht musste er auch noch das Schandmal hinzuzählen, das Vohn in das Leder geritzt hatte, da die Weltwanderer diesem Zeichen einige Bedeutung beizumessen schienen. Jona verstand nicht, was an den fremdartigen Symbolen so interessant war, und so langweilte er sich fast zu Tode.

Vier- oder fünfmal versuchte er, mit dem Obersten Schreiber ein Gespräch anzufangen, denn ihm brannten unzählige Fragen auf der Zunge. Vor allem hätte er gern gewusst, ob Selenimes vielleicht seine Großmutter Lygwenn gekannt hatte. Doch der Alte reagierte auf jeden seiner Versuche mit genervten Seufzern, bevor Jona auch nur die Gelegenheit hatte, den Namen seiner Verwandten auszusprechen. Irgendwann gab er schließlich auf.

Als am späten Nachmittag Denilius das Archiv betrat, hätte er vor Freude fast in die Hände geklatscht. Nach der Begrüßung interessierte sich der Magister jedoch zunächst für die Arbeit des Ratsältesten: »Noch nichts, nehme ich an?«

Selenimes schüttelte betrübt den Kopf: »Es ist nicht zu fassen, Denilius. Bei all den Nachschlagewerken, über die wir hier verfügen, sollten wir eigentlich imstande sein, jedes Bandelier-Abzeichen, das es in Gonelore gibt, zu identifizieren – ganz gleich, aus welcher Epoche es stammt oder in welchem Land es üblich ist. Vielleicht haben die Symbole ja doch gar keine Bedeutung. Vielleicht sind sie nur das Werk eines Verrückten.«

»Das dachte ich zuerst auch. Aber dann brachten mir Radjaniel und Arold die Abschrift von Zakarias' Tätowierung. Darauf finden sich einige dieser Symbole wieder. Das kann kein Zufall sein. Sie haben ganz sicher eine Bedeutung.«

Selenimes warf Jona einen besorgten Blick zu, bevor ihm einzufallen schien, dass der Junge bereits über die Tätowierungen Bescheid wusste: Schließlich hatte Zakarias sie vor seinen Augen entblößt.

»Ich werde weitersuchen«, versprach der Alte. »So lange, bis ich etwas finde.«

»Gut«, erwiderte Denilius. »In der Zwischenzeit würde ich gern für den Rest des Tages Euren Gehilfen entführen, wenn Ihr nichts dagegen habt. Wir werden eine kleine Pilgerreise unternehmen.«

»Ah ja?«, machte der Schreiber erstaunt.

»Ihr wisst es vielleicht noch nicht«, erklärte Denilius. »Bei der ganzen Aufregung nach der Katastrophe muss ich versäumt haben, Euch davon zu erzählen ... Dieser junge Mann heißt in Wirklichkeit Lehander, auch wenn er sich nicht daran erinnert. Und er war früher schon einmal in Zauberranke. Er ist Jora Lygwenns Enkel.«

Selenimes dachte kurz nach. Dann riss er überrascht die Augen auf. Sein Blick ging zwischen dem Magister und Jona hin und her.

»Jora Lygwenn? Jora Lygwenn von den Tuchwanderern?«

Denilius' Miene verfinsterte sich.

»Ja. Aber es war nicht nötig, das zu erwähnen.«

Der Alte errötete wie ein kleiner Junge, den man auf frischer Tat bei einem Streich ertappt hatte, und sein Gesicht behielt diese Farbe, bis der Magister und sein Schützling aufbrachen.

Jona konnte seine Neugier nicht länger im Zaum halten. Kaum hatten sie die Bibliothek verlassen, fragte er: »Was meinte er damit? Wer sind die Tuchwanderer?«

Denilius seufzte.

»Mir wäre es wirklich lieber gewesen, wenn dir das nicht zu Ohren gekommen wäre. Aber jetzt muss ich es dir wohl verraten. Tuchwanderer nannte man eine Gruppe von Weltwanderern, die mit einer besonders schwierigen Mission betraut war, aber das Ganze endete leider in einer Katastrophe. Seither versucht die Bruderschaft, die schmerzlichen Ereignisse zu vergessen, und all jene, die daran beteiligt waren, leiden stumm an ihrer Schuld. Ich bin sicher, dass dir deine Großmutter nichts von der Sache erzählt hat.«

Jona nickte höflich, aber seine Neugier war noch lange nicht gestillt. Außerdem – um zu wissen, ob Lygwenn ihm davon erzählt hatte oder nicht, musste er erst einmal sein Gedächtnis wiederfinden.

»Trägt sie wegen dieser Mission das Schandmal?«

Denilius dachte kurz nach und sagte dann: »Mehr oder weniger. Aber es gibt erfreulichere Zeiten, an die es sich zu erinnern lohnt, Lehander. Komm, ich möchte dir etwas zeigen.«

Sie traten ins Freie und ließen die Bibliothek, einen riesigen Klotz, der wie eine Festung inmitten des alten Viertels von Zauberranke lag, hinter sich. Der Magister führte den Jungen durch ein Gewirr aus schmalen Gassen. Offenbar kannte er sich hier gut aus.

Jona sah sich aufmerksam um, wie jedes Mal, wenn er einen neuen Teil der Halbinsel kennenlernte. Er hoffte immer noch, irgendein Detail von seinem früheren Aufenthalt her wiederzuerkennen. Doch außer bei dem Leuchtturm war ihm das bisher noch nicht passiert.

Als der Magister einige Minuten später stehen blieb, glaubte Jona zunächst, er überlege, welchen Weg er einschlagen sollte, denn in dieser von Wohnhäusern gesäumten Straße gab es nichts Besonderes. Umso überraschter war er, als Denilius verkündete: »Wir sind am Ziel! Hier hast du damals, als du ein paar Monate in Zauberranke verbracht hast, gewohnt. In diesem Haus, mit deiner Großmutter.«

Jona brauchte eine Weile, bis er diese Nachricht verdaut hatte. Er hatte keine Erinnerung an diese Straße, aber endlich gab es etwas Konkretes, das mit seiner Vergangenheit zu tun hatte. Während er jede Einzelheit in sich aufnahm, fuhr der Magister fort: »Alle Häuser in dieser Straße sind Unterkünfte für Weltwanderer auf der Durchreise. Meistens stehen sie leer, so auch heute. Damals waren diese Gassen dein Spielplatz. Wenn ich euch besuchen kam, hast du oft auf der kleinen Mauer dort gesessen. Jedes Mal bist du runtergesprungen und hast mir das Tor geöffnet.«

Jetzt schob er das Tor auf und betrat den Vorgarten.

»Deine Großmutter stand immer schon in der Tür, noch bevor ich klopfen konnte. Es war, als hätte sie mich schon von Weitem kommen hören. Vielleicht trampele ich ja wie ein Mummat. Aber ich glaube vielmehr, dass sie dich nie aus den Augen ließ. Offenbar hattet ihr eine sehr gefährliche Reise hinter euch, und sie fürchtete ständig, dass dir etwas zustoßen könnte. Selbst unter der schützenden Lichtkuppel von Zauberranke.«

Jona folgte ihm zum Eingang des Häuschens. Seine Gedanken überschlugen sich. Er konnte sich die Szene, die Denilius beschrieb, sehr gut vorstellen; aber eben nur vorstellen – erinnern konnte er sich an nichts. War er wirklich auf diesen alten Steinen herumgeklettert? War er Möwen hinterhergejagt? Bestimmt. Doch nur der Magister konnte es bestätigen.

»Die Tür klemmt ein bisschen. Kein Wunder, denn seit eurer Abreise vor sieben Jahren hat hier niemand mehr gewohnt. Wir haben uns damit begnügt, das Haus einigermaßen instand zu halten.«

Die Tür gab mit lautem Knarzen nach. Es war, als wollte sie gegen ihr Eindringen protestieren. Denilius ging den kleinen Flur entlang und betrat ein bescheidenes Wohnzimmer, in dem ein paar verstaubte Möbel standen.

»Seit eurer Abreise hat sich hier nichts verändert. Ich habe Besucher immer in anderen Häusern untergebracht, um dieses hier frei zu halten. Ich habe wohl die ganze Zeit gehofft, dass deine Großmutter eines Tages zurückkommt und auf Dauer hier einzieht.«

Er hielt inne, schwelgte offenbar in Erinnerungen und wirkte dabei fast ergriffener als Jona selbst. Nicht ohne Grund hatte er zuvor von einer Pilgerreise gesprochen.

Er lächelte und sagte: »Aber Lygwenn hat wohl ein ähnliches Temperament wie mein Bruder. Beide halten es nicht lange an einem Ort aus. Die Bruderschaft braucht solche Leute. Schließlich ist es ja unsere wichtigste Aufgabe, quer durch Gonelore zu reisen und Chimären zu jagen. Dieser Hang zum Abenteuer ist uns also sehr willkommen. Ich bin sicher, dass deine Großmutter in den letzten Jahren oft losgezogen ist und dich auf lange Reisen mitgenommen hat.«

Jona zuckte die Achseln. Er wusste es einfach nicht und konnte es vorerst auch nicht herausfinden. Es sei denn …

»Habt Ihr einander vielleicht Briefe geschrieben?«, fragte er voller Hoffnung. »Und wenn ja, habt Ihr sie irgendwo aufbewahrt?«

»Da muss ich dich leider enttäuschen. Ich selbst habe Lygwenn mehrmals geschrieben, aber es kam nie eine Antwort. Mit der Zeit habe ich es dann aufgegeben. Ich tröstete mich mit dem Gedanken, dass wir uns an deinem elften Geburtstag wiedersehen würden, wenn ich dich mit nach Zauberranke nehmen würde.«

»Aber hat Euch ihr Schweigen denn nicht beunruhigt? Sie hätte schließlich tot sein können …«

»Oder verreist. Oder umgezogen. Oder sie hat die Briefe nie bekommen. Oder sie hatte keine Lust, darauf zu antworten. Oder keine Zeit. Erwachsene können leider nicht immer das tun, was sie wollen, und Weltwanderer noch weniger. Ich nahm daher an, dass eine Weltwanderin, die ein kleines Kind großziehen musste, Wichtigeres zu tun hatte, als mir vom anderen Ende der Welt Nachrichten zukommen zu lassen.«

Jona nickte nachdenklich. Nach einer Weile fragte er: »Dann kennt Ihr sie eigentlich gar nicht so gut, oder?«

»Ich habe nie das Gegenteil behauptet, Lehander. Ich weiß von ihr nur das, was sie mir mitteilen wollte. Aber das wenige reichte vollkommen, um ihr Wertschätzung und Freundschaft entgegenzubringen. Deine Großmutter kam nach einer sehr mühevollen, wochenlangen Reise hier an. Sie war gezeichnet vom Tod deiner Eltern, und wie viele Einzelgänger lebte sie ohnehin gern zurückgezogen. Es dauerte zwei Wochen, bis sie zuließ, dass ich ihr einen Besuch abstattete, und selbst dazu musste sie sich bestimmt überwinden. Vermutlich tat sie es auch aus Respekt vor dem Magister der Gemeinschaft, die sie aufgenommen hatte. Aber nach mehreren Monaten standen wir uns immerhin so nahe, dass wir gemeinsam über deine Zukunft nachgedacht haben. Um ehrlich zu sein, war dies unser häufigstes Gesprächsthema.«

Jona senkte verlegen den Blick. Seine Bemerkung hatte kein Vorwurf sein sollen. Im Grunde war er nur enttäuscht, dass Denilius ihm nicht mehr über seine Großmutter erzählen konnte. Er ließ den Blick über die karge Einrichtung des Häuschens schweifen, als fände er hier eine Antwort auf seine Fragen. Da fiel ihm etwas ein: »Wer war damals noch hier bei uns? Kenne ich vielleicht einen der Besucher? Vielleicht weiß er oder sie ja mehr über meine Großmutter ...«

»Nun ja ... Lygwenn war hier, um etwas Frieden zu finden. Die wenigen Lehrer, die von ihrer Anwesenheit wussten, kannten auch den Grund dafür. Sie ließen sie in Ruhe, damit sie ihre Trauer bewältigen konnte.«

»Heißt das, Ihr wart der einzige Besucher?«

»Nein, natürlich nicht. Ein paar Kollegen kamen her, um ihr Beistand zu leisten. Mein Bruder beispielsweise. Jor Selenimes. Jora Vrinilia. Vielleicht noch ein paar andere, aber ich kann dir nicht sagen, wer. Die Liste ist ziemlich kurz.«

»War Jor Radjaniel auch hier?«

»Frag ihn selbst. Aber ich bin überzeugt, dass er verneinen wird. Damals hatte er sich bereits aus dem Hohen Rat zurückgezogen und unterrichtete keine Schüler mehr.«

Schade, dachte Jona. Er hätte sich so gern mit dem Messerschleifer über seine Großmutter unterhalten. Vargaï war auf Reisen, und die Prismenschmiedin traute er sich nicht zu fragen, also blieb nur der Ratsälteste. Doch Jor Selenimes hatte sich im Laufe dieses langweiligen Tages nicht gerade als geschwätzig erwiesen.

»Ohnehin haben diese Kollegen ihr nur einmal einen kurzen

Höflichkeitsbesuch abgestattet«, fuhr Denilius fort. »Es würde mich sehr wundern, wenn deine Großmutter ihnen mehr anvertraut hätte als mir. Aber du kannst gern dein Glück versuchen.«

»Etwas Glück könnte ich zur Abwechslung wirklich mal gebrauchen.«

Was für eine Enttäuschung. Der Magister war der Einzige, der mit seiner Großmutter zu tun gehabt hatte, und er wusste praktisch nichts über sie. Weil ihm nichts Besseres einfiel, begann Jona durchs Haus zu laufen, um vielleicht auf etwas zu stoßen, an das er sich erinnern konnte.

Denilius folgte ihm durch die Räume.

»Ich habe dich unter anderem auch deswegen hierhergebracht«, erklärte der Weltwanderer, »um noch einmal mit dir über deine Zukunft zu reden. Ich würde nämlich gern mein Versprechen gegenüber deiner Großmutter halten und dein Lehrer werden.«

Jona blickte ihn überrascht an. Dann tat er so, als wollte er seine Erkundungstour fortsetzen, um nicht antworten zu müssen. Das Angebot war sicher aufrichtig, und um diese Ehre würden ihn viele beneiden, aber er konnte sich nicht vorstellen, Radjaniel und seine Kameraden im Zeughaus zu verlassen.

»Ich könnte dich auch nach der Rekrutierung im nächsten Jahr als mein Schüler aufnehmen«, fuhr der Magister fort. »Du weißt es vielleicht noch nicht, aber die Schüler verbringen ihre fünf Jahre in Zauberranke nicht bei einem einzigen Lehrer. Das kam zwar in der Vergangenheit schon vor, aber wir versuchen es eigentlich zu vermeiden. Regelmäßige Veränderungen und vielseitige Erfahrung sind viel lehrreicher als die Routine, die sich früher oder später in einer Gilde einschleift. Daher bleiben die Erstkreisler in der Regel nur ein Jahr in der Obhut des Weltwanderers, der sie rekrutiert hat.«

Jona nickte höflich, auch wenn er fand, dass das eine schlechte Nachricht war. Davon hatte ihnen bisher niemand etwas gesagt. Natürlich war das bei genauerem Überlegen nur logisch, da Vargaï jedes Jahr fünf neue Schüler nach Zauberranke brachte.

»Ab nächsten Sommer könnten wir also zusammenarbeiten, Lehander. Ich glaube, dass weder Radjaniel noch mein Bruder etwas dagegen einzuwenden hätten. Aber wenn du möchtest, könnten wir schon früher anfangen. Ich bin bereit, mich voll und ganz deiner Ausbildung zu widmen, so wie ich es Lygwenn versprochen habe. In ein paar Wochen dürfte in Zauberranke nach den dramatischen Ereignissen wieder etwas Ruhe eingekehrt sein. Anschließend könnte ich mein Amt als Magister niederlegen und dich als meinen einzigen Schüler zu mir holen.«

Jona nickte abermals, allerdings ohne große Begeisterung. Denilius' Plan jagte ihm sogar ein wenig Angst ein. War ein vor sieben Jahren gegebenes Versprechen tatsächlich ein so großes Opfer wert? Außerdem bot der Alltag im Zeughaus Jona ein Gefühl der Sicherheit, und er hatte keine Lust, das aufzugeben. Irgendwie musste er einen Weg finden, das Angebot des Magisters höflich abzulehnen. Während er nach den passenden Worten suchte, betrachtete er ein paar Kohlestriche an einer Wand.

Doch Denilius war noch nicht fertig: »Ich weiß, dass das für dich viele Veränderungen in kurzer Zeit bedeutet. Ich verlange auch nicht von dir, dass du mir sofort eine Antwort gibst. Versprich mir einfach, darüber nachzudenken. Denk nur daran, dass es auch der Wunsch deiner Großmutter war. Aber wie gesagt, meine Arbeit im Hohen Rat wird mich noch einige Wochen beschäftigen. Das lässt dir genügend Zeit zum Nachdenken.«

Er verstummte und suchte wohl nach weiteren Argumenten, um den Jungen zu überzeugen. Dann bemerkte er amüsiert: »Die Kritzeleien scheinen dich ja zu faszinieren. Sie stammen von dir! Lygwenn tat alles, um dich davon abzuhalten, aber du hast ständig ein neues Stück Kohle aufgetrieben, um dein ›Werk‹ fortzusetzen. Vielleicht wirst du uns ja eines Tages sagen können, was es darstellt.«

Irgendwo in der Dunkelheit seines Gedächtnisses ging ein kleines Licht an. Es war nur ein winziger leuchtender Punkt in einer tiefen, finsteren Nacht, aber von nun an würde er nicht mehr erlöschen. Vielleicht war das seine erste Erinnerung, die zurückkehrte – die erste von vielen!

»Es ist der Leuchtturm«, sagte er ernst. »Ich habe den Leuchtturm gemalt.«

Der Magister starrte ihn verblüfft an. Das war nur verständlich, schließlich war die Zeichnung sehr abstrakt. Jona öffnete einen Fensterladen, und ihr Blick fiel auf den Turm, der Zauberranke überragte.

Doch damit war es nicht getan. Fieberhaft begann Jona, die verstaubten Tücher hochzuheben, die die Möbel bedeckten. Er öffnete Schränke und zog Schubladen auf, ohne recht zu wissen, wonach er eigentlich suchte. Er musste diesem Drang folgen, sonst würde das Licht, das in seiner inneren Dunkelheit aufgeblitzt war, wieder erlöschen. Gleichzeitig hatte er Angst davor, dass es ihm den Verstand rauben würde. In seinem Kopf stand irgendetwas kurz vor dem Durchbruch.

Endlich fiel sein Blick auf das Gesuchte. Als er sah, was es war, wunderte er sich selbst: der Verschluss einer Karaffe ohne großen Wert, ein durchsichtiges Stück Glas, das wie ein Edelstein geschliffen war. Aber vor langer Zeit war dieses Ding sein Lieblingsspielzeug gewesen! Als er es in die Hand nahm, hielt er es sich instinktiv vor ein Auge, genau, wie er es mit einem Prisma getan hätte.

Diese Entdeckung verwirrte ihn ungemein. Einerseits freute er sich sehr, endlich eine Erinnerung wiedergefunden zu haben, denn vielleicht würden ja bald weitere folgen. Außerdem war dies ein Beweis dafür, dass Denilius die Wahrheit sagte.

Andererseits wurden die Dramen seiner Kindheit durch den Fund plötzlich sehr real. Als Jona den Karaffenverschluss umklammerte, wurde ihm plötzlich bewusst, dass seine Eltern *tatsächlich* sieben oder acht Jahre zuvor gestorben waren und dass seine Großmutter verschwunden war und niemand wusste, ob sie noch lebte. All das war jetzt keine Geschichte mehr, die sich jemand für ihn ausgedacht hatte. Es war die Wirklichkeit, *seine* traurige Wirklichkeit. Er hatte nicht nur keine Erinnerung an seine Eltern und seine Großmutter – er würde sie auch nie wiedersehen.

»Lehander? Ist alles in Ordnung?«

Jona wischte sich eine Träne weg und hielt dem Magister das geschliffene Stück Glas hin. Dann wies er zum Leuchtturm. Wieder ging ihm durch den Kopf, dass er sich wohl nie an diesen Namen gewöhnen würde.

Denilius sah ihn erstaunt an, hielt sich den Karaffenverschluss dann aber vors Auge und betrachtete den Turm durch das Glas. Dann starrte er abermals auf die Zeichnungen an der Wand, und seine verblüffte Miene zeugte davon, dass er begriffen hatte. Was sein Schützling als kleines Kind gemalt hatte, war der Leuchtturm, verformt durch den Kristall!

»Weißt du, dass du mir soeben die Augen geöffnet hast, mein Junge?«

Die Begeisterung des Magisters war fast unheimlich. Schließlich war das Ganze ja nur das unschuldige Spiel eines Kindes …

»Du hast eine harte Nuss geknackt«, fuhr Denilius fort. »Du hast mir gezeigt, wie wir das Rätsel des Bandeliers lösen können!«

22

In der Kathedrale des alten Viertels von Zauberranke war es furchtbar heiß. Selten war es hier so voll. In der Bruderschaft herrschte Religionsfreiheit, und die Weltwanderer zwangen die Schüler nicht dazu, irgendeinen Gottesdienst zu besuchen. Wer mochte, konnte zu den Göttern beten, an die er glaubte, aber die meisten Schüler waren nicht besonders fromm.

An diesem Abend war es anders. Radjaniel wusste nicht, wann das letzte Mal so viele Menschen unter dem eindrucksvollen Gewölbe der Kathedrale versammelt gewesen waren. Oder vielmehr wusste er es schon, aber es handelte sich um eine Zeit, die er mit allen Mitteln zu vergessen suchte. Doch leider hatte selbst der Alkohol, den er all die Jahre in sich hineingeschüttet hatte, die Bilder nicht ganz verschwinden lassen.

Fast alle Bewohner Zauberrankes waren gekommen. Sie drängten sich in den Bänken und standen dicht an dicht im hinteren Teil des Kirchenschiffs, am Eingang und sogar draußen auf dem Vorplatz, jenseits des offenen Tors, da die Kathedrale nicht groß genug für die riesige Menschenmenge war. Der Gottesdienst hatte vor über zwei Stunden begonnen, aber niemand dachte daran, vorzeitig zu gehen, obwohl es schon spät war, vielen der Magen knurrte und selbst die Zähesten bis zum Umfallen müde waren.

Zum wiederholten Male tastete Radjaniel nach seinem Bandelier. Er trug seinen Zeremoniengürtel, ein breites Band aus golddurchwirktem Samt, das ihm ungewohnt leicht auf der Schulter lag. Seit er dem Alkohol abgeschworen hatte, war er auch wieder dazu übergegangen, die traditionellen Ehrenzeichen der Bruderschaft zu tragen, und ohne seinen vertrauten Ledergürtel kam er sich beinahe nackt vor. Doch mit dem Tragen des Zeremoniengürtels erwiesen die Lehrer den Gefallenen die letzte Ehre, und Radjaniel wäre es nicht in den Sinn gekommen, mit der Tradition zu brechen. Nicht in einem so feierlichen Augenblick.

Die Bewohner von Zauberranke nahmen mit dem Gottesdienst Abschied von den Toten, die vor dem Altar aufgebahrt worden waren. Nach vielen Gebeten und Segenssprüchen begann man damit, die Leichname einzuäschern. Auch das geschah im Inneren der Kathedrale, die gleichzeitig als Krematorium diente. Vier Männer in langen Gewändern trugen eine Leiche nach der anderen hinter einen Vorhang aus Rauchschwaden, die den Schleier symbolisieren sollten. Abseits aller Blicke ließen sie die Toten in ein unterirdisches Verlies herabsinken. Dort loderte ein ewiges Feuer, das praktisch seit der Gründung der Schule brannte. Anschließend kehrten die Träger mit der leeren Bahre zurück, während die Oberste Priesterin bereits den Namen und die Verdienste eines weiteren Opfers verlas.

Obwohl der Gottesdienst straff durchorganisiert war, zog er sich in die Länge, und der Schwall heiße Luft, der jedes Mal über die Zuschauer hinwegfegte, wenn die Falltür geöffnet wurde, unterstrich die Monotonie der Prozedur. Die Weltwanderer hatten fünfundachtzig Opfer zu beklagen, seit zwei Schwerverletzte ihren Wunden erlegen waren. Die Besatzung des Schiffs hatte die Leichen der toten Matrosen mitgenommen, um sie auf See zu bestatten. Beklommen dachte Radjaniel daran, dass das Schiff auch die Briefe an die Familien der Opfer transportierte. Im nächsten Sommer würden die Weltwanderer, die loszogen, um neue Schüler zu rekrutieren, noch mehr Mühe haben als sonst, Freiwillige zu finden. Doch das war im Moment nicht seine größte Sorge.

»Ich habe Hunger«, murrte Berris.

Bis dahin waren seine Schüler so still gewesen, dass Radjaniel ihre Anwesenheit fast vergessen hatte. Dabei drängten sie sich zu sechst auf eine Bank, die für vier Leute vorgesehen war.

»Es dauert nicht mehr lange«, flüsterte er beschwichtigend.

Mittlerweile bedauerte er, seine Schüler dazu gezwungen zu haben, ihn in den Innenraum der Kirche zu begleiten. Die meisten anderen standen draußen vor der Kathedrale und konnten sich zwischendurch unterhalten. Doch nachdem ihm Dælfine von dem rätselhaften Einbrecher erzählt hatte, wollte er seine Schützlinge im Auge behalten. Zumindest an diesem Abend.

»Noch acht Leichen«, murmelte Nobiane.

Sie lief rot an, als ihr klar wurde, wie pietätlos das klang. Doch sie war sicher nicht die Einzige, die sich auf das Ende des Gottesdiensts freute. Ein Blick in die Runde ließ müde Gesichter erkennen. Alle waren erschöpft von dem stundenlangen Sitzen und Stehen und den quälenden Gedanken, die die Zeremonie mit sich brachte: Als Weltwanderer lebte man wirklich gefährlich. Wer nach der Trauerfeier noch daran zweifelte, war entweder verrückt oder dumm.

»Was ist mit Zakarias?«, fragte Dælfine. »Wird seine Leiche auch verbrannt?«

»Nicht heute«, antwortete Radjaniel. »Und höchstwahrscheinlich nicht hier.«

Die Leiche des Piraten war immer noch in dem unterirdischen Gewölbe aufgebahrt, in dem es schön kühl war. Sie würde dort sicher noch mehrere Tage bleiben, wenn nicht gar länger. Im vergangenen Jahrhundert hatte ein Oberster Wächter einen Toten über ein Jahr lang dort unten aufbewahrt, um einen Mordfall aufzuklären, in den ein Lehrer verwickelt gewesen war. Es hatte auch niemand eilig, für eine ordentliche Bestattung des Verräters, der so viele Tote auf dem Gewissen hatte, zu sorgen. Wenn dies geschah, dann vermutlich auf Betreiben der Obersten Priesterin hin.

»Noch sieben«, zählte Berris.

Die Ungeduld seiner hungrigen Schüler brachte Radjaniel unwillkürlich zum Lächeln. In solchen Momenten wurde ihm bewusst, dass sie noch Kinder waren, mit ganz banalen Bedürfnissen: sich satt essen, die Welt erforschen, die Erwachsenen beeindrucken. Als er zum letzten Mal mit seinem Zeremoniengürtel um die Brust in dieser Kathedrale gesessen hatte, hatte er um sechs Menschen getrauert, die ihm sehr am Herzen gelegen hatten, darunter fünf Kinder, die er nicht hatte beschützen können. Er beschloss, dass er den Opfern der Chimären an diesem Abend genug Ehre erwiesen hatte. Es war Zeit, sich ein wenig für die Lebenden zu interessieren.

»Wie war es bei Jora Maetilde? Was musstest du für sie machen?«, fragte er Berris im Flüsterton.

Der Junge zuckte die Achseln. Er wirkte nicht sonderlich begeistert von seinem Tag.

»Pff … Lesen und schreiben. Wir haben eigentlich die ganze Zeit nur gearbeitet. Es waren auch noch drei andere Jungen da.«

Radjaniel nickte und grinsten in sich hinein. Das sah der Obersten Gelehrten ähnlich. Sie hatte sich mehrere Schüler zuteilen lassen, angeblich, damit sie ihr zur Hand gingen. Doch in Wahrheit wollte sie ihnen Nachhilfeunterricht erteilen. Solange Arold den Trick nicht durchschaute, konnte das klappen. Radjaniel freute sich: So wusste er wenigstens einen seiner Schüler in Sicherheit.

»Und du, Gess? Ich weiß, dass Jor Gregerio manchmal etwas … seltsam sein kann.«

Der Witzbold seufzte leise. Seit sie sich im Zeughaus getroffen hatten, um von dort aus gemeinsam zur Kathedrale zu gehen, hatte der Junge kaum den Mund aufgemacht. Radjaniel vermutete, dass auch ihn der Einbruch ins Zeughaus und der Angriff auf Dælfine erschüttert hatten.

»Keine Ahnung«, murmelte er schließlich. »Ich habe Gregerio kaum zu Gesicht bekommen. Ich musste den ganzen Tag seine Wäsche waschen.«

»Den ganzen Tag? Hatte er denn so viel Wäsche?«

»Eigentlich nicht. Aber ich hab mir Zeit gelassen. Es war furchtbar öde. Ich hab keine Lust, darüber zu reden.«

Der Messerschleifer hakte nicht weiter nach. Er wandte sich den anderen Schülern zu. Dælfine hatte ihm bereits mitgeteilt, dass sie weiterhin in der Werkstatt arbeiten werde, selbst wenn sie sich einschließen müsse, um ihren Lehrer zu beruhigen. Radjaniel hatte beschlossen, ihr schnellstens ein paar Kameraden zur Seite zu stellen. Schließlich hatte Denilius höchstpersönlich ihm erlaubt, zusätzliche Schüler zu beschäftigen. Radjaniel war nicht besonders begeistert von der Vorstellung, dass fremde Schüler im Zeughaus ein- und ausgingen, aber das war immer noch besser, als das blinde Mädchen allein zu lassen.

»Nur noch vier«, stellte Berris fest.

Nobiane, die neben ihm saß, hatte ebenfalls einen harten Tag hinter sich. Radjaniel wusste nur das, was er aus den Gesprächen der Schüler aufgeschnappt hatte, aber offenbar war Vrinilia äußerst gemein zu ihr gewesen. Und nicht nur sie, auch die anderen Mädchen, die für die Prismenschmiedin arbeiteten. Nach einem Ausflug zu den Klippen hatte Nobiane den ganzen Nachmittag lang Vrinilias Werkstatt gefegt und geschrubbt, während ihre anderen Gehilfinnen die Prismen schleifen durften, die Nobiane am Strand gefunden hatte. Leider konnte Radjaniel gegen diese Ungerechtigkeit nichts tun, ohne einen Skandal auszulösen. Und wenn er seine Schüler behalten wollte, durfte er den Hohen Rat auf keinen Fall gegen sich aufbringen.

Nachdem sich Berris und Gess als nicht sehr gesprächig erwiesen hatten, blieb nur noch Jona. Radjaniel wusste nicht genau, wie er mit dem Jungen umgehen sollte. Sollte er ihn überhaupt weiterhin mit diesem Namen ansprechen? Ein paar Eingeweihte kannten bereits seine wahre Identität, doch der Junge selbst hatte sich seinen Freunden nicht anvertraut und bestand auch nicht darauf, Lehander genannt zu werden. Seit seiner Rückkehr aus der Bibliothek war er noch nachdenklicher und verschlossener als sonst und spielte die ganze Zeit mit einem gläsernen Karaffenverschluss herum. Radjaniel fragte sich, ob er ihn in Ruhe lassen oder versuchen sollte, ein Gespräch mit ihm anzufangen. Schließlich entschloss er sich für Letzteres und wählte seine Worte mit Bedacht: »Mir ist zu Ohren gekommen, dass du Gelegenheit hattest, mit Denilius zu sprechen, Jona.«

»Ein bisschen, ja …«

Er hatte offenkundig keine Lust zu reden. Oder war er nur so verschlossen, weil er traurig war?

Mit einem Mal kam Leben in den Jungen, und er fragte ohne Umschweife: »Was hat es eigentlich mit dieser Gruppe von Weltwanderern auf sich, die die Tuchwanderer genannt wurden? Ist das schon lange her? Und woher kommt dieser Name?«

Seine Fragen brachten Radjaniel aus der Fassung. Hätte er doch lieber den Mund gehalten. Über dieses Thema wollte er auf keinen Fall reden, und Jona hatte den Finger direkt auf die Wunde gelegt.

Er dachte eine Weile nach, und sein Zögern verstärkte die Neugier des Jungen noch. Auch die anderen Schüler sahen ihn erwartungsvoll an. Berris vergaß darüber sogar das Zählen der Leichname, die eingeäschert wurden. Schließlich beschloss Radjaniel, kein Risiko einzugehen, und sagte: »Wenn Denilius dir nichts Genaueres erzählt hat, dann steht es mir auch nicht zu. Er hat dir doch gewiss gesagt, dass man seine Nase nicht in diese alten Geschichten stecken sollte. Vor allem nicht in Zeiten wie diesen.«

Sofort zog Jona – oder Lehander – sich wieder in sein Schneckenhaus zurück. Radjaniel konnte es kaum mit ansehen. Der arme Junge hatte schon genug gelitten, da musste er sich nicht auch noch von seinem Lehrer zurückgewiesen fühlen. Außerdem begeisterte er sich nur selten so richtig für ein Thema. Radjaniel gab sich einen Ruck und beschloss, ihm auf halbem Weg entgegenzukommen: »Das Ganze ist fast vierzig Jahre her. Der Magister war damals nur ein junger unerfahrener Weltwanderer. Genauso wie Vrinilia, Lygwenn und die anderen.«

An dem plötzlichen Funkeln in den Augen des Jungen erriet Radjaniel, dass er schon zu viel gesagt hatte. Rasch wechselte er das Thema: »Habt ihr noch einmal über diesen Drakoniden gesprochen? Die Chimäre, die du Wobiax nennst?«

Zur Überraschung des Messerschleifers schüttelte Jona den Kopf. Wie konnte das sein? Der Drache war doch das wichtigste Thema überhaupt, und Denilius hatte versprochen, sich darum zu kümmern. Immerhin war Jona überhaupt nur in Zauberranke aufgenommen worden, weil sie etwas über das seltsame Verhalten der Chimäre herausfinden wollten. Vermutlich hatte dem Magister ganz einfach die Zeit gefehlt. Seit der Katastrophe hatten die Mitglieder des Hohen Rats alle Hände voll zu tun.

»Das war der Letzte«, flüsterte Berris in diesem Moment.

Tatsächlich traten die Träger zum letzten Mal hinter dem Rauchvorhang hervor und stellten die nun leere Bahre ab. Die Oberste Priesterin beendete den Gottesdienst mit einem letzten Gebet, und die Versammlung löste sich auf. Radjaniel streckte seine steifen Glieder, während sich Schüler und Lehrer zum Tor hinausschoben. Als der Messerschleifer Denilius und Arold von der erste Reihe, wo die Mitglieder des Hohen Rats gesessen hatten, auf sich zukommen sah, ahnte er, dass er nicht so bald ins Zeughaus zurückkehren würde.

»Wir haben unseren Märtyrern die letzte Ehre erwiesen«, verkündete der Magister feierlich. »Die Katastrophe, die Zauberranke ereilt hat, gehört nunmehr der Vergangenheit an. Sie wird die Geschichte unsrer Schule und der ganzen Bruderschaft auf immer prägen … Jetzt ist es an der Zeit, einen Plan zur Rettung meines Bruders zu schmieden. Gleich morgen früh werden wir damit beginnen.«

Radjaniel lächelte seinem Freund zu. Wenigstens verlor er das Entscheidende nicht aus den Augen.

23

»Runter auf den Boden. Und rührt Euch nicht, bis ich es sage.« Vargaï verzog verärgert das Gesicht, auch wenn ihn der Söldner, der ihm diesen Befehl erteilt hatte, in der Dunkelheit gar nicht sehen konnte. Seine Laune war seit Beginn der Jagd auf den Nullpunkt gesunken. Tannakis' Männer ließen ihn keine Sekunde aus den Augen und kommandierten ihn auch noch ständig herum. Der Magister der Enklave hatte Vargaï klargemacht, dass er sich bei dieser ersten Exkursion auf die Rolle des Beobachters beschränken musste, und dieser Grünschnabel von Yonnel nutzte jede Gelegenheit, um sich aufzuspielen: »Wenn Ihr Euch der Bestie zu früh zeigt, ändert sie die Richtung und trampelt uns nieder. Dann hält sie auch das Feuer nicht mehr auf, und die anderen können sie nicht mehr in die Falle treiben.«

»Glaubst du wirklich, das weiß ich nicht?«, knurrte Vargaï. »Ich bin doch kein Idiot.«

»Psssst!«

Der Alte biss sich auf die Zunge und schluckte seinen Ärger hinunter. Wie gern hätte er dem anderen das Gesicht in den Schlamm gedrückt! Wie gern wäre er aufgesprungen und hätte all diesen Taugenichtsen zugebrüllt, was für miese Jäger sie waren! Aber dann würde er nie erfahren, was hier vor sich ging, geschweige denn Vohn finden – oder auch einfach nur am Leben bleiben. Denn trotz des Waffenstillstands, den er und Tannakis geschlossen hatten, wies immer mindestens eine Armbrust in seine Richtung.

»Es dürfte nicht mehr lange dauern«, sagte Yonnel. »Wenn das Signal auf dieser Seite erst einmal brennt, vergehen in der Regel weniger als fünf Minuten, bis die Chimäre …«

»Pssssst!«, zischte Vargaï.

Das war natürlich kindisch von ihm, aber er kostete die Retourkutsche voll aus. Außerdem brauchte der Alte keine derartigen Erklärungen. Die Jagdmethode der Söldner war recht simpel: Es handelte sich im Prinzip um eine Treibjagd. Sobald sie eine Beute ausgemacht hatten, hielten kleine Gruppen von Jägern von allen Seiten auf sie zu und trieben sie auf eine Falle zu, die sie zuvor errichtet hatten, wobei sie die Beschaffenheit des jeweiligen Geländes ausnutzten. Diesmal handelte es sich um eine natürliche Sackgasse zwischen zwei Steilhängen. Tannakis' Männer lagen unten in der Schlucht hinter Barrieren aus angespitzten Pfählen auf der Lauer.

Gemessen am Zustand des Holzes war der Hinterhalt, in dem Vargaï, Yonnel und ein paar weitere Männer lagen, wohl schon mehrere Jahre alt. Tannakis' Männer hatten vermutlich überall in den Wäldern rings um die Enklave solche Posten errichtet. Damit verbrachten sie also einen Großteil ihrer Zeit: Sie spürten Chimären auf, trieben sie in die Falle und versuchten, sie lebend gefangen zu nehmen. Anschließend mussten sie die Holzbarrieren reparieren, bevor es wieder von vorne losging. Wahrscheinlich hatten Yonnel und seine Kameraden an dem Tag, als Vargaï ihnen begegnet war, die Wälder gerade auf der Suche nach Beute durchstreift. Ihr Gerede von Banditen, die die Enklave bedrohten, war also nur erfunden gewesen.

»Sie kommt«, warnte ein Söldner.

Vargaï hatte es längst gespürt. Die heftigen Erschütterungen des Bodens konnten nur einem Trottel entgehen. Es war, als hätte die Erde einen Puls, der nach und nach kräftiger wurde. Vargaï brach der kalte Schweiß aus. Was auch immer das für eine Chimäre war, sie war riesig. Und wütend! Sehr viel riesiger und wütender, als der Grünschnabel zu glauben schien.

»Wir müssen hier weg!«, murmelte Vargaï.

Er sprang auf, ohne sich um die Waffen zu scheren, die sich auf ihn richteten, und ohne auf Yonnels Proteste zu hören. Er zerrte den Grünschnabel am Hemd auf die Füße.

»Nicht! Lasst mich los! Geht wieder in Deckung!«

»Den Hang hoch, schnell!«, befahl der Alte. »Flieht, ihr Trottel! Haut ab von hier!«

Er gab sich keine Mühe, leise zu sprechen, und versetzte Yonnel einen Stoß. Einige Männer schimpften fluchend, er sollte wieder an seinen Platz zurückkehren und nicht alles kaputtmachen. Doch nur wenige Augenblicke später verstummten die Großmäuler. In der Ferne ertönte das Krachen umstürzender Bäume, gefolgt von den panischen Schreien der Treiber, die ihre Kameraden warnen wollten. Gleich darauf drang das ohrenbetäubende Gebrüll der Bestie an ihre Ohren. Die Chimäre rannte geradewegs auf sie zu und zermalmte alles, was ihr im Weg stand.

Jetzt brauchte Vargaï die Männer nicht mehr zur Flucht überreden. Die Schwachköpfe ließen ihre Waffen fallen und versuchten, den Steilhang zu erklimmen. Sie klammerten sich an Dornengestrüpp, traten Steine los, krallten ihre Finger in die Erde, kamen aber kaum voran. Auch Vargaï hatte große Mühe, aber er fand eine wirkungsvolle Methode: Er benutzte seinen Säbel als Pickel. Yonnel hielt sich dicht hinter ihm. Ein paar Unentschlossene, die zu lange gezögert hatten, fielen der heranrasenden Chimäre als Erste zum Opfer.

Einem der Söldner gelang es noch, seinen Scheiterhaufen zu entzünden. Flammen erhellten die Schlucht und machte das ganze Ausmaß des Grauens sichtbar. Vargaï sah mit einem Blick, um welche Art von Chimäre es sich handelte: ein Geißelhorn, eine Kreuzung aus Carapax und Reptilid. Eine solche Bestie war schon seit über dreißig Jahren nicht mehr in Gonelore gesichtet worden. Ihr massiger Leib war von Schuppen bedeckt, und von dem riesigen Kopf ragte eine ganze Reihe von Hörnern empor. Am Ende ihres vielgliedrigen Schwanzes befand sich eine gewaltige Keule, der weder Felsen noch hundertjährige Bäume, geschweige denn der Schädel eines Menschen standhalten konnten.

Die Bestie donnerte wie eine Lawine durch die Schlucht und fegte über die Söldner hinweg, die nicht mehr hatten fliehen können. Einer wurde zwanzig Meter durch die Luft geschleudert und prallte hart gegen einen Felsen. Er war sofort tot. Ein anderer wurde von einem der zehn Hörner aufgespießt und blieb dort stecken. Das alles machte die Bestie nur noch wütender. Sie raste über die Barrieren hinweg, und die Holzpfähle zerbrachen wie Streichhölzer. Krachend schlug das Tier mit seiner Schwanzkeule auf die Steilhänge ein. Durch die Erschütterungen verlor einer der Jäger, der bereits ein Stück die Wand hochgeklettert war, den Halt, und stürzte schreiend in die Tiefe. Die Chimäre zerschmetterte ihm mit einem Keulenhieb den Schädel. Das Ganze passierte mit teuflischer Präzision und ohne stehen zu bleiben.

»Sie rennt geradewegs auf die Falle zu!«, rief Yonnel. »Wir müssen es versuchen!«

Vargaï brüllte ihm zu, er solle den Unsinn lassen, aber der Grünschnabel kletterte schon wieder hinunter in die Schlucht. Mit zitternden Händen entzündete er seinen Scheiterhaufen. Vargaï spürte den heißen Atem der Flammen. Nun sprangen auch andere Leichtsinnige wieder zu Boden und entfachten mehrere Feuer – auf diese Weise wollten sie die Bestie wohl tiefer in die Sackgasse treiben. Vargaï rechnete nicht eine Sekunde lang damit, dass das klappen könnte.

Er sollte recht behalten. Als das Geißelhorn am Ende der Schlucht angelangt war, drehte es um und kam wieder auf sie zugedonnert. Die Söldner kamen gar nicht mehr dazu, die bereitliegenden Gitter aus angespitzten Holzpfählen aufzurichten, um die Bestie einzusperren. Niemand warf ein Netz aus Eisenketten auf den Rücken der Chimäre. Niemand schlug ihr ein Prisma in den Körper, um sie daran zu hindern, hinter den Schleier zurückzukehren. Im Gegenteil, die Jäger flohen kopflos vor ihrer eigenen Beute.

Die Scheite des ersten Feuers flogen durch die Luft, und ein Funkenregen ging auf die Männer herab. Gleich darauf nahm der Mann, der es entzündet hatte, denselben Weg. Beim Aufprall wurde sein Kopf vom Rumpf abgetrennt. Drei Söldner rannten auf den Ausgang der Schlucht zu, aber in dem engen Gang hatten sie keine Chance, der Bestie zu entkommen.

»Auf den Boden!«, brüllte Vargaï. »Legt euch hin!«

Es war nicht gesagt, dass sie auf die Weise überleben würden, aber immerhin gaben sie so keine beweglichen Zielscheiben ab. Zwei der Männer folgten seinem Rat. Die Bestie raste über den ersten hinweg, und wie durch ein Wunder stand er gleich darauf wieder auf. Der zweite hatte weniger Glück, und Vargaï zuckte zusammen, als die Chimäre ihn tottrampelte. Der dritte wollte das Risiko nicht eingehen oder war vor Schreck taub geworden, denn er rannte einfach immer weiter.

»Auf den Boden!«, wiederholte Vargaï, der sich immer noch an den Steilhang klammerte.

Er meinte damit auch Yonnel, der zur Säule erstarrt unter ihm in der Schlucht stand, im Schein seines Scheiterhaufens. Als der Grünschnabel nicht reagierte, stieß Vargaï einen Fluch aus und ließ sich neben ihn auf den Boden fallen. Dann stand er da, die Hände auf den Schultern des Jungen. Das Blut pochte in seinen Schläfen, und sein Atem ging keuchend, während die Chimäre wie in einem Albtraum auf sie zuraste. Er wartete noch einen Moment länger und konzentrierte sich auf den hin- und herschlagenden Schwanz der Kreatur. Genau in dem Augenblick, als die Keule in ihre Richtung schwenkte, warf er sich zu Boden und riss Yonnel mit sich.

Der Windstoß, der über ihn hinwegfegte, zeugte von der Wucht des Angriffs. Den Schlag hätten sie nicht überlebt. Yonnel wollte schon wieder aufstehen, aber Vargaï presste ihn noch eine Weile zu Boden, bis er sicher war, dass ihnen keine Gefahr mehr drohte. Dann sprang er auf und zog den Jungen am Hemd hoch wie eine Marionette.

»Lasst mich los, Herrgott noch mal!«, protestierte Yonnel.

»Gern geschehen«, knurrte Vargaï.

Er ließ die Chimäre nicht aus den Augen, bis sie in der Dunkelheit des Waldes verschwunden war. Der letzte Mann, den sie verfolgt hatte, lag dreißig Meter entfernt. Er stöhnte laut, verstummte dann aber, als er an seinem eigenen Blut erstickte.

»Fünf Tote«, stellte der Alte bitter fest. »Fünf Leben sinnlos geopfert! Dieser Kampf war von vornherein verloren.«

»Aber wir haben es doch schon mal geschafft«, sagte Yonnel trotzig.

»Was?«

»Eine solche Chimäre zu fangen. Vor zwei Jahren. Also war es den Versuch wert!«

Trotz des Unglücks strahlte der Grünschnabel vor Stolz. Vargaï starrte ihn fassungslos an. Er konnte nicht glauben, was er da hörte.

Tannakis war viel gefährlicher, als er geglaubt hatte, gefährlicher noch als die Chimären, die er fangen ließ. Und offenbar war sein Wahn ansteckend.

Vargaï hoffte inständig, dass sich sein Irrsinn nicht irgendwann bis nach Zauberranke ausbreiten würde.

24

Gregerios Arbeitszimmer passte überhaupt nicht zu seinem Besitzer. Gess hatte erwartet, dort Waffenschränke, Jagdtrophäen, Tierfelle und Ähnliches vorzufinden. Zweifellos waren andere Räume des klosterartigen Baus auch auf diese Weise eingerichtet, aber dieses Zimmer war so klein, schlicht und karg, dass man sich in der Stube eines Schreibergehilfen wähnte. Das einzige Ausgefallene war ein Büste, die einen Mann darstellte, der dem Chimären-Experten nicht unähnlich sah. Gess konnte den Namen auf dem goldenen Sockel nicht entziffern, weil Gregerio direkt davor saß. Der Weltwanderer musterte ihn streng und strich sich dabei nachdenklich über den Schnurrbart.

»Schade, dass wir diese Gelegenheit nicht genutzt haben«, sagte er. »Das Zeughaus ist nicht oft über Nacht unbewacht.«

Gess starrte mit unbewegter Miene zurück. Er musste dem Obersten Fährtenleser zwar gehorchen, aber niemand konnte von ihm verlangen, dass er ihn auch noch anlächelte. Vor allem nicht, wenn er wieder von dem Schatz anfing, den Radjaniel angeblich im Zeughaus versteckt hielt.

»Ich hätte darauf kommen müssen, dass der Messerschleifer euch irgendwo in der Nähe der Kathedrale übernachten lässt, weil der Gottesdienst so spät geendet hat. Die Gelegenheit haben wir verpasst. Aber das macht nichts, es werden noch andere kommen.«

Gess konnte sich nicht länger zurückhalten: »Aber es gibt keinen Schatz, da bin ich sicher! Jor Radjaniel hätte uns davon erzählt!«

»Na sicher!«, höhnte Gregerio. »Glaubst du etwa, er teilt all seine schmutzigen kleinen Geheimnisse mit seinen Schülern? Dann bist du naiver, als ich dachte!«

Als Gess stumm blieb, setzte er hinzu: »Weißt du denn auch, warum er sich so lange in diesem stinkenden Loch verkrochen hat? Warum er unbedingt in Zauberranke bleiben will, obwohl er diesen Ort hasst? Warum er mehrere Abzeichen von seinem Bandelier entfernt hat?«

Gess musste zugeben, dass er es nicht wusste. Gregerios Fragen überraschten ihn.

»Na also!«, rief der Fährtenleser triumphierend. »Du weißt gar nichts über ihn! Das ist das größte Problem an dieser Schule. Jeder glaubt, er kenne die Wahrheit, dabei kennen alle nur einen kleinen Ausschnitt, und selbst der ist oft falsch!«

»Nur Ihr seid da natürlich eine Ausnahme«, murmelte der Junge und verdrehte die Augen.

»Natürlich. Zumindest gebe ich mir Mühe. Auf diese Weise habe ich ja auch von deinem Talent erfahren. Niemand hätte gedacht, dass ein Elfjähriger das Schloss des Leuchtturms mit einer Gabel und einer Haarnadel aufkriegen würde. Der Mechanismus ist schließlich mehrere Jahrhunderte alt.«

Gess konnte seine Tat nicht leugnen, dafür war es zu spät. Radjaniel hatte zwar sich bemüht, die Sache herunterzuspielen, um seinen Schüler zu schützen, aber er hatte die Mitglieder des Hohen Rats informieren müssen. Zwar hatte der Junge in Wahrheit die Dietriche benutzt, die er immer bei sich trug, aber der Rest der Geschichte stimmte.

»So etwas lehrt man in Zauberranke nicht«, fuhr der Fährtenleser fort. »Und da ich wusste, dass du aus Angiapolis kommst, bin ich zu dem Schluss gelangt, dass du einer der Jungen bist, die bei den Dieben der Stadt in die Lehre gehen. In Wahrheit bist du ein kleiner Gauner, ein Nichtsnutz, der sich in Zauberranke versteckt, um nicht für viele Jahre hinter Gitter zu wandern!«

Schon bei der Erwähnung des Gefängnisses glaubte Gess zu spüren, wie sich Eisenschellen um seine Handgelenke und Knöchel schlossen. Dabei schnitt Gregerio dieses Thema nicht zum ersten Mal an. Er hatte ihm schon am ersten Tag seines Diensts damit gedroht, alles zu verraten, wenn Gess ihm nicht ein paar »kleine Gefallen« erwies. Aber der Fährtenleser wollte offenbar noch einmal deutlich machen, wer hier das Sagen hatte. Gess hatte keine Ahnung, wie er aus diesem Schlamassel herauskommen sollte.

Er hatte sich schon die ganze Nacht den Kopf darüber zerbrochen. Jor Maetilde hatte Radjaniel und seine Schüler nach dem Gottesdienst auf ihrem Dachboden übernachten lassen, und er hatte stundenlang wach gelegen. Ihm blieb wohl nichts übrig, als heimlich aus Zauberranke zu verschwinden – aber dazu hatte er überhaupt keine Lust.

Diese Lösung hatte er eigentlich schon am Morgen nach dem Angriff der Chimären verworfen. Zwar lauerten in Zauberranke einige Gefahren, aber ein Leben auf der Flucht war noch viel schwerer! Wenn er die fünf Jahre in der Schule überstand, hätte er immerhin für sein altes Leben Buße getan.

Gess durfte nur nicht dieselben Fehler wie früher begehen. Leider schien das gründlich in die Hose zu gehen.

»Ich bin kein Nichtsnutz, Jorensan«, widersprach der Junge mit dem Mut der Verzweiflung. »Ich habe mir das eine oder andere vorzuwerfen, das stimmt. Ich habe mehr Gold und Juwelen gestohlen, als ich in meinem Leben je wieder zu sehen bekommen werde. Aber man hat mich dazu gezwungen. Kinder, die nicht genug Beute nach Hause brachten, bekamen nichts zu essen. Manchmal wurden sie sogar geschlagen …«

»Heb dir das Gewinsel für den Tag auf, an dem du vor Gericht stehst«, fiel ihm Gregerio ins Wort. »Mich kriegst du damit nicht weich.«

»Aber es ist die Wahrheit!«, rief Gess. »Ich hatte keine Wahl! Ich hatte keinen anderen Ort, an den ich gehen konnte!«

»Du bist doch ein großer Junge, oder? Was hat dich denn daran gehindert, Angiapolis zu verlassen und auf den Straßen einer anderen Stadt betteln zu gehen?«

»Unsere Herren haben uns ständig überwacht! Wer versuchte, sie übers Ohr zu hauen, verschwand und wurde nie mehr gesehen. Als ich darum bat, mir meine Freiheit erkaufen zu dürfen, schickten mich meine Lehrer auf eine besonders gefährliche Mission. Ich sollte im Palast des Gouverneurs einbrechen.«

Die Sache war etwa vier Monate her, aber Gess erinnerte sich daran, als wäre es gestern gewesen. Bei dem Gedanken an die Angst, die er damals ausgestanden hatte, zog sich ihm der Magen zusammen. Dabei hatte er seitdem viel gefährlichere Dinge getan. Zum Bespiel hatte er sich durch die Arena geschlichen, in der es vor Chiroptiden nur so wimmelte.

Der Fährtenleser musterte ihn mit neuem Interesse. »Und? Warst du erfolgreich?«

»Ja. Aber um ein Haar wäre ich erwischt worden. Als meine Herren die Beute sahen, die ich angeschleppt hatte, waren sie baff. Ich dachte, sie würden mich gehen lassen, aber da irrte ich mich gehörig. Sie wollten mich noch einmal zum Gouverneur schicken, auf eine noch gefährlichere Mission. Ich tat so, als würde ich gehorchen, und ergriff die Flucht. Zwei Monate später begegnete ich Jor Vargaï. Er hat mir von dieser Schule für Weltwanderer erzählt …«

»Der alte Halunke«, sagte Gregerio grinsend. »Er hat wirklich ein Händchen dafür, ungewöhnliche Schüler zu rekrutieren! Und was ist mit deinen Herren? Haben sie dich verfolgt?«

Gess nickte und erbleichte, als er nur daran dachte.

»Sie suchen immer noch nach mir, so viel ist klar. Und nicht nur sie. Um ganz sicher zu sein, dass ich meine verdiente Strafe kriege, haben sie mich bei den Männern des Gouverneurs verpfiffen. Sie haben behauptet, ich sei mit der Beute getürmt.«

Das laute Lachen des Fährtenlesers war schlimmer als eine schallende Ohrfeige. Gess hatte gehofft, sein Mitleid zu erregen, aber das war offenbar ein Schlag ins Wasser gewesen.

Als er sich wieder beruhigt hatte, sagte Gregerio: »Du steckst ja noch viel mehr in der Klemme, als ich dachte! Da wirst du wohl noch eine ganze Weile für mich arbeiten!«

»Aber das ist nicht gerecht«, rief Gess empört. »Ich will doch nur …«

Er führte den Satz nicht zu Ende. Der Gesichtsausdruck des Weltwanderers hatte sich abrupt gewandelt. Innerhalb eines Sekundenbruchteils war das breite Grinsen einem kühlen, strengen Blick gewichen.

»Die Welt ist eben nicht gerecht«, sagte der Fährtenleser. »Je früher du dir das hinter die Ohren schreibst, desto größer sind deine Chancen, eines Tages graue Haare zu bekommen. Und wenn du glaubst, dass deine Geschichte traurig ist – mal angenommen, sie stimmt überhaupt –, dann lass dir gesagt sein, dass das gar nichts ist im Vergleich zu dem, was ich durchlitten habe!«

Er stieß einen ungehaltenen Seufzer aus und fuhr fort: »Ich schenke dir deine Freiheit, sobald ich mich gerächt habe. Nicht vorher. Und wenn du dafür jedes einzelne Haus in Zauberranke durchsuchen musst. Und wenn du die nächsten fünf Jahre damit beschäftigt bist! Du wirst es tun. Ohne zu murren.«

Gess hielt Gregerios Blick eine Weile stand, bevor er den Kopf senkte und nickte. Er fühlte sich genauso wie damals in Angiapolis, als er sich dem Willen seiner Herren gefügt hatte.

Nur gab es diesmal keinen Ort mehr, an dem er Zuflucht suchen konnte.

25

Berris zuckte jedes Mal zusammen, wenn in der Nähe eine Möwe schrie. Nicht, dass er Angst vor Vögeln gehabt hätte: Seit er im Zeughaus wohnte, hatte er sich an ihr Kreischen gewöhnt. An diesem Morgen war er allerdings sehr nervös, denn er wusste, dass er sich eine Menge Ärger einhandelte, wenn man ihn hier am Strand erwischte. »Verdammt!«, fluchte er. »Wo kann es nur sein?«

Er wanderte erst seit knapp zehn Minuten an den Felsen entlang, wurde aber schon ungeduldig. Zu allem Überfluss war er sich nicht sicher, ob er überhaupt in die richtige Richtung lief. Hätte er Nobiane doch nur gefragt, wo genau sich diese dumme Höhle befand. Andererseits hätte das die Anführerin ihrer Gilde nur misstrauisch gemacht. Sie hätte wissen wollen, warum er sich so sehr dafür interessierte, und Berris wäre bestimmt keine glaubwürdige Lüge eingefallen.

»Das kann doch nicht wahr sein«, schimpfte er. »Immer noch nichts!«

Zum fünften Mal wurde seine Hoffnung enttäuscht, und der nächste Felsen war ein ganzes Stück entfernt. Er blieb kurz stehen und sah sich um, ging dann aber mit entschlossenen Schritten weiter.

»Gebt Ruhe, ihr Racker! Langsam tut es ein bisschen weh!«

In Wahrheit tat es schon seit geraumer Weile *sehr* weh, aber Berris wollte seine beiden Schützlinge nicht noch mehr ausschimpfen. Dabei bissen ihm die kleinen Chiroptiden ohne jede Rücksicht in den Bauch. Aber Berris fand immer wieder eine Entschuldigung für ihre Gier: Sie waren die ganze Nacht allein gewesen, sie hatten mehrere Mahlzeiten verpasst ... Ihr Wachstum schien jedenfalls nicht darunter gelitten zu haben. Sie waren jetzt schon groß wie Katzen.

»Beeil dich, Berris, beeil dich«, sagte er zu sich selbst. Er würde sicher zu spät zu Jora Maetildes Schreibstunde kommen, und der Gedanke machte ihn noch nervöser. Am Morgen hatte er sich bereit erklärt, Dælfine ins Zeughaus zu bringen, um die kleinen Chiroptiden holen zu können, aber die Oberste Gelehrte erwartete ihn sicherlich längst zurück. Leider hatte er ewig gebraucht, bis er den Weg zu diesem Strand gefunden hatte. Er würde einfach behaupten, dass er sich auf dem Rückweg verirrt hatte, und seine Lehrerin würde sich vielleicht mit dieser Entschuldigung zufriedengeben. Trotzdem würde sie ihm b Strafaufgaben aufbrummen. Schlimmer noch: Maetilde könnte Radjaniel von seiner Verspätung berichten, und der Weltwanderer würde nicht ruhen, bis er der Sache auf den Grund gegangen war.

»Hoffentlich ist es hinter dem Felsen da, hoffentlich ist es hinter dem Felsen da ...«

Und tatsächlich, sein Wunsch ging in Erfüllung. Doch als er plötzlich vor dem finsteren Loch stand, das von einem schweren Eisentor verschlossen war, kamen ihm Zweifel. War das wirklich eine gute Idee?

Eine Kralle, die sich ihm besonders schmerzvoll in die Rippen bohrte, und der Gedanke an den Unterricht, den er verpasste, nahmen ihm die Entscheidung ab. Hastig holte er das erste Junge unter seinem Pullover hervor und verzog das Gesicht, als sich die Chimäre an ihm festkrallte. Mit einiger Mühe bekam er sie los und schob sie durch die Gitterstäbe. Der Chiroptid kletterte sogleich die Wand hoch und hängte sich an die Höhlendecke, als würde er sich dort zu Hause fühlen.

»Sieh mal einer an! Dein neues Heim scheint dir ja zu gefallen!«

Dann wiederholte Berris die Prozedur mit der anderen jungen Chimäre. Er lächelte auch dann noch, als das Tier ihm die Handflächen zerkratzte. Auch sie erklomm sofort die Decke und hängte sich kopfüber neben ihren Artgenossen. Berris war erleichtert und sogar ein klein wenig stolz. Er hatte das Problem ohne fremde Hilfe gelöst. Seine kleinen Schützlinge hatten nun ein Zuhause, wo sie niemand so schnell entdecken würde.

Er hatte vor, so oft wie möglich vorbeizukommen, um nach ihnen zu sehen und sie zu füttern. In Zukunft würde das unkomplizierter sein, denn jetzt kannte er ja den Weg. Er würde einfach jeden Morgen vor dem Unterricht einen kleinen Abstecher zum Strand machen. Auf diese Weise konnte er sich weiter um die beiden Waisen kümmern, ohne dass Radjaniel ihn erwischte!

Seinen Kameraden würde er einfach sagen, dass die beiden kleinen Chimären gestorben wären. Das war das Einfachste, und vermutlich würden sie so erleichtert sein, dass sie keine großen Fragen stellten.

»Bin ich nicht ein schlauer Kopf?«, fragte er die beiden Chiroptiden fröhlich.

Die Kleinen reagierten schon nicht mehr. Sie schienen schlafen zu wollen, denn sie hatten ihre Köpfe unter den ledrigen Flügeln verborgen und träumten wohl von nächtlichen Jagdausflügen …

Berris winkte ihnen zum Abschied zu und eilte los. Er musste wirklich schleunigst zum Unterricht.

Erst als er wieder oben auf der Klippe stand und auf den weiten Ozean blickte, fiel ihm ein, dass der Strand nachts unter Wasser stand. Auch die Höhle würde dann überschwemmt sein.

Er beruhigte sich mit dem Gedanken, dass die Kleinen schon nicht ertrinken würden. Sie konnten ja durch das Gitter nach draußen oder in die Höhle zurückweichen … Offenbar reichte diese ja ein ganzes Stück in die Klippe hinein …

Dann kam ihm in den Sinn, dass die Höhle auch einen zweiten Eingang haben konnte, der womöglich nicht vergittert war. Wenn das stimmte, drohte ihm bald großer Ärger.

26

Gefunden!«, rief Arold.

Auch wenn es eine gute Nachricht war, verdrehte Radjaniel die Augen. Er stellte sich vor, wie der Oberste Wächter den ganzen Tag über oder gar die ganze nächste Woche lang mit diesem Erfolg prahlen würde. Auch wenn sie mittlerweile besser miteinander auskamen als zu Beginn ihrer Zusammenarbeit, waren die beiden Männer einfach zu unterschiedlich, um sich länger als ein paar Stunden täglich zu ertragen.

»Zeigt mal«, sagte Denilius.

Der Magister streckte die Hand aus, und Arold reichte ihm das Prisma, das er hinter einem Pfeiler in Zakarias' Wohnung entdeckt hatte. Sie hatten die Räume schon zwei Tage zuvor durchsucht, aber der Kristall war ihnen damals nicht aufgefallen. Und wenn, hätten sie ihn für eine schlecht geschliffene Lupe gehalten. Doch jetzt kam dem Gegenstand eine ganz andere Bedeutung zu. Als Denilius hindurchblickte, um das Bandelier des Verräters zu betrachten, hielt Radjaniel unwillkürlich den Atem an.

»Tatsächlich«, sagte der Magister. »Dieses Prisma zeigt die Symbole in ihrer wahren Gestalt. Jetzt brauchen wir sie nur noch zu identifizieren. Ich werde Selenimes bitten, sich schnellstmöglich darum zu kümmern.«

Er hielt Arold das Prisma hin, und der Oberste Hüter sah hindurch. Radjaniel musste ihn fast vom Bandelier wegzerren, um selbst einen Blick darauf werfen zu können. Das Ergebnis war atemberaubend. Durch den Kristall sah man die Symbole verschwommen und manchmal auch doppelt, aber man erkannte deutlich, was sie darstellen sollten. Ohne Jona hätten sie dieses Rätsel nie gelöst.

»Ich sehe einen siebenzackigen Stern«, sagte Radjaniel. »Das ist Tannakis' Symbol.«

»Welch eine bahnbrechende Erkenntnis«, spottete Arold. »Wir wissen schon lange, dass er in die Sache verwickelt ist.«

»Natürlich, aber das ist noch nicht alles«, erklärte Radjaniel. »Das Symbol sagt uns, dass der Mann, der das Bandelier trug, Tannakis' Schüler war. Vielleicht besuchte er die Schule, die Tannakis vor Jahren mitten in der Wildnis gegründet hat. Vielleicht stachelt unser ehemaliger Prismenschmied seine Schüler dazu an, ihn bei seinen Plänen zu unterstützen, worin auch immer diese bestehen. Wir sprechen hier von mehreren Dutzend Männern, wenn nicht von mehr! Das ist eine richtige kleine Armee!«

Arold und Denilius blickten sich an und schienen über seine Theorie nachzudenken.

»Aber was hat das alles mit Zakarias zu tun?«, fragte der Oberste Wächter. »Soweit wir wissen, hat er diese sogenannte Schule nie besucht. Er kam ja überhaupt nur sehr selten von seinem Turm herunter.«

»›Soweit wir wissen‹, ganz genau«, sagte Radjaniel. »Tannakis hat Zauberranke vor über fünfzehn Jahren verlassen. Zu jener Zeit war Zakarias noch nicht bei uns. Sie hatten mindestens zwei oder drei Jahre Zeit, um einander zu begegnen und einen Plan auszuhecken. Außerdem hatten sie womöglich noch einen Komplizen, der als Bote zwischen ihnen hin- und herreiste.«

Wieder folgte nachdenkliches Schweigen. Auch wenn das alles etwas weit hergeholt klang, stimmte es mit den wenigen Beweisen überein, die ihnen vorlagen. Es konnte also durchaus der Wahrheit entsprechen. Radjaniel krampfte sich der Magen zusammen, als er sich vorstellte, dass die beiden seit mehr als fünfzehn Jahren ein Komplott gegen Zauberranke schmiedeten.

»Nehmen wir einmal an, dass Ihr recht habt«, sagte Arold. »Wozu das Ganze? Was sollen diese rätselhaften Symbole und diese Geheimniskrämerei? Warum sollte uns Tannakis seit so vielen Jahren ausspionieren?«

Radjaniel zuckte mit den Schultern.

»Schwer zu sagen. Bevor Zakarias sich in die Tiefe stürzte, verfiel er in eine Art Wahn. Er sprach vom Zeichen der Auserwählten, und davon, dass er weiter gereist sei als viele andere. Ich glaube, er hatte am Ende wirklich den Verstand verloren.«

»Daran besteht ja wohl kein Zweifel!«, sagte Arold mit Nachdruck.

Sie ließen ihre Blicke abermals durch die Gemächer des Piraten streifen, obwohl sie wussten, dass sie hier nichts mehr finden würden. Sollte Zakarias verräterische Dokumente besessen haben, hatte er sie wohl in seinem Kamin verbrannt, bevor er in jener Nacht den Leuchtturm erklommen hatte.

Denilius hielt sich noch einmal das Prisma vors Auge und untersuchte das Bandelier, das er von der anderen Seite des Ozeans mitgebracht hatte. Was er sah, schien ihm Kopfzerbrechen zu bereiten.

Radjaniel fragte: »Hast du etwas gefunden?«

»Ich weiß nicht«, murmelte der Magister seufzend. »Es ist sicher nur Zufall. Was wissen wir über diese rätselhafte Pfeife?«

Radjaniel war von dem abrupten Themenwechsel überrascht. Wenn er den Magister nicht so gut kennen würde, hätte er geglaubt, dieser wolle von seiner Frage ablenken.

Arold antwortete: »Jora Vrinilia hat ihre erste Untersuchung abgeschlossen. Heute wird sie noch ein paar praktische Versuche durchführen, aber sie bezweifelt, dass diese viel ergeben werden. Ich halte Euch natürlich auf dem Laufenden.«

»Gut, gut …«

Denilius wirkte auf einmal zutiefst erschöpft. Er ging zu einem Sessel, ließ sich nieder und sah die beiden Ermittler ernst an.

»Wie Ihr euch vorstellen könnt, macht es mir sehr zu schaffen, meinen Freund in den Händen unserer Feinde zu wissen. Jeden Tag hoffe ich auf seine Rückkehr. Doch alles deutet darauf hin, dass es nicht dazu kommen wird. Wenn Vargaï tatsächlich zu Tannakis gereist ist, ist er nicht mehr Herr über sein Schicksal.«

Er seufzte und senkte den Kopf.

»Er ist auf unsere Hilfe angewiesen. Doch solange wir nicht mehr über die Pläne der Verräter wissen, könnte alles, was wir zu seiner Rettung unternehmen, meinem Bruder schaden. Man muss sich ja nur einmal ansehen, wie Zakarias auf meine Rückkehr reagiert hat. Er war sicherlich davon ausgegangen, dass sein Komplize auf der anderen Seite des Ozeans mich ausgeschaltet hatte. Als er merkte, dass dies nicht der Fall war, zögerte er nicht, alle Bewohner von Zauberranke in Todesgefahr zu bringen. Nur um mir nicht Rede und Antwort stehen zu müssen, hat er Dutzende von Menschenleben geopfert. Ich will nicht, dass so etwas auch mit Vargaï geschieht, und ich bin sicher, dass er das auch so sehen würde. Wir dürfen nicht viele Leben aufs Spiel setzen, um ein einziges zu retten.«

»Zwei«, sagte Radjaniel. »Zwei Leben. Vargaï wurde von einem Schüler begleitet. Vohn.«

Der Einspruch war vielleicht etwas kleinlich, aber Radjaniel hatte sich nicht zurückhalten können. Er mochte es nicht, wenn man Schüler als unwichtig abtat.

»Zwei Leben«, wiederholte der Magister. »Aber das ändert nichts, oder fast nichts. Wenn wir uns auf einen offenen Kampf gegen Tannakis einlassen, wird die Liste unserer Opfer lang sein, selbst im Falle eines Siegs. Ich habe lange über die Sache nachgedacht. Wenn mein Bruder noch am Leben ist und gegen seinen Willen im feindlichen Lager festgehalten wird, ist die beste Lösung ein Gefangenenaustausch.«

Arold runzelte verwundert die Stirn.

»Aber sie wissen bestimmt schon von Zakarias' Tod. Wir können sie nicht täuschen und vorgeben, dass wir den Piraten gefangen genommen haben.«

»Natürlich nicht. Ich meinte einen anderen Gefangenen. Vielleicht ist uns das Glück ja dieses Mal hold …«

Mit wenigen Worten erläuterte er seinen Plan. Radjaniel war auf Anhieb einverstanden. Es handelte sich um eine recht einfach umsetzbare Strategie, und die damit verbundenen Risiken waren gering. Was wollte man mehr?

Der Oberste Wächter hatte allerdings einen Einwand: »Das wird nichts bringen, Denilius. Ich hoffe, dass wir dadurch nicht noch mehr Zeit verlieren!«

»Nichts hindert Euch daran, parallel dazu Eure Ermittlungen fortzuführen. Seid gewiss, dass ich hocherfreut wäre, wenn Ihr den Fall aufklärt.«

»Aber solch eine Ankündigung wird große Auswirkungen haben. Die Verräter werden sich in Acht nehmen!«

»Genau das hoffe ich«, sagte der Magister.

Er seufzte, und wieder ging sein Blick zu dem Bandelier mit den rätselhaften Symbolen.

Radjaniel beschloss, es sich selbst noch einmal anzusehen. Er nahm das Prisma, das daneben lag, und konzentrierte sich ein weiteres Mal auf die seltsamen Zeichen. Da er nicht genau wusste, wonach er suchte, dauerte es fast eine Minute, bis er es sah. Fassungslos wandte er sich zu Denilius um: »Ist das …?«

Der Magister nickte langsam. Seine Miene war todernst.

»Das Symbol der Tuchwanderer, ja. Offenbar lässt uns diese Geschichte immer noch keine Ruhe.«

27

Nobiane stand sich schon seit über zwanzig Minuten vor der Schmiedewerkstatt die Beine in den Bauch, als ein Zweitkreisler auftauchte und sagte, er solle sie zu Vrinilias Palast bringen. Dort angekommen, fand sie die Weltwanderin vor ihrer eigenen Tür vor. Vrinilia versuchte fluchend, den Schlüssel herumzudrehen und die Tür abzuschließen. Als das Mädchen die finstere Miene ihrer Lehrerin sah, wurde ihr klar, dass der Morgen kein Zuckerschlecken werden würde.

Die Bekleidung der Prismenschmiedin zeugte davon, dass ein weiterer Ausflug anstand. Vrinilia trug wieder ihren Ledermantel, und als sie es endlich geschafft hatte, die Tür zu verschließen, packte sie ihre sensenartige Waffe, die an der Wand lehnte. Nobiane gab sich alle Mühe, sie nicht noch mehr zu reizen. Sie verneigte sich höflich und stand dann steif wie eine kleine Soldatin da und wartete stumm auf die Befehle, die zweifellos kommen würden. Aber seltsamerweise musste die tyrannische Weltwanderin erst einmal loswerden, was sie auf dem Herzen hatte: »Diese Schule entwickelt sich mehr und mehr zu einem Hort von Taugenichtsen«, schimpfte sie. »Heute Morgen ist jemand bei mir eingebrochen! Und das, obwohl ich noch zu Hause war! Die Schubladen der Schreibtische, des Schminktischs und des Schmuckschranks waren herausgezogen! Das ist ein Skandal!«

Nobiane nickte brav und dachte an Dælfine und den Eindringling im Zeughaus. Auch Gess' Vergangenheit und ihr eigener Ruf kamen ihr in den Sinn. Immerhin schien die Schmiedin ihre Gehilfin nicht beschuldigen zu wollen, so wie sie es bei ihrer ersten Begegnung getan hatte.

»Hat man Euch etwas gestohlen, Joransame?«

»Ich weiß es nicht! Es sieht nicht so aus, aber wer weiß schon genau, was er in seinen Schränken hat? Ich bin empört! In den dreißig Jahren, die ich nun schon an dieser Schule bin, habe ich so etwas noch nicht erlebt. Aber das wird Folgen haben, das kannst du mir glauben! Der Oberste Wächter kann sich auf etwas gefasst machen. Schließlich ist es seine Aufgabe, für den Schutz der Bewohner von Zauberranke zu sorgen!«

Während der Schimpftirade fuchtelte sie wild mit ihrer Waffe umher. Nobiane wich vorsichtshalber einen Schritt zurück. Sie fragte sich, ob Vrinilia den Schutz von irgendwem nötig hatte. Immerhin wirkte sie selbst recht furchterregend.

»Ich habe über eine Stunde lang aufgeräumt und nach den Schlüsseln gesucht. Bisher habe ich sie praktisch nie gebraucht«, fuhr die Weltwanderin fort. »Deshalb bin ich etwas spät dran, das tut mir leid. Aber ich konnte meine Wohnung einfach nicht in diesem Zustand hinterlassen. Wenn ich den Halunken erwische, der in meinen Sachen herumgewühlt hat, wird es ihm leidtun, auf die Welt gekommen zu sein, das kann ich dir versichern!«

Nobiane riss erstaunt die Augen auf. Hatte sie recht gehört? Die Furie hatte sich bei ihr entschuldigt? Kaum zu fassen!

»Nun, wie dem auch sei. Verlieren wir nicht noch mehr Zeit. Wir haben zu tun. Das kann doch alles nicht wahr sein …«

Sie schimpfte noch eine Weile weiter, während sie wie am Tag zuvor den Weg zum höchsten Punkt der Halbinsel einschlug. Würden sie wieder den Strand vor den Klippen absuchen? Aber wo waren dann Marigalle und ihre siamesischen Zwillinge? Nobiane verachtete die dummen Gänse zutiefst, aber der Gedanke, den Tag allein mit Vrinilia verbringen, war auch nicht gerade erbaulich. Zumal sie fuchsteufelswild und bewaffnet war!

Nach etwa zehn Minuten war klar, dass sie nicht zum Strand hinuntergingen. Stattdessen marschierte die Schmiedin einfach immer weiter. Sie verließen das alte Viertel, passierten den Leuchtturm und stiegen dann zu dem Schutzwall aus Kristall hinab, der Zauberranke umgab.

Nobiane war schon länger nicht mehr in diesem Gebiet gewesen. Wieder fiel ihr auf, wie atemberaubend schön der Kristallwald war. Hier gab es viel mehr Kristalle als beim Zeughaus, und sie waren dicker und wuchsen höher. So weit das Auge reichte, erstreckten sie sich bis zu der öden, salzwassergetränkten Ebene, die die Halbinsel mit dem Kontinent verband. Die Kristalle bildeten einen dichten Wald, der aber nur aus einer einzigen Pflanze bestand, die mit ziemlicher Sicherheit irgendwo hinter dem Schleier wurzelte.

»Weiter«, drängte Vrinilia. »Wenn ich mich richtig erinnere, geht es hier entlang.«

Sie zwängte sich zwischen zwei scharfkantigen Blöcken hindurch und duckte sich unter die Zauberranke. Nobiane zögerte kurz, musste ihr aber wohl oder übel folgen. Gleich darauf lief sie im Slalom um Kristalle jeder Form und Gestalt herum und versuchte verzweifelt, nicht auszurutschen, sich zu schneiden oder die Schmiedin aus den Augen zu verlieren, die in hohem Tempo vor ihr hermarschierte.

So liefen sie eine Viertelstunde weiter, während sich die Umgebung nicht großartig veränderte. Nobiane wurde fast schwindelig. All diese Zacken und Stacheln ähnelten sich so sehr – wie fand sich die Schmiedin nur zurecht? Oder lief sie einfach auf gut Glück los? Aber wie würden sie dann den Rückweg finden? Das Gefälle des Geländes war nur ein vager Anhaltspunkt. Das reichte sicher nicht, um sich zu orientieren.

Unter der Ranke hatte Nobiane das Gefühl, vom Rest der Welt abgeschnitten zu sein. Die seltsame Pflanze wucherte hier so hoch, dass sie nicht einmal mehr den Leuchtturm sehen konnte.

Es war, als stiege die Weltwanderin mit ihrer Gehilfin in die Hölle hinab. Nicht zuletzt, weil das Sonnenlicht, das von den Steinen zurückgeworfen wurde, die Umgebung aufheizte. Im Laufe des Tages wurde die Hitze immer drückender.

Irgendwann hielt Nobiane es nicht mehr aus und fragte: »Entschuldigt, Joransame, aber wo gehen wir hin?«

»Wir machen ein kleines Experiment«, erwiderte Vrinilia. »Es dürfte nicht mehr weit sein, also hab etwas Geduld.«

Viel klüger war Nobiane durch die Antwort nicht geworden, aber sie wagte nicht, weiterzufragen. Die Prismenschmiedin wirkte immer noch aufgebracht, offenbar hatte sie sich von dem Einbruch noch nicht erholt. Und ihr Gerede von einem »kleinen Experiment« verhieß nichts Gutes.

Einige Minuten später waren sie offenbar am Ziel. Zumindest ging Nobiane davon aus, denn sie standen vor einem weißen Felsen, der in etwa so groß war wie die Kristalle ringsum und sich deutlich von der Umgebung abhob. Nobiane fragte sich, wie dieser Brocken hierhergelangt sein mochte. Hatte sich der Stein von den Klippen der Halbinsel gelöst und war hierhergerollt?

Als sie das Hindernis umrundeten, musste sie ihre Theorie revidieren. Was sie zunächst für einen Stein gehalten hatte, war in Wahrheit hohl, und auf der Vorderseite gab es mehrere Öffnungen. Es handelte sich um einen Totenschädel! Einen monströsen Totenschädel, der von einer albtraumhaften Kreatur stammen musste!

Vrinilia schien sich über die Verblüffung ihrer Gehilfin zu amüsieren. Sie ließ Nobiane eine Weile staunen, geruhte dann aber doch, ein paar Erklärungen zu liefern: »Der Chronik zufolge liegt er seit mindestens sechshundert Jahren da. Es ist der Schädel eines Igeldonten, einem der gefährlichsten Carapaxe. In diesem Teil von Gonelore trifft man sie eigentlich kaum an, aber dieser hier hatte es sich wohl in den Kopf gesetzt, bis zu Zauberranke vorzudringen. Die damaligen Weltwanderer schafften es, ihn zu bezwingen, und im Lauf der Jahrhunderte trug die Flut den Kadaver davon. Bis auf den Schädel. Der Knochen ist härter als Marmor.«

Nobiane überzeugte sich selbst davon, indem sie dreimal gegen den Schädel klopfte. Er flößte ihr große Ehrfurcht ein. Und auch etwas Angst. Es war schwer, sich vorzustellen, wie die Kreatur einmal genau ausgesehen haben mochte, aber Nobiane konnte sich mühelos ausmalen, welch schreckliche Szenen sich damals hier abgespielt hatten: Die Bestie war mit gesenkter Stirn durch die Kristalle gerast; im Leuchtturm wurde Alarm ausgelöst; der Hohe Rat rief die besten Krieger zusammen, um sie der Bestie entgegenzuschicken; die tapferen Männer und Frauen durchstreiften den Kristallwald und lieferten sich einen tödlichen Kampf mit der Chimäre, und die Bewohner Zauberrankes jubelten, als wieder Frieden eintrat – bis zum nächsten Angriff. Auch sechshundert Jahre später durchbrachen die Chimären den Schleier, um über die Bewohner Gonelores herzufallen und sich von ihrem Fleisch zu ernähren.

Seither hatte die Ranke ausreichend Zeit gehabt, nachzuwachsen. Von der Bresche, die die Bestie geschlagen hatte, war nichts mehr zu sehen, und hätten die Weltwanderer den Angriff nicht in ihrer Chronik festgehalten, wüsste niemand etwas von dem jahrhundertealten Schädel in der Nähe der Schule. Hätte die Chimäre noch weiter auf die Halbinsel vordringen können? Hätte sie das alte Viertel der Schule verwüsten können? Hätte die Lichtkuppel sie aufgehalten? Reichte die Schutzbarriere, die die Sonnenstrahlen oder das Licht des Leuchtturms zurückwarf, eigentlich bis zum Boden des Kristallwalds? Vielleicht nicht, wenn man bedachte, wie gut die Weltwanderer dieses Gebiet überwachten. Eine Chimäre, die stark genug war, sich einen Weg durch die Kristalle zu bahnen, könnte also bis zur Schule vordringen!

»Genug geträumt!«, rief Vrinilia. »Wir sind nicht hergekommen, um in der Vergangenheit zu schwelgen, sondern um zu arbeiten. Als Erstes werden wir zu unserem eigenen Schutz in den Schädel hineingehen.«

Nobiane hatte keine große Lust, in den hohlen Knochen zu klettern, doch die Worte »zu unserem eigenen Schutz« besaßen eine große Überzeugungskraft. Also folgte sie der Schmiedin in den riesigen Totenschädel, indem sie einen Fuß auf den nunmehr zahnlosen Kiefer setzte und sich hochdrückte. Als sie im Inneren angekommen war, hatte sie das Gefühl, einen heiligen Ort zu schänden. Beeindruckt stellte Nobiane noch einmal fest, wie groß die Kreatur gewesen sein musste. Sie und ihre Lehrerin konnten aufrecht und zwei Meter voneinander entfernt darin stehen, ohne die Wände zu berühren.

Durch die Öffnungen im Schädel blickte man auf den Kristallwald hinaus, der vermutlich immer noch genauso aussah wie vor sechshundert Jahren, als die Bestie ihren letzten Atemzug getan und für immer die Augen geschlossen hatte. Vrinilia schien für derlei Überlegungen jedoch keinen Sinn zu haben. Sie stützte sich in der Mundhöhle ab, als handele es sich um ein Fenster. Dann steckte sie sogar den Kopf nach draußen und verdrehte den Hals, um einen Blick zum Himmel zu werfen.

»Der Blickwinkel ist nicht berauschend«, sagte sie mürrisch. »Ich hoffe, das reicht.«

Vrinilia zog einen kleinen Beutel aus kostbarer Seide aus einer Tasche ihres Bandeliers und nahm etwas heraus. Es handelte sich um ein etwa fingerlanges Prisma, das ganz anders geformt war, als die Stücke, die Nobiane bisher gesehen hatte. Als Vrinilia es an die Lippen setzte, begriff sie: Es handelte sich um Zakarias' Pfeife, von der ihnen Jona erzählt hatte! Darin bestand also ihr »kleines Experiment«!

Nobiane wartete angespannt auf den Pfiff – und seine Folgen –, doch die Schmiedin zögerte den Augenblick hinaus. Sie setzte die Pfeife kurz ab, musterte ihre Schülerin und sagte: »An deiner Stelle würde ich vorsichtshalber mein Schwert ziehen.«

Das war offenbar kein Scherz, und Nobiane bekam eine Gänsehaut. Sie erinnerte sich an den Kampf oben auf dem Leuchtturm. Kurz bevor die Chiroptiden sich auf Radjaniel und seine Schüler gestürzt hatten, hatte sie einen gellenden, ohrenbetäubenden Pfiff vernommen. Rasch packte sie ihre Waffe. Auf einmal kam ihr der Totenschädel gar nicht mehr so groß und stabil vor. Nie im Leben würde er mehreren Dutzend wütenden Chiroptiden standhalten.

Als Vrinilia in die Pfeife blies, musste sich Nobiane sehr zusammenreißen, um nicht laut um Hilfe zu rufen. Gleich darauf stellte sie allerdings erleichtert fest, dass der Pfiff nichts mit dem Geräusch gemein hatte, an das sie sich erinnerte. Die Schmiedin wiederholte das Ganze mehrmals, aber nichts geschah. Die Weltwanderin stand immer noch am »Fenster«, und das Geräusch hallte unangenehm von der Innenseite des Schädels wider. Dann trat wieder tiefe Stille ein – was auch nicht viel beruhigender war.

Nobiane hatte keine Ahnung, worauf sie eigentlich warteten. Vrinilia spitzte die Ohren und starrte reglos auf das kleine Stück Himmel, das sie von ihrer Position aus sehen konnte. Nach einer Minute blies die Schmiedin erneut mit aller Kraft in die Pfeife, dann suchte sie die Umgebung mit einem untertellergroßen Prisma ab. Aber wieder geschah nichts. Zumindest nichts, was sie bemerkten.

»Verflixt!«, fluchte die Weltwanderin.

Aus ihrem Mund hörte sich dieses Wort wie ein schlimmer Fluch an. Nobiane gefiel der Blick, den ihr die schwarz gekleidete Dame zuwarf, überhaupt nicht.

»Die Ranke dämpft bestimmt den Pfiff«, erklärte sie. »Oder sie verzerrt den Ton, und damit ist das ganze Experiment zum Scheitern verurteilt. Wir müssen es oberhalb der Kristalle versuchen. Du wirst die Pfeife nehmen, auf den Schädel steigen und das Ganze noch einmal probieren.«

Nobiane starrte ihre Lehrerin fassungslos an. Das konnte nicht ihr Ernst sein?

»Was ist? Verstehst du nicht, was ich von dir verlange?«

»Doch, schon, aber …«

»Aber was? Du musst dir abgewöhnen, meine Befehle zu hinterfragen, wenn du eines Tages Prismenschmiedin werden willst! Glaubst du etwa, ich habe dich hierhergebracht, damit du ein wenig frische Luft schnappen kannst? In Zauberranke gibt es mindestens zwanzig ältere und gehorsamere Schüler als dich, die liebend gern mit dir tauschen würden, um in den Genuss einer Privatstunde bei mir zu kommen. Ich dachte, dass du genug Grips hast, um meinem Unterricht folgen zu können, aber ich bin kurz davor, meine Meinung zu ändern!«

Nobiane verschlug es die Sprache. Schmiedin werden? Sie konnte sich nicht daran erinnern, dass sie jemals diesen Wunsch geäußert hatte. Wenn Vrinilia es ernst meinte, war das sicher ein Kompliment, aber Nobiane hatte keine Ahnung, wie sie zu dieser Ehre kam. War das eine Falle?

»Sag nicht, dass du dich der Alchimie widmen willst!«, zischte Vrinilia. »Ihr seid alle gleich. Ihr applaudiert bei jedem Fläschchen, das auf dem Boden explodiert, aber die Schönheit eines kunstvoll geschliffenen Steins wisst ihr nicht zu schätzen!«

»Doch, doch!«, stammelte Nobiane.

Sie wusste nicht einmal, was die Weltwanderin von ihr wollte. Um dieses merkwürdige Gespräch zu beenden, streckte sie die Hand aus und nahm Zakarias' rätselhafte Pfeife entgegen. Wenige Augenblicke später kletterte sie durch die Augenhöhle des Riesenschädels und tastete den Knochen nach Stellen ab, an denen sie sich hochziehen konnte.

Als sie am Morgen aufgewacht war, hätte Nobiane nie gedacht, dass sie noch am selben Tag auf einem riesigen Totenschädel inmitten des Kristallwaldes herumklettern würde. Ihr Leben in Zauberranke war wirklich voller Überraschungen. Kurz dachte sie an ihren Vater, der vermutlich davon ausging, dass seine Tochter in diesem Moment in einem Klassenzimmer hockte und die Geschichte oder Geografie der Länder Gonelores paukte. Stattdessen erklomm sie einen monströsen Schädel, brach sich dabei sämtliche Fingernägel ab und betete inständig, nicht abzurutschen und von den spitzen Zacken der Ranke aufgespießt zu werden.

»Beeil dich!«, befahl Vrinilia.

Gess oder Dælfine hätten ihr bestimmt gesagt, sie könne sie mal gernhaben, aber Nobiane konzentrierte sich lieber auf ihr Ziel. Gleich darauf hatte sie es geschafft. Keuchend richtete sie sich auf dem höchsten Punkt des riesigen Schädels auf und sah sich rasch um. Die Ranke überragte sie immer noch um einen guten Meter, doch in der Ferne sah sie den Umriss des Leuchtturms. Zur anderen Seite hin erstreckte sich schier endlos der Wald aus Kristallen.

»Du hast doch hoffentlich nicht die Pfeife fallen lassen, oder?«, rief die Schmiedin.

Auch sie hatte den Totenkopf verlassen und stand ein paar Meter entfernt, halb unter der Ranke verborgen. Nobiane holte die Pfeife aus ihrem Bandelier und hielt sie hoch, um zu zeigen, dass alles in Ordnung war – noch. Denn das Schlimmste stand ihr erst bevor.

»Zögere nicht zu springen, wenn es gefährlich wird! Ich werde dich nicht auffangen können, aber ich werde Hilfe holen!«

Man hätte meinen können, Vrinilia mache einen Scherz, aber wie immer war sie todernst. Allerdings wirkte sie etwas nervös und hielt ihre Sense fest umklammert.

Mit zitternder Hand führte Nobiane die Pfeife an ihre Lippen. Da schoss ihr eine wichtige Frage durch den Kopf.

»Joransame … Warum machen wir dieses Experiment nicht auf der Spitze des Leuchtturms?«

»Weil ich vor Kurzem zur Leuchtturmwärterin ernannt worden bin. Auf keinen Fall will ich die Bestien dort hinlocken. Pfeif jetzt!«

Nobiane schnappte nach Luft. Darum ging es also! Vrinilia wollte tatsächlich Chimären anlocken, als würde man sie mit einem Gong zum Essen rufen.

Andererseits hatte das weder bei Zakarias noch bei Vrinilia geklappt. Nobiane konnte also durchaus das Risiko eingehen. Trotzdem begab sie sich vorsichtshalber an eine Stelle, von der aus sie rasch in den Schädel hinabgleiten konnte. Als sie zum ersten Mal in die Pfeife blies, zitterten ihr die Hände, und ihr Hals war wie ausgedörrt.

»Noch einmal!«, drängte Vrinilia. »Lauter! Selbst hier habe ich dich kaum gehört.«

Nobiane gehorchte. Einmal, zweimal ... Dann beschloss sie, es ein letztes Mal zu versuchen, um endlich von dem Schädel herunterklettern zu können. Sie holte tief Luft und blies mit allem, was ihre Lungen hergaben, in die Pfeife. Ein unbeschreiblicher Ton erklang. Er schien nicht aus dieser Welt zu stammen.

Nobianes Magen krampfte sich zusammen, als ihr aufging, dass dieser Ton bis hinter den Schleier vorgedrungen sein musste. Gleich darauf herrschte wieder tiefe Stille, und Vrinilia und ihre Schülerin standen da und warteten darauf, was das Experiment für Folgen haben würde.

Nobiane wagte nicht, sich zu rühren. Sie hatte den Eindruck, dass die kleinste Bewegung eine Katastrophe auslösen könnte, denn sie spürte, dass ihnen Unheil bevorstand. Einige Meter unterhalb blickte Vrinilia durch ihr Überwachungsprisma und drehte sich in alle Richtungen. Als die Schmiedin überrascht aufschrie, begriff Nobiane, dass ihre Vorahnung richtig gewesen war. Kaltes Grauen packte sie.

»Er kommt!«, warnte die Weltwanderin. »Da, hinter dir!«

Nobiane fuhr herum, aber ohne Prisma sah sie nur den leeren Himmel. Das Herz schlug ihr bis zum Hals. Sie wusste nicht, ob sie stehen bleiben, sich flach auf den Schädel pressen oder zu Boden springen sollte. Die scharfkantigen Stacheln der Ranke reckten sich ihr drohend entgegen.

»Bleib nicht da!«, schrie Vrinilia. »Er kommt! Er kommt!«

Der panische Unterton ihrer Stimme riss Nobiane aus ihrer Erstarrung. Sie schaute nach oben, sah aber immer noch nichts. Die Bestie konnte sich hundert oder nur noch wenige Meter von ihr entfernt befinden. Noch verbarg sie sich hinter dem Schleier. Nobiane lief zum Rand des Riesenschädels, legte sich auf den Bauch und schob sich voran, bis ihre Füße in der Luft baumelten.

In diesem Moment tauchte die Chimäre vor ihr auf.

Vor Schreck hätte Nobiane fast den Halt verloren. Kurz überlegte sie, einfach loszulassen und sich zu Boden fallen zu lassen, auch wenn sie riskierte, sich dabei den Hals zu brechen. Die Bestie ragte keine drei Schritte vor ihr auf, genau an der Stelle, wo sich Nobiane vor einer Sekunde befunden hatte.

Diesen Anblick würde sie nie mehr vergessen. Die Kreatur sah aus wie eine Kreuzung zwischen einem Greifvogel und einem Aasgeier, nur zehnmal so groß. Sie hatte Krallen wie Säbel, einen riesigen Schnabel, der einen Menschen mit einem Happs verschlingen konnte, schwarze Flügel, die an den Mantel eines Totengräbers erinnerten, und Augen, deren Lider nervös zuckten.

Die Bestie neigte den Kopf zur Seite, stieß einen klagenden Schrei aus und scharrte ohne ersichtlichen Grund mit den Krallen. Es folgten weitere seltsame Bewegungen: Die Bestie schlug heftig mit einem Flügel, verdrehte den Hals wie eine Eule und stieß weitere Klageschreie aus. Nobiane hatte ein solches Wesen noch nie gesehen, aber sie ging davon aus, dass dieses Verhalten nicht normal war. Die Chimäre wirkte völlig unberechenbar.

»Spring! Nun spring schon!«, drängte Vrinilia zum wiederholten Male.

Nobiane hätte nichts lieber getan als das, aber sie konnte sich vor Angst nicht rühren. Kurz wandte sie den Blick von der Bestie ab, um zu schauen, wo sie landen könnte. Zu spät: Die Kreatur packte sie mit den Krallen an den Schultern und hob mit ihr ab.

Nobiane ergriff blankes Entsetzen. Sie war der Chimäre, die zehn Meter über die Ranke hinwegflog, hilflos ausgeliefert – entweder würde sie von den Kristallen aufgespießt oder von der Bestie gefressen werden! Sie brüllte und schrie, klammerte sich mit einer Hand an einen der Fänge und schlug mit ihrem Schwert auf die Kreatur ein. Jedes Mal, wenn die Kreatur den scharfkantigen Kristallen zu nahe kam, zuckte Nobiane zusammen, und wenn sie sich dann wieder in die Lüfte erhob, hielt das Mädchen den Atem an.

Die Chimäre schien nicht zu wissen, wohin sie fliegen sollte. Mal hielt sie auf den Leuchtturm zu, mal flatterte sie in die entgegengesetzte Richtung, mal näherte sie sich dem Schädel des Carapaxen. Wenn Nobiane nicht gerade selbst aufkreischte, vernahm sie ab und zu Vrinilias Schreie, aber sie verstand nicht, was die Lehrerin ihr zurief.

Nobiane hörte bald auf, mit ihrem Schwert auf den Unterleib der Kreatur einzuschlagen, denn die Chimäre bohrte ihr jedes Mal die Krallen noch schmerzhafter in die Schulter. Irgendwann würde die Bestie schon müde werden oder das Interesse verlieren und Nobiane fallen lassen. Sie konnte nur hoffen, dann nicht von den messerscharfen Kristallen aufgeschlitzt zu werden. Hätte sie ihrer Lehrerin nur den Gehorsam verweigert! Hätte sie nur die verfluchte Pfeife zerbrochen!

Da fiel ihr ein, dass sie das Instrument immer noch in der Tasche hatte. So war Nobiane eben: Selbst in größter Gefahr hatte sie darauf geachtet, den kostbaren Gegenstand sicher zu verwahren. Sie zog die Pfeife aus ihrem Bandelier und entlockte ihr mit der Kraft der Verzweiflung einen vibrierenden Ton. Da sie nicht wusste, wie die Kreatur reagieren würde, hielt sie sich vorsichtshalber mit beiden Händen an den Fängen fest.

Die Bestie näherte sich jetzt wieder dem Boden, allerdings

nicht wie zuvor in einem wilden Sturzflug, sondern ruhiger, als wüsste sie jetzt endlich, wo sie hinwollte. Nach wie vor waren ihre Bewegungen jedoch ziemlich unbeholfen, und Nobiane kniff die Augen zusammen, als die Bestie plötzlich einen Flügel anlegte und durch die Ranke stieß.

Nobiane spürte, wie die Krallen sich öffneten, sobald sie mit den Füßen den Boden berührte. Sie stolperte, fiel hin, setzte sich aber gleich wieder auf. Rasch schob sie sich zur Seite, um der Bestie nicht den Rücken zuzuwenden. Doch die Chimäre verfolgte sie nicht. Sie verhielt sich weiterhin äußerst seltsam, rollte mit den Augen und schnappte mit dem Schnabel ins Leere.

Das Mädchen kroch hinter zwei große Kristallsäulen und beobachtete von dort aus mit einer Mischung aus Faszination und Angst die Grimassen der Chimäre. Was mochte Zakarias mit der Bestie verbunden haben? Wann hatte das Ganze angefangen? Und zu welchem Zweck?

Nobiane stand immer noch unter Schock und war so sehr mit ihren Fragen beschäftigt, dass sie nicht mitbekam, wie sich Vrinilia auf das Ungeheuer stürzte. Sie wurde erst aus ihrer Trance gerissen, als der Kopf der Chimäre plötzlich durch die Luft flog und eine Blutfontäne aus dem Hals hervorschoss. Als die Kreatur zu Boden ging, erblickte Nobiane ihre Lehrerin, die die Sense über dem Kopf schwang und zu einem weiteren Schlag ausholte.

Die Oberste Prismenschmiedin war hochrot im Gesicht und keuchte vor Anstrengung, doch ihre Miene war triumphierend.

28

Jona war missgelaunt in die Bibliothek von Zauberranke zurückgekehrt. Der Dienst, den man ihm zugeteilt hatte, war seiner Meinung nach der langweiligste von allen. Viel lieber wäre er bei Dælfine im Zeughaus geblieben, auch wenn er sich nicht groß dafür interessierte, wie man Krustenkrebszangen säuberte und schliff. Er hätte auch nichts dagegen gehabt, zusammen mit Berris Jora Maetildes Unterricht zu besuchen. Und er war fest überzeugt, dass sich Gess und sogar Nobiane bei Gregerio und Vrinilia mehr amüsierten.

Selenimes gab sich ihm gegenüber noch gleichgültiger als am Vortag. Jona hatte gehofft, dass sich sein Verhalten ändern würde, weil der Alte jetzt wusste, dass er Jora Lygwenns Enkel war. Doch der Oberste Schreiber hatte kein Wort darüber verloren, und jetzt konnte Jona ihn nicht mehr befragen, da sie jetzt in unterschiedlichen Flügeln des Gebäudes arbeiteten.

Selenimes hatte seinen Gehilfen damit betraut, die Bücher im Archiv aufzuräumen und abzustauben. Der Ratsälteste hatte ihm nur kurz sein Ordnungssystem erklärt und war dann durch das Labyrinth aus Bücherregalen verschwunden. Bisher war er nicht wieder aufgetaucht. Seither schleppte Jona staubige Schinken von einem Regal zum anderen und versuchte, die Zeichen auf den Buchrücken zu erkennen, die nach Jahrhunderten der Abnutzung kaum noch zu entziffern waren.

Die undankbare Aufgabe kam ihm vollkommen sinnlos vor.

Die Bibliothek hatte keine Besucher. Seit Jona hier arbeitete, hatte niemand das Gebäude betreten – abgesehen von Denilius am Tag zuvor. Was sollte man hier auch wollen? Jora Maetilde brachte ihren Schülern zwar das Lesen bei, aber in Zauberranke gab es keine Schulbücher, und die Schüler mussten im Unterricht nicht einmal mitschreiben. Nur Nobiane machte sich hin und wieder ein paar Notizen. Die Unterrichtsmethoden der Lehrer von Zauberranke passten natürlich zu ihrem Beruf: Wenn die Schüler einer Chimäre gegenüberstanden, nutzte es ihnen wenig, wenn sie erst ihr Schulheft hervorholen mussten, um darin nachzuschlagen, wie man sich am besten gegen die Kreatur wehrte. Sie mussten das im Unterricht erworbene Wissen anwenden können, ohne groß nachzudenken, um in einer brenzligen Situation instinktiv richtig zu handeln.

Jona dachte an Vargaïs Kampf gegen den Hyändron. Der Alte besaß all die Fertigkeiten, nach denen die Schüler strebten. Das bewiesen die zahlreichen Nieten am Bandelier des Abenteurers. Auch Radjaniel verfügte über viel Kampferfahrung, und dasselbe galt sicherlich für Denilius, Gregerio und die anderen Mitglieder des Hohen Rats und für den Großteil der Lehrer Zauberrankes. Im Grunde war das nur logisch: Wer einen schlimmen Fehler beging, konnte nicht mehr davon berichten. Daher war jeder Weltwanderer, der sein Bandelier seit Jahrzehnten trug und viele Kämpfe überlebt hatte, ein Held.

Dieser Gedanke führte ihn zu seiner Großmutter. Was für eine Weltwanderin mochte Lygwenn sein? Denilius hatte sie als jemanden beschrieben, der es nicht lange an einem Ort aushielt. Aber war sie eine Einzelgängerin, oder liebte sie Geselligkeit? War sie nachdenklich oder ungestüm? Empfindsam oder unerschütterlich? Menschen waren so unterschiedlich, und jeder verhielt sich im Kampf anders. Jona hatte das schon bei den Mitgliedern seiner eigenen Gilde beobachtet, obwohl sie sich noch gar nicht lange kannten. Jetzt stellte er sich seine Großmutter als junges Mädchen vor und gab ihr nacheinander die Charakterzüge von Nobiane, Dælfine, Gess und sich selbst. Er überlegte, wie sie gewesen war, bevor sie sich der Bruderschaft angeschlossen hatte. Er spann den Gedanken weiter und malte sich ihre Reisen aus. Die Abenteuer, die sie erlebt hatte. Die Geburt der kleinen Ciryelle. Die Geburt von Lehander, ihm selbst. Und dann das Unheil, das sie heimgesucht hatte.

Er erwachte erst wieder aus seiner Trance, als er kaum noch atmen konnte, und schnappte nach Luft wie jemand, der um ein Haar ertrunken wäre. Es dauerte eine ganze Weile, bis er wieder in die Wirklichkeit zurückfand. Er befand sich noch immer im Archiv der Bibliothek und saß auf einem Schemel, auf dem er offenbar eingeschlafen war. Jona hatte keine Ahnung, wie viel Zeit verstrichen war. Immer noch war er allein. Aber wie lange noch?

Wieder überkamen ihn düstere Gedanken. Was, wenn seine plötzlichen Aussetzer tatsächlich Chimären anlockten? Was, wenn eine solche Kreatur auf einmal in der Bibliothek auftauchte, die Regale umwarf und sich mit ausgefahrenen Krallen auf ihn stürzte? Er hatte nichts, womit er sich verteidigen konnte, und niemanden, der ihn beschützte.

Zum Glück gelang es ihm bald, diese albernen Gedanken beiseitezuschieben. Kaum eine Minute nach seinem Aufwachen war die Bibliothek wieder der langweiligste Ort der Welt. Es war genauso wahrscheinlich, hier auf eine Chimäre zu treffen, wie auf einen Besucher!

Trotzdem hatte ihn die Episode ganz schön mitgenommen. Er beschloss, sich eine kleine Pause zu gönnen und ein wenig durch das Gebäude zu streifen. Und sei es nur, um nicht wieder in diesen tranceartigen Zustand abzugleiten.

Ohne groß nachzudenken, schlug er die Richtung ein, in die Selenimes verschwunden war, um sich auf die Suche nach ihm zu begeben. Der Ratsälteste würde ihn gewiss abweisend behandeln oder ganz einfach ignorieren, aber Jona sehnte sich nach etwas menschlicher Gesellschaft. Er brauchte ein wenig Ablenkung von seinen düsteren Gedanken. Er ging einen Gang entlang, durchquerte zwei leere Studienzimmer, gelangte durch einen weiteren Gang in einen Saal, in dem alte Bücher ausgestellt waren, stieg eine Treppe hoch, passierte mehrere Archivräume … Er hoffte nur, dass er sich in diesem Labyrinth nicht verlief, aber zum Glück kannte er sich inzwischen ein wenig aus. Nach einer Weile stieß er tatsächlich durch Zufall auf die Stube, in der der Oberste Schreiber arbeitete.

Es war kein richtiges Arbeitszimmer, eher eine kleine Kammer mit niedriger Decke – ein Raum, der zu dem Obersten Schreiber passte, wie Jona fand. Selenimes war nicht da, aber die offenen Bücher auf dem Schreibtisch, das Feuer im Kamin und die hell brennende Laterne waren Hinweise darauf, dass er bald zurückkommen würde. Neugierig schlenderte Jona an den Bücherregalen entlang. In diesem Raum war er bisher noch nie gewesen. Kein Wunder: Die Kammer befand sich im oberen Geschoss am Ende eines langen, schmalen Gangs, von dem rechts und links eine Handvoll Türen abgingen.

Ziemlich schnell fielen dem Jungen Unterschiede zu den anderen Räumen der Bibliothek auf. Manche Regale waren mit Querbalken versehen, die von soliden Schlössern gesichert waren und verhinderten, dass man die Bücher einfach so herausnehmen konnte. Auch gab es hier sehr viel weniger Bücher als in den anderen Räumen, wo sich die Regale unter der Masse der übereinandergestapelten Bände nur so bogen. Standen hier nur besondere Werke?

Seine Neugier war geweckt. Er sah sich um, und sein Blick fiel auf die Gitterstäbe vor dem einzigen Fenster. Dann war da noch der Schlüssel, der in der offen stehenden Tür steckte. Selbst einige Bücher waren mit Schlössern versehen. Ihm ging auf, dass er hier vermutlich nichts zu suchen hatte. Er musste sich schleunigst aus dem Staub machen, bevor sein Lehrer zurückkam.

Jona wandte sich schon zum Gehen, als sein Blick auf die offenen Bücher fiel, die auf dem Schreibtisch lagen. Die Seiten schienen ihn magisch anzuziehen. Bislang hatte kein einziges anderes Werk in diesem Gebäude eine solche Wirkung auf ihn gehabt. Plötzlich gab es für ihn nichts Wichtigeres, als einen Blick auf diese geheimnisvollen Texte zu werfen. Es war, als würde sein Leben davon abhängen.

Er konnte dem Drang nicht widerstehen. Obwohl ihm eine vernünftige Stimme in seinem Kopf riet, so rasch wie möglich von hier zu verschwinden und seiner Neugier nicht nachzugeben, machte er kehrt und trat an den Tisch.

Anfangs war er so nervös, dass er die Worte, die er las, nicht einmal richtig aufnahm. Nach einer Weile hatte er sich aber so weit zusammengerissen, dass er feststellen konnte, dass mehrere der Manuskripte in einer fremden Sprache verfasst waren. Enttäuscht ließ er den Blick weiter über die zehn aufgeschlagenen Bücher schweifen. Am liebsten hätte er darin herumgeblättert, aber er wollte keine Spuren hinterlassen.

Plötzlich stach ihm ein Wort oder vielmehr ein Name ins Auge: »Tuchwanderer«. Jona verschlang den Absatz, in dem das Wort vorkam, mit der Gier eines hungrigen Raubtiers – und mit dem Gefühl, dass ihm endlich Gerechtigkeit widerfuhr.

In seiner Eile nahm er kaum etwas von dem Geschriebenen auf und musste manche Sätze mehrmals lesen. Der Abschnitt war recht kurz und bestätigte anfangs nur, was er schon wusste: »Tuchwanderer« war die Bezeichnung für eine Gruppe von Weltwanderern, die vor sechsunddreißig oder siebenunddreißig Jahren eine Mission unternommen hatte, die am Ende gescheitert war. Doch dann erwähnte der Eintrag, dass fünfzig Abenteurer zu den Tuchwanderern gehört hatten, und es folgte eine Liste der Mitglieder.

Mit klopfendem Herzen überflog Jona die Liste. Seine Aufregung wuchs, als er auf einen ersten bekannten Namen stieß: Jora Vrinilia.

Er hielt sich nicht lange damit auf. Gleich darauf war der Name seiner Großmutter aufgeführt. Ein Schauer lief ihm über den Rücken. Ihm war, als würde Lygwenn mit einem Mal lebendig – als würde die Chronik ihre Geschichte bestätigen und damit auch seine eigene! Aber eins musste er noch überprüfen, eine letzte Sache …

»Was hast du hier zu suchen?«

Jona zuckte zurück und krachte gegen das Regal in seinem Rücken. Selenimes stand in der Tür. Jona hatte ihn gar nicht zurückkommen hören. Der Oberste Schreiber bebte vor Wut, wirkte zugleich aber auch ein wenig schuldbewusst, so als hätte er selbst einen Fehler begangen.

»Schülern ist der Zugang zu diesem Teil der Bibliothek verboten. Das habe ich dir doch bestimmt gesagt!«

Jonas Verwunderung war nicht gespielt: »Nein … Ich glaube nicht …«

Die Antwort war nicht gelogen. Selenimes schwieg kurz und schien in seinem Gedächtnis zu kramen. Dann machte er einen Schritt zur Seite und wies auf den Gang: »Nun ja, jetzt weißt du es! Geh zurück ins Archiv, und dass ich dich hier nicht mehr erwische! Was wolltest du überhaupt hier?«

»Ich dachte, Ihr hättet nach mir gerufen«, behauptete Jona.

Das war zwar eine etwas plumpe Lüge, aber am Vortag hatte der Schreiber tatsächlich mehrmals nach ihm gerufen, und das Echo war derart von den Wänden der Säle widergehallt, dass Jona nicht hatte sagen können, woher der Ruf kam.

»Ab jetzt!«, befahl der Ratsälteste. »Und unterstehe dich, mit dieser Eskapade vor deinen Freunden anzugeben.«

Jona hastete davon. Natürlich würde er seinen Freunden nichts davon erzählen, und zwar aus einem einfachen Grund: Er konnte niemandem mehr vertrauen.

Denn kurz bevor Selenimes ihn überrascht hatte, war sein Blick auf einen dritten Namen der Liste gefallen: auf den von Denilius.

Also stimmte es, was Radjaniel gesagt hatte. Der Messerschleifer hatte sich leider geweigert, ihm mehr davon zu erzählen, doch wenn der Magister selbst zu den Tuchwanderern gehört und Lygwenn schon lange vor ihrem Aufenthalt in Zauberranke gekannt hatte – warum hatte er dann nichts davon gesagt?

29

Sohia hatte ihre Entscheidung getroffen, sobald sie von der Rettungsaktion für Vargaï gehört hatte. Es war keine leichte Wahl gewesen, denn sie war zwischen ihrer Treue zu ihrem ehemaligen Lehrer und ihrer Verantwortung für ihre eigenen Schüler hin und her gerissen. Doch nach kurzem Überlegen stand ihr Urteil fest: Wenn sie nicht an dieser Reise teilnahm und Vargaï etwas zustieße, würde sie sich für den Rest ihres Lebens Vorwürfe machen. Die Schüler hingegen konnte sie problemlos ihren Kollegen anvertrauen. Viele Gilden hatten Tote zu beklagen und waren nicht mehr vollständig. So die Götter es wollten, würde Sohia in drei Wochen wieder zurück sein.

Also hatte sie Jor Selenimes Bescheid gegeben, der die Freiwilligen für die Rettungsaktion in eine Liste eintrug. Der Hohe Rat hatte sich bislang noch nicht näher dazu geäußert, was Vargaï zugestoßen war. Man hatte sich auf die Mitteilung beschränkt, dass er irgendwo zwischen Zauberranke und der Enklave verschwunden war. An diesem Abend hatten sich die Interessierten im Schwursaal eingefunden, um mehr über die Sache zu erfahren. Während sie noch auf die letzten Teilnehmer warteten, erstellte Sohia im Kopf ihre eigene Liste der Anwesenden.

Natürlich war Denilius zugegen. Als Magister und Bruder des Verschwundenen war das Rettungskommando höchstwahrscheinlich seine Idee gewesen. Sohia glaubte allerdings nicht, dass er selbst an der Exkursion würde teilnehmen können. Sein

Amt hinderte ihn daran, was ihm gehörig gegen den Strich gehen musste.

Arold half ihm bei der Zusammenstellung der Truppe. Auch er würde höchstwahrscheinlich nicht mit auf die Reise gehen. Sohia konnte sich nicht erinnern, wann der Oberste Wächter Zauberranke zum letzten Mal verlassen hätte. Das musste Jahre her sein! Bestimmt würde er eines Tages der Ratsälteste sein – es sei denn, sein Ehrgeiz würde befriedigt, und er würde das begehrte Amt des Magisters übernehmen. So oder so würde er den Alltag der Bewohner Zauberrankes auf lange Zeit vergiften …

Auch Radjaniel war unter den Anwesenden. Vor einem Monat wäre dies noch undenkbar gewesen. Der Messerschleifer hatte sich von allem, was in Zauberranke vor sich ging, ferngehalten. Doch seit Vargaï ihm seine Schüler anvertraut hatte, spielte der Herr über das Zeughaus eine immer wichtigere Rolle im Schulalltag. In den vergangenen Tagen hatte man ihn im Übrigen häufig an Arolds Seite gesehen.

Sohia kannte drei weitere der Versammelten. Da war zum einen Jor Huguebald, der Sohn von Selenimes, ein groß gewachsener Weltwanderer mit leicht ergrauten Schläfen. Er war als aufrechter und ehrlicher Mann bekannt, und Sohia freute sich, dass er an der Expedition teilnehmen würde.

Dann war da Jora Narjanie. Sie war die einzige andere Frau unter den Anwesenden. Sie war fünf oder sechs Jahre älter als Sohia und für ihre Rastlosigkeit bekannt. Für sie war die Rettungsmission sicherlich der ideale Vorwand, um in die Welt hinauszuziehen. Aber warum auch nicht? Sohia verstand sich gut mit der Abenteurerin und freute sich, dass sie dabei war.

Anders verhielt es sich allerdings mit der dritten ihr bekannten Person. Sie fragte sich, was dieser Kerl hier machte! Es handelte sich um Jor Kartigann, mit dem sie ständig über Kreuz lag. Kein Tag verging, an dem ihre Schüler nicht aneinandergerieten. Leider mussten ihre Schützlinge dem Nachmittagsunterricht bei den Ratsmitgliedern gemeinsam folgen. Soweit Sohia wusste, hatte Kartigann nichts für Vargaï übrig. Sie hatte schon gehört, wie er ihn »Vargabund« nannte. Was suchte so jemand hier?

Blieben noch vier Männer, die Sohia nur vom Sehen kannte. Sie waren offenbar die letzten auf der Liste, denn jetzt schloss Radjaniel die Tür. Zwei der Nachzügler gehörten zur Miliz des Obersten Wächters. Das bedeutete, dass sie jederzeit mobilisiert werden konnten, um Arold beim Schutz von Zauberranke zu unterstützen. Etwa zwanzig Weltwanderer stand das ganze Jahr über auf Abruf bereit, aber sie wurden nur selten gebraucht. Diesmal hatte man sie offenbar dazu gedrängt, sich freiwillig für das Rettungskommando zu melden. Sohia fand daran nichts auszusetzen: Hauptsache, man kam Vargaï zu Hilfe.

»Schön«, sagte Denilius. »Dann können wir ja anfangen. Zunächst möchte ich Euch danken, dass Ihr den Weg hierher gefunden habt. Wir alle hatten unter den jüngsten Ereignissen zu leiden, aber Ihr habt genug Mut und Hingabe, um den Schmerz Eurer Verletzungen zu ignorieren und einem der Unseren zu Hilfe zu kommen. Mit Eurer Anwesenheit heute Abend erweist Ihr Euch würdig, von der gesamten Bruderschaft geehrt zu werden.«

Die Zuhörer lächelten teils stolz, teils verlegen. Sohia fand nicht, dass sie etwas Besonderes tat, aber der Magister wollte ihnen offenbar seine Dankbarkeit bekunden. Er fuhr fort: »Bei dieser Rettungsaktion drohen Euch jedoch mehr Gefahren, als Ihr ahnt, und ich möchte niemandem zu dem Einsatz zwingen. Ich bitte Euch, noch einmal in Euch zu gehen, bevor Ihr zusagt. Nur wer wirklich bereit ist, die Sache durchzuziehen, sollte bleiben. Anschließend werden die endgültigen Teilnehmer der Expedition ein paar Dinge erfahren, die niemand anderes wissen darf.«

Den Zuhörern erstarb das Lächeln auf den Lippen. Sie sahen den Magister entgeistert an. Sohia glaubte, bereits zu wissen, was er ihnen mitteilen würde. Es ging nicht darum, im Wald nach einem verletzten Vargaï zu suchen, sondern darum, ihn aus den

Händen von Tannakis zu befreien. Vargaï war ein Gefangener im befestigten Lager des Feinds!

»Jor Huguebald«, fragte Denilius. »Seid Ihr bereit, Eure Schüler, Euren Vater und die Sicherheit Eures Hauses aufzugeben, um Euch auf eine Mission zu begeben, von der Ihr nicht genau wisst, welches Ziel sie hat?«

Der Mann zögerte keine Sekunde: »Ich würde vor Scham sterben, wenn ich einen unserer Brüder im Stich lassen würde. Sagt mir nur, in welche Richtung ich aufbrechen soll, Magister.«

»Bald, bald«, versprach dieser. »Jor Kartigann. Ich will ehrlich sein: Es erstaunt mich, Euch in dieser Runde zu sehen. Ich habe keinen Zweifel an Eurem Mut, denn ich weiß, dass Ihr vor keiner Chimäre zurückweicht. Aber ich glaube zu wissen, dass mein Bruder und Ihr nicht auf bestem Fuß miteinander standet, nicht wahr?«

»Das ist richtig!«, rief Kartigann. »Aber niemand soll sagen können, dass der alte Kartigann Däumchen dreht, während andere der Gefahr unerschrocken ins Auge sehen und in vorderster Reihe kämpfen. Außerdem gebe ich meinen Schülern so ein gutes Beispiel. Wenn man goldene Abzeichen auf seinem Bandelier tragen will, dann muss man sie sich verdienen!«

Sohia verzog das Gesicht. Darum ging es ihm also, um Ehrungen und Auszeichnungen. Das passte zu ihm.

Denilius ging nicht weiter darauf ein. Er fragte Sohia, was sie veranlasst hatte, sich freiwillig zu melden, und sie antwortete: »Jor Vargaï hat sich über zehn Jahre um mich gekümmert, selbst dann noch, als ich nicht mehr seine Schülerin war. Ich weiß, dass man so etwas in der Bruderschaft nicht laut sagt, aber … für mich ist er so etwas wie ein Vater. Ich kann ihn nicht seinem Schicksal überlassen.«

Sie lief rot an. Ihre eigene Offenheit war ihr peinlich, aber sie hätte es nicht ertragen, dass man ihre Treue infrage stellte. Zum Glück hielt sich der Magister nicht lange mit ihr auf, sondern machte gleich mit Narjanie und den anderen Freiwilligen weiter. Alle sprachen von der Pflicht und Notwendigkeit, einen der Ihren zu retten, jeder auf mehr oder minder überzeugende Weise.

»Schön«, sagte Denilius. »Da sich trotz meiner Warnungen niemand zurückziehen möchte, werde ich euch bald mehr zum wahren Charakter der Mission sagen können. Aber bevor wir zur Sache kommen, bitte ich euch, einen Eid abzulegen, wie es die Tradition verlangt.«

Sohia war nicht überrascht. Schließlich hatte man sie im Schwursaal versammelt, und eine kleine Erinnerung an das Ehrgefühl der Weltwanderer war bestimmt nicht überflüssig, wenn man bedachte, was der Magister ihnen anvertrauen würde. Mit den anderen Freiwilligen verließ sie ihre Bank und stellte sich am Rand des Raums auf. Radjaniel begann damit, ihre Waffen zu konfiszieren. Sohia stellte sich ans Ende der Schlange und reichte Radjaniel den Dolch, den sie an diesem Abend mit sich führte. Als der Messerschleifer ihr die Waffe abnahm, flüsterte er ihr zu: »Es tut mir wirklich leid. Aber es gibt keinen anderen Weg …«

Verwirrt runzelte Sohia die Stirn, aber Radjaniel schickte sie schon zu den anderen. Kurz darauf standen die acht Freiwilligen vor Denilius' Schreibtisch, eine Hand auf dem Herz, und warteten darauf, ihren Eid zu leisten. Arold und Radjaniel bezogen hinter ihnen Stellung. Das Ganze wirkte, als hätten sie den Ablauf im Voraus einstudiert. Denilius schien die Zeremonie sehr ernst zu nehmen. Er verkündete feierlich: »Ihr steht nicht zum ersten Mal hier im Schwursaal. Ihr alle habt im Alter von sechzehn Jahren oder wenig später hier oder vor einem anderen Hohen Rat geschworen, der Bruderschaft treu zu dienen. Bei dieser Gelegenheit habt Ihr auch das Bandelier eures Erwachsenenlebens erhalten. Ein Bandelier, das von Jahr zu Jahr schwerer werden sollte von den Symbolen Eurer Heldentaten, Siege und Verdienste. Ein Bandelier, das Euch mit Euresgleichen verbindet. Ein Bandelier, das Euer ganzer Stolz sein sollte.«

Er hielt inne und blickte jeden der Freiwilligen an. Dann fuhr er fort: »Leider missachtet der eine oder andere von Euch dieses Erbe. Und das werden wir jetzt überprüfen. Jor Arold, waltet Eures Amtes.«

»Dreht euch um!«, befahl der Oberste Wächter. »Und zwar ganz langsam!«

Verwundert gehorchte Sohia. Ihre Überraschung schlug allerdings in Entsetzen um, als Radjaniel und Arold ihre Schwerter auf die acht Weltwanderer richteten. Ihre Kollegen schwankten zwischen Fassungslosigkeit und Wut.

»Was soll das?«, empörte sich Huguebald. »Denilius, was ist das für eine Farce? Weiß mein Vater darüber Bescheid?«

»Keineswegs«, antwortete der Magister. »Ihr könnt ihm also keinen Vorwurf machen, mein Freund. Aber Euch betrifft die Sache höchstwahrscheinlich gar nicht.«

»Mich betrifft die Sache höchstwahrscheinlich gar nicht? Aber was soll dann das Ganze?«

»Ja!«, rief Kartigann. »Was geht hier vor? Wer auch immer mir ein Schwert vor die Nase hält, muss einen verdammt guten Grund haben! Und schnelle Beine, das könnt Ihr mir glauben!«

»Alle bleiben, wo sie sind«, sagte Denilius warnend. »Jora Narjanie, stellt Euch zurück in die Reihe.«

Die Weltwanderin war zwei Schritte zurückgewichen, vermutlich unbewusst, weil sie sich von den Waffen bedroht fühlte. Denilius hatte den Befehl zwar sehr höflich formuliert, legte gleichzeitig aber eine Hand an seine Streitaxt. Sohia lief ein Schauer über den Rücken. Die Lage war offenbar noch ernster, als sie angenommen hatte.

»Ihr handelt vermutlich alle in guter Absicht«, befand Denilius. »Daher bitte ich Euch jetzt schon um Entschuldigung für das, was nun folgen wird. Aber sollte unter euch ein Verräter sein, hat sich der Aufwand gelohnt.«

»Aufwand?«, wiederholte Huguebald. »Um Himmels willen,

sagt uns, was Ihr vorhabt, oder muss ich den Ratsältesten als Schlichter herbeirufen?«

Jor Kartigann regte sich noch viel mehr auf: »Das ist eine bodenlose Frechheit! Eigentlich gibt's gar keine Rettungsaktion! Ihr habt uns hinters Licht geführt! Und ich war sogar bereit, meine kostbare Zeit damit zu verschwenden, diesen Vagabund aus einem Straßengraben zu ziehen! Meinetwegen kann er dort verrecken!«

»Eure Absicht war nobel, Jorensan. Und wenn alle Anwesenden kooperieren, wird diese ›bodenlose Frechheit‹ in wenigen Minuten vorbei sein. Ich rate Euch jedoch, nichts zu sagen, was Ihr den Rest Eures Lebens bedauern werdet. Ganz gleich, wie lang es noch andauern wird. Habe ich mich klar ausgedrückt?«

Kartigann hielt dem Blick des Magisters einige Augenblicke stand, dann senkte er den Kopf. Denilius war in mehrerlei Hinsicht ein beeindruckender Mann.

»Aber was erwartet Ihr denn von uns«, meldete sich Huguebald wieder zu Wort. »Ein Geständnis? Das ist doch absurd! Wir wissen ja nicht einmal, was uns vorgeworfen wird! Ihr scheint vergessen zu haben, dass wir uns alle freiwillig gemeldet haben!«

»Im Gegenteil, genau das interessiert mich«, erklärte Denilius. »Unter Euch gibt es vielleicht jemanden, der die Gelegenheit nutzen will, um Zauberranke zu verlassen, ohne dass jemand Verdacht schöpft. Aber wir wissen ein Mittel, um denjenigen zu entlarven. Jor Arold?«

»Zieht Eure Hemden aus«, befahl der Oberste Wächter. »Ganz langsam, ohne hektische Bewegungen!«

»Das ist ein Skandal«, rief Huguebald. »Mein Vater wird hiervon erfahren, das versichere ich Euch! Stellt Euch bei der kommenden Ratsversammlung auf ein ordentliches Donnerwetter ein!«

Trotz dieser Drohungen war der Sohn des Obersten Schreibers der Erste, der sein Hemd auszog. Offenbar wollte er das Ganze schnellstmöglich hinter sich bringen. Mit bloßem Oberkörper ging er ein paar Schritte vor dem Magister und seinen Gehilfen auf und ab und wartete mit grimmiger Miene auf ihr Urteil.

»Und was jetzt? Soll ich vielleicht auch noch für Euch tanzen?«

»Das ist nicht nötig, Jorensan«, sagte Denilius beschwichtigend. »Ihr könnt Euch wieder anziehen. Ich bitte Euch nochmals um Verzeihung. Hoffentlich kann ich dasselbe in wenigen Augenblicken bei all Euren Kollegen tun.«

Dies sollte die anderen natürlich dazu bewegen, Huguebalds Beispiel zu folgen. Endlich begriff Sohia, worum es ging. Ihr fiel ein, dass Radjaniel in jener verhängnisvollen Nacht oben auf dem Leuchtturm von einer seltsamen Tätowierung auf Zakarias' Körper erzählt hatte. Die Mitglieder des Hohen Rats versuchten, die Komplizen des Piraten zu entlarven!

Um selbst vom Verdacht befreit zu werden, begann sie ihr Hemd aufzuknöpfen. Radjaniel trat auf sie zu und bedeutete ihr, dass sie das Kleidungsstück anbehalten durfte. Er bat um Verzeihung, schob das Hemd ein Stück hoch und entblößte die nackte Haut der jungen Frau. Auch so konnte er sehen, dass sie keine Tätowierung trug. Dasselbe wiederholte er bei Jora Narjanie, nicht ohne dabei zu erröten.

Sohia trat beiseite und musterte die verbleibenden fünf Weltwanderer. Zwei zogen sich die Hemden über den Kopf, machten aber keinen Hehl aus ihrem Missmut. Ein dritter brauchte ein wenig länger, bis er nachgab, und entschuldigte sich für das abstoßende Aussehen seines Oberkörpers. Der Magister gestattete ihm rasch, seine von zahllosen Narben übersäte Brust wieder zu bedecken. Alle fragten sich, welche Chimäre den Armen wohl so zugerichtet hatte, aber es gab in diesem Augenblick Wichtigeres: Zwei der Freiwilligen weigerten sich, der Anweisung zu folgen. Einer davon war – Sohia hatte es fast erwartet – Jor Kartigann.

»Bringen wir es hinter uns«, drängte Arold. »Je länger Ihr zögert, desto verdächtiger macht Ihr Euch!«

»Keine Sorge«, spottete Kartigann. »Ich ziehe mich gleich aus, dann könnt Ihr Euch an meinem Anblick weiden. Aber erst, wenn Ihr mir erklärt habt, was das ganze Theater soll! Zu Beginn des Treffens schmiert Ihr uns Honig ums Maul, und auf einmal behandelt Ihr uns wie Aussätzige! Wenn Ihr meine Kleider wollt, könnt Ihr sie gern haben, aber sagt mir zuerst, was Ihr darin zu finden hofft!«

»Ich habe einen anderen Vorschlag«, sagte Denilius.

Kartigann blickte ihn misstrauisch an.

Der Magister fuhr fort: »Wenn Ihr Euch weigert, Euch auszuziehen, komme ich hinter meinem Schreibtisch vor und reiße Euch persönlich Eurer Hemd vom Leib, notfalls mit meiner Streitaxt.«

Kartigann war fassungslos. Er rang vergebens nach einer Antwort, während er offenbar darüber nachdachte, wie ernst diese Drohung gemeint war. Doch angesichts der steinernen Miene des Magisters legte er schließlich laut fluchend sein Bandelier und sein Hemd ab. Er warf beides zu Boden wie jemand, der seinen Rücktritt von einem Amt erklärt.

»Da«, rief er. »Seid Ihr jetzt zufrieden? Oder wollt Ihr auch noch meine Unterhose?«

Sein Oberkörper und seine Schultern waren sehr behaart, aber frei von jeglicher Tätowierung. Sohia war ein wenig erstaunt. Doch die Anwesenden hatten sich von Kartigann abgewandt. Ihre Aufmerksamkeit richtete sich jetzt auf den letzten Freiwilligen, der sein Hemd bisher nicht ausgezogen hatte.

Der Mann war nicht besonders auffällig. Es handelte sich um einen etwa dreißigjährigen Weltwanderer mit kurzem Haar und einem braunen Bart. Sohia war ihm bestimmt schon einige Male begegnet, ohne ihn richtig zu bemerken. Erst jetzt sah sie sich den Mann genauer an. Dem Weltwanderer schienen die Blicke seiner Kollegen gar nicht zu behagen. Er wirkte nervös, und auf seiner Stirn bildeten sich Schweißtropfen.

»Jor Cideric«, sagte Denilius. »Jetzt bleibt nur noch Ihr.«

Der Magister wartete nicht einmal, bis der Mann irgendwelche Ausreden vortrug. Er umrundete seinen Schreibtisch und löste den Riemen, der seine Streitaxt sicherte. Im nächsten Moment machte der Verdächtige einen Satz nach hinten, außer Reichweite der Schwerter, die Radjaniel und Arold auf ihn richteten. Er griff in eine Tasche seines Bandeliers und zog einen ovalen Kristall hervor, den jeder im Raum erkannte.

Sohia stand dem Verräter am nächsten. Ohne nachzudenken, stürzte sie sich auf ihn. Sie musste ihm das Beschwörungsprisma entreißen, bevor er es zu Boden werfen konnte, um eine schreckliche Kreatur herbeizurufen. Sie stieß mit voller Wucht gegen ihn und warf ihn um.

Der Mann war viel kräftiger als Sohia, und er wehrte sich mit Händen und Füßen, aber sie bekam rasch Unterstützung. Binnen weniger Sekunden drückte ein halbes Dutzend Hände den Verräter zu Boden. Jemand bog seine Finger auf und entwand ihm das gefährliche Prisma. Zugleich riss Arold dem Gefangenen das Hemd vom Leib, und alle starrten verwundert auf das tätowierte Bandelier auf seiner Brust.

»Was hat das zu bedeuten?«, fragte Huguebald. »Habt Ihr etwa danach gesucht?«

Kartigann wählte seine Worte mit weniger Bedacht: »Dieser Schweinehund wollte uns mitten in Zauberranke eine Chimäre auf den Hals jagen! Er ist nicht besser als der Pirat! Gebt mir meinen Dolch zurück, dann spieße ich diesen Dreckskerl auf wie ein Hühnchen!«

»Denilius?«, fragte Selenimes Sohn mit Nachdruck. »Um was geht es hier?«

Der Magister starrte noch immer auf den Mann am Boden. Beim Anblick seiner harten, entschlossenen Miene dachte Sohia, dass sie nicht mit dem Gefangenen tauschen wollte.

»Es geht um Verrat, Huguebald. Um Hochverrat. Aber jetzt

werden wir endlich ein paar Antworten auf unsere Fragen bekommen.«

»Hochverrat?«, rief Kartigann. »Dann hat er die Todesstrafe verdient. Am besten vollstrecken wir sie sofort! Ich wette, dass er sowieso nichts sagen wird.«

Denilius achtete nicht auf seinen Einwurf. Bedrohlich ruhig sagte er: »Doch, er wird sprechen. Er wird uns alles sagen, was er weiß, dafür werde ich schon sorgen.«

Der Magister wandte sich den Versammelten mit strenger Miene zu. Niemand wagte ihm zu widersprechen.

30

Noch nie hatte Vargaï einer so primitiven Gedenkfeier beigewohnt. Selbst in der fernen Steppe Wreberiens, wo die Nomadenstämme ihre Toten den Raubvögeln überließen, hielt man eine Trauerzeit von drei Tagen ein. Doch in der Enklave reichten offenbar ein paar feierliche Worte, um die fünf Söldner zu vergessen, die von dem Geißenhorn getötet worden waren. Die Männer, die zu der nächtlichen Totenwache zusammengekommen waren, zerstreuten sich bereits wieder. Tannakis blies sich fröstelnd in die Hände, auch er hatte es offensichtlich eilig, in seine warme Werkstatt zurückzugehen.

Auch Vargaï machte die morgendliche Kälte zu schaffen, aber er konnte den Blick nicht einfach von dem Schauspiel abwenden. Die fünf Leichen lagen wie ausgelegtes Gemüse auf einem kleinen Karren. Man hatte sie in grobe schwarze Decken gewickelt, doch selbst der Stoff konnte nicht verbergen, wie schlimm die Körper zugerichtet worden waren. Der abgetrennte Kopf des einen Opfers war als große Beule neben der Leiche deutlich zu sehen.

Die beiden Männer, die für den Transport der Leichen zuständig waren, zurrten ihre Ladung mit mehreren Seilen fest, kletterten auf den Pferdewagen und fuhren auf das Tor zu. Die meisten Söldner, an denen sie vorbeikamen, liefen einfach weiter, kaum einer blieb kurz stehen und senkte den Kopf. Vargaï konnte sich dieses Verhalten nicht erklären. Diese Jungen waren doch miteinander aufgewachsen, sie kannten sich seit frühester Jugend!

Sie hatten gemeinsam den Unterricht bei Tannakis und anderen Lehrern besucht und diese hölzerne Festung inmitten der Wildnis gebaut, sie hatten zusammen gejagt, Siege gefeiert, Niederlagen erlitten ... Wie konnte sie der Tod ihrer fünf Brüder so kaltlassen?

»Wohin lasst Ihr die Leichen bringen?«, fragte Vargaï Tannakis. »Immerhin haben wir uns die Mühe gemacht, sie hierher zurückzubringen, da werdet ihr sie ja wohl nicht irgendwo im Wald abladen ...«

Der Schmied zwinkerte ihm verschmitzt zu, bevor er antwortete: »In dem anderen Lager gibt es eine unterirdische Gruft. Dort lagern wir seit sechs oder sieben Jahren unsere Toten.«

»Eine Gruft?«, fragte Vargaï verblüfft. »Beerdigt ihr die Leichen nicht? Oder äschert sie ein?«

»Das Ritual gehört zu unserer Kultur. Viele von uns glauben, dass die Seelen der Menschen unsterblich sind. Würden wir die sterblichen Überreste verbrennen, würden wir ihre Seelen dazu verdammen, für die Ewigkeit hinter dem Schleier umherzuirren. Wir stellen uns lieber vor, dass sie eines Tages zu uns zurückkommen. Aber ich nehme an, dass du das nicht verstehst ...«

An der belustigten Miene des Verräters sah Vargaï vor allem, dass dieser nicht an sein eigenes Gerede glaubte.

»Das erzählst du deinen Männern also? Dass sie eines Tages von den Toten zurückkehren können?«

»Sei nicht so verbittert, mein Freund. Sag mir lieber, warum die Bruderschaft Kinder rekrutiert, anstatt Prismen und aus Chimärenteilen geschmiedete Schwerter hartgesottenen Männern und Frauen anzuvertrauen? Ich kann es dir sagen: Um ihre Persönlichkeit zu formen und sie kontrollieren zu können. Zauberranke ist das schlimmste Beispiel für diese Praxis.«

»Aber das ist doch etwas ganz anderes«, widersprach Vargaï. »Die Schüler Zauberrankes sollen lernen, sich als Teil einer Gemeinschaft zu begreifen, und wenn einer ihrer Kameraden stirbt, trauern sie um ihn. Aber du nutzt den Aberglauben deiner Leute aus, um sie zu bedingungsloser Hingabe zu bewegen. Diese Jungen haben doch jeden Sinn für die Wirklichkeit verloren! Verdammt, Tannakis, diese fünf Männer könnten noch leben, wenn sie aus Angst vor dem Tod vor dem Geißenhorn geflohen wären. Deine Lügen von der Wiederkehr der Seelen sind schuld an ihrem Tod. Du hast sie auf dem Gewissen!«

»Was weißt du schon davon?«

Vargaï wusste nicht, was er sagen sollte. Tannakis' ernster Tonfall brachte ihn aus dem Konzept.

»Was weißt du schon davon?«, wiederholte der Prismenschmied. »Warum sollte deine Sicht der Dinge richtiger sein als unsere? Schließlich sind auch die meisten Gläubigen in Zauberranke davon überzeugt, dass die Seelen der Toten sich hinter den Schleier zurückziehen. Vermutlich glaubst du das auch. Warum sollte es dann nicht möglich sein, dass sie den umgekehrten Weg nehmen?«

»Und dann schlüpfen sie wieder in ihre halb verwesten, vielleicht sogar verstümmelten Körper? Das ist doch lächerlich! Wenn deine Männer einen Funken Verstand hätten, würden sie begreifen, dass das unmöglich ist.«

»Du bist derjenige, der etwas nicht begreift, mein Freund. Unser Weltbild ist sehr viel komplexer, als du ahnst. Wir glauben, dass eine Seele, die alle Horizonte durchquert hat, zurückkehren kann, um ihre sterbliche Hülle wieder zum Leben zu erwecken und ihre Wunden zu heilen. Dieser Glaube leitet all unser Tun. Schon jetzt bereiten wir uns auf diese Reise hinter dem Schleier vor, die früher oder später auf uns zukommen wird. Denn ob sie gelingt oder nicht, ist letztlich nur eine Frage des Glaubens und des Willens.«

Vargaï zuckte die Achseln. Er glaubte diesen Unsinn nicht. Für Religion hatte er noch nie viel übrig gehabt, und er fand Tannakis' Ideen befremdlich und gefährlich.

»Das sind doch nichts als schöne Worte. Anders als deinen

Jungs wirst du mir keine Gehirnwäsche verpassen. Deine Anhänger mögen bereit sein, für dich zu sterben – ich bin es nicht. Ich habe keine Lust, mich von der nächsten Chimäre aufspießen zu lassen, nur weil deine Hitzköpfe leichtsinnig und lebensmüde sind! Wenn sie sich bei der Jagd nicht aufs Überleben konzentrieren, muss ich das eben an ihrer Stelle übernehmen. Bei der nächsten Jagd gebe ich die Befehle. Sonst müsst ihr auf meine Dienste verzichten.«

Tannakis musterte ihn eine Weile. Er schien zu überlegen, ob Vargaï seine Worte ernst meinte. Dann sagte er: »Also gut. Aber meine Männer werden dich jede Sekunde im Auge behalten.«

»Das war mir klar.«

Sie blickten dem Pferdewagen hinterher, der soeben das Lager verließ. Zwei Söldner schlossen die schweren Torflügel. Vargaïs Gedanken schweiften zu der Welt hinter der Palisade, und er überlegte, was wohl in diesem Moment in Zauberranke geschah.

»Du hast gesagt, dass du mein Vertrauen gewinnen willst«, sagte Vargaï zu Tannakis. »Ist das immer noch dein Wunsch?«

»Beweise ich dir das nicht jeden Tag? Was kann ich denn noch für dich tun, teurer Freund?«

Der Verräter schien die Sache auf die leichte Schulter zu nehmen, aber Vargaï war es sehr ernst.

»Du scheinst genau zu wissen, was in Zauberranke vor sich geht. Ich habe keine Ahnung, wie du das anstellst, und ich vermute, dass du es mir nicht verraten wirst. Aber du hast angedeutet, dass dort etwas vorgefallen ist, und das beschäftigt mich sehr. Würdest du mir mehr darüber sagen?«

Tannakis' Grinsen wurde breiter, und er begann schallend zu lachen. Dann klopfte er Vargaï jovial auf die Schulter.

»Lass dir nur eins gesagt sein: Es läuft alles bestens. Das Schicksal von Zauberranke ist in guten Händen.«

Der Alte verzog das Gesicht. Mit den »guten Händen« meinte er bestimmt nicht den Hohen Rat.

31

Zum ersten Mal, seit sie das Bandelier verliehen bekommen und ihren Eid geschworen hatten, hatten Radjaniels, Sohias und Jor Kartiganns Schüler Unterricht beim Magister höchstpersönlich. Bis zum letzten Augenblick hatte Jona gehofft, dass der Unterricht ausfallen würde. Schließlich hatte Denilius in diesen Zeiten sicher Besseres zu tun, als sich einen ganzen Nachmittag mit Erstkreislern herumzuschlagen. Vor allem aber hatte Jona keine Lust, dem Lügner abermals zu begegnen.

Jona hatte seine Entdeckung in der Bibliothek noch immer nicht verdaut. Inzwischen zweifelte er an fast allem, was der Magister ihm erzählt hatte. Denilius hatte ihn eindeutig angelogen, als er behauptete, Lygwenn erst bei ihrer Ankunft in Zauberranke kennengelernt zu haben. Da konnte es doch gut sein, dass er ihn auch bei anderen Dingen angeschwindelt hatte – nicht zuletzt bei seinem Vornamen!

Doch leider fand der Unterricht wie geplant statt. So standen Schüler nun in einem Klassenraum neben kunstvoll gedrechselten Schreibpulten und warteten darauf, dass Denilius ihnen das Zeichen zum Hinsetzen gab. Gleich darauf erlöste er sie mit einer kleinen Geste. Er gab sich weit weniger förmlich als Jora Vrinilia in ihrem Unterricht. Natürlich konnte das auch an der natürlichen Autorität des Magisters liegen. Bei ihm wagte es niemand, aus der Reihe zu tanzen oder dazwischenzuplappern. Nach der Begrüßung saßen die Schüler still da und lauschten aufmerksam den Ausführungen des Weltwanderers: »Meine Aufgabe ist es, euch alles über den Schleier und die verschiedenen Horizonte beizubringen. Leider konnte ich aufgrund gewisser Ereignisse in den ersten Wochen des Schuljahrs nicht wie gewohnt in Zauberranke sein, weshalb eure Lehrer euch dankenswerterweise schon das eine oder andere erzählt haben. Es ist äußerst wichtig, dass euer Wissen in diesem Bereich lückenlos ist. Das kleinste Missverständnis könnte euch eines Tages in eine brenzlige oder gar tödliche Situation bringen. Deshalb beginnen wir noch einmal ganz von vorn.«

Jona stellte sehr schnell fest, dass die Formulierung »ganz von vorn« nicht übertrieben war. Denilius begann tatsächlich, die Erschaffung des Schleiers durch die Götter zu schildern. Er erklärte, dass die Unsterblichen diese unsichtbare Barriere vor langer Zeit errichtet hatten, um sich von den niederen Kreaturen, die um sie herum entstanden waren, abzusondern. Er rief ihnen in Erinnerung, dass die Götter die Menschen als Miniaturausgaben ihrer selbst erschaffen hatten, damit sie sich an ihrer Stelle bekriegten. Dann beschrieb er, wie die Götter den Schleier in mehrere Schichten aufteilten und die Sterblichen im niedrigsten Horizont zurückblieben, in Gonelore. Doch als sich die Menschheit im Laufe der Zeit weiterentwickelte, konnten die Götter irgendwann nicht mehr erkennen, wer für wen kämpfte, und so überließen sie die Welt der Sterblichen ihrem Schicksal. Dass der Schleier an einigen Stellen durchlässig war, schien sie dabei nicht zu kümmern.

»In der Chronik steht leider nicht, wann genau die ersten Wesen aus höheren Horizonten zu uns herabgekommen sind. Auch auf welche Weise sie den Schleier durchstoßen, können wir nicht sagen. Wir wissen nur, dass es schon lange vor der Gründung der Bruderschaft vor nunmehr tausend Jahren begonnen hat. Zehn Jahrhunderte, in denen sich Weltwanderer aus allen Ländern Gonelores immer wieder gegen eindringende Chimären zur Wehr setzen mussten. Die Angriffe erfolgten meist in Wogen, zwischen denen jahrelang Ruhe herrschte. Dabei gab es Siege, aber auch schreckliche Niederlagen. Zum Glück konnte die Menschheit verhindern, dass ein zweiter Kontinent dem unstillbaren Hunger der Kreaturen zum Opfer fiel. Bisher haben die Weltwanderer also die Mission erfüllt, die sie sich selbst auferlegt haben.«

Bei der Erwähnung des verlorenen Kontinents erwachte Jona aus dem Halbschlaf, in den er vor Langeweile gesunken war. Sohia hatte schon einmal etwas Ähnliches erwähnt, aber er hatte ihr die Geschichte nicht abgenommen, sondern sie für eine Legende gehalten, die sich die Weltwanderer abends am Lagerfeuer erzählten. Hatte sie vielleicht doch einen wahren Kern?

Doch schon im nächsten Moment verwarf er diese Überlegung. Dem Magister würde Jona so schnell nichts mehr glauben.

»Ihr befindet euch an einem einschneidenden Punkt der Geschichte«, fuhr Denilius fort. »Seit einem Jahrzehnt durchbrechen immer mehr Chimären den Schleier. Wenn sich diese Tendenz nicht umkehrt und die Kreaturen weiterhin so zahlreich in Gonelore einfallen, wird eure Generation eines Tages in die Schlacht ziehen müssen, um das Überleben der Menschheit zu sichern. Vielleicht erst in zehn Jahren, vielleicht auch in zwanzig, aber der Tag wird unweigerlich kommen. Und dann werden nicht mehr viele erfahrene Krieger da sein, die euch im Kampf zur Seite stehen können. Ihr werdet nur auf euch selbst zählen können. Die Bewohner aller Länder Gonelores werden ihre Hoffnungen auf euch setzen.«

Als wären seine Worte nicht schon einschüchternd genug, sah er nacheinander jeden Schüler ernst an. Als sein Blick auf Jona fiel, wandte dieser den Kopf ab.

»Ich möchte euch keine Angst einjagen. Ich erwarte nur, dass ihr euch eurer Verantwortung für die Bruderschaft bewusst seid. Hätten Generationen von Weltwanderern vor euch nicht so tapfer gekämpft, hätten die Menschen längst die Kontrolle über die Welt verloren, und ihr wärt wohl gar nicht erst geboren worden.«

Er hielt kurz inne.

»Ihr seid nicht die Ersten, die vor einer solchen Herausforderung stehen. Ihr habt nur ein wenig Pech, um es mal so zu sagen, denn es war nicht abzusehen, dass die Chimären in diesem Jahrhundert noch einmal in Gonelore einfallen würden. Die letzte Invasion begann erst vor vierzig Jahren und endete vor etwa dreißig Jahren. Es folgten zwei Jahrzehnte des Friedens. Zwanzig Jahre sind nicht viel, aber so mancher ging fälschlicherweise davon aus, dass es ewig so weitergehen würde – und dass man fortan keine Weltwanderer mehr brauchen würde.«

Er schüttelte betrübt den Kopf und fuhr fort: »Die Menschen haben ein kurzes Gedächtnis und denken in engen Bahnen. Die Bruderschaft hatte einen hohen Preis für den Sieg über die Chimären gezahlt, doch niemand hielt es für nötig, die vielen Opfer in unseren Reihen zu ersetzen. Erst die Gefahr einer neuen Invasion hat die Leute wachgerüttelt. Die Schulen wurden wiedereröffnet und neue Schüler rekrutiert. Ihr seid jetzt der zehnte Jahrgang, seit die ersten Anzeichen für eine bevorstehende Invasion aufgetreten sind.«

Wieder versuchte Denilius, Jonas Blick einzufangen, doch der Junge schlug die Augen nieder.

»Nun aber zurück zum eigentlichen Thema«, sagte Denilius. »Wie sahen diese Anzeichen einer bevorstehenden Invasion aus? Nun, zunächst einmal begannen Chimären aus sehr weit entfernten Horizonten in Gonelore einzufallen, Hipporne oder Carapaxe zum Bespiel. Diese Kreaturen hätten eigentlich nicht bis nach Gonelore vordringen dürfen, und doch wurden sie immer wieder gesichtet. Das Ganze begann etwa vor zehn Jahren …«

Jetzt stapelte Denilius die Bücher, die auf seinem Schreibtisch lagen, übereinander, bis sie einen recht ansehnlichen Stapel bildeten.

»Stellt euch vor, dass jeder dieser Bände ein Horizont ist. Das unterste Buch in diesem Stapel symbolisiert Gonelore. Die darüberliegenden Schichten sind für uns nicht sichtbar, weil sie hinter dem Schleier verborgen sind. Aber der Schleier selbst besteht aus mehreren Teilen: Er trennt jeden Horizont von den angrenzenden Welten. Und je höher der Horizont, desto mächtiger die Kreaturen, die darin leben. Der höchste und letzte Horizont schließlich ist den Göttern vorbehalten.«

Das Buch, das den Horizont der Götter darstellte, sah sehr kostbar aus. Es hatte einen Ledereinband mit einem verschnörkelten Goldmuster. Vermutlich war das reiner Zufall, aber es machte die Demonstration noch eindringlicher.

»Wir wissen nicht mit Sicherheit, wie viele Horizonte es gibt. Unsere Beobachtungen und Überlegungen der letzten tausend Jahre legen nahe, dass es sich um dreizehn handelt. Aber hinter denen, die uns bekannt sind, könnten sich auch zehnmal so viele andere verbergen.«

Er deutete auf die drei untersten Bände des Stapels.

»Diese hier stehen für die Horizonte, die wir ›die Reviere‹ nennen. Sie grenzen unmittelbar an Gonelore an. Dort leben Lupini, Krustenkrebse, Falkonide und andere niedere Chimären. Diese Wesen statten uns immer wieder Besuche ab, weil für sie der Weg nach Gonelore recht einfach ist: Sie müssen nur wenige Schichten des Schleiers durchqueren. Zum Glück sind diese Chimären auch vergleichsweise harmlos – sofern sie einzeln auftreten, versteht sich.«

Er deutete auf die oberen Bücher.

»Diese Horizonte beherbergen deutlich gefährlichere Chimären. Im vorletzten Horizont leben unseres Wissens die Drakoniden. Jede dieser Welten trägt einen eigenen Namen, aber wir haben auch einen Sammelbegriff dafür: die Schlunde. Sobald Kreaturen aus den Schlunden in tiefere Horizonte absteigen, wird es gefährlich, denn irgendwann gelangen sie dann auch nach Gonelore.«

Er zeigte wieder auf das unterste Buch: »Unter uns gibt es keinen Horizont mehr, in den wir fliehen könnten. Wir stecken hier fest, erdrückt vom Rest der Schöpfung. Für uns gibt es kein Entrinnen. Wir können nur überleben, wenn wir jede Chimäre verjagen, die sich nach Gonelore vorwagt. Jede einzelne. Auch die ganz kleinen, die euch harmlos und niedlich vorkommen könnten. Sie kommen nach Gonelore, weil sie vor größeren Feinden fliehen, die in ihre Horizonte einfallen. Doch damit locken sie diese Feinde in unsere Welt, die Welt der Menschen! Jede Chimärenart, die sich hier ansiedelt, zieht gefährlichere Kreaturen an, und das dürfen wir nicht zulassen. Das heißt, *Ihr* dürft es nicht zulassen, denn bald liegt das Schicksal unserer Welt in euren Händen.«

In der Klasse herrschte angespanntes Schweigen. Bisher hatte noch kein Lehrer so eindringlich von der großen Verantwortung gesprochen, die auf ihnen lastete. Wollte Denilius seine Schüler auf die Probe stellen? Oder sie beeindrucken?

Der Rest der Unterrichtsstunde war zum Glück weniger aufregend. Vielleicht hatte der Magister sie auch nur einschüchtern wollen, damit sie sich besser konzentrierten. Jetzt ließ er sich lang und breit über das Wesen und den Aufbau des Schleiers aus. Doch all dies hatte Radjaniel seinen Schülern schon erklärt. Jona erinnerte sich noch gut an die Erläuterungen des Messerschleifers bei ihren Ausflug aufs Meer und ihren Besuch im Psychedium. Er hörte nur noch mit halbem Ohr zu und war heilfroh, als Denilius den Unterricht für beendet erklärte.

Doch er hatte sich zu früh gefreut. Während die anderen Schüler zum Ausgang hasteten, um in ihre Schlafsäle zurückzukehren und sich ein wenig auszuruhen, hielt der Magister Jona an der Schulter fest. Er wartete, bis sie allein waren, und fragte dann: »Hast du über meinen Vorschlag nachgedacht, Lehander? Willst du, dass ich mit Radjaniel darüber rede? Wir könnten in drei oder vier Wochen mit dem Unterricht anfangen …«

Jona hatte keine Antwort parat, daher stellte er die erste Frage, die ihm in den Sinn kam: »Wollt Ihr denn nicht mehr Magister sein?«

»Zerbrich dir darüber nicht den Kopf. Ich übernehme einfach wieder mein altes Amt als Oberster Alchimist. So bleibe ich ein Mitglied des Hohen Rats. Also, was sagst du?«

Jona hielt dem bohrenden Blick des Magisters nicht stand. Mit seinem wallenden roten Haar und der hochgewachsenen Gestalt war Denilius ganz schön einschüchternd. Zwar hatte der Weltwanderer ihm viele Dinge verraten, aber er hatte ihn auch angelogen. Und bei ihrer ersten Begegnung hatte er ihn sogar unter Drogen gesetzt! Jona verspürte in der Gegenwart des Magisters wachsendes Unbehagen. Eine leise Stimme in seinem Kopf riet ihm, sich von diesem Mann fernzuhalten.

»Ich muss mir das noch überlegen«, murmelte er. »Aber vielleicht wäre es besser, wenn ich im Zeughaus bleibe. Zumindest in diesem Jahr.«

Auch ohne den Magister anzusehen, spürte Jona, wie dieser die Zähne zusammenbiss.

»Wie du meinst. Aber vergiss nicht, dass es der Wunsch deiner Großmutter war, Lehander. Außerdem hat man dich wenige Tagesreisen von Zauberranke gefunden. Auch die Götter scheinen zu wollen, dass wir einander nah sind.«

»Ich werde es mir überlegen«, sagte Jona leise.

Dann ging er zur Tür, ohne sich noch einmal umzudrehen. Als hinter ihm der Bücherstapel zu Boden krachte, zuckte er heftig zusammen.

Jona konnte sich nicht vorstellen, dass Denilius den Bücherstapel absichtlich vom Tisch gefegt hatte, aber er war sicher, dass er den Magister zutiefst verärgert hatte.

32

Vor Jor Gregerios Unterricht fürchtete sich Dælfine ein wenig. Bei den anderen Lehrern, deren Unterricht hauptsächlich aus Vorträgen bestand, kam sie ganz gut zurecht, doch der Oberste Fährtenleser schwor auf praktische Übungen. Außerdem kehrte Gess jeden Tag mit schlechter Laune von seinem Dienst bei Gregerio ins Zeughaus zurück. Seit einigen Tagen verkroch sich der Junge in sein Schneckenhaus und wollte seinen Kameraden nicht sagen, warum. Dælfine hatte die Vermutung, dass der Oberste Fährtenleser ihm das Leben zur Hölle machte, und nun würde sich Gregerio gewiss das blinde Mädchen als neue Zielscheibe aussuchen.

Allein schon die Tatsache, dass sie nie zuvor in seiner Bleibe gewesen war und daher nicht wusste, wie es hier aussah, machte ihr ein mulmiges Gefühl. Gregerio hatte die Schüler zu sich bestellt, in eine Art befestigtes Kloster, das abseits der anderen Häuser der Halbinsel lag. Anhand von Nobianes Beschreibungen konnte sich Dælfine den Bau ungefähr vorstellen, und was ihre Freundin schilderte, klang ziemlich furchterregend. Mindestens so furchterregend wie das Quietschen der Tore, durch die die Schüler hindurchgegangen und die mit einem dumpfen Knall hinter ihnen ins Schloss gefallen waren. Nun hockten sie auf dem kalten Kopfsteinpflaster in einem Hof, in dem es wie in einem Raubtierkäfig roch, und fragten sich, welche bösen Überraschungen der Oberste Fährtenleser diesmal für sie bereithielt.

In der letzten Unterrichtsstunde in der Arena hatte er Jona aufgefordert, eine Chimäre zu bekämpfen, die er selbst heraufbeschworen hatte. Er hatte behauptet, dem Jungen damit helfen zu wollen. Auf diese Weise könne Jona beweisen, dass er seinen Platz in Zauberranke verdient hatte. Doch sie waren unterbrochen worden, bevor die Prüfung beginnen konnte. Würde Gregerio einen weiteren Versuch unternehmen? Offenbar nicht, denn jetzt sagte er: »Ihr seid eindeutig die Erstkreisler mit dem meisten Dusel. Oder ihr seid einfach nur gut im Verstecken und Davonlaufen. Wie auch immer, eins steht fest: Ihr seid die einzige von drei Gilden, die bei dem Angriff der Chimären keines ihrer Mitglieder verloren hat!«

Dælfine hörte, wie sich Jor Kartiganns Schüler beglückwünschten, als wäre es irgendein Verdienst, das Massaker lebend überstanden zu haben. Sie konnte die Dummheit dieser Kerle kaum ertragen, aber das Schicksal wollte es leider, dass sie sich fast jeden Tag sahen. Sie konnte nur auf Nobiane vertrauen, die ihnen zu Beginn jeder Unterrichtsstunde einen Platz suchte, der möglichst weit von den Schwachköpfen entfernt war.

»In gewisser Weise«, fuhr Gregerio fort, »könnte man sagen, dass ihr die verheißungsvollste Klasse eures Jahrgangs seid. Auf euch werden sich alle Blicke richten, wenn es darum geht, die Fortschritte der Schüler zu bewerten. Die anderen Gilden werden neu zusammengestellt, und sobald dies geschehen ist, werden sie sich stets mit euch vergleichen. Sie werden neidisch auf eure Erfolge sein. Sie werden mit dem Finger auf euch zeigen, wenn ihr scheitert. Das ist der Preis, den man für eine besondere Begabung zahlen muss. Das habe ich seinerzeit am eigenen Leib erfahren.«

Wahrscheinlich grinste er jetzt schief und strich sich dabei über den Schnurrbart, aber Dælfine konnte sich das alles nur vorstellen. Keiner der Schüler lachte. Die Worte des Fährtenlesers setzten sie noch zusätzlich unter Druck.

»Aber ihr dürft euch davon nicht beirren lassen«, fuhr Gregerio fort. »Im Moment steht ihr im Mittelpunkt der Aufmerksamkeit. Wenn das so bleiben soll, müsst ihr doppelt so hart arbeiten wie die anderen. Goldene Nieten für euer Bandelier gewinnt ihr nicht, wenn ihr euch auf euren Lorbeeren ausruht.«

Dælfine schenkte seinen Worten keine große Beachtung. Über die »Messerschleifer« wurde in Zauberranke zwar viel geredet, aber nicht im Guten. Bewunderung brachte ihnen nun wirklich niemand entgegen. Außerdem hätte sich Dælfine vollkommen damit zufriedengegeben, eine Schülerin wie alle anderen zu sein. Eine Schülerin, die sehen konnte ....

»Ich habe mich entschlossen, euch besonders zu fördern«, verkündete Gregerio nun. »Nicht weil ich euch einen Gefallen tun will, sondern weil ich finde, dass ein gewisser Wettstreit der Schule guttut. Dadurch hebt sich das Niveau des gesamten Jahrgangs. Damit ihr euren Vorsprung gegenüber den anderen Gilden wahren könnt, werden wir uns im Unterricht nicht mit langen Erklärungen aufhalten, sondern gleich zur Sache kommen.«

Rings um Dælfine ertönten einige erstickte Aufschreie. Sie zuckte zusammen und griff mit der einen Hand nach ihrem neuen Schwert, mit der anderen nach ihrem Messer. Nobiane flüsterte ihr zu, was geschah: »Er hat eines dieser eiförmigen Prismen hervorgeholt, mit dem man Chimären heraufbeschwören kann.«

Dælfine dankte ihr mit einem Kopfnicken, aber die Erklärung beruhigte sie ganz und gar nicht. Als sie daran dachte, dass der Fährtenleser wieder einen Hyänodron oder wie Jora Vrinilia einen kopflosen Chiroptiden heraufbeschwören könnte, zog sich ihr Magen vor Angst zusammen. Aus der allgemeinen Unruhe schloss sie, dass es ihren Kameraden ähnlich erging.

»Offenbar habt ihr ein gutes Gedächtnis«, spottete Gregerio. »Ich habe euch in der Tat schon einmal vorgeführt, wie man so einen Gegenstand benutzt. Aber beim letzten Mal blieb uns leider keine Zeit, mehr darüber zu erfahren. Das werden wir heute nachholen.«

Auf diese Ankündigung folgten weitere Aufschreie … Dælfine beugte sich zu ihrer Freundin hinüber, und Nobiane flüsterte ihr ins Ohr: »Er holt noch mehr Beschwörungsprismen aus seiner Kiste. So viele, dass er sie kaum noch halten kann!«

»Eigentlich seid ihr noch zu jung, um in dieses Geheimnis eingeweiht zu werden«, sagte der Fährtenleser. »Doch da der Hohe Rat entschieden hat, eure Ausbildung zu beschleunigen, sehe ich keinen Grund, länger damit zu warten. Also, werft mal ein Auge hier drauf!«

Wieder erklangen um sie herum Schreie, und Dælfine spürte, wie etwas ihren Oberschenkel traf. Reflexartig stieß sie den Gegenstand weg, ohne zu erkennen, worum es sich handelte. Ihre Kameraden mussten von ähnlichen Geschossen getroffen worden sein. Wie sich herausstellte, waren es die Beschwörungsprismen. Gregorio hatte sie in Richtung seiner Schüler geworfen.

Allein das bewies, dass Dælfine dem Fährtenleser nicht zu Unrecht misstraute. Er hatte nicht vor, das blinde Mädchen anders zu behandeln als ihre Kameraden und nahm dafür sogar ihn Kauf, dass sie verletzt wurde. Dælfine tastete nach dem Kristall, der ein Stück über das Pflaster gerollt war. Ein Schauer lief ihr über den Rücken, als sie daran dachte, was geschehen wäre, wenn das Prisma zerbrochen wäre. Eine Chimäre hätte inmitten der Schüler Gestalt angenommen, praktisch vor ihren Füßen!

»Reicht sie herum«, forderte Gregerio die Schüler auf. »Keine Sorge, sie zerbrechen nicht so leicht. Aber passt trotzdem auf, dass ihr sie nicht fallen lässt. Sonst seid ihr an dieser Schule bald nicht mehr für euren Dusel bekannt.«

Wenn das als Scherz gemeint war, war er geschmacklos. Desinteressiert reichte Dælfine die Prismen, die man ihr in die Hand drückte, an Nobiane weiter. Wozu sollte sie so tun, als würde sie sie untersuchen? Die Kristallkugeln mit ihrer glatten, kühlen Oberfläche fühlten sich alle gleich an.

»All diese herrlichen Stücke stammen aus Jora Vrinilias Werkstatt, und die geschätzte Kollegin hat sie mir freundlicherweise überlassen«, fuhr der Fährtenleser fort. »Sie hat euch sicher schon den Unterschied zwischen Atemprismen, Körperprismen und Hauchprismen erklärt. Ich interessiere mich vor allem für Letztere. Wenn eine Chimäre in Gonelore stirbt, kommt es vor, dass ihr letzter Atemzug kristallisiert. Aus ihrem Atem entsteht dann ein Prisma, und in manchen Fällen kann man mit diesem Prisma, wie soll ich sagen … das Phantom der verstorbenen Kreatur heraufbeschwören. Die Ursachen dafür sind komplex, letztlich liegt es wohl vor allem daran, dass die Chimäre nicht in ihrem eigenen Horizont gestorben ist. Aber das wollen wir erst einmal außen vor lassen. Diese Dinge werden die Oberste Prismenschmiedin oder der Magister höchstpersönlich in ihrem Unterricht behandeln. Mein Gebiet sind diese Phantome und wie man sie heraufbeschwört. Und vor allem, wie man sie zähmt.«

Es herrschte kurz Stille, dann klirrte Glas, gefolgt von panischen Aufschreien der Schüler.

»Ruhe! Und keine schnellen Bewegungen!«, rief Gregerio. »Setzt euch wieder hin. Sie ist harmlos. Keine Chimäre ist besser gezähmt als diese hier.«

Dælfine beugte sich zu Nobiane und fragte nervös: »Was ist da los? Was siehst du?«

»Eine Chimäre … Eine Art Schildkröte mit einem Krokodilskopf.«

Für Nobiane mochte die Beschreibung aussagekräftig sein, sie konnte die Kreatur schließlich sehen, aber das blinde Mädchen hatte große Mühe, sich die Bestie vorzustellen. Trotz der beruhigenden Worte ihres Lehrers zitterte sie bei dem Gedanken, wie nah die Bestie den Schülern war.

»Das ist eine Mui-gwai, eine Unterart der Chelonia«, erklärte der Fährtenleser. »Fragt mich nicht nach ihrem Namen, ich nenne sie nur ›die Dicke‹. Sie ist nicht besonders flink, aber wenn sie einmal etwas im Maul hat, lässt sie es nicht mehr los. Ich habe von Fällen gehört, bei denen ein Beutetier eine ganze Woche lang versucht hat, sich aus ihren Fängen zu befreien, bis es schließlich starb. Dies ist eine der ältesten zahmen Chimären, die es in Gonelore gibt, sie stammt aus dem Besitz meiner Familie. Meine Vorfahren haben vor über fünfhundert Jahren damit begonnen, sie abzurichten.«

In diesem Moment stieß die Chimäre einen rauen Schrei aus, der Dælfine zusammenfahren ließ. Dem Stimmvolumen nach zu urteilen, war die Bestie riesig, vielleicht so groß wie Dælfine selbst.

»Die Beschwörungen sind uns im Kampf gegen die Chimären, die den Schleier durchstoßen, eine große Hilfe. Aber man muss im Umgang mit ihnen vieles berücksichtigen, und es kostet viel Arbeit, bis man zu solch einem Ergebnis gelangt … *Vams'gshaï!*«

Ein Raunen ging durch die Reihen. Dælfine fragte sich, was jetzt passiert war.

»Die Chimäre hat sich aufgerichtet«, flüsterte Nobiane.

»Sie gehorcht nur einfachen Anweisungen«, erklärte Gregerio. »Traditionell entstammen alle Befehle der Sprache des alten Kontinents. Das ist ein großer Vorteil, denn so können sich Dresseure aus verschiedenen Ländern verständigen, und es erleichtert die Übergabe der Prismen an die nachfolgenden Generationen. *Bejr'ruk!*«

Dælfine sah nicht, was geschah, aber da die anderen Schüler nicht schreiend davonrannten, nahm sie an, dass der Lehrer etwas Ähnliches wie »Sitz« gesagt hatte.

»Wenn die Prismenschmiede ein Hauchprisma für brauchbar halten, wird es in etwa fünf oder sechs Stücke zerteilt. Diese werden geschliffen und dem Obersten Fährtenleser übergeben. Die ersten Beschwörungen der jeweiligen Chimäre laufen immer ähnlich ab: Die Bestie ist genauso aggressiv wie im Moment ihres Todes, und glaubt nicht, dass man sie mit ein paar Leckerbissen beschwichtigen kann. Die Zähmung einer Chimäre verlangt einen langen Atem und erstreckt sich oft über mehrere Generationen.«

Er hielt inne. Womöglich streichelte er die Chimäre oder er stand ganz einfach nur mit stolzgeschwellter Brust vor den Schülern.

»Ich selbst besitze Chimären, die von meinem Onkel, meinem Großvater oder anderen, noch entfernteren Vorfahren gezähmt wurden und die ich weiterhin abrichte. Dazu muss ich sie immer wieder heraufbeschwören, mit ihnen arbeiten, sie belohnen oder bestrafen, sie an die menschliche Nähe gewöhnen. Doch jedes Mal kann all die Mühe mit einem Schlag zunichtegemacht werden. Lasst uns sehen, ob wir heute Glück haben.«

Es vergingen ein paar Augenblicke, in denen Stille herrschte. Dann machten die Schüler einmal mehr ihrem Erstaunen Luft.

»Er hat die Chimäre mit seinem Dolch erstochen«, erklärte Nobiane. »Sie ist verschwunden, aber … er hat irgendwas vom Boden aufgehoben. Ein neues Prisma!«

»Seht ihr?«, sagte der Fährtenleser triumphierend. »Die Dicke hat mich noch nie im Stich gelassen. Nach fast jeder Lektion lässt sie mir ein kleines Geschenk zurück. Damit kann ich sie mindestens einmal neu heraufbeschwören, manchmal sogar zweimal, wenn der Kristall groß genug ist, um ihn zu teilen. Und wenn es nicht geklappt hätte, wäre das halb so schlimm gewesen, da ich noch drei weitere Versionen dieser Chilonia vorrätig habe. Auf diese Weise können manche Kreaturen über Jahrhunderte hinweg immer wieder von ihren Besitzern herbeigerufen werden. Doch irgendwann lösen sie sich auf, ohne ein Prisma zu hinterlassen. Deshalb gehen die Weltwanderer mit diesen kostbaren Objekten sehr sparsam um. Sie sind wesentlich wertvoller als jede Linse, mit der man durch den Schleier blicken kann. Aus diesem Grund tut jeder Oberste Fährtenleser auch alles dafür, ein Beschwörungsprisma, das ihm abhandengekommen ist, wiederzubeschaffen.«

Dælfine hatte den Eindruck, dass sich hinter diesem letzten Satz eine Andeutung verbarg. Es war, als würde sich der Lehrer damit an einen ganz bestimmten Schüler richten. Aber sie musste sich wohl irren.

»Eine heraufbeschworene zahme Chimäre ist eine ganz entscheidende Verbündete in der Schlacht«, erklärte Gregerio. »Sie hat keine Angst, selbst wenn der Kampf aussichtslos ist. Sie blutet nicht, sondern wird nur schwächer und verschwindet erst, wenn man eines ihrer lebenswichtigen Organe trifft. Sie kehrt nie auf die andere Seite des Schleiers zurück, aber wenn sie zu lange am Leben bleibt, löst sie sich von selbst auf, ohne ein Prisma zu hinterlassen. Man tut also gut daran, sie nach dem Ende des Kampfes zu beseitigen. Und ja, auf einigen Beschwörungen kann man tatsächlich reiten wie auf Pferden. Doch um das zu erreichen, muss man sie jahrhundertelang abrichten, weshalb nur wenige Oberste Fährtenleser ihre kostbare Zeit darauf verschwenden. Viel Nutzen bringt das ohnehin nicht. Jeder Weltwanderer, der behauptet, auf einem Lupinus durch Gonelore zu galoppieren, ist höchstwahrscheinlich ein Lügner.«

Dælfine war überrascht von diesen Worten. Sie hätte eher erwartet, dass Gregerio damit angab, auf einem Kokatrus durch die Gegend zu reiten. Aber hatte Nobiane nicht etwas Ähnliches erlebt? Sie behielt diesen Gedanken jedoch lieber für sich. Radjaniel hatte ihnen das Versprechen abgenommen, nichts über Vrinilias Experimente verlauten zu lassen.

»Es ist an der Zeit, euch in eines der Geheimnisse von Zauberranke einzuweihen«, verkündete der Fährtenleser. »Oh, ihr werdet fünf Lehrer finden, die euch versichern, dass es sich nur um eine Legende handelt, und dreißig weitere, die noch nie davon gehört haben … Immerhin werdet *ihr* von nun an nicht mehr zu den Unwissenden gehören.«

Er trat vor die Schüler und senkte die Stimme: »Man sagt, dass die ersten Weltwanderer der Schule Unmengen von Hauchprismen angesammelt hätten. So viele, dass sie irgendwann Angst vor ihrer eigenen Sammlung bekamen und beschlossen, sich von dieser zerstörerischen Macht zu trennen. Angeblich haben sie all diese Kristalle irgendwo auf der Insel versteckt und anschließend jegliche Zeilen darüber aus der Chronik der Bruderschaft entfernt. Es handelt sich also um einen immensen Schatz! Solltet ihr in den kommenden fünf Jahren darüber stolpern, dann sagt es mir, und ihr werdet es nicht bereuen!«

Er sagte diesen letzten Satz in scherzhaftem Ton. Ein paar Schüler lachten unentschlossen, aber Dælfine war überzeugt, dass das Angebot ernst gemeint war. Ihre Blindheit hinderte sie nicht daran, gewisse Dinge zu erkennen – Gregerios Stimme klang genauso heuchlerisch wie die der Wucherer, wenn sie mit ihren Eltern gesprochen hatten.

Bei dem Gedanken an das, was Gregerio mit so vielen Beschwörungsprismen anstellen könnte, wurde ihr übel. Und sie würde noch fünf Jahre mit diesem Mann aushalten müssen!

Fünf Jahre, das war eine lange Zeit. Vor allem, wenn man nicht sehen konnte, aus welcher Richtung die Gefahr kam.

33

Radjaniel und Arold befragten Jor Cideric bereits seit zwei Tagen. Während all der Zeit hatte der vermeintliche Verräter kaum den Mund aufgemacht. Dafür grinste er ständig herablassend, was Radjaniel langsam, aber sicher zur Weißglut brachte. Sein Kollege wiederum war längst außer sich vor Wut.

»Raus mit der Sprache! Was ist das Ziel der Verschwörung? Wer ist Euer Anführer? Wie viele seid Ihr?«

Bei jedem Wort hob er die Stimme, als würde das genügen, um dem Bärtigen ein Geständnis abzuringen. Doch damit quälte er vor allem Radjaniels Trommelfell. Mit schmerzverzerrtem Gesicht wandte er sich ab, als das Gebrüll seines Kollegen von den Wänden des kleinen Raums widerhallte.

»Was bedeuten Eure Tätowierungen? Wer hat sie gemacht? Was wisst Ihr über den Mord an Jor Goduain vor dem Leuchtturm?«

Cideric schien das Verhör sehr zu amüsieren, worüber sich Radjaniel längst nicht mehr wunderte. Arolds Methode gab wirklich Anlass zu Spott! Selbst wenn der Verräter hätte antworten *wollen,* hätte er bei der Lawine an Fragen, die auf ihn niederging, gar keine Gelegenheit dazu gehabt. Noch dazu erfolgten die Fragen in einem wirren Durcheinander.

»Wir kennen ohnehin bereits alle eure Geheimnisse«, behauptete Arold. »Schweigt nur weiter, wenn es Euch beliebt, das ändert nichts an der Sache! Also, was sind Eure Pläne? Warum habt Ihr Euch in Zauberranke eingeschlichen?«

Seufzend wandte sich Radjaniel ab. Es war schon fast lächerlich. Je mehr Zeit verging, desto entspannter wirkte der Verräter, die Ermittler machten ihm keine Angst. Zweifellos hätte man ihn gleich in der ersten Nacht nach der inszenierten Versammlung befragen müssen, aber Arold hatte ihn zunächst »ein wenig schmoren lassen« wollen. Eine sehr zweifelhafte Strategie, wenn man das Ergebnis betrachtete.

»Ich versichere Euch, dass Ihr Euer blaues Wunder erleben werdet, wenn Ihr Euch weiterhin so stur zeigt! Das werdet Ihr so schnell nicht vergessen!«

Cideric schnaubte verächtlich. Seit dem Vortag hatte der Oberste Wächter schon mindestens dreißig Mal solche Drohungen ausgestoßen, aber das Brutalste, das er bislang unternommen hatte, war ein Faustschlag auf den Tisch gewesen. Der Monokelträger hatte noch immer nicht begriffen, dass die Methoden der Einschüchterung, die er bei elfjährigen Schülern anwandte, in diesem Fall nichts brachten.

»Jor Arold, kann ich Euch mal kurz sprechen?«

»Was ist denn?«

Radjaniel ignorierte die verärgerte Reaktion seines Kollegen.

»Lasst uns kurz rausgehen«, sagte er nur.

Der Oberste Wächter tat gereizt, folgte Radjaniel aber auf den Gang. Aus Prinzip drehte er den Schlüssel im Schloss, obwohl das überflüssig war: Der Verräter war an seinen Stuhl gefesselt, und das in einem Raum ohne zweiten Ausgang im sechsten Stockwerk des Leuchtturms. Außerdem konnten die beiden Ermittler ihn durch ein Guckloch in der Tür beobachten.

»Ich weiß, dass Ihr darauf besteht, die Befragung zu leiten«, sagte Radjaniel. »Aber Ihr müsst zugeben, dass wir bislang zu keinem Ergebnis gelangt sind.«

»Irgendwann wird er unter dem Druck zusammenbrechen«, widersprach Arold. »Ich kann erkennen, dass er wankt. Ich spüre es!«

»Möglich. Würdet Ihr mir dennoch gestatten, eine andere Herangehensweise auszuprobieren? Natürlich wäre jede Art von Geständnis, die ich ihm entlocke, Euren Bemühungen geschuldet. Der Verdienst wäre ganz der Eure. Ich schlage nur vor, die Dinge ein wenig zu beschleunigen … Ich will unseren Mann ins Zweifeln bringen …«

Arold tat, als würde er nachdenken. Dabei rieb er sich den Hals, der nach dem tagelangen Gebrüll schmerzte. Selbst in der Pause während der letzten Nacht hatten sich seine Stimmbänder nicht erholt.

»Warum nicht. Als ob da noch irgendwas … Äh, ich meine: Wenn es Euch Freude bereitet.«

Er hatte sich fast verplappert, aber Radjaniel rieb ihm den Schnitzer nicht unter die Nase. Arold schloss die Zellentür wieder auf, und der Messerschleifer setzte sich dem Verräter gegenüber. Bisher hatte er sich im Hintergrund halten müssen. Der Mann schien sich zu fragen, was das zu bedeuten hatte – das war schon einmal ein guter Anfang. Doch jedes Mal, wenn sein Blick auf den hinter Radjaniel stehenden Arold fiel, grinste der Gefangene höhnisch. Daher sagte Radjaniel ohne Umschweife: »Jor Cideric, wisst Ihr eigentlich, was Euch bevorsteht?«

Die Frage blieb ohne Antwort, aber ein schwacher Funke, der in den Augen des Verräters aufgeleuchtet war, offenbarte, dass er sich für das Thema interessierte.

»Die Bruderschaft kann ihr eigenes Gericht einberufen«, sagte Radjaniel. »Wir können Euch verurteilen, mit oder ohne Geständnis, und sei es nur dafür, dass Ihr bei der Versammlung ein Beschwörungsprisma werfen wolltet. Aber wir können zweifellos auch beweisen, dass Ihr mit Zakarias gemeinsame Sache gemacht habt. Damit würden wir Euch des abscheulichsten Verbrechens überführen, das je in Zauberranke begangen worden ist. Da wir Eure Version der Ereignisse nicht gehört haben, wird dieses Bild von Euch der Nachwelt erhalten bleiben. Eine Verurteilung wäre Euch sicher.«

Der Mann schwieg, aber er grinste jetzt nicht mehr. Das war doch schon einmal etwas.

»Ihr wisst sicherlich, dass das Gericht der Weltwanderer nur eingeschränkte Rechte besitzt. Wir können Euch nur Eure Auszeichnungen aberkennen, Euch für geächtet erklären, Euch aus Zauberranke verbannen oder gleich ganz aus der Bruderschaft ausschließen. Bei der Schwere des Verbrechens alles recht leichte Strafen. Deshalb geht Ihr offenbar davon aus, dass Ihr recht glimpflich davonkommen werdet.«

Der Verräter besaß tatsächlich die Frechheit zu nicken! Aus diesem Grund hatte Radjaniel kein schlechtes Gewissen, als er ihm erklärte: »Ihr vergesst nur, dass das Urteil eines solchen Gerichts in ganz Gonelore anerkannt wird. Wir können Euch an jedes beliebige Land ausliefern, das seine eigenen Gesetze auf Euch anwenden möchte. Ich bin sicher, dass es unter den Opfern einen oder zwei Schüler aus Liutheim gab. Wisst Ihr, was man dort mit Kindermördern macht? Man schneidet ihnen Arme und Beine ab und wirft die Gliedmaßen den Schweinen zum Fraß vor. Der Verurteilte, der dann nur noch aus seinem Rumpf besteht, bleibt am Leben, darauf achtet man. Am fünften Tag folgt er seinen Armen und Beinen dann in den Magen der Schweine. Aber Schweine sind keine Raubtiere, sie beißen ihrem Opfer nicht als Erstes die Kehle durch, wie es ein Wolf oder eine Raubkatze machen würde. Sie fressen es einfach bei lebendigem Leib.«

Der Verräter schluckte.

»Man könnte Euch auch an Nahumia ausliefern. Dort zwingt man die Verurteilten, ein Kilo lebender Maden zu schlucken. Anschließend näht man ihnen Mund und Anus zu und lässt die Natur den Rest erledigen. In Parnanien verlässt man sich lieber auf Säure. Angeblich kann Säure den Körper eines Menschen bis zur Hälfte zersetzen, bevor er stirbt. Die Henker versuchen jedes

Mal, den Moment des Todes noch länger hinauszuzögern. Für sie ist das eine Art Spiel. Und in Ozburg …«

»Schon gut, schon gut, ich hab's kapiert!«

Es waren die ersten Worte des Verräters seit seiner Verhaftung. Radjaniel war doppelt erleichtert. Lange hätte er solche Grausamkeiten nicht mehr aufzählen können.

»Schön!«, rief Arold. »Endlich kommt Ihr zur Vernunft! Jetzt erklärt uns doch mal …«

»Ich sage nichts!«, unterbrach ihn der Mann. »Ihr könnt mit mir machen, was ihr wollt, das spielt keine Rolle. Auch wenn ihr meinen Körper den Schweinen oder Maden zum Fraß vorwerft, wird das Zauberranke nicht retten!«

Die beiden Ermittler wechselten einen überraschten Blick.

»Zauberranke retten?«, wiederholte Radjaniel. »Was soll das heißen?«

An der sturen Miene des Verräters erkannte er, dass sie nichts mehr aus ihm herausbringen würden. Der Mann schloss sich abermals in einer Festung des Schweigens ein. Radjaniel ärgerte sich grün und blau. Er hatte seinen einzigen Trumpf ausgespielt, als er Zakarias' Komplizen erzählt hatte, wie in den verschiedenen Ländern Gonelores die Todesstrafe vollstreckt wurde. Er hatte gehofft, er wäre zu einer Aussage bereit, wenn sie ihm im Gegenzug versprachen, ihn an ein Land mit weniger drastischen Strafen auszuliefern. Zumindest wiesen seine Worte darauf hin, dass er tatsächlich etwas auf dem Kerbholz hatte.

Die Ermittler befragten ihn noch eine weitere halbe Stunde. Sie versprachen ihm sogar eine Gefängnisstrafe in einem friedliebenden Land, doch selbst das war vergebliche Liebesmüh. Der Verräter verweigerte jedes Gespräch. Enttäuscht gingen sie abermals auf den Gang hinaus, um sich zu beraten. Der Zufall wollte es, dass Denilius in diesem Moment dazukam.

»Und?«, fragte er. »Noch immer nichts?«

Er wirkte genauso schlecht gelaunt wie am Vorabend, als ihm

die beiden berichtet hatten, dass der erste Vernehmungstag kein Ergebnis gebracht hatte. Denilius hatte angekündigt, die Sache falls nötig selbst in die Hand zu nehmen.

»Noch immer nichts«, bestätigte Arold. »Bis auf einen Versprecher, den ich ihm entlocken konnte.«

Er schilderte, wie der Verräter von einer Bedrohung für Zauberranke gesprochen hatte. Die Nachricht verschlechterte die Laune des Magisters noch weiter.

»Dieses ganze Theater hat lange genug gedauert«, sagte er. »Mit jedem Tag, der verstreicht, schwebt mein Bruder in größerer Gefahr. Ich muss etwas tun.«

Er zog eine kleine Phiole mit einer goldfarbenen Flüssigkeit aus der Tasche. Radjaniel wusste aus Erfahrung, dass Denilius stets solche Fläschchen mit sich herumtrug – eine Angewohnheit aus seiner Zeit als Oberster Alchimist. Mit einem ähnlichen Trank hatte er auch Jona nach dem Angriff der Chiroptiden betäubt. Doch das wutverzerrte Gesicht des Magisters gab Radjaniel zu denken.

»Was ist das? Ein Wahrheitselixier?«

Denilius antwortete erst, als Arold ihm die Tür zum Vernehmungsraum aufgeschlossen hatte.

»Nein. Dieser Trank verstärkt den Schmerz!«

Mit diesen Worten zog er die Tür hinter sich zu. Arold und Radjaniel blickten ihm verwirrt nach. Sie hatten sich noch nicht von ihrer Überraschung erholt, als sie durch die Tür erstickte Würgelaute hörten. Vermutlich zwang der Magister den Verräter, die Mixtur zu schlucken. Gleich darauf erklangen die ersten Schläge, gefolgt von lauten Schreien. Der Oberste Wächter beobachtete den Vorgang durch die kleine Luke in der Tür, während sich Radjaniel angewidert abwandte. Schließlich ging er in den fünften Stock hinunter, aber selbst dort hörte er die gellenden Schreie des Gefolterten. Radjaniel konnte nicht fassen, was sich da abspielte. Noch nie hatte es so etwas in Zauberranke gegeben. Noch nie hatte Denilius diese Seite seiner Persönlichkeit offenbart.

Das Ganze dauerte etwa zehn Minuten, für alle Beteiligten eine Ewigkeit. Als abermals Ruhe eingetreten war, ging der Messerschleifer zurück nach oben. Der Magister stand im Gang … und wischte seine Streitaxt an seinen blutbefleckten Kleidern ab!

Radjaniel lief auf die Luke zu und presste sein Auge dagegen. Was er sah, ließ ihm das Blut in den Adern gefrieren. Denilius hatte den Gefangenen nicht nur grün und blau geschlagen, sondern hatte ihm auch drei Finger abgeschnitten und sie vor dem Verräter auf den Tisch gelegt. Radjaniel war völlig verwirrt. Er wusste nicht, was er sagen, was er tun, wie er reagieren sollte. Entgeistert drehte er sich zu dem Magister von Zauberranke um, aber dieser verbot sich mit hartem Blick jede Bemerkung.

»Jetzt wird er reden«, sagte Denilius. »Fragt ihn, was Ihr wollt. Anschließend schreibt mir einen Bericht. Wir werden alles tun, was nötig ist, um ihre Pläne zu durchkreuzen.«

Arold nickte. Auch er war fassungslos.

Radjaniel blickte wieder zu dem Gefangenen, der immer noch an den Stuhl gefesselt war. Der Mann saß mit gesenktem Kopf da und stöhnte, während Speichel und Blut auf seinen Bart tropften. Jeder hätte unter den Schlägen gelitten, aber Denilius' Elixier musste den Schmerz verzehnfacht haben.

Radjaniel starrte immer noch durch die Luke, als er ein leises Zischen vernahm. Im nächsten Moment raste ein Pfeil durchs Zellenfenster, prallte gegen eine Wand und explodierte in einem Lichtblitz. Instinktiv schloss Radjaniel die Augen. Ihm war sofort klar, was er sehen würde, sobald er sie wieder aufmachte. Die Frage war nur, welche Art von Chimäre in der Zelle heraufbeschworen worden war.

Obwohl er auf vieles gefasst war, lief es ihm dennoch kalt über den Rücken, als er den Karkaluchs erblickte. Es handelte sich um eine recht kleine Chimäre, eine Art Kreuzung aus Hyäne und

Wolf, aber mit einem fast absurd großen Maul. Sie sah aus, als hätten die Götter sich einen Spaß daraus gemacht, eine Raubkatze mit dem Maul eines Hais auszustatten.

Der Karaluchs, der für seine Aggressivität bekannt war, stürzte sich ohne Vorwarnung auf den gefesselten Gefangenen. Der Mann stieß abermals fürchterliche Schreie aus, die aber rasch in ein Röcheln übergingen, als die Bestie ihm die Gurgel zerfetzte. Radjaniel rüttelte an der abgeschlossenen Tür und trat dann beiseite, damit Arold aufsperren konnte, aber als die Weltwanderer endlich in den Raum gelangten, war es schon zu spät. Ihr einziger Verdächtiger war tot.

Der Karkaluchs setzte zu einem Hechtsprung an. Denilius zertrümmerte ihm mit einem einzigen Hieb seiner Streitaxt den Schädel, und die Bestie verschwand in einem weiteren Lichtblitz. Sehr lange hatte ihr Aufenthalt in Gonelore nicht gedauert.

Radjaniel rannte zum Fenster. Erst als er den Kopf schon nach draußen gesteckt hatte, dachte er daran, dass er einen weiteren Pfeil ins Gesicht bekommen könnte – ob nun mit oder ohne Beschwörungsprisma. Zum Glück geschah nichts, und so konnte er das Gebiet zwischen dem Leuchtturm und dem alten Viertel von Zauberranke mit dem Blick absuchen … Bald entdeckte er eine Gestalt im Kapuzenmantel, die mit einem Bogen in der Hand davonrannte. Er zeigte sie Arold und Denilius, die hinter ihn getreten waren.

»Ich werde Alarm auslösen!«, rief der Oberste Wächter.

Er verschwand im Treppenhaus und ließ die beiden Männer mit dem toten Gefangenen zurück. Der Magister wirkte enttäuscht, beinahe niedergeschlagen, aber seine Augen funkelten vor Hass.

»Der Schütze ist längst über alle Berge, bis Arold unten ist«, sagte Radjaniel.

Denilius nickte und spielte nervös mit seiner Streitaxt. Es

schien fast so, als wollte er seine Wut an dem verstümmelten Leichnam auslassen.

»Es ist noch nicht vorbei«, sagte er. »Wir geben ihnen keine Ruhe. Niemals. Ihr werdet Eure Ermittlungen fortsetzen, bis Ihr alle Verräter entlarvt habt, die auf der Insel ihr Unwesen treiben. Solange ich hier der Magister bin, zwingt mir niemand seine Gesetze auf!«

Dann ging er davon. Radjaniel fragte sich, ob diese letzten Worte wohl auf ihn gemünzt waren.

34

Vargaï war der einzige Jäger, der nicht über ihren Fang jubelte. Dabei war er für den Erfolg verantwortlich, und niemand hätte ihm Vorwürfe gemacht, wenn er sich dafür hätte feiern lassen. Doch als der Konvoi unter den Hurra-Rufen der Söldner in der Enklave Einzug hielt, empfand der Alte nichts als Verbitterung, und er fröstelte in der Kühle des Abends.

Er drehte sich noch einmal zu dem Wagen um, der unter dem Gewicht der Beute ächzte und knarrte, und nickte seufzend. Vargaï konnte nicht recht fassen, dass er selbst zu diesem Fang beigetragen hatte. Ein weiterer Fussard lag unter den Ketten, der größte, den der Alte je zu Gesicht bekommen hatte. Zusammen mit den anderen Männern hatte er die Chimäre aufgespürt, verfolgt, in die Falle gelockt und gefangen genommen. Er selbst hatte die Jagd von Anfang bis Ende geleitet.

Immerhin hatten sie an diesem Tag kein Opfer zu beklagen. Nur ein Söldner hatte sich durch seine eigene Ungeschicklichkeit leicht am Oberschenkel verletzt. Ein paar Männer hatten dem Alten zu seiner Umsicht gratuliert. Doch vor allem beglückwünschten sie sich untereinander wie Kinder, die ein neues Spielzeug gefunden hatten.

Genau das störte Vargaï. Er hatte den ganzen Tag lang versucht, ihnen klarzumachen, wie gefährlich diese Art von Jagd war. Er hatte gewarnt, dass die mächtigen Wesen, die sie zu beherrschen suchten, sich eines Tages gegen sie wenden würden, und immer wieder gesagt, dass jeder, der ein Bandelier trug, Ehrfurcht vor dem Schleier und den Kreaturen aus den anderen Horizonten haben müsse. Aber es war, als spräche er eine fremde Sprache. Die Söldner hörten ihm nicht einmal zu. Sie waren von ihrem Magister zu blindem Gehorsam erzogen worden. Am Abend zuvor hatte der Alte noch gehofft, sie gegen Tannakis aufhetzen zu können, aber diese Idee konnte er vergessen. Der Herr der Enklave wusste haargenau, dass er nichts zu befürchten hatte, wenn er den Alten mit seinen Männern auf die Jagd schickte. Er ging überhaupt kein Risiko ein.

»Meister Vargaï!«, rief Tannakis jetzt und pfiff durch die Zähne. »Keine schlechte Ausbeute für eine erste Jagd!«

Der Verräter kam näher und applaudierte begeistert. Vargaï empfing ihn sehr viel kühler. Er deutete nur mit einem Kopfnicken auf die Chimäre und sagte: »Es wäre viel einfacher gewesen, sie wieder hinter den Schleier zu scheuchen. Jetzt ist es zu spät. Von nun an wird diese Kreatur einen tödlichen Hass auf die Menschen haben. Wenn du sie wieder freilässt oder sie entwischt, kehrt sie mit etwas Glück in ihren Horizont zurück. Aber anschließend wird sie immer wieder nach Gonelore zurückkehren und jeden Menschen jagen, der ihr über den Weg läuft. Man wird dem nur ein Ende setzen können, indem man sie tötet, allerdings ist sie jetzt sehr viel misstrauischer. Wie viele Weltwanderer werden wegen deines Irrsinns sterben müssen?«

»Du übertreibst wie immer!«, sagte der Schmied in scherzhaftem Ton. »Sei nicht so kleinlich, mein Freund. Jetzt ist nicht der Moment für solche Vorwürfe. Dieser Fang kommt wahrlich zur rechten Zeit, und er beweist, dass du dich an deinen Teil unserer Abmachung hältst. Dafür will ich dich belohnen. Ich habe nämlich eine gute Nachricht für dich: Man hat mir einen Brief deines Schülers übergeben!«

Er sah kurz zu seinem Palast aus Rundhölzern hinüber, und Vargaï folgte seinem Blick. In der Tür stand eine hochgewachsene Gestalt, vielleicht eine Frau, aber da sie einen Kapuzenmantel trug, war das nicht mit Sicherheit zu sagen. Der oder die Fremde war vermutlich die einzige Person in der Enklave, die nicht herbeigeeilt war, um den Fang der Jäger zu bewundern. Allein das machte sie schon interessant.

»Wer ist das?«, fragte Vargaï.

Tannakis grinste: »Das verrate ich dir jetzt noch nicht, mein Freund. Vielleicht in ein paar Wochen, wenn unsere Freundschaft sich weiter so gut entwickelt ...«

»Kommt sie aus deinem anderen Lager? Ist sie die Anführerin deiner Männer dort? Oder deine Liebhaberin?«

Der Schmied hob den Zeigefinger und antwortete mit ironischem Unterton: »Du wirst es nicht schaffen, mir die Würmer aus der Nase zu ziehen, du alter Gauner. Alles zu seiner Zeit!«

Vargaï ließ die Sache auf sich beruhen. Immerhin hatte Tannakis ihm indirekt bestätigt, dass die geheimnisvolle Gestalt eine Frau war. Vargaï musterte sie abermals, aber die Entfernung war zu groß, um Genaueres erkennen zu können.

»Mich wundert«, sagte der Verräter, »dass du dich gar nicht über den Brief deines Schülers zu freuen scheinst.«

»Ich bin nicht naiv«, erwiderte Vargaï. »Du hättest ein paar Erkundigungen einholen sollen, bevor du den Brief fälschen lässt. Vohn kann nicht lesen, geschweige denn schreiben.«

»Na und? Ich habe ja auch nicht gesagt, dass er ihn selbst verfasst hat! Ich habe genügend Männer, die ihm dabei helfen können!«

Vargaï blickte Tannakis prüfend an. Dann nahm er das gefaltete Blatt, das der Magister aus seiner Tasche gezogen hatte. Er überflog den Brief und suchte nach irgendeinem nützlichen Hinweis. Doch der Junge schrieb eigentlich nur, dass er gut behandelt werde und es nicht abwarten könne, seinen Lehrer wiederzusehen.

»Das hätte jeder schreiben können«, befand Vargaï.

Das stimmte nicht ganz, da der Schreiber Vohns Vater erwähnte, zu dem der Junge ein kompliziertes Verhältnis hatte. Doch dieses Detail konnte der Verfasser auch aus irgendeinem Gespräch wissen, oder es konnte ihm unter Folter entlockt worden sein.

»Dein Mangel an Vertrauen kränkt mich sehr«, sagte Tannakis. »Denk doch mal nach, mein Freund. Du hältst dich an unsere Abmachung. Du gehst für mich auf die Jagd und bringst mir diese herrliche Trophäe. Warum sollte ich dich mit diesem Brief täuschen wollen? Ich hätte ihn genauso gut vor dir verbergen können.«

»Du willst Druck auf mich ausüben«, erwiderte Vargaï. »Die wahre Nachricht dieses Briefs lautet: ›Vergiss nicht, dass ich noch immer deinen Schüler gefangen halte, also mach keine Dummheiten.‹ Ich bin nicht naiv, habe ich doch schon gesagt.«

Das Grinsen des Verräters verblasste. Er nahm den Brief wieder an sich, knüllte ihn nervös zusammen und warf ihn fort. Da wurde dem Alten bewusst, dass er die Grenzen überschritten hatte, die er sich selbst gesetzt hatte. Es brachte ihm nichts, wenn er Tannakis ständig gegen sich aufbrachte. Er musste vielmehr dessen Spiel mitspielen, auch wenn das bedeutete, dass er ihm Honig ums Maul schmierte. Doch schon nach einem Tag in der freien Wildnis hatte Vargaï all seine guten Vorsätze vergessen.

Zum Glück überwand Tannakis seine Enttäuschung recht schnell: »Vergessen wir den Brief, wenn du dich nicht über ihn freuen kannst. Aber ich habe dir ein Versprechen gegeben, das ich nun einlösen werde. Ich hoffe, dass dich wenigstens das ein wenig aufheitern wird!«

Er bedeutete dem Alten, ihm zu folgen, und ging auf das Tor der Festung zu, das die Söldner noch nicht wieder geschlossen hatten. Vargaï warf einen letzten Blick in Richtung der geheimnisvollen Gestalt, aber diese wandte sich um und verschwand im Palast des Magisters. Da ihm keine andere Wahl blieb, folgte

Vargaï Tannakis durch das Tor. Im Licht der Fackeln oben auf den Wachtürmen las Vargaï die Erregung im Gesicht des Verräters.

»Wir hatten einen Pakt geschlossen«, sagte Tannakis. »Beim ersten schönen Fang, den du mir bringst, wollte ich dir etwas Großartiges zeigen. Nun, der Augenblick ist gekommen. Sperr deine Augen und Ohren weit auf, mein Freund!«

Plötzlich war er wieder blendender Laune. Der Alte fragte sich, warum. Dann zog Tannakis ein ungewöhnlich geformtes Prisma aus seinem Bandelier: Es war schmal, glatt und etwa fingerlang. Er setzte es an die Lippen, blies hinein und entlockte ihm ein paar Töne, die die Luft zum Vibrieren brachten und mehrere Horizonte zu durchdringen schienen.

»Und?«

Tannakis strahlte über beide Ohren, aber Vargaï hatte keine Ahnung, was er sagen sollte. Er wusste weder, woher diese Pfeife kam, noch wozu sie gut war, doch er ahnte bereits, dass sie eine Gefahr für ganz Gonelore darstellte. Diese Töne waren ein Sakrileg, da war er sich sicher. Die Begeisterung auf dem Gesicht des Schmieds zerstreute seine letzten Zweifel.

»Es wird nicht mehr lange dauern«, erklärte der Verräter.

Das Unbehagen des Alten wuchs. Er hatte insgeheim gehofft, dass die Vorführung beendet war, doch nun bestätigten sich seine schlimmsten Befürchtungen. Fieberhaft suchte er seine Umgebung ab. Daraus schloss Vargaï, dass irgendein Wesen aus der Dunkelheit hervorkommen würde – ein Wesen, das von dem Pfiff angelockt worden war.

Auf einmal schien die Zeit stillzustehen. Der Alte starrte angestrengt in die Dunkelheit und spitzte die Ohren. Sein Instinkt und seine Erfahrung halfen ihm dabei, die Wölbung des Schleiers wahrzunehmen, noch bevor irgendetwas zu sehen war. Eine Kreatur war tatsächlich dabei, den Schleier zu durchstoßen! Gleich darauf war die Bestie da, kaum zehn Meter von ihnen entfernt.

Der Alte zog reflexartig seinen Säbel und schätzte ab, ob er eine Chance hätte, zurück ins Lager zu gelangen, bevor die Chimäre ihn erwischte. Doch angesichts der Größe des Reptiliden war das aussichtslos. Die Kreatur hatte einen massiven, gedrungenen Leib, der an ein Nashorn erinnerte, und den Kopf einer Kobra.

Zum Glück schien sich die Bestie kaum für den Alten zu interessieren. Bei genauerem Hinsehen fiel ihm auf, dass sie sich ziemlich seltsam benahm: Sie wirkte zugleich schläfrig und äußerst angespannt. Tannakis wiederum war völlig aus dem Häuschen. Er zog einen Fleischbrocken aus seiner Tasche und warf ihn der Bestie zu, die ihn mit einem Happs verschlang. Triumphierend schwang sich der Schmied zu dem Alten herum.

»Unser größter Erfolg bis jetzt«, sagte er. »Darf ich dir mein Reittier vorstellen!«

»Dein … Reittier?«

Das konnte nicht sein. Noch keinem Fährtenleser war es je gelungen, auf einem Reptiliden zu reiten. Vor den entsetzten Augen des Alten trat Tannakis auf die Bestie zu, strich ihr kurz über die Schuppen und schwang sich dann mit einer geübten Bewegung auf ihren Rücken! Dort mimte er die Haltung eines siegreichen Feldherrn, während die Söldner auf ihren Wachtürmen Beifall klatschten.

»Wie … was …«

Vargaï versuchte, seine Fassung wiederzuerlangen, aber beim Anblick des Verräters auf dem Rücken der Chimäre bekam er eine Gänsehaut.

»Wie hast du das angestellt? Hast du die Chimäre heraufbeschworen?«

»Ganz und gar nicht! Es handelt sich um eine echte, quicklebendige Chimäre! Ich brauche nur zu pfeifen, um nach Belieben über sie zu verfügen. Das hier ist hundert Mal besser als jede Beschwörung!«

Davon war Vargaï überzeugt, allerdings hatte das Ganze so schlimme Folgen, dass ihm vor Angst fast die Luft wegblieb.

»Dafür nutzt ihr also die Chimären, die ihr gefangen nehmt? Wie viele habt ihr denn schon?«

Tannakis hob nur kurz die Augenbrauen, als wollte er sagen: »Das bleibt fürs Erste noch mein kleines Geheimnis.« Aber Vargaï hatte noch mehr Fragen auf dem Herzen: »Setzt Ihr sie im Kampf ein? Könnt Ihr sie für die Jagd verwenden? Wie richtet Ihr sie ab? Habt Ihr hier einen Fährtenleser?«

Der Schmied setzte eine belustigte Miene auf und legte sich auf den Rücken der Kreatur, die erstaunlich ruhig blieb. Die Bestie war wie in Trance, ganz so, als habe der Pfiff sie hypnotisiert.

»Wenn ich ehrlich bin, sind die meisten noch nicht so weit. Deshalb begnügen wir uns derzeit damit, sie zuzureiten. Anfangs haben wir versucht, sie für die Jagd zu verwenden, aber unsere Beute hat die unschöne Angewohnheit, über ihre Artgenossen herzufallen. Es ist sinnlos, bei jeder Jagd ein bis zwei Chimären zu opfern, um eine zu erbeuten. Deshalb sind wir wieder zu den klassischen Methoden zurückgekehrt. Und natürlich haben wir einen Fährtenleser. In dem anderen Lager.«

Vargaï dachte über diese Antworten nach, und er bemerkte recht schnell, dass eine entscheidende Sache fehlte: »Aber wie zähmt ihr sie? Bei einer lebenden Chimäre ist das noch nie jemandem gelungen. Zumindest nicht bei einer Kreatur dieser Größe! Und mit solch einem Ergebnis! Selbst ein Lupinus lässt sich ja kaum so abrichten, dass er einen Menschen in seiner Nähe toleriert. Also, was ist dein Trick? Die Pfeife?«

Tannakis plusterte sich auf: »Wenn jemand sich zu Recht Oberster Prismenschmied nennen darf, dann ich! Denn ich habe begriffen, dass man Prismen nicht nur zu Linsen schleifen kann. Die letzten fünfzehn Jahre habe ich damit verbracht, meine Kunst zu perfektionieren. Aber natürlich bin ich nicht ganz allein für den Erfolg verantwortlich. Wir haben in der Enklave viele talentierte Leute.«

»Wen denn? Diese Frau von vorhin? Aber was habt Ihr vor? Wofür richtete ihr all die Kreaturen ab, wenn Ihr sie nicht dazu verwendet, andere Chimären hinter den Schleier zurückzutreiben?«

Tannakis grinste wieder spöttisch und sprang zu Boden. Der Reptilid reagierte immer noch nicht.

»Die drei Monate sind noch nicht verstrichen, Vargaï. Bleib bei uns, arbeite weiterhin mit uns zusammen, lerne uns kennen. Ich verspreche dir, dass ich dir nach Ablauf der drei Monate alles erklären werde.«

»Drei Monate«, murmelte der Alte bitter.

Noch nie hatte er sich so sehr gewünscht, schneller zu altern.

35

Der Winter hielt Einzug, die Tage wurden kürzer, und Zauberranke versank in einer gewissen Routine. Die Kälte war halbwegs erträglich, solange der Wind nicht vom Meer her wehte und die Bewohner der Halbinsel in ihre Häuser trieb. Doch im Augenblick war die Kälte Nobianes geringste Sorge. In der Schmiedewerkstatt, in der sie seit dem Morgen arbeitete, gab es drei große, offene Kamine, und so war es in dem Raum angenehm warm. Das hinderte Jora Vrinilia allerdings nicht daran, sich zwei Schals um die Schultern zu legen und über die angebliche Eiseskälte zu beschweren.

»Doch nicht mit der Doppelfeile!«, rief sie. »Für so etwas nimmt man die Dreiecksfeile! Man könnte meinen, du hast in den drei Monaten überhaupt noch nichts gelernt!«

Nobiane entschuldigte sich und tauschte ihr Werkzeug aus. Die Schmiedin hatte natürlich recht. Der Irrtum war ihr aus Müdigkeit unterlaufen. Seit Wochen arbeiteten die Schüler von früh bis spät.

Drei Monate zuvor hatte Denilius Radjaniel damit beauftragt, die Ermittlungen auf unbestimmte Zeit fortzuführen. Damit seine Schüler trotzdem nicht aus der Übung gerieten, hatte der Messerschleifer ihr Ausdauer- und Krafttraining auf die frühen Morgenstunden verlegt. Nobiane und ihre Kameraden mussten jeden Tag vor Sonnenaufgang aufstehen, um laufen zu gehen und Liegestütze zu machen. Anschließen schlangen sie ihr Frühstück herunter und begaben sich zu dem Dienst, zu dem sie eingeteilt waren. Nachmittags hatten sie dann Unterricht bei den Mitgliedern des Hohen Rats, und immer öfter kam es vor, dass sie danach noch einmal in die Werkstätten zurückkehren mussten, so wie auch an diesem Tag. Wenn sie am späten Abend ins Zeughaus zurückkehrten, fielen die Schüler in ihre Betten und schliefen wie Tote. So war der Herbst wie im Flug vergangen, und auch die kalte Jahreszeit schien wie eine Meeresbrise über sie hinwegzufegen …

»Wenn du mit diesem Prisma fertig bist, kannst du gehen«, verkündete Vrinilia. »Ich muss mich noch für die Feier heute Abend umziehen. Und du sicher auch.«

Nobiane nickte erleichtert. Mehrere Wochen zuvor hatte Vrinilia sie unter ihre Fittiche genommen, ohne sie vorher um ihre Meinung zu fragen. Das Mädchen lernte, wie man rohe Prismen schliff, und das auf einem sehr viel höheren Niveau als im Unterricht – aber dafür musste sie auch die Launen der Schmiedin ertragen. Zum Glück halfen ihr ihre »guten Manieren«. So konnte sie gut einschätzen, wann sie das Wort ergreifen konnte und wann sie sich besser stumm über ihre Arbeit beugen sollte.

Mit neuem Eifer brachte sie ihr Tageswerk binnen weniger Minuten zu Ende. Auch wenn sie noch keine komplizierten Schliffe durchführen durfte, konnte ein grober Schnitzer das Prisma unbrauchbar machen. Daher nahm sie das fertige Prisma noch einmal genau unter die Lupe und begann dann, ihr Werkzeug wegzuräumen und die Kristallspäne aufzufegen.

»Lass das doch«, sagte Vrinilia. »Du weißt, dass sich darum jemand kümmert. Komm lieber mit, ich möchte dir unten etwas zeigen.«

Nobiane gehorchte. Neugierig, aber auch etwas ängstlich folgte sie ihrer Lehrerin. Vrinilias Überraschungen waren nicht immer angenehm, außerdem war ihr das Kellergewölbe unheimlich. Noch auf der Treppe fragte die Prismenschmiedin: »Du erinnerst dich gewiss an dein missliches Erlebnis mit der Pfeife, oder?«

Nobiane nickte, ihr Magen krampfte sich zusammen. Wie könnte sie dieses »missliche Erlebnis« vergessen! Noch jetzt bescherte es ihr mindestens zweimal die Woche Albträume.

»Seither haben wir es leider nicht geschafft, eine weitere Kreatur herbeizurufen«, fuhr Vrinilia fort. »Dafür könnte es drei Erklärungen geben: Erstens, das Instrument steht nur mit dem Kokatrus, der sich mit dir in die Luft erhoben hat, in Verbindung. Zweitens, die Pfeife funktioniert nur bei dieser Art von Chimären, und derzeit befindet sich kein anderes Exemplar in der Nähe, nicht einmal jenseits des Schleiers. Drittens, die Pfeife hat ihre Kraft verloren. Wir müssen weitere Untersuchungen durchführen, und ich habe auch schon eine Idee, wie wir vorgehen müssen: Wir werden eine exakte Kopie der Pfeife anfertigen. Das ideale Prisma dafür habe ich bereits gefunden!«

Sie umrundete den Käfig über dem Kerker, trat vor ein Regal und nahm eine Schatulle in die Hand, öffnete den Deckel und zeigte Nobiane den Inhalt. Das Mädchen war erleichtert: Immerhin würde sie diesmal nicht ihr Leben aufs Spiel setzen müssen. Zumindest nicht, bis die Schmiedin wieder von ihr verlangte, die neue Pfeife auszuprobieren.

Schon im Rohzustand sah der Kristall kostbar aus. Er war etwa zehn Zentimeter lang, sehr rein und schimmerte leicht bläulich.

»Ich habe meinen gesamten Vorrat durchsucht, bis ich darauf gestoßen bin«, erklärte Vrinilia. »Vermutlich wartet das Prisma schon seit einem oder zwei Jahrhunderten darauf, dass jemand eine Verwendung dafür findet. Gleich morgen werde ich anfangen, es zu bearbeiten.«

Nobiane kam nicht umhin, die Schönheit des Objekts zu bewundern. Allerdings sah es ganz anders aus als Zakarias' Pfeife, die eher orangefarben war …

Sie wagte eine Frage: »Was macht dieses Prisma so besonders?«

»Seine Brechkraft. Mit anderen Worten, seine Fähigkeit, die Schallwellen zu verstärken. Ich denke, das ist unabdingbar, wenn der Ton durch den Schleier dringen soll. Ich habe kein anderes Prisma gefunden, das besser dafür geschaffen wäre. Seine Fähigkeit, das Licht zu brechen, ist so ausgeprägt, dass du dir die Netzhaut verbrennen würdest, wenn du durch dieses Prisma auf eine brennende Kerze schauen würdest. Deshalb wurde es wahrscheinlich auch nie zu einer Linse verarbeitet.«

Nobiane war immer wieder vom Wissen ihrer Lehrerin beeindruckt. Das Schleifen von Prismen war wirklich eine hohe Kunst. Jedes Mal, wenn sie dachte, die Grundlagen des Berufs halbwegs zu beherrschen, weihte sie Vrinilia in ein neues Thema ein, über das sie sich den Kopf zerbrechen konnte. Mit neuem Interesse musterte sie das bläuliche Prisma. Es gab vermutlich nicht viele Arten, wie man es nutzen konnte …

Da kam ihr auf einmal eine Idee. Vielleicht gab es ja doch noch einen anderen Verwendungszweck für den Kristall!

»Ich zeigte dir das Ergebnis morgen«, versprach die Weltwanderin. »Bis zum Abend dürfte ich gute Fortschritte gemacht haben. Geh jetzt und ziehe dich für die Feier um! In weniger als einer Stunde versammelt sich die ganze Schule im Ehrensaal.«

Als Vrinilia die Schatulle mit dem Kristall wieder ins Regal stellte, versetzte es Nobiane einen leichten Stich. Sie überlegte, ob sie der Lehrerin von ihrer Idee erzählen sollte, und öffnete gerade den Mund, als Vrinilia sagte: »Worauf wartest du noch? Husch, husch! Ich möchte nicht deinetwegen zu spät kommen!«

Da verließ Nobiane der Mut. Sie verabschiedete sich in aller Höflichkeit von der Schmiedin und lief die Treppe hoch. Dabei hatte sie die ganze Zeit das Bild des Prismas vor Augen.

Als sie an ihrer Werkbank vorbeikam, war Marigalle gerade dabei, diese zu säubern. Wie jeden Tag warf ihr die Anführerin der

Erstkreisler einen hasserfüllten Blick zu. Sie war stocksauer, weil nicht mehr sie Vrinilias Liebling war, und das würde sie Nobiane gewiss nicht so bald verzeihen.

Nobiane ließ sich davon nicht beeindrucken. In ihrem Kopf entstand ein vollkommen verrückter und riskanter Plan mit wenig Aussicht auf Erfolg.

Sie musste den anderen unbedingt davon erzählen.

36

Seit vielen Jahren hatte Radjaniel nicht mehr an so einer Zeremonie teilgenommen. Sie fand zwar regelmäßig alle drei Monate statt, aber Radjaniel war einfach nicht mehr hingegangen, nachdem er begonnen hatte, seinen Kummer im Alkohol zu ertränken. Außerdem war auch nichts mehr geschehen, was ihm neue Auszeichnungen hätte einbringen können, und darum ging es bei diesen Feierlichkeiten. Bei den letzten Veranstaltungen war seine Abwesenheit gar nicht mehr aufgefallen, doch an diesem Abend war alles anders. Der Tag würde in der Chronik der Bruderschaft Erwähnung finden, und Radjaniel wollte das Ereignis um nichts in der Welt verpassen. Außerdem hatte er danach noch etwas vor …

Alle Bewohner der Schule – bis auf wenige Ausnahmen – waren im Ehrensaal versammelt, einem Bau im alten Viertel der Halbinsel, der nur für diese Zeremonie genutzt wurde. Der Hohe Rat thronte an einem langen Tisch auf einer Bühne am Kopfende des Saals, die Lehrer saßen auf Stühlen entlang der Wände und die Schüler im hinteren Teil des Raums. Alle warteten gespannt darauf, ob ihre Gilde nach vorn gerufen wurde, und an diesem Tag erfüllte sich diese Hoffnung für viele!

Am Ende des ersten Trimesters wurden gemäß der Tradition die ersten Abzeichen für besondere Verdienste verteilt. Auf Empfehlung der Lehrer hin wurden manche Schüler für ihre Leistungen ausgezeichnet. Das stachelte die anderen an und sorgte dafür, dass sich alle im Unterricht mehr Mühe gaben. Diesmal aber vergab der Ratsälteste auch Orden an die Helden der Schlacht um den Leuchtturm, und da war die Liste lang!

Man begann mit den Mitgliedern des Hohen Rats. Denilius, Arold, Vrinilia und Maetilde erhielten jeweils einen oder zwei neue glänzende Nieten für ihre Bandeliere. Gregerio bekam sogar ganze drei, da sein Einsatz im Kampf von vielen hervorgehoben und gepriesen worden war. Als Nächstes waren die Lehrer an der Reihe. Etwa dreißig von ihnen erhielten eine Auszeichnung. Radjaniel hatte zwei Nieten verliehen bekommen, darunter das begehrte Phabiante-Kreuz, weil er die schützende Lichtkuppel des Leuchtturms wieder eingeschaltet hatte. Nun saß Radjaniel wieder auf seinem Platz und spielte mit den Auszeichnungen in seiner Hand. Er wusste noch nicht, ob er sie an seinen Gürtel heften würde. Er besaß bereits zwei dieser Kreuze, und das hatte sein Leben nicht besser gemacht. Obwohl seit dem Kampf mittlerweile drei Monate vergangen waren, bekam er das Bild Dutzender Leichen, die am Strand aufgereiht waren, nicht aus dem Kopf. Er wollte nicht noch mehr daran erinnert werden.

Nach den Weltwanderern waren die Schüler an der Reihe. Nun geriet die Feier zu einem Geduldsspiel. Über hundert Schüler hatten an der Schlacht teilgenommen, vor allem Viert- und Fünftkreisler, und ihre Lehrer hatten die Aufgabe, ihnen die jeweiligen Auszeichnungen zu verleihen. Anschließend ging man zu den mittleren Klassen über, die nicht unbedingt durch besondere Leistungen geglänzt hatten. Einige von ihnen erhielten den Arkandielle-Stern für die Teilnahme an ihrem ersten Kampf. Ganz zum Schluss folgte die Ehrung der Erstkreisler. Zu diesem Zeitpunkt kämpften die meisten Anwesenden schon gegen die Müdigkeit an.

Von den neuen Rekruten wurden glücklicherweise nur wenige aufgerufen. Ein halbes Dutzend bekam einen Verdienstorden, dann erhielten zwei Jungen und ein Mädchen den Arkandielle-

Stern. Das Publikum erwachte wieder zum Leben, als alle fünf Schüler von Sohia nach vorn gerufen wurden, um aus der Hand der Weltwanderin jeder zwei Auszeichnungen zu erhalten. Zum einen wurden sie für die Teilnahme an ihrem ersten Kampf geehrt, zum anderen für den Mut, mit dem sie die Chiroptiden bekämpft hatten, als sie in der Arena festsaßen. Diese Begründungen wurden jedoch nicht laut genannt, und so erklangen einige Buhrufe und neidische Pfiffe, weil sich andere Schüler benachteiligt fühlten. Das war kein gutes Vorzeichen für Radjaniels Schützlinge, und der Messerschleifer spürte einen Kloß im Hals, als seine Gilde aufgefordert wurde, nach vorne zu kommen.

Wie vorgesehen ging er seinen Schülern entgegen, während sich im Raum eine bleierne Stille breitmachte. Man hatte die fünf Schüler aufgefordert, nichts von den Ereignissen am Leuchtturm zu verraten, und da sie ihr Versprechen gehalten hatten, fragten sich die anderen, womit die fünf es verdient hatten, zum Abschluss der Feier geehrt zu werden. Radjaniel wusste, welch schlechten Ruf seine Gilde genoss. Das lag unter anderem an seiner Vergangenheit als Trinker. Doch auch aus anderen Gründen wurden die Schüler von den meisten ihrer Kameraden zurückgewiesen. Man hielt Berris für zu dumm, man verachtete Nobiane und ihre adlige Herkunft, man ertrug die spitze Zunge von Gess nicht … Und die drei standen noch gut da im Vergleich zu Dælfine und Jona, die fast wie Aussätzige behandelt wurden ….

Für Radjaniel hingegen waren sie die mutigsten Schüler Zauberrankes. Als sie in einer Reihe vor ihm standen wie tapfere kleine Soldaten, musterte er sie gerührt. Er empfand es als Ehre, sie ausbilden zu dürfen. Er war stolz über die Fortschritte, die sie von Woche zu Woche machten. Er hatte es nicht einmal übers Herz gebracht, das blinde Mädchen nach Hause zu schicken, obwohl sie immer noch keine Anzeichen einer Genesung zeigte. Sie waren seine Schützlinge. Die zweite Chance, die ihm das Leben bot.

»Dælfine, es ist mir eine große Ehre, dir diesen Verdienstorden zu verleihen«, sagte er feierlich.

Hinten im Saal wurden Proteste laut, aber Radjaniel beachtete sie nicht. Die Auszeichnung war schließlich nicht seine Idee gewesen. Mehrere Mitglieder des Hohen Rats hatten das Mädchen für die Tapferkeit, die sie im Umgang mit ihrem Leiden an den Tag legte, auszeichnen wollen. Trotz ihrer Beeinträchtigung war sie weiterhin eine der vielversprechendsten Schülerinnen ihres Jahrgangs. Hätte das Schicksal sie nicht so hart bestraft, wäre sie vermutlich die Beste von allen Erstkreislern.

Auch Dælfine war gerührt, aber sie versuchte wie immer, es zu verbergen. Auch dann noch, als ihr Lehrer die Niete an ihr Bandelier heftete und ihre Kameraden ihr zujubelten.

Doch Radjaniel war noch nicht fertig. Er verlieh den anderen vier seiner Schüler den Arkandielle-Stern, und dann allen fünf einen Orden für außergewöhnlichen Mut im Kampf. Sie hatten dasselbe vollbracht wie Sohias Schüler, aber der Neid unter den Zuschauern war groß, was sich in immer lauter werdenden Buhrufen äußerte. Diese Ungerechtigkeit brachte Radjaniel zur Weißglut. Daher rief er laut und deutlich: »Und nicht zuletzt belohne ich eure Tapferkeit bei der Befreiung des Leuchtturms mit dem Phabiante-Kreuz!«

Die Überraschung der fünf Schüler kannte keine Grenzen. Genauso wenig das Protestgeschrei, das sich bei dieser Ankündigung erhob. Wie bitte, fünf Erstkreisler sollten eine der höchsten Auszeichnungen Zauberrankes erhalten? Diese kleinen Gauner, die man besser wieder nach Hause zurückgeschickt hätte? Ein Skandal! Radjaniel wartete, bis seine Kollegen wieder für Ruhe gesorgt hatten, was keine leichte Aufgabe war. Einige Weltwanderer teilten die Auffassung ihrer Schüler und unternahmen nichts gegen ihr Protestgeschrei. Währenddessen nietete der Messerschleifer das Symbol an die Gürtel seiner Schüler, gut sichtbar, damit man es auf den ersten Blick wahrnahm. Er dachte kurz an

Vargaï, der sich bestimmt gefreut hätte, dass sich seine Schüler als so tüchtig erwiesen, und die Erinnerung an seinen Freund verlieh ihm noch mehr Kraft für das, was er nach der Feier vorhatte.

Da die Unruhe im Publikum zu groß wurde, beendete Denilius die Zeremonie. Er schloss mit den Worten, die Schüler sollten die Zeit bis zur nächsten Feier im Frühjahr gut nutzen. Dann strömte die Menge aus dem Saal, wobei die Gilde des Messerschleifers viele finstere Blicke erntete.

»Ein paar eurer Kameraden sind heute Abend sehr aufgebracht«, bemerkte Radjaniel. »Am besten haltet ihr euch nicht zu lange im Freien auf. Geht direkt zu Jora Maetilde, wie ausgemacht. Ich komme so schnell wie möglich nach.«

Die Schüler wechselten einen vielsagenden Blick, verabschiedeten sich von ihrem Lehrer und gingen Richtung Ausgang. Radjaniel gesellte sich zu Denilius und Arold, die ihn schon erwarteten.

»Und? Hat er angebissen?«, fragte er die beiden.

»Wie eine hungrige Forelle«, antwortete der Magister. »Jetzt müssen wir ihm nur noch den Gnadenstoß versetzen. Heute Abend machen wir den letzten Verräter unschädlich, der Zauberranke noch vergiftet!«

Radjaniel nickte. Endlich würde dieser Kreuzzug zu seinem Ende kommen. Er schloss sich seinen Kollegen an, und gemeinsam machten sie sich auf zu dem Ort, an dem sich alles entscheiden würde.

Unterwegs dachte Radjaniel an den letzten Blick, den sich seine Schüler zugeworfen hatten. Inzwischen kannte er sie recht gut, und ihr Verhalten kam ihm auf einmal sehr verschwörerisch vor. Ganz so, als hätten sie an diesem Abend selbst etwas Gefährliches vor.

37

Dælfine tastete immer wieder nach den neuen Abzeichen auf ihrem Gürtel. Das Metall war nicht besonders wertvoll, und jeder mäßig begabte Fälscher hätte sie nachmachen und ein ganzes Bandelier damit beheften können, aber für sie waren es kostbare Schätze. Die Nieten standen dafür, dass sie ihrem Ziel näher kam: Sie wollte Weltwanderin werden!

»Schaffst du es?«, fragte Nobiane gedämpft.

»Gleich«, raunte Gess.

Die beiden wirkten furchtbar angespannt, genauso wie Jona und Berris, die Schmiere standen und ab und zu einen leisen Warnpfiff ausstießen. Dælfine bedauerte, dass sie ihnen nicht helfen konnte, vor allem aber bereitete ihr es Unbehagen, dass die anderen ein so hohes Risiko eingingen!

»Wir sollten die Sache abblasen«, sagte sie unvermittelt. »Wenn wir erwischt werden, so kurz nach der Zeremonie, dann …«

»Geschafft!«, verkündete Gess in diesem Moment.

Es war ihm gelungen, das Schloss in weniger als einer Minute zu knacken. In einer Minute! Dælfine hätte gedacht, dass die Schmiedewerkstatt und die Tausenden von Prismen, die dort lagerten, besser geschützt wären! Aber natürlich hatten sie auch nicht den Vordereingang genommen. Nobiane kannte sich inzwischen sehr gut aus, und sie hatte ihre Freunde zu einer Hintertür in einer verlassenen Seitenstraße geführt.

»Schnell, rein mit euch!«, zischte Nobiane. »Komm, Berris!«

Dælfine sah nicht, was geschah, aber sie konnte sich die Szene sehr gut vorstellen: Die Nervosität ihrer Kameraden, Berris' Zögern, Jonas Gleichgültigkeit. Niemand hatte gekniffen, als Nobiane ihnen ihren Plan geschildert hatte, aber wenn es dann wirklich zur Sache ging, verließ einen manchmal der Mut. Doch nun sammelten sich alle fünf in dem kleinen Gang hinter der Tür. Jeder von ihnen stand zu seinem Wort. Dælfine hörte, wie die anderen die mitgebrachte Laterne entzündeten. Für sie machte das leider keinen Unterschied.

»Hier entlang«, sagte Nobiane.

Dælfine ließ sich von einer Hand führen und tastete sich mit der anderen an der Wand des Gangs entlang und durch mehrere Türen hindurch. In den vergangenen drei Monaten war ihr diese Art der Fortbewegung zur Routine geworden. Auf Radjaniels Rat hin hatte sie es zwischendurch auch mit einem Stock probiert, aber der hatte sie mehr behindert als ihr genutzt, weshalb sie den Versuch bald aufgegeben hatte. Es war ohnehin fast immer einer ihrer Kameraden bei ihr, um sie zu führen. Dælfine hatte sich anfangs dagegen gesträubt, aber Nobiane und die anderen kümmerten sich mit einer solchen Selbstverständlichkeit um sie, dass sie sich schließlich darauf eingelassen hatte.

»Nach links«, sagte Nobiane. »Vorsicht, da ist eine Stufe.«

Es war erstaunlich, mit welcher Leichtigkeit ihre Freundin sich zurechtfand. Andererseits kam sie ja seit Wochen täglich her, während Jona in die Bibliothek ging, Berris zu Maetilde und Gess zu Gregerio. Zumindest in dieser Hinsicht hatte Dælfine es gut. Sie blieb in aller Ruhe im Zeughaus und stellte dort tagaus, tagein Schwerter aus Krustenkrebsbeinen her. Radjaniel hatte dies als Begründung angeführt, um sie in seiner Gilde zu behalten. Er hatte behauptet, dass er noch nie eine so begabte Gehilfin gehabt habe. Sie wusste nicht, ob der Messerschleifer es ernst meinte, aber sie hoffte es sehr. Bisher hatte er auch darauf verzichtet, weitere Schüler zu rekrutieren, die ihr bei der Arbeit helfen sollten. Ohne Zweifel war er nicht besonders scharf darauf, fremde Schüler ins Haus zu lassen.

»Wir kommen zur Treppe«, wisperte Nobiane.

Also befanden sie sich schon in der Einganghalle des Gebäudes! Dælfine tastete sich durch einen Türrahmen und an einer Steinwand entlang und begann dann, die Stufen zu dem Kellergewölbe hinabzusteigen. Dort unten hatte Vrinilia vor einiger Zeit die beiden Chiroptiden heraufbeschworen. Da Dælfine nicht wusste, wie es hier unten aussah, ließ sie sich von Nobiane durch den Raum führen, der ihr mit einem Mal riesig vorkam.

Ihr Puls beschleunigte sich. So kurz vor dem Ziel wurde ihr noch einmal mulmig. Das ganze Unternehmen war ja gut gemeint, aber es war vor allem vollkommen verrückt! Wenn die fünf Schüler erwischt wurden, würden sie gewiss von der Schule fliegen. Und wofür das alles? Wieso hatte sie sich nur darauf eingelassen? Und warum hatte sie ihre Kameraden in die Sache hineingezogen? Am besten machten sie kehrt, solange es noch möglich war, und schlichen sich wieder aus der Schmiedewerkstatt. Das Ganze war doch ohnehin vollkommen sinnlos!

»Ich hab's!«, flüsterte Nobiane in diesem Moment.

Jetzt gab es kein Zurück mehr. Wenn Dælfine jetzt aufgab, wären ihre Freunde, die all diese Risiken für sie eingegangen waren, zutiefst enttäuscht von ihr. Plötzlich wurde ihr klar, warum sie am liebsten kehrtgemacht hätte: Sie war überzeugt, dass ihr Vorhaben sinnlos war und zu keinem Ergebnis führen würde. Und sie hatte schreckliche Angst vor einer Bestätigung dieser Befürchtung.

»Nimmst du es?«, fragte Nobiane.

Ohne eine Antwort abzuwarten, drückte sie Dælfine den Gegenstand in die Hand. Das blinde Mädchen zuckte zusammen, als sie das längliche Teil zwischen den Fingern spürte. Mit zitternder Hand löste sie das Band vor ihren Augen, das sie normalerweise nur zum Schlafen abnahm. Dann öffnete sie die Lider und blinzelte mehrmals, sah aber nichts als Dunkelheit. Wie hätte es auch anders sein sollen? Sie würde wohl niemals wieder sehen können. Nie wieder würde sie die Gesichter ihrer Eltern, Geschwister und Freunde erblicken.

Dennoch hielt sie sich das Prisma vors Gesicht, aber es hätte genauso gut ein Stück Kohle sein können. Auf einmal kam sie sich sehr lächerlich vor. Verzweiflung stieg in ihr auf. Sie war so naiv gewesen und hatte an ein Wunder geglaubt, und jetzt bezahlte sie dafür mit einer herben Enttäuschung.

»Und?«, fragte Gess.

»Nichts. Wie könnte es auch anders sein …«

Sie hörte selbst, wie verbittert ihre Stimme klang, und es tat ihr für ihre Freunde leid.

»Hier unten ist es stockdunkel«, sagte Nobiane. »Wir bringen mal die Laterne näher. Sei vorsichtig, sieh nicht direkt in die Flamme.«

Dass ihre Freundin so verständnisvoll war, machte es Dælfine noch schwerer. Nobiane hatte bei der Sache wesentlich mehr zu verlieren als sie selbst, und trotzdem hatte sie die nächtliche Expedition aus reiner Hilfsbereitschaft organisiert. Um nicht undankbar zu wirken, beschloss Dælfine, das Spiel mitzuspielen, obwohl sie am liebsten davongelaufen wäre.

»Und jetzt?«

»Noch immer nichts.«

»Aha … und jetzt?«

Dælfine antwortete nicht gleich. Sie hielt sich das Prisma dicht vor die Augen und konzentrierte sich darauf, ob sie in dem Meer aus Finsternis einen kleinen Schimmer ausmachen konnte – und als sie dann tatsächlich ein schwaches Licht sah, glaubte sie zunächst, sie würde sich das Ganze nur einbilden.

Doch dann färbte sich das Schwarz um sie herum langsam zu einem Dunkelblau, und sie konnte schemenhafte Formen erkennen!

»Und jetzt?«, wiederholte Nobiane.

Dælfine drehte sich zu ihrer Freundin um. Nicht, weil sie ihre Stimme gehört hatte, sondern weil sie ihre Gestalt ausmachte! Noch war sie verschwommen, aber Dælfine hatte noch nie in ihrem Leben etwas Schöneres gesehen. Und je besser sich ihre Augen an das Halbdunkel gewöhnten, desto klarer wurden die Umrisse.

»Du bist … du bist gewachsen«, sagte sie und schluchzte auf.

Nobiane wechselte einen verblüfften Blick mit ihren Kameraden, und dann jubelten alle los. Sie umarmten Dælfine, küssten sie und klatschten in die Hände. Das Mädchen hielt sich das Prisma immer noch vor die Augen. Am liebsten wollte sie es nie wieder hergeben. Wie Nobiane gehofft hatte, verstärkte das Prisma das letzte bisschen Sehkraft, das Dælfine noch geblieben war. Und das reichte, um ihre Umgebung zumindest schemenhaft zu erkennen. Besser noch: Es war der Beweis, dass Dælfine nicht vollkommen blind war. Von nun an konnte sie also wieder an eine vollständige Heilung glauben.

Tränen traten ihr in die Augen und verschleierten ihr den Blick. Auch musste sie sich erst einmal an das Dunkelblau gewöhnen, in das ihre Welt nun getaucht war – doch das war so viel besser als die tiefe Finsternis. Sie musterte jeden ihrer Kameraden, als wären sie Helden, entdeckte ihre Gesichtszüge neu, stellte fest, wie sie sich verändert hatten. Sie prägte sich jede Einzelheit ein, weil sie fürchtete, das Prisma wieder hergeben zu müssen und abermals in Dunkelheit zu versinken. Die Freunde hatten noch nicht darüber geredet, wie es jetzt weitergehen sollte. Dælfine konnte sich nicht vorstellen, das wunderbare Prisma wieder abzugeben. Nicht jetzt, wo sie endlich ihr Augenlicht wiedergefunden hatte.

»Was für ein entzückender Anblick!«, rief auf einmal jemand am anderen Ende des Raums.

Die Schüler fuhren herum. An der Treppe wurde eine Laterne

entzündet. Dælfine nahm das Licht nur als hellblauen Fleck in der Dunkelheit wahr. Die Kraft des Kristalls hatte seine Grenzen.

»Marigalle?«, fragte Nobiane. »Bist du uns etwa gefolgt?«

»Jetzt habe ich den Beweis!«, rief Marigalle. »Ihr seid nichts als eine Bande kleiner Diebe! Ich bin gespannt, was Vrinilia sagt, wenn sie davon erfährt!«

»Wir sind keine Diebe, auch wenn es vielleicht so aussieht!«, widersprach Nobiane panisch. »Wir sind aus einem ganz anderen Grund hier. Morgen erkläre ich Vrinilia alles …«

»Spar dir deine Ausflüchte, sie interessieren mich nicht! Ihr werdet die ganze Nacht Zeit haben, euch ein paar schöne Lügen auszudenken!«

Einen Moment lang begriffen sie nicht, was Marigalle damit meinte. Dann rannte das Mädchen die Treppe hoch. Gess setzte ihr nach, aber ihr Vorsprung war zu groß. Sie erreichte die obersten Stufen, bevor der Junge überhaupt am Fuß der Treppe angelangt war. Dælfine zuckte zusammen, als die Kellertür zuschlug und der Riegel vorgeschoben wurde.

Es folgte tiefe Stille. Keiner der Schüler wagte es, seine Angst zu zeigen. Sie saßen in der Falle wie die Ratten und waren dazu verdammt, unehrenhaft der Schule verwiesen zu werden. Gegen einen von außen vorgeschobenen Riegel konnte Gess mit seinen Dietrichen nichts ausrichten, und die Tür war viel zu massiv, um sie aufzubrechen. Schließlich sollte sie einer Chimäre standhalten, für den Fall, dass eine Kreatur aus dem Käfig floh.

Dælfine krampfte sich vor Wut und Enttäuschung der Magen zusammen. Warum spielte ihr das Schicksal so übel mit? Warum machten ihr die Götter erst Hoffnung, nur um sie gleich darauf wieder in Verzweiflung zu stürzen? Noch dazu hatte sie schlimme Schuldgefühle. All das war nur ihretwegen passiert, und da sie für ihre missliche Lage verantwortlich war, musste auch sie einen Ausweg finden!

Mit dem Prisma vor den Augen ging sie zu einer Werkbank

hinüber und entzündete eine Laterne. Das war ein erhebendes Gefühl, denn drei Monate lang hatten Lampen ihr nichts genutzt. Nun begann sie, den Raum abzusuchen. Sie sah die Bänke, auf denen Vrinilia die Schüler hatte Platz nehmen lassen, den Käfig, in dem die Schmiedin die Chiroptiden heraufbeschworen hatte, und die bizarre Einrichtung, die sie bisher nicht hatte betrachten können.

»Es gibt keinen anderen Ausgang«, sagte Nobiane niedergeschlagen. »Ich hätte euch niemals alle hierherbringen sollen. Ich hätte mit Vrinilia darüber reden müssen.«

»Aber sie hätte dich in die Wüste geschickt«, sagte Gess. »Das weißt du haargenau. Ich wette sogar, dass sie das Prisma dann woanders versteckt hätte!«

»Vielleicht, vielleicht aber auch nicht … Bei ihr weiß man nie. Manchmal hat sie einen erstaunlichen Sinn für Gerechtigkeit …«

»Ich hoffe, daran wird sie sich morgen erinnern«, sagte Gess scherzhaft. »Leider werden wir uns wohl eher von unseren Bandeliers verabschieden müssen.«

Dælfine nahm an der Diskussion nicht teil. Sie war alle Wände des Kellergewölbes abgelaufen und hatte festgestellt, dass es tatsächlich keinen anderen Ausgang gab. Nun kehrte sie zu den anderen zurück, die sich neben dem Käfig versammelt hatten. Durch das Prisma konnte sie zwar nicht viel erkennen, aber war da unten nicht etwas …

»Was ist das da?«, fragte sie. »Ist das eine Tür?«

Ihre Kameraden scharten sich um sie.

»Ja«, sagte Gess, »aber sie ist aus schwerem Eisen und hat kein Schloss … Wahrscheinlich kann man sie nur von der anderen Seite öffnen.«

»Das sollten wir überprüfen!«

Dælfine umrundete den Käfig. Mit einer Hand hielt sie sich das Prisma vor die Augen, mit der anderen trug sie die Laterne. Bald fand sie, was sie suchte: eine Luke im Gitter, durch die ein

Mensch hindurchpasste. Als sie sich hinkniete, sah sie weiter unten eine Reihe von Eisentritten, die in die Mauer eingelassen waren. Sie verstaute das Prisma in einer Tasche ihres Bandeliers. Sofort versank sie wieder in Finsternis, doch sie brauchte beide Hände, um durch die Luke zu klettern und mit der Laterne auf den Grund des Käfigs zu steigen.

»Du willst wirklich da runter?«, fragte Berris.

Ohne zu antworten, schob sich Dælfine durch das Gitter und hangelte sich mit einem Geschick, das sie selbst überraschte, von Stange zu Stange. Radjaniels Training trug Früchte! Sobald sie unten angelangt war, holte sie das wundersame Prisma hervor und hielt es sich vor die Augen. Ängstlich fragte sie sich, ob es immer noch funktionieren würde. Zum Glück wich die Finsternis nach wenigen Augenblicken einem dunkelblauen Schimmer, und Dælfine marschierte schnurstracks auf die Tür zu, die jetzt die einzige Hoffnung der Gruppe war.

Nach einer ersten Untersuchung stellte sie fest, dass die Tür in der Tat kein Schloss hatte. Sie war äußerst massiv, mit Eisen beschlagen und so gebaut, dass sie den wütenden Attacken riesiger Chimären widerstehen konnte. Was für eine Ernüchterung!

Trotzdem suchte das Mädchen fieberhaft weiter nach einem schwachen Punkt. Und ihre Mühe zahlte sich aus. Auf einer Seite der schweren Tür befand sich ein kleiner Spalt, in den die Klinge ihres Schwerts hineinpasste. Sofort probierte sie es aus, und ihr Herz schlug schneller, als die Waffe auf Widerstand stieß. Sie setzte alles auf eine Karte, drückte mit all ihrer Kraft dagegen und stieß einen Freudenschrei aus, als sich die Tür knarzend öffnete. Sie hatte es geschafft, den Riegel umzulegen, der die Tür von außen verschlossen hatte.

An der frischen Luft, die ihr ins Gesicht strömte, erkannte sie, dass sich dahinter tatsächlich ein Gang auftat. Genau das hatte sie gehofft! Dælfine hatte keine Ahnung, wo er hinführte, aber das kümmerte sie nicht, solange sie auf diesem Weg entkommen konnten. Nun kletterten auch ihre Kameraden in den Chimärenkerker hinab.

Bevor sie den Tunnel betraten, musste Dælfine jedoch noch eine wichtige Entscheidung treffen. Entweder ließ sie das Prisma zurück und entkräftete Marigalles Anschuldigungen, da die dumme Gans dann keine Beweise für ihre Behauptungen hätte, oder sie nahm es mit, was Radjaniels Schülern unweigerlich eine Unmenge an Problemen einbringen würde.

Sie musste nicht lange überlegen. Schon jetzt konnte Dælfine den Kristall nicht mehr entbehren. Sie fühlte sich nicht stark genug, um abermals in tiefer Finsternis zu leben. Außerdem wollte sie in diesem Tunnel, dessen Eingang sich in einem Chimärenkäfig befand, unbedingt etwas sehen können …

Keiner ihrer Kameraden verlangte, dass sie ein solches Opfer brachte. So schlüpften die fünf durch die Tür, legten den Riegel um und betraten die Katakomben von Zauberranke.

38

Vargaï hatte den Besucher kommen gehört, lange bevor der die Tür seiner Hütte erreichte. Rasch schob er den Gegenstand, an dem er arbeitete, unter ein Tuch, und wartete auf das Klopfen. Dann bat er den Besucher in einem möglichst ungezwungenen Ton herein.

»Guten Abend, Jorensan«, grüßte der Söldner respektvoll.

Seine Ehrerbietung war nicht gespielt. In den vergangenen drei Monaten hatte sich Vargaï die Bewunderung der jungen Männer, die er bei der Chimärenjagd anführte, erarbeitet. Auf mehr konnte er nicht hoffen. Weder hatte er es geschafft, sich mit ihnen anzufreunden, noch sie gegen ihren Herrn aufzubringen.

»Guten Abend, Yonnel. Komm herein ins Warme.«

Der Söldner ließ sich nicht zweimal bitten. Im Freien war es eiskalt, aber hier drinnen loderte ein gemütliches Feuer in dem kleinen Kamin. Die Hütte hatte Tannakis dem Alten schon in der ersten Woche überlassen, damit er sich zwischen den Jagdausflügen ausruhen konnte. Sie war klein und spärlich möbliert, aber Vargaï reichte sie vollkommen. Wie jeder, der viel gereist war, legte er keinen großen Wert auf Luxus.

Der junge Mann trat an den Kamin und wärmte sich die Hände. Dann zeigte er auf die kleinen Werkzeuge auf dem Tisch und fragte: »Schnitzt Ihr an neuen Stäbchen?«

»Ja, ich tue fast nichts anderes mehr. All deine Freunde wollen welche haben. Ich komme gar nicht mehr mit der Arbeit nach!«

»Dann muss ich mit meiner eigenen Bestellung wohl noch ein bisschen warten …«

»Auf ein paar mehr oder weniger kommt es jetzt auch nicht mehr an. Ich mache dir gern welche«, versprach Vargaï. »Du musst dich nur noch ein wenig gedulden.«

Er strich über die kleinen Holzstücke, die inmitten von Spänen lagen und die er in seiner freien Zeit anfertigte. Der Alte hatte unter den Söldnern der Enklave ein wahres Stäbchenspielfieber ausgelöst. Nachdem er den Jägern die Regeln dieses vergnüglichen Zeitvertreibs erklärt hatte, war er dazu übergegangen, aus toten Ästen ganze Sammlungen von Stäbchen herzustellen. Er verteilte diese Spielzeuge, ohne eine Gegenleistung dafür zu verlangen, was sehr zu ihrer Beliebtheit beigetragen hatte. Vor allem aber konnte er auf diese Weise verbergen, woran er sonst noch arbeitete …

»Hast du ein neues Abzeichen bekommen?«, fragte er. »Wofür ist es denn?«

Yonnel nickte stolz und schaute auf die goldene Niete an seinem Bandelier hinab. Wie immer erkannte man mit bloßem Auge nicht, was die Auszeichnung darstellte. Zu Beginn seines Aufenthalts in der Enklave hatte Vargaï gedacht, diese merkwürdigen Symbole waren nur eine Spielerei, aber im Laufe der Zeit hatte er erfahren, dass sie ihre wahre Bedeutung erst offenbarten, wenn man sie durch eines der Prismen betrachtete, die Tannakis hergestellt hatte.

»Das ist für den Karmoden, den wir letzte Woche gefangen haben. Diese Auszeichnung fehlte mir noch. Jetzt nicht mehr, dank Euch!«

Der Alte erwiderte sein Lächeln, obwohl er beim Gedanken an die vielen Jagderfolge Bauchschmerzen bekam. In drei Monaten hatte Vargaï zum Fang von vierzehn lebenden Chimären beigetragen. Wie man ihm erzählt hatte, fingen die Söldner so viele sonst in einem ganzen Jahr! Auch hatte er zwei Hauchprismen in den Kadavern zweier vorwitziger Lupini entdeckt und die kostbaren Stücke Tannakis überbracht. Auf diese Weise hatte der Alte das Misstrauen des Magisters zerstreut, aber zugleich war es ihm zutiefst zuwider, dass er an diesen Schandtaten beteiligt war. Das alles würde sich eines Tages noch furchtbar rächen!

»Herzlichen Glückwunsch«, sagte er trotzdem.

Der Söldner dankte ihm mit einem Kopfnicken. Tannakis hatte mehrere Dutzend neue Auszeichnungen erfunden, um seine Männer bei der Stange zu halten und sich von der Bruderschaft abzugrenzen. So erhielten die Bewohner der Enklave goldene Nieten, wenn sie seltene Chimären fingen, wenn es ihnen gelang, auf einer davon zu reiten, oder wenn sie einen jüngeren Bruder, entfernten Cousin oder Freund aus der Kindheit überredeten, sich Tannakis anzuschließen. Die meisten begnügten sich damit, die Symbole auf ihren Bandelieren zur Schau zu tragen, aber manche wollten die Traditionen der Weltwanderer noch stärker herausfordern: Sie ließen sich ihre Auszeichnungen quer über die Brust tätowieren.

Vargaï hatte für diese fast religiöse Hingabe nur Verachtung über, hütete sich aber, dies offen zu zeigen. Er hatte in den vergangenen Wochen sogar überall herumerzählt, dass er sich vielleicht endgültig in der Enklave niederlassen wolle. Mit dem Schnitzen der Stäbchen und dem Erfolg bei der Jagd kaschierte er seine wahren Absichten. Leider hatte er Tannakis nicht dazu bringen können, ihn in seine Pläne einzuweihen. Der Magister der Enklave hatte ihm weder gesagt, wo sich sein zweites Lager befand, noch wer seine Komplizin war, noch zu welchem Zweck sie die vielen Chimären abrichteten. Damit wollte er offenbar bis zum letzten Tag warten, bis zum Ablauf der drei Monate.

»Ich nehme an, dass du nicht nur gekommen bist, um mich um ein paar Stäbchen zu bitten, oder?«, fragte der Alte. »Schickt dich der Magister?«

»In der Tat, Jorensan. Er möchte Euch sprechen. Und Euch jemanden vorstellen. Ich soll Euch zu ihm bringen.«

»Gut, dann lassen wir ihn nicht warten. Ich ziehe nur schnell meinen Mantel über, dann komme ich.«

Er schlüpfte in den Kapuzenmantel, vergaß aber nicht, auch seinen Säbel und sein Bandelier mitzunehmen. Als sich Yonnel abwandte, ließ er rasch die Hand unter das Tuch gleiten und steckte den Gegenstand ein, den er dort versteckt hatte.

»Gehen wir«, sagte er.

Der Söldner trat vor ihm ins Freie. Vargaï blieb noch einen Moment lang in der Tür stehen und warf einen letzten Blick in die Hütte, in der er mehrere Monate gewohnt hatte. Dann schloss er die Tür und folgte dem Söldner.

Er wusste, dass er die Hütte nie wiedersehen würde.

39

Zum ersten Mal, seit er in Zauberranke war, drang Radjaniel bei Nacht in die Katakomben vor, und er hoffte sehr, dass es auch das letzte Mal wäre. In den unterirdischen Gewölben war es zwar nicht finsterer als sonst, aber der Fäulnisgeruch war einfach unerträglich. Schließlich war er an die frische Meeresluft gewöhnt.

Immerhin standen die monatelangen Ermittlungen an diesem Abend vor dem Ende, und das war eine große Erleichterung. Radjaniel hatte die Nase voll davon, jeden Tag mit Arold verbringen zu müssen und ständig von Denilius unter Druck gesetzt zu werden. Radjaniel hatte nur so lange durchgehalten, weil er Vargaï helfen wollte. Dabei wusste er nicht einmal, ob sein Freund noch am Leben war. Vielleicht war er schon vor Wochen getötet worden, gleich nachdem er einen Fuß in Tannakis' Lager gesetzt hatte.

In wenigen Minuten würden die Ermittler jedenfalls ein paar Antworten auf ihre Fragen bekommen. Zumindest, falls sie den letzten Verräter zu einem Geständnis bewegen konnten. Radjaniel und Arold hatten in den letzten Wochen genügend Hinweise zusammengetragen. Sie waren alle Zeugenaussagen über den Ablauf der Schlacht durchgegangen. Dann hatten sie sich angesehen, welche Reisen welche Lehrer von Zauberranke in den vergangenen fünfzehn Jahren unternommen hatten. Schließlich hatten sie noch einmal Revue passieren lassen, was alle Freiwilligen gesagt hatten, die sich für Vargaïs Rettungskommando gemeldet hatten. Und so hatte sich nach und nach unter Dutzenden Kandidaten ein Verdächtiger herauskristallisiert. Daraufhin hatten die beiden Ermittler einen Plan ausgeheckt, um ihn zu überführen. Sie wollten ihn auf frischer Tat ertappen. Und zwar bei Zakarias' Leiche!

Seit einigen Tagen hatten sie das Gerücht verbreitet, dass sie bei ihren Ermittlungen entscheidende Fortschritte gemacht hätten. Sie gaben vor, neue Beweise entdeckt zu haben, die so wichtig waren, dass der Oberste Wächter sie in der Krypta bei Zakarias gelagert hätte. Dann hatten sie nur noch die heutige Zeremonie abzuwarten, um zu sehen, ob der Verräter den Köder geschluckt hatte.

Und tatsächlich: Der Mann war deutlich später als alle anderen zu der Feier erschienen, denn er hatte Arolds Abwesenheit genutzt, um dessen Schlüsselbund aus seinem Büro zu entwenden. Genau das war jedoch Teil ihres Plans gewesen, und der Oberste Wächter brauchte nur einen Boten zu entsenden, der nachsah, ob die Schlüssel tatsächlich fort waren. Seither folgten sie dem Schuldigen in sicherem Abstand, um ihn nicht zu verschrecken. Als sie jetzt in die Nähe des Gewölbes kamen, in der die Leiche des Piraten lag, und sahen, dass dort Licht brannte, beschleunigten sie ihre Schritte, traten durch die offene Tür und zogen ihre Waffen.

Die Reaktion des Verräters verwunderte sie. Zwar offenbarte seine verblüffte Miene, dass er nicht mit ihrem Kommen gerechnet hatte, aber noch irgendetwas anderes schien ihn zu verwirren …

»Jor Huguebald!«, donnerte Denilius. »Der Sohn unseres Ratsältesten! Bis zuletzt habe ich gehofft, Euch nicht hier anzutreffen, wo Ihr doch den Ruf habt, einer der treusten Lehrer von Zauberranke zu sein!«

Hinter dem Magister starrten Radjaniel und Arold einander

entgeistert an. Beide fragten sich, ob der andere Zakarias Leiche hatte entfernen lassen, denn die Bahre, auf der der tote Pirat gelegen hatte, war leer! Nun, leer war nicht ganz das richtige Wort: Zwar war die Leiche fort, aber dafür lagen etwa dreißig Beschwörungsprismen auf der Bahre.

»Ich rate Euch, die Prismen sofort wieder abzulegen«, fuhr Denilius fort. »Langsam und vorsichtig! Ich will Euch zwar lebend, aber ich versichere Euch, dass ich nicht zögern werde, Euch den Schädel einzuschlagen, wenn Ihr versucht, Dummheiten zu machen!«

Er schwang bereits seine Streitaxt. Da löste sich Huguebald aus seiner Erstarrung. Er blickte auf die ovalen Kristalle, die er in den Händen hielt und beim Eintreffen der Ermittler gerade untersucht hatte. Sein Blick wurde hart, und Radjaniel hatte den Eindruck, zum ersten Mal das wahre Gesicht von Selenimes' Sohn zu sehen.

»Was habt Ihr mit der Leiche gemacht?«, fragte der Verräter. »Und wozu diese ganze Inszenierung?«

Er deutete auf die Bahre, die Prismen und die offene Tür. Radjaniel lief ein Schauer über den Rücken, als ihm aufging, dass Huguebald die Zelle gar nicht hatte aufschließen müssen. Jemand hatte das Schloss aufgebrochen!

»Legt die Prismen hin«, wiederholte Denilius. »Oder ich schwöre Euch, dass …«

»Was?«, höhnte der Verräter. »Dass Ihr mich foltern werdet wie unseren Mann in Gondania? Werdet Ihr mir auch die Fußsohlen verbrennen? Mir die Augen ausstechen?«

Radjaniel sah zum Magister, weil er hoffte, dass Denilius die Anschuldigungen zurückweisen würde. Doch er blieb stumm. Der Herr über Zauberranke funkelte seinen Feind hasserfüllt an. Wenn er gekonnt hätte, so hätte er ihn wohl auf der Stelle erschlagen.

»Wie habt Ihr dabei gefühlt?«, fragte Huguebald. »Als Euch

klar wurde, dass er nichts verraten würde, nicht einmal seinen Namen? Als er seinem Eid treu blieb und unter Euren Schlägen starb? Wart Ihr wütend, Denilius? Habt Ihr sein Haus deshalb in Schutt und Asche gelegt? Habt Ihr seine Leiche deshalb im Dreck liegen gelassen? Um ein Exempel zu statuieren? Um uns eine Nachricht zu schicken?«

»Verkehrt nicht die Rollen!«, sagte der Magister scharf. »Ihr seid die Feinde Zauberrankes, ihr habt uns infiltriert, ausspioniert und Anhänger in unseren eigenen Reihen rekrutiert. Und dann habt ihr fast hundert Schüler kaltblütig geopfert, nur um Eure Machenschaften zu decken!«

»Dafür war Zakarias ganz allein verantwortlich«, sagte der Verräter. »Er hatte tatsächlich den Verstand verloren. Wir haben keinerlei Interesse daran, unschuldige Kinder in den Tod zu schicken. Wer sich uns allerdings nicht unterwerfen will, der hat den Tod verdient!«

»Unterwerfen?«

»Ja, unterwerfen! Es ist an der Zeit, dass die Weltwanderer in Gonelore den Platz einnehmen, der ihnen zusteht, Denilius! Und wer das nicht hinnehmen will, muss sich beugen oder sterben! Dies ist der Beginn einer neuen Ära!«

»Ihr seid mindestens genauso verrückt wie Zakarias!«, versetzte der Magister. »Solltet Ihr tatsächlich die Welt erobern wollen, lest gefälligst die Geschichtsbücher Eures Vaters! Die Armeen der Länder Gonelores haben stets jeden vernichtet, der sich den Menschen überlegen glaubte! Kein Bandelier kommt gegen tausend Lanzen an!«

»Aber wir *sind* den Menschen überlegen!«, rief der Verräter, »und das wisst Ihr, Denilius. Wer, wenn nicht Ihr? Ihr seid schließlich ein Tuchwanderer! Ihr habt mit Tannakis und Nejabeth die Reise unternommen! Wie könnt Ihr die Augen vor der Wahrheit verschließen? Wie könnt Ihr das ignorieren, was die beiden anderen begriffen haben?«

»Nejabeth …«

Denilius spuckte den Namen voller Verachtung aus. Eine Weile starrten sich die beiden Männer an. Dann senkte der Magister langsam die Waffe, als wollte er die Lage entschärfen. Doch es kam ganz anders: Er griff in eine Tasche seines Bandeliers, zog ein kleines Fläschchen heraus und schleuderte es zu Boden.

Als die Phiole zerschellte, blitzte ein grelles Licht auf. Radjaniel, der nicht darauf gefasst gewesen war, schloss geblendet die Augen. Voller Entsetzen hörte er, wie überall in dem Gewölbe Beschwörungsprismen zerbarsten.

Denilius hatte vermutlich die Absicht gehabt, den Verräter auszuschalten, aber der Schlag ging nach hinten los. Mindestens ein halbes Dutzend Chimären stürzten sich auf die wehrlosen Weltwanderer.

40

Jona konnte nicht sagen, wie lange sie jetzt schon durch diesen unterirdischen Gang liefen. Vielleicht seit zehn Minuten, vielleicht auch seit dreißig, vielleicht seit einer Stunde. In dieser unwirklichen Umgebung verlor er jedes Gefühl für Zeit und Raum. Ab und zu verfiel er wieder in diesen seltsamen Dämmerzustand, und wenn er wieder daraus erwachte, fühlte er sich ganz benommen. Zum Glück merkten seine Kameraden nichts davon – oder taten zumindest so. Jeder hatte seine eigenen Sorgen, und so marschierten sie schweigend durch die Gänge. Sie starrten wachsam in die Dunkelheit und lauschten auf jedes noch so kleine Geräusch. Irgendwann sprach Berris laut aus, was sie alle dachten:

»Das dauert viel zu lang … Vielleicht gibt es keinen zweiten Ausgang!«

»Es muss einen geben«, widersprach Nobiane. »Sogar mehrere. Warum hätte man all diese Gänge graben sollen, wenn sie nirgendwohin führen?«

»Aber vielleicht sind sie längst verschüttet!«, entgegnete Berris.

Tatsächlich waren sie unterwegs mehrmals auf blockierte Stollen gestoßen. Manchmal versperrte ihnen ein Erdrutsch den Weg, manchmal ein von Menschenhand aufgeschütteter Damm. Einige Male hatten sie an überfluteten Stellen umkehren müssen. Die Freunde wunderten sich darüber, dass das Meer so tief unter die Erde vordrang. Manche Seitengänge, die steil nach unten verliefen, hatten sie gar nicht erst erkundet.

»Und was sollen wir deiner Meinung nach tun?«, fragte Gess. »Wir werden doch wohl nicht zurück in den Käfig gehen, oder?«

Seine Frage klang, als zöge er die Möglichkeit durchaus in Betracht. In den letzten Minuten hatte Gess wieder einmal beweisen können, wie geschickt er mit dem Dietrich war, denn die fünf hatten drei verschlossene Eisentore passiert. Jona fragte sich, was sie ohne ihn getan hätten.

»Wir würden eh nicht mehr zurückfinden«, brummte Berris. »Wir haben uns längst verlaufen.«

Damit hatte er nicht ganz unrecht. Da sie auf gut Glück losgelaufen waren, immer wieder abgebogen waren und an jeder Gabelung gezögert hatten, hatten sie vollkommen die Orientierung verloren. Manchmal hatten sie sogar den Eindruck gehabt, dass sie sich gar nicht mehr unter der Halbinsel befanden – auch wenn das natürlich unmöglich war!

Die Ausformung des unterirdischen Labyrinths folgte keiner Logik. Manche Abschnitte bestanden aus gemauerten Kellergewölben, andere aus natürlichen Gängen, wieder andere hatte der Ozean ausgehöhlt. Das hätte den Kindern eigentlich bei der Orientierung helfen können, aber die Abschnitte waren vollkommen willkürlich angeordnet. Die Erbauer der Katakomben waren offenbar keinem festen Plan gefolgt.

Nach einer Weile gelangten die Schüler wieder zu einem Bereich, dessen Boden mit Kopfsteinen gepflastert war. Der Gang, durch den sie nun liefen, war vielversprechend, denn er konnte zu einer Treppe, einer Leiter oder einer Falltür in die Freiheit führen. Doch Jona hatte in den letzten Minuten so viele Enttäuschungen erlebt, dass er sich keine großen Hoffnungen mehr machte. Er rechnete damit, sich jeden Moment wieder durch eine schmale, grob in den Fels gehauene Passage zwängen zu müssen.

Umso erstaunter war er, als sich seine Befürchtungen nicht bestätigten. Nachdem sie eine ganze Weile weitergelaufen waren, hatte sich die Beschaffenheit ihrer Umgebung noch immer nicht verändert, und so schöpften die Kinder neuen Mut. Der Tunnel ähnelte mehr und mehr einem Kellergewölbe, oder, als sie an einer Reihe von Zellen vorbeikamen, einem unterirdischen Gefängnis. Manche waren leer, andere verschlossen, aber die Freunde verzichteten darauf, die Schlösser zu knacken. Keinem war wohl bei dem Gedanken an das, was sich hinter den schweren Türen verbarg. Sie kamen an mehreren Abzweigungen vorbei und wählten stets den Weg, der im besten Zustand war. Aufregung machte sich breit, und der eine oder andere wagte sogar ein kleines Lächeln. Würden sie tatsächlich noch einmal den Kopf aus der Schlinge ziehen können?

»Ich … Ich habe etwas gehört«, sagte Dælfine plötzlich.

Alle blieben wie erstarrt stehen, und Jona spitzte die Ohren. Vor Angst zog sich ihm der Magen zusammen. Geräusche an einem solchen Ort verhießen nichts Gutes! Er lauschte in den Gang hinein, hörte aber erst einmal nichts. Dann vernahm er in der bleiernen Stille einen fernen Widerhall.

»Es kommt von da vorne …«, flüsterte Nobiane.

»Es klingt wie ein Kampf!«, ergänzte Gess.

Alle drehten sich zu Dælfine um, die noch immer angestrengt lauschte. Sie hatte sogar ihr Prisma abgenommen, um sich besser auf ihr Gehör konzentrieren zu können. Dann hielt sie sich den Kristall plötzlich wieder vors Gesicht, fuhr herum und zog ihr Schwert.

»Hinter uns!«, rief sie. »Da ist irgendwer hinter uns!«

Niemand zweifelte an ihren Worten, schon gar nicht Jona. Alle packten ihre Waffe, selbst Nobiane und Berris, obwohl sie bereits die Laternen trugen. Vielleicht wären sie besser geflohen, aber keiner der Schüler rührte sich. Sie waren vor Angst wie gelähmt.

Es folgte ein quälendes Warten. Die Schüler trauten sich nicht vor und nicht zurück, weil sie keine Aufmerksamkeit erregen wollten. Sie wussten nicht, welche Gefahr ihnen drohte, aber allen war klar, dass es etwas Schlimmes sein musste. Wer auch immer sich in dieser Finsternis herumtrieb, ganz gleich ob Mensch oder Chimäre, konnte nur Böses im Schilde führen …

Nach einer gefühlten Ewigkeit hörte Jona in der Ferne Schritte. Behäbige, schwerfällige, schlurfende Schritte. Jemand kam auf sie zu, jemand, der sich offenbar keine große Mühe gab, leise zu sein. Hin und wieder erklang zwischendurch ein leises Röcheln oder Seufzen. Nun wussten die Schüler immerhin, dass sie es mit einem Menschen zu tun hatten. Doch wer auch immer es war, er gab sich nicht zu erkennen, sondern schlurfte unerträglich langsam weiter auf sie zu, dabei musste er die Schüler längst bemerkt haben. Die Laternen warfen einen hellen Schein auf ihre ängstlichen Gesichter – und auf ihre Schwerter. Warum zeigte er keine Reaktion?

»Wer ist da?«, rief Dælfine. »Nennt Euren Namen!«

Die geheimnisvolle Gestalt gab keinen Ton von sich. Sie schlurfte einfach weiter und legte die letzten drei Meter zurück, die sie noch von dem Lichtkegel der Laternen trennte. Als sie endlich sehen konnten, wer da auf sie zukam, schrie Jona auf. Der Unbekannte war niemand anderes als Zakarias!

Seine Kameraden stießen ebenfalls gellende Entsetzensschreie aus. Der Pirat sollte eigentlich tot sein – und vermutlich war er das auch: Sein Körper war in einem schrecklichen Zustand. Trotzdem stand er mit nacktem Oberkörper aufrecht vor den Schülern, wie in dem Moment, als er vom Leuchtturm in die Tiefe gesprungen war. Sein Blick war leer und seine Züge vom Wahnsinn verzerrt.

Jetzt blieb er stehen. Die Schreie der Kinder schienen ihn aus seinem Dämmerzustand gerissen zu haben. Ein langer Speichelfaden hing ihm aus dem Mundwinkel, und er hielt einen Arm vor die Brust gepresst. Als Jona sah, dass er mehrere ovale Kristalle trug, packte ihn das nackte Grauen. Der Untote trug mehrere Beschwörungsprismen aus den Katakomben.

In die leeren Augen des Piraten schien etwas Leben zu kommen – gerade so viel, dass er bemerkte, wie die Schüler auf die Prismen starrten. Er stieß ein lautes Knurren aus und stürzte sich unvermittelt auf die fünf Kinder. Alle waren von seiner Lebhaftigkeit überrascht, nur Dælfine nicht: Sie verpasste dem Wahnsinnigen einen seitlichen Hieb mit dem Schwert.

Der Schlag traf den Piraten an der Hüfte, hielt ihn aber nicht auf. Es war, als spürte er keinen Schmerz. Die Wunde blutete nicht einmal. Mit seiner freien Hand packte er das blinde Mädchen am Haar und begann, sie brutal zu schütteln. Dælfine hatte keine Chance, sich aus seinem Griff zu befreien.

Ihre Kameraden eilten ihr sofort zu Hilfe, aber in dem engen Gang kamen sie sich gegenseitig in die Quere, und das Risiko, Dælfine unabsichtlich zu treffen, war hoch. Gess gelang es, dem Irren mit seinem Schwert in die Schulter zu stechen, bevor ihn dieser mit einem heftigen Fußtritt gegen die Brust zu Boden schleuderte. Der Pirat stieß Dælfine beiseite, ging Nobiane an die Kehle und würgte sie mit fanatischer Miene.

Der Anblick trieb Jona zum Äußersten. Auf einmal verlor er jegliche Kontrolle, wie schon einige Monate zuvor, als er Berris in den Schwitzkasten genommen hatte. Er stieß dem Irren sein Schwert so tief in die Brust, dass die Klinge am anderen Ende herausschaute. Dann sprang er rasch zurück, um sich außer Reichweite zu bringen. Doch was er sah, nahm ihm allen Mut. Zakarias stand immer noch aufrecht da. In der einen Hand hielt er die Prismen, mit der anderen umklammerte er Nobianes Hals. Er schien das Schwert, das in seiner Brust steckte, gar nicht zu spüren.

Nobiane wurde die Atemluft knapp, und ihr Gesicht lief hochrot an. Gess lag keuchend am Boden, und auch Dælfine war außer Gefecht gesetzt. Jona sah auf seine leeren Hände hinab und blickte dann zu Berris, dem Einzigen, der noch etwas tun konnte. Worauf wartete er überhaupt? In dem ganzen Chaos hatte er kaum auf ihn geachtet. Nun wurde Jona bewusst, dass sein pausbäckiger Freund schon die ganze Zeit irgendetwas schrie. Wie ein Verrückter brüllte er immer wieder: »Meine Kleinen! Meine Kleinen!«

Bevor Jona recht begriff, was hier vor sich ging, hallte ein fernes Piepsen von den Wänden wider. Gleich darauf erkannte er das schrille Kreischen. Chiroptiden! Ihm wurde schlecht vor Angst, doch dann dachte er an die jungen Chimären, die Berris im Zeughaus aufgenommen hatte. Er hatte doch behauptet, sie seien tot!

Als sich die beiden Chimären nun ebenfalls ins Gemenge stürzten, konnte Jona jedoch feststellen, dass sie quicklebendig waren. Und nicht nur das, sie waren mittlerweile fast ausgewachsen. Trotzdem pressten sich die Schüler an die Wand, selbst Berris, der offenbar nicht ganz sicher war, ob ihm seine Schützlinge auch wirklich gehorchten. Doch wie durch ein Wunder schienen die Kreaturen zu begreifen, was von ihnen verlangt wurde: Sie stürzten sich auf Zakarias und versuchten, ihm die Augen auszuhacken.

Das brachte den Piraten immerhin dazu, den Griff um Nobianes Hals zu lockern. Bald ließ er sie ganz los, um die Chimären abzuwehren, die ihn umflatterten. Dabei stieß er Knurrlaute aus, die nichts Menschliches an sich hatten. Gess und Berris zogen ihre beiden Kameradinnen zur Seite, aber Jona war nicht in der Lage, ihnen zu folgen. Er war wie hypnotisiert von dem Geschehen – und gelähmt vor Entsetzen, weil ihm klar war, was ihnen als Nächstes bevorstand.

Das Drama nahm unweigerlich seinen Lauf. Jona hatte den Eindruck, alle Bewegungen verlangsamt wahrzunehmen. Bei dem Versuch, die Chiroptiden abzuwehren, ließ der tote Pirat ein erstes Prisma fallen. Der ovale Kristall prallte auf den Boden und zerbarst in eine Unzahl leuchtender Partikel. Einen Wimpernschlag später nahm eine Felina in dem Gang Gestalt an. Zakarias entglitt ein zweites Prisma, ein drittes, ein viertes, und dann ließ der Irre alle Kristalle fallen und riss schützend die Arme über den Kopf.

In dem finsteren Gang brach plötzlich ein wahres Feuerwerk los. Die Beschwörungsprismen zerbrachen und versprühten helle Funken, die sich in albtraumhafte Kreaturen verschiedenster Größe und Gestalt verwandelten. Jona stand direkt vor dieser Horde aus brüllenden Bestien, bewehrt mit scharfen Zähnen, Krallen und Stacheln. Die Chimären konnten es nicht abwarten, über die Menschen herzufallen.

Für Jona war dieser Gedanke unerträglich. Er stellte sich vor, wie ein hungriges Maul ihn zerfetzte und hinunterschlang. Jeden Moment konnte sich eine der Kreaturen aus dem Durcheinander lösen. Da griff Jona zu einer Überlebensstrategie, die er schon lange nicht mehr angewandt hatte. Einer Verteidigung, die er lange vergessen hatte. Bevor er so recht begriff, was er tat, durchquerte er den Schleier.

Sofort wurde ihm die Luft knapp. Es war, als würde man aus großer Höhe in einen Fluss springen und untertauchen. Er war verwirrt und desorientiert. Aus einem weiteren Reflex atmete er tief ein, was sich allerdings als schlechte Idee erwies. Die Atmosphäre dieses Horizonts berauschte ihn wie ein starker Schnaps. Er riss sich zusammen und machte seinen Fehler wieder gut, indem er in kurzen Zügen ein- und ausatmete, ganz so, wie er es gelernt hatte … Wie man es ihm gelehrt hatte. Aber wer? Und wann?

All das geschah unglaublich schnell. Betört von der fremdartigen Luft, begriff Jona gar nicht, was er gerade erlebte. Alles wirkte verzerrt, und so sah er auch Gonelore: eine verschwommene Welt, in der eine Horde Bestien wütend brüllte, während ein paar schluchzende Kinder verzweifelt einen Namen riefen. Seinen Namen. Oder das, was sie für seinen Namen hielten.

Bei ihrem Anblick bekam Jona wieder einen einigermaßen klaren Kopf. Er wusste, was er jetzt tun musste. Er durchquerte die

Chimärenhorde, als handle es sich um eine einfache Nebelwand, und rannte los. Schon wechselte eine erste Chimäre in diesen Horizont und jagte ihm hinterher, bald gefolgt von zwei weiteren. Genau damit hatte Jona gerechnet. Die Bestien jagten lieber in ihrem eigenen Gebiet, und die Anwesenheit eines Menschen in ihrer Welt erregte sie noch mehr, als der Geruch von Blut. Gregerio, der Oberste Fährtenleser, hatte sich geirrt. Auch heraufbeschworene Kreaturen konnten den Schleier durchqueren. Man musste ihnen nur einen guten Grund dafür geben.

Trotzdem hatte Jona Todesangst. Er verstand immer noch nicht genau, was er da eigentlich tat. Bald hatten sämtliche Chimären Gonelore verlassen und setzten ihm nach.

Als sie kurz davor waren, ihn zu erwischen, stieg er in den nächsten Horizont auf. Die Konturen Gonelores wurden noch undeutlicher, aber das spielte jetzt keine Rolle mehr: Für ihn gab es keine Hindernisse mehr, selbst die Wände der Katakomben konnten ihn nicht mehr aufhalten. Er konnte einfach immer weiter durch die Finsternis rennen. Tränen liefen ihm über das Gesicht, aber er machte sich nicht die Mühe, sie abzuwischen. Wozu auch? Sein Blick war ohnehin verschleiert. Für ihn gab es keine Klarheit mehr: Er erinnerte sich nicht an seine eigene Vergangenheit, und seine Lehrer tischten ihm Lügen auf und brachte ihm Dinge bei, die sich als unwahr herausstellten.

Das Einzige, was ihm ein wenig Halt gab, waren die vier Freunde, denen er auf seinem Weg begegnet war. Wenn er sie retten konnte, indem er die Chimären ans andere Ende des Universums lockte, würde Jona so viele Horizonte durchqueren, wie er musste.

41

Radjaniel war schweißgebadet. Zum Glück hatten sich seine Augen recht schnell von dem Lichtblitz erholt, doch jetzt rieb er sie, weil er nicht fassen konnte, was er da sah: Die von Huguebald heraufbeschworenen Chimären verschwanden eine nach der anderen hinter den Schleier!

Leider hatte sich in dem Getümmel auch der Verräter aus dem Staub gemacht. Geblendet von Denilius' explosivem Gebräu waren Arold und Radjaniel vor den Chimären hinaus in den Gang geflohen. So hatte sich Denilius den Bestien allein entgegengestellt.

Doch auch Huguebald hatte sie bekämpft, da die Kreaturen niemandem gehorchten. Sobald die beiden Ermittler nach dem Lichtblitz wieder etwas sehen konnten, waren sie ihrem Magister beigesprungen, doch der Verräter hatte sich bereits einen Weg ins Freie gebahnt. Dabei hatte er die letzten beiden Prismen mitgenommen, die noch unversehrt gewesen waren. Ohne Rücksicht auf Verluste hatte er sie zu Boden geworfen, bevor er die Flucht ergriff. Die drei Weltwanderer waren außer sich, weil sie ihm nicht folgen konnten, aber sie befanden sich in einer so brenzligen Lage, dass sie erst einmal ihre eigene Haut retten mussten.

Radjaniel war kurz davor gewesen aufzugeben, und wahrscheinlich wären sie nicht mit dem Leben davongekommen, wenn die Kreaturen nicht unerklärlicherweise plötzlich verschwunden wären. Nun, da die Gefahr gebannt war, konnte er sich um andere Dinge kümmern. In diesem Moment drangen laute Schreie an sein Ohr und hallten von den Wänden des Gangs wider. Es hörte sich ganz so an, als wären es seine eigenen Schüler, die da schrien, auch wenn das eigentlich nicht sein konnte.

»Hinterher!«, befahl Denilius. »Wir müssen den Verräter zu fassen kriegen!«

Radjaniel traute seinen Augen und Ohren nicht. Der Magister sah sich mit irrem Blick um und schien selbst kurz davor, vor Wut in eine Milliarde Funken zu zerspringen. Radjaniel erkannte Denilius nicht wieder. Auch wenn er als ehemaliger Trinker anderen schlecht eine Moralpredigt halten konnte, beschloss er, seinem alten Freund die Leviten zu lesen.

»Da hinten sind Kinder, die um Hilfe rufen, Denilius. Das kannst du nicht einfach ignorieren.«

»Wenn der Verräter uns entkommt, werden Dutzende Menschen sterben! Du hast ihn gehört!«

»Aber er ist doch längst weg«, rief der Messerschleifer. »Außerdem, wo soll er hin? Bis Sonnenaufgang schneidet das Meer Zauberranke vom Festland ab. Huguebald sitzt in der Falle. Er wird sich bestimmt in seinem Hause verschanzen und versuchen, mit uns zu verhandeln.«

»Es sei denn, er hat eine dieser verdammten Pfeifen und kann einen Kokatrus herbeirufen und zu Tannakis fliegen! Ich muss ihm nach, und ihr kommt mit! Das ist ein Befehl!«

Radjaniel zögerte keine Sekunde. Er schüttelte den Kopf, obwohl er wusste, dass er damit eine Grenze überschritt.

»Tut mir leid. Vargaï würde nicht wollen, dass wir in seinem Namen ein solches Opfer bringen. Ich helfe meinen Schülern.«

»Dann geh doch! Arold, Ihr folgt mir!«

Der Monokelträger stand etwas abseits und lauschte ihrem Streit. Er war von dem Kampf noch ganz rot im Gesicht, seine Kleider waren verrutscht, aber in seinen Augen blitzte Entschlossenheit. Vielleicht ermutigte ihn auch das Schwert, das er in der Hand hielt …

»Ich denke nicht, dass Ihr mir noch Befehle erteilen könnt, Denilius. Uns sind heute zu viele Dinge zu Ohren gekommen, die geklärt werden müssen. Außerdem hätte uns Eure Hitzköpfigkeit fast das Leben gekostet. Ich werde beim Hohen Rat um Eure Absetzung ersuchen.«

Der Magister musterte ihn verächtlich. Seine Hand schloss sich fester um den Griff seiner Streitaxt, und Radjaniel befürchtete schon, dass die Dinge vollkommen aus dem Ruder liefen.

»So sieht es also aus? Endlich lasst Ihr die Maske fallen! Ich nehme an, dass Ihr schon durchgezählt habt, wer Euch seine Stimmen geben wird, wenn Ihr Lügen über mich verbreitet, Arold. Und Selenimes wird mich von nun an hassen. Endlich seid Ihr am Ziel. Aber bildet Euch nicht ein, dass Ihr mich besiegt habt. Ich hätte Euch mein Amt so oder so überlassen. Meine Pläne sind sehr viel ehrgeiziger als Eure. Ich strebe nach Höherem!«

Radjaniel hatte genug gehört. Dieses Gerede interessierte ihn nicht mehr. Er musste seinen Schülern helfen! Er trat durch die Tür, und im nächsten Moment tauchten seine Schüler am Ende des Gangs auf. Als sie ihren Lehrer erblickten, rannten sie erleichtert auf ihn zu.

»Geht es allen gut? Was habt ihr hier unten eigentlich zu suchen?«

»Wo ist Jona?«, fragte Denilius streng.

Gess war der Einzige, der zu antworten wagte: »Er ist verschwunden! Vor unseren Augen! Er hat wie eine Chimäre den Schleier durchstoßen!«

Gess erzählte in groben Zügen, was er und seine Kameraden durchgemacht hatten. Ausführlicher beschrieb er die letzten zehn Minuten. Er hatte Angst, dass die Lehrer sie für den Einbruch in Vrinilias Werkstatt ausschimpfen würden, aber ihnen war keine Zeit geblieben, sich eine glaubwürdige Lüge auszudenken, und irgendwie mussten sie ja erklären, woher das Prisma kam, das sich Dælfine vor die Augen hielt! Die Weltwanderer interessierten sich ohnehin kaum für den kostbaren Kristall, sie waren viel zu erschüttert von Jonas Verschwinden und Zakarias' Wiederauferstehung.

»Wo ist der Pirat jetzt?«, fragte Radjaniel. »Ist er euch gefolgt?«

»Ich glaube nicht«, erwiderte Gess. »Die Chiroptiden waren hinter ihm her. Sie haben ihn durch den Gang gejagt. Da sind wir schnell in die andere Richtung davongerannt!«

Gess warf Berris einen entschuldigenden Blick zu. Auch sein Geheimnis hatte er verraten müssen. Andererseits war er ein wenig sauer auf seinen Freund, weil er sie angelogen hatte, selbst wenn ihnen das vorhin das Leben gerettet hatte.

Arold sagte: »Vermutlich hat eine Chimäre euren Kameraden hinter den Schleier verschleppt. Das kommt manchmal vor. Leider werden wir ihn wohl nie wiedersehen.«

»Eine heraufbeschworene Chimäre kann das nicht tun«, rief Radjaniel. »Das ist unmöglich. So etwas hat es noch nie gegeben!«

Der Messerschleifer war völlig außer sich. Das Drama schien ihn nicht weniger zu erschüttern als Nobiane, Dælfine, Berris und Gess.

»Eine andere Erklärung sehe ich nicht«, beharrte Arold. »Was mich viel mehr überrascht, ist Zakarias' Auferstehung von den Toten! Seid ihr sicher, dass er es war?«

Die Schüler bejahten seine Frage mit Nachdruck. Gess hätte ihm sogar eine Beschreibung der Tätowierungen liefern können, die der Pirat auf der Brust trug. Das Bild hatte sich ihm für immer eingebrannt. Jetzt hatte er nur noch eins im Sinn: Raus aus diesen unterirdischen Gängen.

Mit finsterer Miene sagte der Oberste Wächter: »Jetzt haben wir zwei Verräter, die auf der Halbinsel herumlaufen, und beide sind mit Beschwörungsprismen bewaffnet! Das wird eine lange Nacht ...«

»Ich suche nach Zakarias«, verkündete Denilius.

Der Magister hatte seit der Ankunft der Kinder geschwiegen. Gess fand, dass er vollkommen verrückt war. Wenn man in einem Labyrinth voller Chimären einen Untoten verfolgen wollte, konnte man nicht alle Tassen im Schrank haben.

»Und was ist mit Huguebald?«, entgegnete Arold. »Interessiert Ihr Euch plötzlich nicht mehr für ihn?«

»Den überlasse ich Euch. Zakarias hat fast einhundert Leute geopfert, um mich zu töten. Das ist eine Sache zwischen ihm und mir!«

Nach diesen Worten packte er eine der Laternen und marschierte los, ohne sich umzudrehen. Im Vorbeigehen rempelte er den Obersten Wächter an. Gess hätte schwören können, dass er es absichtlich tat. Gab es etwa Spannungen zwischen den beiden mächtigsten Mitgliedern des Hohen Rats?

»Gehen wir nach draußen«, entschied Arold. »Ich muss an die frische Luft.«

»Aber wir können Jona nicht im Stich lassen!«

Der Protest – oder vielmehr die Klage – kam von Dælfine.

Gess hatte ein schlechtes Gewissen. Er wollte so schnell wie möglich wieder nach oben. Noch dazu hatte er keine Ahnung, wie sie ihrem verschwundenen Kameraden hätten helfen können.

Arold schlug in dieselbe Kerbe: »Wen können wir nicht im Stich lassen? Der Junge ist nicht mehr hier, das habt ihr doch selbst gesagt. Die Bestie, die ihn hinter den Schleier verschleppt hat, wird sich nicht plötzlich eines Besseren besinnen und ihre Beute zurückbringen. Wenn du unbedingt an ein Wunder glauben willst, dann bete, dass Jona dem Ungeheuer entwischen konnte und sich jetzt irgendwo in den Revieren versteckt. Vielleicht findet er ja eines Tages sogar einen Weg, nach Gonelore zurückzukehren!«

Radjaniel nickte ernst. Dælfine blieb nichts anderes übrig, als sich ihren Lehrern zu fügen. Die beiden Weltwanderer und die vier Schüler ließen die Zelle mit der aufgebrochenen Tür hinter sich und liefen den Gang entlang. Er sah aus wie so viele andere, doch diesmal verliefen sie sich nicht. Die Lehrer kannten den Weg, und nach wenigen Minuten traten sie ins Freie und sahen die Lichtkuppel, die sich über Zauberranke spannte.

Gess holte tief Atem, sog die salzige Luft ein und musste husten. Hinter ihnen verschloss Arold die schwere Tür, durch die sie nach draußen gelangt waren. In den vergangenen drei Monaten war Gess Dutzende Male an diesem niedrigen Gebäude im alten Viertel von Zauberranke vorbeigekommen. Niemals hätte er gedacht, dass sich dort eine Treppe verbarg, die tief in die Erde hinunterführte.

»Ich werde die Miliz zusammentrommeln und Selenimes Bescheid geben«, sagte der Oberste Wächter. »Dann geht es zum Haus des Verräters!«

»Das dauert zu lange«, befand Radjaniel. »Außerdem wissen wir gar nicht, ob er sich wirklich in seinem Haus versteckt.«

»Aber das habt Ihr doch selbst gesagt!«

»Das war nur eine Vermutung«, sagte der Messerschleifer. »Damit wollte ich vor allem Denilius beruhigen. Je mehr ich darüber nachdenke, desto eher denke ich, dass Huguebald versuchen wird, Tannakis zu warnen.«

Gess entging kein Wort des Gesprächs. Die erwähnten Namen sagten ihm zwar nicht viel, aber er ahnte, dass er sie künftig noch öfter hören würde …

»Und wie sollte er das bitte schön anstellen?«, fragte Arold. »Zakarias konnte vom Leuchtturm aus mit seiner Pfeife vielleicht einen Kokatrus herbeirufen und ihn dazu zwingen, Botschaften zu überbringen, aber Huguebald kann zu dieser Stunde unmöglich auf den Turm! Die Nachtwächter haben klare Anweisungen, niemanden durchzulassen.«

»Aber es gibt auf der Halbinsel ein paar Stellen, die außerhalb der Ranke liegen. Ihr kennt diese Orte genauso gut wie ich, auch wenn sie nahezu in Vergessenheit geraten sind. Wir müssen nachsehen, ob er dort ist. Wenn wir uns beeilen, haben wir vielleicht noch eine Chance, seine Pläne zu durchkreuzen.«

Der Oberste Wächter seufzte unschlüssig. Radjaniel fügte hinzu: »Es wäre ein großer Verdienst, mit dem Ihr in die Annalen der Schule eingehen würdet. Solltet Ihr tatsächlich bald auf ein höheres Amt berufen werden, könntet Ihr damit ein Zeichen setzen.«

Gess hatte keine Ahnung, worum es ging, aber die Worte seines Lehrers schienen Arold zu überzeugen.

»Welcher dieser Orte ist am nächsten? Die Steilküste?«

»Die Steilküste«, bestätigte Radjaniel.

Der Oberste Wächter drehte sich um und marschierte los. Radjaniel heftete sich ihm an die Fersen und musterte seine Schüler, die sich ihm sogleich anschlossen, mit einem Stirnrunzeln. Zweifellos fragte er sich, ob er sie nach Hause schicken sollte, aber es gab keinen Ort in Zauberranke, an dem sie sicherer gewesen wären als bei ihm. Zum Glück hatte er keine Zeit, länger darüber nachzudenken, und so ließ er sie mitkommen.

Während sie hinter dem Obersten Wächter herliefen, hatte Gess den Eindruck, sich geradewegs in die Höhle des Löwen zu begeben. Seit drei Monaten hatte er alles getan, um nicht von der Miliz der Schule gefasst zu werden. Auf Gregerios Befehl hin war er in Dutzende Häuser eingebrochen, hatte Schubladen und Koffer durchwühlt und nach einem Gegenstand gesucht, von dem der Oberste Fährtenleser regelrecht besessen schien. Bisher war er nicht fündig geworden, und Gess glaubte kaum noch an einen Erfolg, aber nur, wenn er Gregerio den ersehnten Gegenstand brachte, würde dieser ihn in die Freiheit entlassen. Jedenfalls grenzte es an ein Wunder, dass bisher niemand Gess auf frischer Tat erwischt hatte.

Als die Ranke in Sicht kam, die die Schule wie ein Schutzwall umgab, vergaß Gess schlagartig diese Sorgen. Hier wucherten die mineralischen Stacheln oberhalb von Klippen, die dreißig Meter tief zum Meer hin abfielen. Die Weltwanderer stellten ihre Laternen ab, da der rötliche Schein des Leuchtturms die Umgebung ausreichend erhellte. So hatten sie beide Hände frei für ihre Waffen. Dann drangen die beiden gemeinsam in den Kristallwald vor.

Radjaniel hatte Gess und seinen Kameraden keine Anweisung gegeben. Sie warfen sich einen fragenden Blick zu und folgten ihrem Lehrer so unauffällig wie möglich. Als sie die schützende Lichtbarriere durchquerten, hatte Gess ein mulmiges Gefühl, aber letztlich war es nichts anderes, als durch den Schein einer Stehlampe hindurchzugehen. Offenbar verbrannten sich nur Kreaturen aus anderen Horizonten an der Lichtkuppel von Zauberranke. Davon war Gess zwar ausgegangen, aber er stellte erleichtert fest, dass er sich nicht getäuscht hatte.

Jetzt befanden sie sich nicht mehr im Einflussbereich des Leuchtturms und wären einem Chimärenangriff hilflos ausgeliefert. Wer weiß, welche Bestien sich hier herumtrieben? Chiroptiden, Kokatri oder andere geflügelte Ungeheuer aus fernen Horizonten …

Nach der Schlacht zu Beginn des Schuljahrs war es in der Umgebung von Zauberranke recht ruhig gewesen. Ganz so, als hätten die Chimären begriffen, dass sie die Halbinsel nicht erobern konnten. Oder als würden sie sich hinter dem Schleier zusammenrotten, um eine noch blutigere Attacke vorzubereiten.

Vielleicht plagten Radjaniel ähnliche Gedanken, während er sich zwischen den hohen Kristallen hindurchzwängte. Vermutlich starrte er wachsam in die Dunkelheit hinaus, während sie sich dem Rand der Klippen näherten. Doch als er vor Arold und den vier Schülern aus dem Kristallwald trat, hatte er nur noch Augen für den Mann, der dort stand.

»Lasst den Vogel nicht los, Huguebald. Das ist der einzige Weg, um den Hohen Rat noch nachsichtig zu stimmen.«

Der Verräter hielt einen Falkoniden in der Hand, der aussah wie ein gescheckter Rabe mit feuerrotem Schnabel. Am Fuß der Chimäre war ein kleiner Zettel festgebunden. Huguebald grinste herausfordernd und entließ die Kreatur in die Lüfte. Der Vogel entfernte sich mit kräftigen Flügelschlägen und verschwand rasch hinter dem Schleier. Er würde nur nach Gonelore zurückkehren, um seine Mission zu erfüllen.

»Elender Verräter!«, rief Arold. »Ihr werdet für Eure Verbrechen büßen! Euer Vater wird vor Kummer sterben.«

»Er ist doch schon seit vielen Jahren tot«, höhnte Huguebald. »Oder jedenfalls so gut wie. Ich hatte gehofft, dass ich ihn dazu überreden kann, die verstaubten Traditionen der Bruderschaft aufzugeben, aber er ist hoffnungslos verloren. Manche Leute können einfach nicht mit Veränderungen umgehen. Und andere lernen nichts aus ihren Fehlern.«

Mit diesen Worten griff er in sein Bandelier und zog ein ovales Prisma hervor.

»Ich habe noch eine Handvoll davon in meinen Taschen«, rief er drohend. »Wenn Ihr mir nicht aus dem Weg geht, lasse ich sie vor euren Füßen zerschellen!«

»Aber dann sterbt Ihr auch«, entgegnete Radjaniel. »Zweimal wird es Euch nicht gelingen, den Bestien zu entkommen. Ihr wisst ja nicht einmal, welche Art von Kreatur diese Prismen heraufbeschwören!«

»Das ist mir völlig gleich. Hauptsache, es sind hungrige Chimären! Ich fürchte mich nicht vor dem Tod. Lieber schicke ich meine Seele auf die Reise hinter den Schleier, als mich Eurer sogenannten Gerechtigkeit zu stellen! Und Ihr?«

Er tat, als würde er das Prisma zu Boden werfen. Die beiden Weltwanderer sprangen einen Schritt zurück, und Radjaniel stellte sich schützend vor seine Schüler. Gleich darauf marschierte Arold mit gezogenem Schwert geradewegs auf den Verräter zu.

»Noch einmal entwischt Ihr uns nicht!«, sagte er. »In Zauberranke wird eine neue Zeit anbrechen, und Ihr werdet darin keinen Platz haben! Legt das Prisma zurück, oder ich schlage Euch den Kopf ab!«

Die Stunde der Wahrheit war gekommen. Gess verpasste keine Einzelheit der Szene, obwohl sie nur wenige Sekunden dauerte. Huguebald grinste überlegen und schleuderte das Prisma in Richtung des Obersten Wächters, ganz so, wie er gedroht hatte. Arold machte einen Schritt zur Seite und traf das Geschoss mit seinem Schwert mitten im Flug. Er legte dabei eine Geschicklichkeit an den Tag, die alle Anwesenden überraschte. Der Kristall zerbrach noch in der Luft, und die leuchtenden Splitter fielen dreißig Meter in die Tiefe. Unten versank der heraufbeschworene Lupinus brüllend in den Wellen.

Huguebald holte bereits das nächste Prisma aus der Tasche, aber Radjaniel war schneller. Der Messerschleifer machte einen Satz nach vorn und stieß so kräftig mit seiner Lanze zu, dass die Klinge Huguebalds Bandelier und seinen Brustkorb durchbohrte, als handle es sich um einen Wattebausch. Huguebald öffnete den Mund und spuckte Blut. Dann verdrehte er die Augen, taumelte drei Schritte rückwärts und stürzte in den Abgrund.

Die Weltwanderer und die Schüler eilten zum Rand der Klippe. Gess ahnte bereits, dass ihnen noch weiteres Unheil bevorstand. Er war daher nicht überrascht, als er die Kristallsplitter sah, die rings um die Leiche des Verräters im Wasser trieben, da die Beschwörungsprismen beim Aufprall zerbrochen waren. Im nächsten Moment erhob sich eine Kreatur aus den Fluten, und Gess krampfte sich der Magen zusammen. Die Bestie war riesig, und sie wuchs immer weiter!

»Bei allen Göttern …«, flüsterte Radjaniel.

Er beugte sich über den Rand der Klippe und starrte entsetzt hinunter aufs Meer. Die anderen folgten seinem Beispiel. Ein paar Landchimären, die im Wasser Gestalt angenommen hatten, waren jämmerlich ertrunken und wurden von der Strömung davongetragen. Doch aus einem der Prismen hatte sich ein wahres Seeungeheuer erhoben. Es war mindestens zwanzig Meter lang und hatte den Kopf eines Hais, vier Füße anstelle von Flossen und einen so langen und dicken Schwanz, dass er imstande schien, den Leuchtturm zu umschlingen und auszureißen. Dem Schrei nach zu urteilen, den die Bestie ausstieß und der bis zum Sternenhimmel aufstieg, besaß sie auch ungeheure Kraft. Falls die Menschen tatsächlich einen ganzen Kontinent an die Chimären abgetreten hatten, dann sicherlich wegen solcher Kreaturen … Gess spürte, wie sein Herz einen Schlag aussetzte, als die Bestie sich am Fels hochzuhangeln begann.

»Unter die Ranke!«, rief Arold. »Schnell!«

»Das wird uns nichts helfen«, entgegnete Radjaniel.

Doch bevor sie überhaupt die Zeit hatten, aufzuspringen und zu fliehen, änderte die Bestie plötzlich die Richtung. Sie neigte den Kopf und blickte zur Spitze der Halbinsel hin, wo das Zeughaus lag. Dann glitt sie von der Felswand herab, tauchte in die Fluten ein und verschwand in den schäumenden Wogen, als folgte sie einem rätselhaften Ruf.

»Bei allen Göttern …«, wiederholte der Messerschleifer.

Gess stand direkt neben ihm. Als er den Kopf wandte, fiel sein Blick auf den Anhänger, den Radjaniel unter dem Hemd getragen hatte und der nun hervorgerutscht war. Es handelte sich um ein Prisma in Form eines Schlüssels. Der Junge war wie vom Blitz getroffen. Genau dieses Ding suchte er seit Monaten in Gregerios Auftrag! Der Unbekannte, den der Oberste Fährtenleser seit Jahren verfolgte, der Mörder, an dem er sich rächen wollte, war niemand anderes als Radjaniel.

Dem Jungen schnürte sich die Kehle zusammen. Wenn er seine Freiheit erlangen wollte, musste er seinen Lehrer verraten.

42

Vargaï musste über zehn Minuten im Vorzimmer warten, aber das störte ihn nicht. So hatte er genug Zeit, sich in Gedanken auf das einzustimmen, was er tun musste, falls die Dinge eine schlimme Wendung nahmen. Und dass es so kommen würde, davon war er überzeugt. Deshalb saß er mit geschlossenen Augen reglos auf der Bank und konzentrierte sich auf seinen Plan. Yonnel, der ihn begleitete, dachte bestimmt, er würde ein kleines Nickerchen machen, doch in Wahrheit bereitete der Alte seine Flucht vor. Nach einer Weile öffnete sich die Tür zu Tannakis' Werkstatt dann doch. Der Magister nahm seinen Gast persönlich in Empfang und schickte Yonnel fort.

»Ich glaube, dass wir heute einen denkwürdigen Abend erleben werden«, sagte der Schmied. »Ich habe ein paar Überraschungen für dich, um deine ersten drei Monate bei uns gebührend zu feiern!«

»Ich würde dir gern etwas Ähnliches sagen können«, antwortete Vargaï.

Während Tannakis noch über den Sinn dieser Bemerkung nachdachte, trat Vargaï in den Raum, den er mittlerweile gut kannte. Er wunderte sich nicht, als sein Blick auf die geheimnisvolle Frau fiel, die Komplizin des Schmieds. Sie trug denselben Kapuzenmantel wie beim letzten Mal und wandte ihm den Rücken zu. Ihre ganze Aufmerksamkeit galt dem Prisma, dem der Alte all seine Schwierigkeiten verdankte.

»Ich nehme an, dass ihr euch kennt«, sagte der Schmied mit einem dreckigen Lachen.

Vargaï runzelte die Stirn und wartete, dass die Fremde ihm ihr Gesicht zeigte. Als er ihre Stimme vernahm, war er wie vom Donner gerührt.

»Guten Abend, Bruderherz …«

Der Alte kannte diese Stimme gut, und seine letzten Zweifel verschwanden, als die Gestalt sich umdrehte. Es war tatsächlich Nejabeth, seine Halbschwester!

»Dir ist also plötzlich wieder eingefallen, dass du Brüder hast?«, erwiderte er.

»Einen Bruder. Du warst immer mein Liebling. Denilius …«

»Denilius wird dir nie verzeihen, was du getan hast«, unterbrach er sie. »Und ich im Übrigen auch nicht. Ich bin wirklich nicht überrascht, dich hier zu sehen.«

»Ist das nicht wundervoll?«, scherzte Tannakis. »Ein richtiges Familientreffen!«

Vargaï rang sich nicht einmal ein Lächeln ab. Er musterte seine Schwester, die Denilius vom Aussehen her ähnlicher war als ihm: Sie hatte langes rotes Haar und energische Gesichtszüge. Allerdings waren die Jahre auch an ihr nicht spurlos vorbeigegangen. Sie trug immer noch ihr Bandelier aus Kettengliedern, den krallenförmigen Dolch und ihre Ledertasche mit Phiolen. Jeder amtierende Oberste Alchimist besaß solch eine Tasche.

»Wie lange habt ihr euch nicht gesehen?«, fragte der Schmied.

»Eine Ewigkeit«, antwortete der Alte. »Aber nicht lange genug, um zu vergessen.«

»Na, da hilft vielleicht ein Schlückchen Wein!«

Fröhlich füllte Tannakis drei Gläser und verteilte sie. Vargaï und Nejabeth ließen einander derweil nicht aus den Augen. Früher hatte der Alte seiner älteren Schwester noch Zuneigung entgegengebracht, zumindest als Kind. Doch seit vielen Jahren hütete er sich vor ihr wie vor einem hinterlistigen Reptiliden. Passenderweise war seine Schwester auf diese Art von Chimären spezialisiert.

»Auf euer Wiedersehen!«, rief der Schmied.

Er hob jedoch als Einziger sein Glas und trank einen Schluck. Von plötzlicher Ungeduld erfüllt, stellte Vargaï sein Glas auf einem Regal ab.

»Ich bin nur wegen einer Sache hier, Tannakis. Du hast versprochen, mir meinen Schüler zurückzugeben, wenn ich dir drei Monate diene. Ich habe mich an meinen Teil der Abmachung gehalten und dabei deine Erwartungen sicher übertroffen. Jetzt möchte ich mit Vohn sprechen.«

»Oh, er ist da!«, sagte der Schmied. »Gleich nebenan. Du verdirbst mir aber die Freude. Das war eine meiner weiteren Überraschungen ...«

»Dann hol ihn herein.«

»Gleich, mein Freund, gleich. Leeren wir erst unsere Gläser! Ich freue mich schon so lange auf diesen Moment. Solange wir nicht angestoßen haben, wirst du gar nichts von mir kriegen!«

Vargaï seufzte. Ihm ging dieses Spiel wirklich auf die Nerven, aber er wusste, wie stur Tannakis sein konnte, wenn er sich etwas in den Kopf gesetzt hatte. Also griff er nach seinem Glas und folgte der Aufforderung des Magisters. Aus Vorsicht trank er nur einen winzigen Schluck von dem Getränk, das tatsächlich sehr merkwürdig schmeckte. Sein Blick wanderte wie von selbst zu seiner Halbschwester:

»Gift!«, sagte er voller Verachtung. »Ich hätte es wissen müssen. Manche Dinge ändern sich niemals. Du alte Hexe!«

»Dein Misstrauen kränkt mich«, sagte Nejabeth. »Niemals würde ich meinen kleinen Bruder vergiften. Dieser Trank ist nur ... wie soll ich sagen ... eine kleine Einladung, die Wahrheit zu sagen. Lügen sind etwas so Unschönes. Vor allem innerhalb der Familie.«

»Hexe!«, wiederholte Vargaï.

Die Beleidigung kam von Herzen. Das Wahrheitsserum hatte offenbar bereits zu wirken begonnen, doch es war natürlich kein Zaubertrank. Er konnte seinen Feinden immer noch Dinge verheimlichen, indem er auf ihre Fragen einfach nicht antwortete. Allerdings würden sie dann natürlich Verdacht schöpfen ...

»Ach, komm!«, rief Tannakis. »Reg dich nicht auf, du bist schließlich nicht der Einzige, der davon getrunken hat. Unter Freunden ist ein ehrlicher Umgang so wichtig. Apropos, behauptest du immer noch, das Prisma in der Höhle des Drakoniden gefunden zu haben?«

Er deutete auf den kostbaren Kristall, den Vargaï ihm drei Monate zuvor gebracht hatte und der noch immer ungeschliffen war. Er war auf einem Regal mitten in der Werkstatt ausgestellt, gut sichtbar für jeden Besucher. Tannakis hatte dem Alten versprochen, ihn erst wieder nach Ablauf der drei Monate danach zu fragen, und nun war klar, dass er sich noch immer sehr dafür interessierte.

»Ja, das tue ich«, sagte Vargaï. »Siehst du, ich habe dich nicht angelogen.«

Tannakis machte ein verblüfftes Gesicht.

»Mhm ... Vielleicht nicht. Vielleicht aber schon. Da gibt es eins, was ich nicht verstehe.«

»Warum willst du das überhaupt unbedingt wissen?«, fragte Vargaï. »Du hast mir das Prisma gestohlen. Schleif es zu einer Linse oder einem Messer, und vergiss die Sache endlich! Oder was hast du damit vor?«

Der Schmied grinste überlegen. Der Wein schien auch ihm die Zunge gelöst zu haben.

»Ich weiß genau, dass das Prisma nicht von dem Drakoniden stammen kann«, verkündete er. »Und das bedeutet, dass sich noch eine andere Chimäre aus einem fernen Horizont in Gonelore aufhält. Ich will, dass meine Männer sich auf die Suche danach machen, sie fangen und sie mir bringen! Ich will auf ihr reiten!«

Vargaï verschlug es die Sprache. Wenn Tannakis wüsste, dass der Kristall aus Jonas Atem stammte, würde er sich ziemlich lächerlich vorkommen.

»So eitel bist du?«, erwiderte er. »Du hast uns monatelang gefangen gehalten, du warst bereit, mich zu foltern, du hast nicht gezögert, Dutzende deiner Männer zu opfern, nur um auf dem Rücken einer Chimäre durch die Gegend reiten zu können? Obwohl du gar nicht weißt, ob das möglich ist?«

»O doch, das weiß ich. Es ist möglich«, entgegnete der Schmied. »Nejabeth hat ihre Rezept nämlich perfektioniert!«

Vargaï drehte sich zu seiner Schwester um. Auf einmal fiel es ihm wie Schuppen von den Augen. Endlich durchschaute er ihr niederträchtiges Spiel.

»Ihr richtet die Chimären gar nicht ab«, sagte er. »Ihr versucht nicht einmal, sie zu zähmen. Ihr setzt sie nur unter Drogen und nutzt sie aus! Ihr macht sie süchtig und gewöhnt sie an eure Pfiffe! Ihr tut, als wärt ihr die geschicktesten Fährtenleser, aber ihr seid nur zwei Wahnsinnige, die mit Mächten spielen, die sie nicht kontrollieren können!«

Tannakis und Nejabeth machten keine Anstalten, es zu leugnen. Vargaïs Empörung schien sie sogar zu amüsieren.

»Du hast ja keine Ahnung, worum es uns wirklich geht«, höhnte der Schmied. »Wenn wir einfach nur unsere Pferde durch Chimären ersetzen wollten, würde der Aufwand sich nicht lohnen. Selbst dann nicht, wenn wir sie im Kampf einsetzen könnten. Aber was würdest du sagen, wenn es sich um eine fliegende Chimäre handelt? Mit einem Kokatrus haben wir dieses Kunststück schon fertiggebracht. Leider haben wir das Tier mittlerweile wieder verloren.«

Vargaï riss überrascht die Augen auf.

»Solche Kreaturen findet man nicht an jeder Ecke«, sagte er, »und sie einzufangen ist hundert Mal gefährlicher als die Jagd auf einen Fussard!«

»Stimmt. Deshalb begnügen wir uns vorerst mit denen, die wir schon haben. Aber das Beste weißt du noch gar nicht. Bald werden wir auf ihnen den Schleier durchqueren! Stell dir nur vor, alter Freund! Für uns wird es keine Grenzen mehr geben, keine Mauern! Wir werden auf den Chimären reiten, und nichts und niemand wird diese Armee aufhalten können!«

Vargaï erblasste. Was für eine grauenvolle Vorstellung! Horden von skrupellosen Weltwanderern würden Gonelore mit Krieg überziehen und die Welt in Schutt und Asche legen, wenn sie auf ihren Chimären urplötzlich im gegnerischen Lager Gestalt annehmen könnten. Die Menschen wären den Chimären hilflos ausgeliefert.

»Das ist unmöglich«, murmelte er entsetzt. »Gezähmte Chimären können nicht hinter den Schleier zurückkehren …«

»Unsere schon!«, rief Tannakis triumphierend. »Wir haben schon zwei erfolgreiche Versuche unternommen. Mit unseren Forschungen haben wir mehrere Jahrhunderte Vorsprung vor dem Rest der Bruderschaft, Vargaï! Wir sind die wahren Weltwanderer, denn bald werden wir nicht mehr auf den Horizont von Gonelore beschränkt sein. In gewisser Hinsicht sind wir bereits die Herrscher dieser Welt!«

Mit diesen Worten ging er zu einer Tür hinten im Raum, öffnete sie und bedeutete dem Jungen, der dahinter wartete, sich zu ihnen zu gesellen. Es war Vohn. Er schien bei guter Gesundheit zu sein und war sogar ein wenig gewachsen … Doch als Vargaï das Bandelier seines Schülers sah, krampfte sich ihm der Magen zusammen. Das war also Tannakis' Überraschung! Der Junge hatte das Abzeichen von Zauberranke gegen das der Enklave getauscht.

»Nun, habe ich dir zu viel versprochen?«, rief der Schmied. »Wir haben ihn gut behandelt, so gut, dass er uns nicht mehr verlassen will! Dein Schüler hat sich für die Seite der Sieger entschieden, Vargaï!«

Der Alte musterte den Jungen und hoffte auf ein verstecktes

Zeichen, dass Tannakis' Worte Lügen strafte, ein Blinzeln, ein Kopfschütteln … Doch nichts dergleichen geschah. Zornig wandte er sich Nejabeth zu.

»Dir ist klar, dass du an all dem schuld bist?«, fragte er. »Du hast bereits Dutzende Menschenleben auf dem Gewissen, und viele weitere werden sterben. Wie kannst du das rechtfertigen? Wie kannst du dich für etwas Besseres halten?«

Seine Schwester antwortete nicht. Sie blickte ihn nur mit dieser falschen Unschuldsmiene an, die ihn schon immer zur Weißglut gebracht hatte.

»Aber natürlich«, sagte er dann und schlug sich vor die Stirn. »Es sind die Tuchwanderer. Immer noch diese verdammten Tuchwanderer.«

Er seufzte und wandte sich Tannakis zu: »Die Bruderschaft wird sich das nicht gefallen lassen, das weißt du. Es gab in der Geschichte ähnliche Beispiele, und alle Versuche, sich über andere zu erheben, wurden stets niedergeschlagen. Entweder von den Weltwanderern selbst oder von den Ländern Gonelores … Außerdem wirst du die Welt nicht von diesem Lager mitten im Wald aus erobern können.«

»Das weiß ich«, gab der Schmied zu. »Sobald wir bereit sind, werden wir unseren Stützpunkt ans Meer verlegen. An einen geschützten Ort, der bereits über alles verfügt, was wir brauchen.«

Vargaï nickte bitter. Er bewegte sich auf Jonas Prisma zu, als wollte er es noch einmal betrachten. Als er seinen Feinden den Rücken zuwandte, schob er sich etwas in den Mund – den Gegenstand, den er neben den Stäbchen, die ihm als Alibi gedient hatten, über Tage und Wochen bearbeitet hatte, bis sein Schliff perfekt war.

»Zauberranke«, sagte er schließlich. »Du hast vor, Zauberranke einzunehmen.«

»Irgendwo muss man ja anfangen«, sagte Tannakis achselzuckend. »Außerdem ist es eine gute Botschaft an den Rest der Welt, dass eine neue Zeit anbricht. Jetzt bleibt nur noch die Frage, Vargaï, ob du auf meiner Seite bist – oder gegen mich.«

Der Alte drehte sich um und blickte die beiden Verräter an, die gespannt auf seine Antwort warteten. Tannakis umklammerte den Griff seines Schwerts. Vargaïs Blick wanderte zur Tür am anderen Ende des Raums. Der Tür, die in die Freiheit führte … Dann gab er sich voll und ganz der Wirkung des Serums hin und rief: »Gegen dich!«

Er fuhr herum, packte das kostbare Prisma mit beiden Händen und zerbiss das andere, das er zwischen den Zähnen gehalten hatte. Sofort entfaltete es seine magische Kraft, und sein Geist vermischte sich mit dem eines Lupinus. Vargaïs Erscheinungsbild veränderte sich. Es war die schwierigste und gefährlichste Technik, die die Weltwanderer beherrschten, aber in diesem Moment war sie sein einziger Ausweg.

Tannakis hatte wohl vergessen, dass alle Schüler von Zauberranke in die Schmiedekunst eingeführt wurden, und zwar vom ersten Kreis an. Er hatte auch nicht bedacht, dass Vargaï einen Splitter von einem Hauchprisma, das er bei der Chimärenjagd gefunden hatte, behalten könnte. Und ganz bestimmt hätte er es nicht für möglich gehalten, dass Vargaï ein so guter Prismenschmied war. Er selbst im Übrigen auch nicht!

Doch der richtige Schliff war ihm gelungen, das Verwandlungsprisma funktionierte. In dem Moment, als sich die beiden Seelen aus zwei verschiedenen Horizonten vermischten, hätte man an eine optischen Täuschung glauben können: Vargaï nahm die Gestalt eines Lupinus an, doch seine Kleider und sonstigen Besitztümer blieben noch für einen Moment im Schleier hängen.

Tannakis stürzte sich mit dem Schwert in der Hand auf ihn, aber Vargaï wich dem Angriff mit einem Satz zur Seite aus. Dann rannte er zur Tür. Seine Krallen hinterließen riesige Furchen im Holzboden. Kurz darauf war er draußen, und keine zehn Sekunden später zwängte er sich durch die Lücke in der Palisade, die nie repariert worden war.

Er wusste nicht, wie lange die Verwandlung andauern würde und ob er sie heil überstehen würde. Tannakis würde ihm folgen, und seine Männer waren geschickte Jäger und verfügten über Chimären als Reittiere …

Doch all das kümmerte ihn nicht. Er musste seine Freunde in Zauberranke vor der drohenden Gefahr warnen.

43

Als Jona die Oberfläche der Halbinsel erreichte, kam er aus dem Schleier hervor. Er wusste instinktiv, dass er sich wieder unter der schützenden Kuppel des Leuchtturms befand. Das war nur logisch: Unter der Erde hatte ihn nichts daran gehindert, von einem Horizont in den anderen zu wechseln, aber jetzt, da er sich in Reichweite der Ranke befand, war er wieder ihrer Magie unterworfen und konnte Gonelore nicht mehr verlassen.

Dieses Erlebnis war das Einzige, für das er eine Erklärung hatte, und auch das Einzige, an das er sich halbwegs klar erinnerte. Seit er sich von seinen Freunden getrennt hatte, war ihm jegliches Gefühl für seine Umgebung abhandengekommen. Er wusste noch, dass er den Schleier durchquert hatte, mehrmals sogar, und in finstere, stille Horizonte gelangt war, in die sicher zuvor kein Mensch einen Fuß gesetzt hatte. Er wusste auch, dass er Chimären abgehängt hatte, die eigentlich größer und schneller waren als er, indem er sich Fähigkeiten zunutze machte, die er vorübergehend in diesen Welten annahm. Jedoch hatte er nicht die geringste Ahnung, wie er das angestellt hatte, welchen Preis er dafür zahlen musste und woher diese wundersamen Fähigkeiten stammten. Er erinnerte sich nur noch daran, dass er immer weitergerannt war, durch Welten, von denen er nicht viel wahrnahm. Irgendwann schienen ihn die Götter selbst des Frevels anzuklagen.

Und dann hatte er diese unwirtlichen Welten auf unerwartete

Weise wieder verlassen. Er hatte Horizonte durchquert, die näher bei Gonelore lagen, weil ihn ein fernes Licht magisch anzog. Dann war er durch einen engen Gang gekrochen, weil Wände für ihn plötzlich wieder ein Hindernis darstellten. Er war durch zerbrochene Muscheln, faulige Algen und Tierköttel gerobbt und schließlich am Strand neben dem Zeughaus herausgekommen.

Er blieb noch eine Weile keuchend auf dem Rücken liegen und starrte auf die Sterne jenseits der roten Lichtkuppel. Er wollte nicht mehr nachdenken oder hatte nicht mehr die Kraft dazu. Er konnte sich gut vorstellen, hier einzuschlafen und bis zum Morgen liegen zu bleiben. Er würde einfach warten, bis jemand käme und ihm sagte, dass das Ganze nur ein Albtraum gewesen war, dass seine Freunde nicht in dem unterirdischen Labyrinth feststeckten, dass die Toten sich nicht aus ihren Gräbern erhoben und er selbst kein Ungeheuer war.

Da erklangen plötzlich Schritte am Strand, und er sprang auf. Als er Denilius auf sich zukommen sah, geriet er in Panik.

»Lehander, du bist da!«, rief der Magister. »Ich habe gehofft, dich hier am Strand zu finden. Ich habe mir gedacht, dass du ganz hier in der Nähe aus dem Schleier kommen würdest!«

Jona ließ ihn nicht an sich heran. Er lief rückwärts, stolperte, stand wieder auf und lief weiter … Denilius riss die Augen auf wie ein Wahnsinniger, und die Art, wie er seine Streitaxt umklammerte, hätte dem mutigsten Kämpfer Angst gemacht.

»Fürchte dich nicht«, rief der Magister. »Jetzt wird alles gut! Ich kann dir helfen. Ich kann dich leiten. So, wie es seit Langem geplant war. So, wie ich es deiner Großmutter Lygwenn versprochen habe.«

»Ich glaube Euch kein Wort mehr!«, entgegnete Jona. »Ihr habt mich angelogen. Ihr kanntet Lygwenn schon lange, bevor sie nach Zauberranke kam! Wie soll ich Euch da noch vertrauen?«

»Das stimmt. Ich muss gestehen, dass ich dir einen Teil der Wahrheit verheimlicht habe. Aber dafür gab es einen guten

Grund, Lehander. Ich wollte dich nur beschützen, das schwöre ich dir!«

Jona wusste nicht mehr, was er denken sollte. Der Weltwanderer machte ihm immer noch Angst, aber er schien ihn nicht angreifen zu wollen, und sein Eingeständnis wirkte aufrichtig. Denilius bemerkte den nervösen Blick, den Jona auf seine Streitaxt warf.

»Oh … Hab keine Angst, mein Junge. Sieh nur, ich steck sie wieder weg. Ich brauchte sie für Zakarias. Diesmal steht er nicht wieder auf, das verspreche ich dir. Du musst mit mir kommen, Lehander. Das ist wichtig. Ich habe nur noch dich …«

Bei dieser Übertreibung verzog Jona das Gesicht. Doch bevor er etwas sagen konnte, erklang aus den Tiefen des Ozeans ein Brüllen, gefolgt von einem lauten Krachen. Eine Erschütterung erfasste den Teil der Ranke, der im Meer lang. Jona und der Magister blickten entsetzt auf das schäumende Wasser. Gleich darauf ertönte ein weiteres Krachen, und dann noch eins. Die Kristallbarriere knackte und knirschte.

»Das ist eine Meereschimäre«, bemerkte Denilius finster. »Sie wird die Ranke durchbrechen.«

»Kann sie das denn?«, fragte Jona ängstlich.

Der Magister nickte knapp. Die Antwort war eindeutig. Gleich darauf war es so weit: Die Chimäre durchstieß die letzten Kristalle, die ihr noch den Weg versperrten, und schlug eine Bresche in den Schutzwall. Die schützende Lichtkuppel bekam eine Art Riss, der sich von hier unten bis zur Spitze des Leuchtturms erstreckte. Voller Grauen dachte Jona, dass er zum ersten Mal seit der grausamen Schlacht vor drei Monaten der Außenwelt schutzlos ausgeliefert war.

Hastig sah er sich um, aber hier am Strand gab es kein Versteck, keinen Zufluchtsort, in den er sich hätte retten können, außer ein paar Kaninchenhöhlen und einigen Treibholzhaufen. Als sein Blick auf die Chimäre fiel, die sich aus den Fluten erhob, schoss ihm durch den Kopf, dass es ohnehin zu spät war. Die Bestie war zweifellos eines der gefährlichsten Meereswesen, die es gab. Jetzt kam sie auf den Strand zugeschossen, wobei sie mit dem Schwanz Wasser und Sand meterhoch aufwirbelte und das Maul aufsperrte. Die Zähne darin waren so lang wie sein Arm.

Denilius machte keine Anstalten, sich zu bewegen. Er schien sich dem Schicksal fügen zu wollen. Wenn schon der Magister gegen die Chimäre machtlos war, wusste Jona nicht, was er hätte tun können. Als ihm der Magister auf einmal den Arm um die Schulter legte, zuckte er zusammen, wehrte sich aber nicht. So standen sie da und sahen ihrem sicheren Tod entgegen. Plötzlich spürte Jona, wie Denilius die Muskeln anspannte und ihn nach hinten zog.

Zunächst begriff der Junge nicht, was los war, doch dann sah auch er den Schatten, der von den Sternen herab auf die Lücke in der schützenden Kuppel zugeflogen kam. Das Wesen breitete seine majestätischen Drakonidenflügel aus und stürzte sich auf das Seeungeheuer.

Ein wahrer Kampf der Giganten begann, schuppige Haut gegen schuppige Haut, Maul gegen Maul. Die Chimären droschen mit ihren gewaltigen Schwänzen aufeinander ein. Ohrenbetäubendes Gebrüll schallte über den Strand. Jona hatte den Eindruck, dem Ende der Welt beizuwohnen – oder ihrem Anfang, einer Zeit, als die Götter den Schleier noch nicht geschaffen hatten und mächtige Kreaturen inmitten der Furien gegeneinander kämpften. Das Spektakel war ebenso grausam wie faszinierend, und vor allem fühlte Jona mit den beiden Chimären mit, als wäre er eine von ihnen.

»Komm, Lehander!«, schrie Denilius. »Wir müssen weg von hier!«

Natürlich hatte er recht, aber Jona rührte sich nicht. Er konnte sich von dem Anblick nicht losreißen.

Der Magister packte ihn an der Hand und zog ihn hinter sich

her. Jona sah noch, wie sich der Drakonid von dem Schwanz des Seeungeheuers zu befreien bemühte, der sich ihm um den Brustkorb geschlungen hatte, und wie die Meereschimäre verzweifelt versuchte, sich dem Drachen zu entwinden, der ihm das Maul in den Rücken geschlagen hatte. Gleich darauf gelangten sie zu der Stelle, wo Radjaniels Boot lag, und Jona fragte sich, was Denilius im Sinn hatte. Als der Magister das Boot ins Wasser schob, wich Jona ein paar Schritte zurück. Auf keinen Fall wollte er mit Denilius aufs Meer hinausfahren. Der Magister streckte ihm die Hand entgegen.

»Komm, mein Junge! Das hier ist kein Ort mehr für uns!«

Jona wandte sich kurz zu den Chimären um, die sich ineinander verbissen hatten und ein Stück entfernt im Sand wälzten.

»Komm schon! Ich flehe dich an! Ich bin der Einzige, der dir helfen kann, Lehander! Ich weiß, wozu du imstande bist. Ich werde dich zu deiner Bestimmung führen. Mach jetzt nicht alles kaputt!«

Er wirkte aufrichtig, aber Jona fand seine Worte fast noch erschreckender als die gegeneinander kämpfenden Bestien.

»Hör zu, mein Junge. Hast du immer noch nicht verstanden, warum ich dich angelogen habe? Ich wollte dich vor meinen Feinden beschützen! Wenn sie etwas geahnt hätten, wärst du in großer Gefahr gewesen. Ja, ich habe Lygwenn vor über fünfunddreißig Jahren kennengelernt! Wir waren sogar ein Paar! Und wir bekamen eine Tochter, Ciryelle, deine Mutter! Du bist mein Enkel, Lehander. Ich bin der einzige Verwandte, den du noch hast!«

In diesem Moment stieß der Drakonid, der den Kampf offenbar für sich entschieden hatte, ein ohrenbetäubendes Gebrüll aus. Jona spürte seine Entschlossenheit schwinden. Ohne weiter nachzudenken, packte er die Hand, die das Schicksal ihm hinhielt, und kletterte in das Boot, das sich bereits vom Strand entfernte. Es schwankte auf den Wellen, während Denilius sich an die Ruder setzte.

Im nächsten Moment stand der Magister jedoch wieder auf. Nachdem sein Gegner in Tausende leuchtende Teilchen zersprungen war, schleppte sich der Drakonid auf das Boot zu. Der Sieg hatte einen hohen Preis: Seine Flügel waren gebrochen, sein Brustkorb zermalmt, und tiefe Bisswunden prangten auf seinem schuppigen Körper. Trotzdem schleppte sich das Wesen auf die Menschen zu, wobei seine Krallen tiefe Furchen in den Sand zogen. Der Drakonid schien dem Weltwanderer, der ihn herausforderte, Todesdrohungen entgegenzubrüllen.

Jona zitterte am ganzen Leib, aber Denilius versuchte nicht davonzurudern. Vielmehr wartete er, bis der Drakonid auf wenige Meter an das Boot herangekommen war, das auf den Wellen schaukelte. Dann holte er eine Phiole aus der Tasche und schleuderte sie der Kreatur ins Maul.

Die Kreatur schloss reflexartig das Maul und verstärkte so noch die Wirkung der Explosion, die ihr die Eingeweide zerfetzte. Ein letztes Mal erhob sie den Kopf über die Wellen und versank dann im Wasser. Das Ruderboot wurde von einer großen Woge aufs Meer hinausgespült.

»So! Diesmal dürfte es das gewesen sein!«

Denilius' Bemerkung machte seinen Enkel stutzig, und während der Magister auf die Lücke in der Kristallbarriere zuruderte, fragte sich Jona, warum ihn der Tod der Chimäre so traurig stimmte.

44

Nobiane entdeckte den leblosen Körper als Erste. Alle anderen – Radjaniel, Arold, Gess, Dælfine und Berris – starrten voller Entsetzen hoch zu der Lücke in der schützenden Lichtkuppel, die sich über Zauberranke spannte. Nobiane hingegen hatte angefangen, den Strand abzusuchen. Sie wusste selbst nicht so genau, wonach sie Ausschau hielt, aber schließlich hatten sie den weiten Weg von der Klippe am höchsten Punkt der Halbinsel bis zum Strand in der Nähe des Zeughauses nicht zurückgelegt, um den Himmel zu betrachten. Das Mädchen untersuchte die Spuren des grauenhaften Kampfs, der sich hier abgespielt haben musste, und stieß so schließlich auf ein Opfer. Ein Mensch lag im feuchten Sand, den Kopf halb im Wasser. Eine Frau. War sie ertrunken?

»Hier drüben!«, rief sie mit einem Anflug von Panik.

Die beiden Weltwanderer und die Schüler rannten herbei. Radjaniel zog die Frau auf den Strand, drehte sie um und schnappte überrascht nach Luft. Dann wechselte er einen bestürzten Blick mit dem Obersten Wächter. Nobiane verstand nicht, was die beiden hatten: Die arme Frau war eine gewöhnliche Weltwanderin, wie es sie in Zauberranke Dutzende gab. Wie bei vielen älteren Weltwanderern, war ihr Bandelier voller Abzeichen. Der Messerschleifer drückte ihr auf die Brust, bis sie das ganze Wasser ausspuckte, das sie in der Lunge gehabt hatte. Dann schlug er ihr mehrmals leicht auf die Wangen und fragte sanft: »Jora Lygwenn?«

Sie fuhr zusammen, hob den Kopf, blickte sich panisch um und starrte verwirrt in die Gesichter, die sich über sie beugten. Dann stand sie auf und schleppte sich ein Stück den Strand hoch.

»Er wird ihn umbringen!«, rief sie. »Dieses Ungeheuer wird ihn umbringen …«

Sie sank auf die Knie, vergrub das Gesicht in den Händen und weinte bitterlich.

Nobiane warf ihren Freunden einen verlegenen Blick zu. Der Gedanke war in dieser verzweifelten Lage vielleicht unpassend, aber sie fand, dass die Fremde ihrem verschwunden Kameraden ungeheuer ähnlich sah.

Das Abenteuer geht weiter in:

Pierre Grimbert

Die Tore zur Dämmerung

Die Saga von Licht und Schatten 3

NOBIANES NOTIZEN

ARKANDIELLE

Legendäres Mitglied der Bruderschaft der Weltwanderer. Als jüngster Schülerin aller Zeiten wurde ihr das Bandelier im Alter von acht Jahren überreicht. Den Chroniken zufolge ist sie auch die Jüngste, die jemals gegen eine Chimäre gekämpft hat (einen Carapax oder einen Lupinus, da sind sich die Quellen nicht ganz einig). Sie ging siegreich aus diesem Kampf hervor, während ihr Lehrer (der einigen Gelehrten zufolge auch ihr Vater war) verletzt wurde. Zu ihren Ehren gibt es den Arkandielle-Stern. Diesen bekommen alle Schüler nach ihrem ersten Kampf an ihr Bandelier genietet, falls sie der Bruderschaft Ehre gemacht haben.

BANDELIER

Das Bandelier wurde in der Anfangszeit der Bruderschaft eingeführt. Damals bekriegten sich zahlreiche Länder noch erbittert, und es kam häufig vor, dass Weltwanderer, die der Fährte einer Chimäre folgten, bei der Überquerung einer Grenze für den Feind gehalten wurden. Mehrere tragische Vorfälle veranlassten die Magister, darüber nachzudenken, wie die Weltwanderer ihre Neutralität offen zeigen konnten. Erst gaben sie ihnen eine Fahne mit, doch diese erwies sich im Kampf als unpraktisch. Auch ein spezieller Waffenrock war im Gespräch, doch der hätte an eine Uniform erinnert und damit nur noch mehr Verwirrung gestiftet. So fiel die Wahl auf einen breiten Ledergürtel, der quer über die Brust getragen wird. Er ist ein Symbol dafür, dass sich die Weltwanderer aus allen Kriegen und politischen Streitigkeiten heraushalten, denn der Kreuzzug, den sie führen, dient der Rettung ganz Gonelores.

Im Laufe der Zeit wurde es üblich, das Bandelier mit Abzeichen zu schmücken. Aus dieser Tradition entwickelten sich feste Rituale. Der einfache Ledergürtel aus der Anfangszeit wurde ebenfalls weiterentwickelt. Mittlerweile sind die meisten Bandeliere mit Ketten und Metallplatten verstärkt und haben mehrere Taschen. Es gibt besonders festliche Bandeliere, die aus besticktem Stoff bestehen und mit kostbaren Kristallen verziert sind.

BRUDERSCHAFT

Glaubt man den Legenden, ist die Bruderschaft der Weltwanderer so alt wie Gonelore selbst. Der Chronik zufolge gibt es sie hingegen erst seit einem Jahrtausend. In früheren Zeiten waren ihre Mitglieder über die ganze Welt verstreut und standen nicht im Austausch miteinander. Das Einzige, was sie verband, war das Wissen über die Kraft der Prismen. In vielen Fällen waren sie zufällig darauf gestoßen. Dieses Wissen wurde möglichst von Generation zu Generation weitergegeben. Manchmal geriet es jedoch in Vergessenheit, nur um wenige Zeit später wiederentdeckt zu werden.

Fünf Brüder, die die ganze Welt bereisten, sollen die Grundlagen eines Ordens geschaffen haben, der sich nach und nach über die verschiedenen Länder ausbreitete. Dies würde erklären, warum die Weltwanderer trotz aller Rangunterschiede als geschwisterliche Gemeinschaft gelten.

CACHALORK

Große Seechimäre, die zur Unterart der Squaliden gehört und für ihre Aggressivität berüchtigt ist. Wird irgendwo ein Exemplar gesichtet, steuern die Kapitäne ihre Schiffe nah an der Küste entlang und wagen sich nicht mehr aufs Meer hinaus. Zahlreiche Schauergeschichten berichten davon, dass die Bestien Schiffe zum Kentern bringen.

CARAPAXE

Unterart der Chimären. In den vergangenen Jahrzehnten wurden kaum Carapaxe gesichtet, doch in der Vergangenheit fielen sie in großer Anzahl nach Gonelore ein. Damit ist ihr Vorkommen großen Schwankungen unterworfen. Es handelt sich um große, behäbige Wesen mit einem äußerst widerstandsfähigen Panzer. Meistens braucht es mehrere Weltwanderer, um die Bestien hinter den Schleier zurückzutreiben. Zu den häufigsten oder bekanntesten Vertretern dieser Art zählen die Mummats, die Langustiden, die Igeldonten und die Mui-Goï.

CHRONIK

Die Chronik umfasst alle Überlieferungen der Weltwanderer seit dem Aufkommen der Bruderschaft. Sie besteht aus den unterschiedlichsten Schriftstücken: Reiseberichten, Versammlungsprotokollen der Hohen Räte, historischen Abhandlungen, Traktaten über Bandelier-Abzeichen, Klassifizierungen von Chimären, usw. Die Chroniken sind für die Weltwanderer von ebensolcher Bedeutung wie die Prismen. Sie werden eifrig studiert und ständig erweitert. Jede Generation bemüht sich, ihr neue Erkenntnisse hinzuzufügen.

DARIBBO

Unterart der Felinae. Diese Chimäre gehört zu den kleinsten Vertretern seiner Art. Für Menschen ist sie nicht besonders gefährlich. Man begegnet ihr meist am Ufer von Tümpeln und Seen, wo sie sich von Amphibien ernährt.

DRAKONID

Die gefährlichste Art von Chimären. Den Legenden zufolge waren die Drakonide die ersten Kreaturen, die nach den Göttern auf die Welt kamen. Sie nahmen die Energien auf, die die Furien hinterlassen hatten, weshalb sie alle Chimären, die später entstanden sind, an Größe, Kraft und Widerstandsfähigkeit übertreffen.

DUKATEN

Währung, die in fast allen Ländern Gonelores gilt. Gondanische Händler sorgten für ihre Verbreitung, indem sie sich weigerten, fremdes Geld anzunehmen – weniger aus Patriotismus als aus Misstrauen. Sie nutzten einfach ihre wirtschaftliche Vormachtstellung aus. So begannen die anderen Völker Münzen zu prägen, deren Größe und Legierung mit der gondanischen Dukate identisch war. Sie fürchteten, Gondania würde sonst keinen Handel mehr mit ihnen treiben und sie könnten verarmen.

Einige Länder mit diktatorischen Herrschern oder sehr auf Unabhängigkeit bedachten Regierungen haben ihre eigenen Währungen behalten, doch kann man diese jenseits ihrer Grenzen nicht benutzen und nur schwer umtauschen. Das gilt für das Königreich Duuzar, das Fürstentum Artemong und den Stadtstaat Tarvipolis.

EID

Der Chronik zufolge hat sich der Eid der Weltwanderer seit dem Entstehen der Bruderschaft kaum verändert. Ein Schüler muss ihn zweimal ablegen: Einmal, wenn er seine Ausbildung beginnt, und einmal, wenn er sie beendet. Beide Male bekommt der Schüler ein Bandelier überreicht, das seine Treue zur Bruderschaft versinnbildlicht. Der Eid lautet wie folgt:

»Ich schwöre, der Bruderschaft der Weltwanderer treu zu dienen, meinen Brüdern und Schwestern bei allen Kämpfen beizustehen, meine Lehrer zu ehren und mein Wissen an meine Schüler weiterzugeben.

Ich schwöre, unser Erbe und unsere Traditionen zu wahren, sie gegen Lug und Trug zu verteidigen, standhaft überall auf der Welt für unsere Werte einzustehen und sie an die nächste Generation weiterzugeben.

Ich schwöre, alle Einwohner von Gonelore zu beschützen, unabhängig von ihrer Herkunft, ihrem Glauben oder ihrer Zugehörigkeit zu einem Volk, nicht nach eigenem Ruhm zu streben und für meine Dienste keinen Lohn zu fordern.

Ich schwöre, niemals vor den Kreaturen zurückzuweichen, die aus dem Schleier kommen, sie mit Mut und Tapferkeit zu jagen, bis sie besiegt oder vertrieben sind, und dafür notfalls mein Leben zu lassen.«

FALKONID

Unterart der Chimären, die alle Wesen mit raubvogelartigem Aussehen umfasst. In der Regel sind sie recht klein und nicht besonders gefährlich, mit Ausnahme der Hakenreiher und Gipfellöwen. Diese Chimärenart ist bisher wenig erforscht.

FEDERFUSS

Chimäre aus der Unterart der Falkoniden von der Größe einer Gans. Der Federfuß ist einer der wenigen Vertreter dieser Unterart, der nicht fliegen kann. Dafür bewegt er sich im flachen Gelände sehr schnell und ausdauernd fort. Sein Name, den ihm der erste Weltwanderer gegeben hat, der diese Chimäre in der Chronik erwähnt, geht auf den weichen Flaum an den Füßen zurück.

FELINAE

Unterart der Chimären. Es gibt mehrere Dutzend Unterordnungen, und alle paar Jahre wird eine neue entdeckt, obwohl die Weltwanderer diese Wesen seit über einem Jahrtausend erforschen.

Größe und Gestalt einer Felina können sehr unterschiedlich sein. Zu den kleineren Arten gehören die Daribbos, die sich hauptsächlich von Fröschen ernähren und hervorragende Schwimmer sind. Die größten sind die Titantiger, die Megaloparden oder die Mahibohi.

FURIEN

Bezeichnung für die Naturgewalten, die einander zu Anbeginn der Zeit bekämpften. Das Gleichgewicht, das sich unter den mächtigsten von ihnen herausbildete, brachte die Welt hervor. Aus den Energien, die die Furien hinterließen, entstanden erst die Götter und dann die Chimären, vor allem die Drakonide.

GILDE

Eine Gruppe von fünf Schülern in Zauberranke. Jede Gilde untersteht einem Lehrer. Die Bezeichnung ist mittlerweile auch an anderen Weltwandererschulen üblich.

HIPPODORNE

Unterart der Chimären. Hauptvertreter sind die Einhörner, fleischfressende Pferde mit einem Sporn auf der Stirn, die manchmal in ganzen Herden in Gonelore einfallen und Angst und Schrecken verbreiten. Weitere Vertreter sind das Zweiköpfige Tarpan, das Blutross und der Riesenrappe.

HEILER

Bezeichnung für jemanden, der für die Gesundheit einer Gemeinschaft von Weltwanderern verantwortlich ist. Auch viele Armeen in Gonelore haben einen Heiler. Um Heiler zu werden, braucht man keine besondere Ausbildung. Oft genügen ein paar grundlegende Kenntnisse in der Versorgung von Wunden, um von einer Gemeinschaft, die noch keinen Heiler hat, zu einem solchen ernannt zu werden. In größeren Gemeinschaften fällt dieses Amt jedoch in der Regel dem Obersten Alchimisten zu.

HOHER RAT

Regierende Versammlung einer örtlich begrenzten Gemeinschaft von Weltwanderern, meist einer Schule. Die Zahl der Mitglieder unterscheidet sich je nach Gemeinschaft. Der Magister ist der Vorsitzende des Rats. Er bestimmt die Anzahl der Sitze und kann sie erweitern oder begrenzen, wenn er die Mehrheit des Rats hinter sich hat. Häufig wird ein Amt für einen ganz bestimmten Weltwanderer neu geschaffen, weil seine Fähigkeiten gebraucht werden.

Der Hohe Rat trifft alle wichtigen Entscheidungen und ist auch für die Rechtsprechung innerhalb der Gemeinschaft zuständig.

JORANSAME (KURZFORM JORA)

Weibliche Form von Jorensan, die sich im Laufe der Zeit herausgebildet hat.

JORENSAN (KURZFORM JOR)

Höfliche oder respektvolle Anrede eines Weltwanderers. Im weiteren Sinne auch für alle Mitglieder der Bruderschaft gebraucht: »Früher hatte Gonelore viel mehr Jorensans.« »Die alten Jorensans waren disziplinierter als die heutige Generation.«

Die Bezeichnung geht auf den Namen des ersten Weltwanderers zurück, der eine Schule gründete, um sein Wissen weiterzugeben. Allerdings liegt diese Zeit so weit zurück, dass aus der Chronik nicht klar hervorgeht, ob der Meister von Anfang an diesen Namen trug oder ob er ihn als Ehrentitel annahm. Die meisten Gelehrten gehen von Letzterem aus.

KOKATRI

Unterart der Chimären. Kokatri können fliegen und sind extrem gefährlich. Sie unterscheiden sich in Aussehen und Größe. Sie sind die entfernten Vorfahren unserer Greifvögel und Aasgeier.

Sie werden nur sehr selten gesichtet. Am häufigsten begegnet man Reißern, Hakichten, Speiern und Adlerlöwen.

KRUSTENKREBS

Eine der häufigsten Gattungen von Meereschimären. Es gibt mehrere Unterarten: Stachelkrebse, Tiefenkrabben, Kröteriche, Schneidkrebse und Schmiedekrabben.

LANGUSTIDE

Krustenkrebs, der am Ende seines vielgliedrigen Schwanzes einen Stachel wie ein Skorpion hat. Dieser Stachel ist nicht giftig, aber der Schwanz einer Langustide ist ungeheuer kräftig, so dass sie damit den Schutzpanzer ihrer Artgenossen durchbohren kann.

LUPINI

Unterart der Chimären, die alle Wesen umfasst, die eine wolfsartige Gestalt haben. Es gibt sechs Unterordnungen, zu denen die Waufen und die Schlinger gehören, und über fünfzig Unterarten. Einige davon kommen sehr selten vor, so die Grauschwänze, die Würger und die Zweibeiner.

MAGISTER

Vorsitzender des Hohen Rats, der über eine Gemeinschaft von Weltwanderern herrscht, in der Regel eine Schule. Der Magister bleibt auf unbestimmte Zeit im Amt. Wenn er zurücktritt, stirbt oder der Hohe Rat ihn absetzt, wird ein Nachfolger gewählt. Für seine Absetzung ist eine Zweidrittelmehrheit notwendig.

Bei der Wahl eines neuen Magisters muss der Kandidat die Stimmen von mindestens der Hälfte der Mitglieder erhalten. In der Geschichte gibt es mehrere berühmte Beispiele, bei denen keine Mehrheit zustande kam. Häufig spalteten sich die Gemeinschaften daraufhin auf, eine Gruppe zog fort und ließ sich an einem anderen Ort nieder. So hat sich die Bruderschaft über alle Länder Gonelores verbreitet.

PANARYN

Weltwanderer, der einige Jahrzehnte nach der Großen Flucht eine kleine Schule gründete und ihr Magister wurde. Bei einer Expedition in gefährliches Gebiet soll er seine Schüler einem entfesselten Kokatrus überlassen und selbst das Weite gesucht haben. Er selbst stellt sich allerdings als Held dar, der versucht hätte, seine Schüler zu retten. Da er der einzige Überlebende des Kampfs ist, kann niemand bezeugen, was wirklich geschehen ist.

Jemand, der Schande über die Bruderschaft gebracht hat, wird mit dem Panaryn-Mal gezeichnet, einem doppelt durchgestrichenen Hufeisen.

PIARON

Ehemaliger Schüler von Zauberranke. Der Legende nach stürzte er sich ins Meer, als ein Dutzend Drakonide versuchte, die schützende Kuppel des Leuchtturms zu durchbrechen. In der Chronik findet diese Geschichte keine Erwähnung, weshalb man ihren Wahrheitsgehalt nicht überprüfen kann.

SCROFA

Unterart der Chimären. Umfasst sämtliche Kreaturen, die vom Aussehen her Wildschweinen ähneln. Man vermutet, dass es auch mehrere Zwergschweinarten gibt, doch die in Gonelore beobachteten Kreaturen waren stets größer als ein durchschnittliches Hausschwein. Manche sind besonders groß, zum Beispiel Grunzer und Nacktschwarten.

REPTILID

Unterart der Chimären, die alle schlangen- und eidechsenartigen Wesen umfasst. Im Grunde bezeichnet sie alle Kaltblütler mit schuppiger Haut bis auf die Tortiliden, die eine eigene Unterart bilden. Reptiliden kommen in allen möglichen Größen vor. So gehören sowohl die winzigen Glutwürmer als auch die gewaltigen Prythonii zu dieser Unterart.

SCHAUMKLINGE

Spitzname von Vargaïs Säbel, der aus dem Stoßzahn eines Walrosses gefertigt wurde. Es handelt sich um eine besondere Waffe, denn diese Chimären sind äußerst selten. Dafür sind sie umso bösartiger: Sie schießen urplötzlich aus dem Wasser hervor. Sie wurden bisher nur oberhalb des Marganidengrabens gesichtet, in einem als hochgefährlich bekannten Gewässer fernab der großen Seewege.

Die Klinge des Säbels ist weiß und mit grünen und blauen Punkten übersät, den Splittern eines Prismas. Der Handschutz besteht aus gehärtetem Stahl, der Griff wurde aus dem Geweih eines Kaiserhirsches geschnitzt. Das war einer der Gründe, warum Vargaï ausgerechnet diese Waffe ausgewählt hat. Er liebt den Kontrast zwischen der Kühle des Stoßzahns und der Wärme des Geweihs, das fast lebendig wirkt.

Einige Schüler behaupten, mit der Schaumklinge könne man einen Eisblock ebenso mühelos durchschneiden wie einen Laib Brot. Vargaï hat dieses Gerücht nicht in Umlauf gebracht, hat ihm aber auch nie widersprochen.

SCHWARM

Bestimmte Arten von Drakoniden schließen sich zu Schwärmen zusammen, die, so vermutet man, von einem weiblichen Leittier angeführt werden. Aus der Chronik erfährt man nur sehr wenig über die Zusammensetzung und das Innenleben dieser Schwärme. In den ersten Jahrzehnten nach der Entstehung der Bruderschaft konzentrierten die Weltwanderer sich auf die Bekämpfung der Schwärme, und nach blutigen Opfern konnten sie Gonelore von dieser Plage befreien. Seitdem kommen jedes Mal, wenn ein solcher Schwarm entdeckt wird, die Hohen Räte ganz Gonelores zusammen, um die Drakoniden zu bekämpfen und hinter den Schleier zurückzudrängen. Damit wollen sie verhindern, dass andere ihrem Beispiel folgen. Alle Weltwanderer hoffen, dass diese Vorsichtsmaßnahme auch in Zukunft erfolgreich sein wird.

SQUALIDE

Unterart der Meereschimären, deren Vertreter auf allen Weltmeeren gefürchtet sind. Sie sind nur schwer zu erforschen, weil sie tief im Ozean leben und Begegnungen mit ihnen oft tödlich enden. Eindeutig identifiziert wurden bisher Tetralodone, Cachalorke und Blutzacken.

URLYS

Weite Ebene im Norden Gonelores, auf der hauptsächlich Nadelwälder wachsen und die einen Großteil des Jahres von Schnee bedeckt ist.

URSIDE

Unterart der Chimären. Seit der Entstehung der Bruderschaft versuchen die Weltwanderer, sämtliche Unterarten zu erfassen, was sich als fast unmöglich erwiesen hat. Anfangs zählte man vierunddreißig Arten, doch inzwischen ist man bei über sechzig angelangt. Vermutlich werden in Zukunft noch weitere seltene Arten entdeckt werden. Zu den häufigsten Arten zählen die Kahlfresser, Wütriche, Brummer und Kermoden.

WULX

Eine Chimäre der Gattung Lupini. Sie sieht aus wie eine Mischung aus Wolf und Luchs und hat etwa die Größe eines drei Monate alten Kalbs. Der Wulx jagt in einer fünf- bis sechsköpfigen Meute und tötet manchmal aus reinem Spaß, was ihn sehr gefährlich macht. In manchen Gegenden Gonelores ist der Wulx der größte Feind der Weltwanderer. Dort werden regelmäßig Treibjagden organisiert, um die Bestände zu verringern.

DIE MAGISCHEN WELTEN VON PIERRE GRIMBERT

DIE MAGIER

Gefährten des Lichts

Einst reisten die weisesten Männer und Frauen aller Nationen auf die Insel Ji. Dort gerieten sie in den Tiefen der Insel in ein Felsenlabyrinth und verschwanden spurlos. Nun treffen sich Jahr für Jahr ihre Nachkommen am Eingang des Labyrinths, um das Geheimnis der Insel zu lösen. Doch dann wird einer nach dem anderen ermordet …

Krieger der Dämmerung

Nur sechs Nachkommen der einstigen Gesandten haben die geheimnisvolle Mordserie überlebt und einen Blick in die scheinbar paradiesische Welt von Ji erhascht. Doch nun ist auch ihr Leben in Gefahr …

Götter der Nacht

Um das Rätsel um die Insel Ji zu lösen, müssen die sechs Erben der Gesandten in der Bibliothek von Romin eine uralte Schriftrolle ausfindig machen. Doch der Weg dorthin ist weit und gefährlich, und schon bald werden die Gefährten von finsteren Dämonenwesen und kaltblütigen Mördern gejagt …

Kinder der Ewigkeit

Mit der Priesterin Lana haben die Gefährten eine neue Verbündete im Kampf um die Wahrheit gewonnen, doch gleichzeitig werden sie vor die größte Herausforderung ihres Lebens gestellt: Um das Geheimnis der Insel Ji zu lüften, müssen sie in die Unterwelt hinabsteigen, die Welt der Dämonen …

DIE KRIEGER

Das Erbe der Magier

Einst hatte die Gemeinschaft der Erben ihr Leben aufs Spiel gesetzt, um das Geheimnis der Insel Ji zu lüften. Doch der Fluch der Insel ist aufs Neue erwacht, und nun sind es die Erben der Magier, die um ihr Leben kämpfen müssen.

Der Verrat der Königin

Ein finsterer Dämon ist aus den Tiefen der Zeit zurückgekehrt und zwingt die Gefährten dazu, zur Insel Ji zurückzukehren. Dort, so hoffen sie, können sie mehr über das schreckliche Ungeheuer erfahren. Doch auf der Insel müssen die Krieger feststellen, dass nicht all ihre Verbündeten auch auf ihrer Seite stehen, und beinahe geraten sie in eine tödliche Falle.

Die Stimme der Ahnen

Noch immer versucht die Gemeinschaft der Krieger, verzweifelt, das Geheimnis der Insel Ji zu lösen. Das rätselhafte Tagebuch einer verschollenen Magierin scheint den Gefährten erste Hinweise zu liefern, Gewissheit kann ihnen jedoch nur das mächtige Orakel liefern. Die Reise dahin wird zum bisher größten Abenteuer ihres Lebens, denn noch immer ist ihnen der Dämon auf den Fersen.

Das Geheimnis der Pforte

Die Gefährten sind auf eine uralte Prophezeiung gestoßen, die das Geheimnis der Insel Ji endlich zu lüften verspricht. Doch um die Prophezeiung zu erfüllen, muss sich einer von ihnen dem Kampf mit dem Dämon stellen …

Das Labyrinth der Götter

In einer uralten und verlassenen Tempelanlage kommt es schließlich zum finalen Kampf zwischen dem Bund der Krieger und ihrem finsteren Verfolger aus der Unterwelt. Ein Kampf, bei dem nicht nur das Schicksal der Menschen, sondern auch das der Götter auf dem Spiel steht.

DIE GÖTTER

Ruf der Krieger

Seit Jahrhunderten wissen die Erben von Ji um das Geheimnis, das hinter der Pforte in den Katakomben der Insel Ji verborgen liegt. Als die Nachkommen der einstigen Krieger von Ji zusammengerufen werden, um ihr Erbe anzutreten, werden sie plötzlich von den Anhängern eines grausamen Kultes verfolgt.

Das magische Zeichen

Die Erben der Krieger wurden ausgesandt, um das Geheimnis der Insel Ji zu schützen, doch noch wissen die jungen Hüter nicht, was sie erwartet. Sie ahnen nur so viel: Das Schicksal der Menschen und das der Götter ist untrennbar miteinander verknüpft.

Die Macht der Dunkelheit

Im Kampf um die Insel Ji wird die Gemeinschaft der Hüter auf eine neue, schwierige Probe gestellt: Sie müssen sich auf eine Reise ins Reich der verlorenen Seelen begeben, um Antworten auf all ihre Fragen zu erhalten. Doch dort erwarten sie Gegner, denen selbst der Tod nichts anhaben kann …

Das Schicksal von Ji

Der Gemeinschaft der Hüter ist es gelungen, bis in die Katakomben der Insel Ji vorzudringen, und nun stehen sie kurz davor, die magische Pforte zu öffnen. Die Pforte, mit der alles begann … Doch was wird dann passieren? Bricht ein neues goldenes Zeitalter an, oder versinkt die Welt der Menschen und der Götter für immer in den Schatten?

DIE SAGA VON LICHT UND SCHATTEN

Jahrhundertelang wurde Gonelore von Dämonen heimgesucht – bis es der geheimnisvollen Bruderschaft der Weltwanderer gelang, die Ungeheuer aus Gonelore zu vertreiben. Doch nun sind sie zurückgekehrt …

Die Hüter von Gonelore

Immer öfter fallen Menschen den Dämonen zum Opfer, und als sich auch die Angriffe auf die Bruderschaft der Weltwanderer häufen, keimt in dem mutigen Vargaï ein schrecklicher Verdacht auf: Es gibt einen Verräter in den eigenen Reihen.

Der Ruf des Drachen

Die Bruderschaft der Weltwanderer ist durch Machtkämpfe und Intrigen geschwächt. Ungehindert bringen die Dämonen nun Tod und Verderben über Gonelore. Die letzte Hoffnung der Menschen ist der junge Weltwanderer Jona, der mit den Ungeheuern sprechen kann. Doch Jona verbirgt ein Geheimnis, das ganz Gonelore für immer zerstören könnte …

Page Morgan

Zwei Welten, ein Schicksal und eine Liebe, die alle Grenzen überwindet

Als die junge Ingrid nach Paris kommt, um sich von einem Skandal in der Londoner High Society zu erholen, ahnt sie noch nicht, was ihr bevorsteht: Erst verschwindet ihr Zwillingsbruder Grayson spurlos, und dann wird die Stadt von einer Reihe geheimnisvoller Todesfälle erschüttert. Ingrid macht sich auf die Suche nach Grayson und gerät plötzlich ins Visier höllischer Mächte. Hilfe bekommt sie von dem ebenso schönen wie missmutigen Luc. Was Ingrid nicht weiß: Luc ist ein Gargoyle, und sein Schicksal ist untrennbar mit Ingrid verbunden ...

978-3-453-31565-5